Hendrik Falkenberg
Das Recht des Stärkeren

AF202065

Das Buch

Der Friedhof vor den Toren der Stadt wird von der Sonne in ein warmes Licht getaucht. Zwei Arbeiter sind dabei, die Grube für eine anstehende Beerdigung auszuheben und machen eine unerwartete Entdeckung: Das Grab ist bereits belegt, auch ohne rechtsmedizinische Kenntnisse ist offensichtlich, dass der Mann keines natürlichen Todes gestorben ist.

Hannes Niehaus übernimmt die Ermittlungen und rasch drängt sich ihm der Verdacht einer Abrechnung im kriminellen Milieu auf. Da er dort auf eine Mauer des Schweigens stößt, überzeugt Hannes seinen Chef, einen alten Bekannten im Gefängnis als Maulwurf einzusetzen. Diese Taktik birgt Licht und Schatten, denn je dichter die Ermittler der Lösung kommen, umso mehr Menschen geraten in Gefahr.

Der Autor

Hendrik Falkenberg wurde 1978 geboren und hat Sportmanagement studiert, um sein Hobby zum Beruf zu machen. Dies ist ihm einige Jahre später auch als Schriftsteller gelungen. Schon sein Debütroman »Die Zeit heilt keine Wunden« schaffte es auf Anhieb in die Top 10 der Kindle Bestsellerliste. Seitdem begeistert der Sportpolizist Hannes Niehaus so viele Leser, dass er – statt sich in Ruhe auf die kommenden Olympischen Spiele vorzubereiten – von einer Ermittlung in die nächste getrieben wird.

Hendrik Falkenberg

DAS RECHT DES STÄRKEREN

6. Fall für Hannes Niehaus

KRIMI

Deutsche Erstveröffentlichung bei
Edition M, Amazon Media EU S.à r.l.
5 Rue Plaetis, L-2338 Luxembourg
Februar 2018
Copyright © der deutschsprachigen Ausgabe 2018
By Hendrik Falkenberg

Umschlaggestaltung: bürosüd° München, www.buerosued.de
Umschlagmotiv: © Natthaphon Chunchiew / Shutterstock;
© Janis Smits / Shutterstock;
© Pawel Kazmierczak / Shutterstock; © Cyrustr / Shutterstock
1. Lektorat: Joern Rauser
2. Lektorat: Julia Rohr
Korrektorat: Angelika Wiedmaier/DRSVS
Printed in Germany
By Amazon Distribution GmbH
Amazonstraße 1
04347 Leipzig, Germany

ISBN 978-1-542-04793-7

www.edition-m-verlag.de

KAPITEL 1

Seit gut einer Woche zeigte sich der Frühling von seiner launischen Seite. Zwar waren die Felder längst von frischem Grün überzogen, doch die Temperaturen erinnerten an den Spätherbst. Der feuchte Geruch und das diffuse Licht verstärkten diese Sinnestäuschung. Tief hängende Wolken zogen in rasantem Tempo über die Küste, bevor sie hinter einem Schleier aus Regen verschwanden. Wer konnte, mied an diesem Tag einen Gang vor die Tür. Zwei Männern, die in einem dunkelblauen Transporter saßen und das Trommeln der Regentropfen kaum zu bemerken schienen, spielten die widrigen Witterungsverhältnisse dagegen in die Karten.

Alles hatten sie detailliert vorbereitet, und bislang schien der Plan auch aufzugehen. Timo Reichel verfolgte auf dem Display den blinkenden Punkt, der sich mit gleichbleibender Geschwindigkeit über die Karte bewegte und immer näherkam. Die Zeit des Auskundschaftens war vorbei, nun stand der Moment der Umsetzung unmittelbar bevor. Vorausgesetzt, das sich nähernde Objekt würde wie bei den letzten Malen einen Zwischenstopp einlegen – und sofern nichts Unvorhergesehenes dazwischenkam. In wenigen Minuten sollte es sich entscheiden. Erregt wischte sich Timo den Schweiß von den Handflächen. Auch der Rest seines Körpers war von einem trockenen Zustand weit entfernt. Die Kleidung klebte auf seiner Haut, der Mann auf dem Beifahrersitz rümpfte die Nase.

»Wenn du dir jetzt noch in die Hose machst, gehst du endgültig als Stinktier durch. Du bist so eine Mimose!«

»Wenn das schiefgeht!«, jammerte Timo zum wiederholten Mal.

»Halt endlich die Klappe, alles wird wie geplant laufen! Du bist ein jämmerlicher Schisser, das ist es. Als wärst du ein Anfänger. Nur hinterher, da bist du immer groß im Prahlen. Beim nächsten Mal such ich mir jemand anderen.«

David Krüger wusste selbst, dass dies keine überzeugende Drohung war. Er und Timo waren ein eingespieltes Team und wussten so viel über einander, dass es klüger war, auch in Zukunft zusammenzuhalten. Zu viele Mitwisser stellten eine latente Gefahr dar. Dies galt besonders für eine derart brisante Situation wie diese. In den letzten Jahren waren die beiden allerdings im kleineren Stil unterwegs gewesen, und dementsprechend befürchtete Timo, das anstehende Vorhaben könnte eine Nummer zu groß für sie sein. Obwohl er selbst die Idee aufgebracht hatte.

»Mein Cousin hat ein ähnliches Ding gedreht und …«

»… sitzt seit Jahren im Knast, ich weiß. Jetzt mach dir nicht ins Hemd, du hast eh den einfacheren Job. Die Drecksarbeit liegt bei mir. Mal wieder.«

David kurbelte das Fenster etwas herunter. Ein modriges Aroma drang ins Innere, und das Gurgeln unzähliger Wasserrinnsale war zu hören. Der sintflutartige Regen und die Abgeschiedenheit dieses Landstrichs schienen ihm ideal. Dennoch würden ihnen nur zehn Minuten bleiben. Maximal. Er knallte die Hand auf das Armaturenbrett, als sein Freund erneut negative Konsequenzen heraufbeschwor und damit Davids eigene Anspannung – die er schon jetzt nur mühsam unter Kontrolle halten konnte – steigerte.

»Ich hör mir den Mist nicht länger an, Timo! Wenn du kalte Füße hast, blasen wir es ab. Jetzt sofort.«

Der Angesprochene reagierte kleinlaut. »So hab ich das nicht gemeint.« Mit dem Zeigefinger fuhr er immer wieder durch das einrasierte Muster in seiner Frisur. Was es darstellen sollte, wusste er vermutlich selbst nicht. »Wir ziehen das jetzt durch. Du weißt genau, was sonst ...«

»Dann halt endlich dein Maul«, fuhr ihn sein Partner an.

Die deutlichen Worte schienen Wirkung zu zeigen. Zumindest herrschte nun Schweigen im Wagen, der hinter einem Geröllhaufen auf einem Feldweg stand. Von der Landstraße aus war er nicht auszumachen, genauso wenig vom vorderen Teil des Parkplatzes. Bei schönerem Wetter war dieser Ort Startpunkt für Wanderer oder Rastplatz für Durchreisende. Neben einer großen Landkarte stand ein Toilettenhäuschen, und mehrere Picknicktische luden dazu ein, die Aussicht zu genießen. An diesem Tag war von der nahen Ostsee nichts zu sehen, auch das Geräusch der Brandung wurde von Wind und Regen verschluckt.

Ein letztes Mal warf David einen Blick auf den blinkenden Punkt. Dann griff er in den Fußraum und zog einen Rucksack hervor. Viel befand sich nicht darin, und doch würde der Inhalt über Erfolg oder Misserfolg mitentscheiden. Er bemerkte, dass seine Hand zitterte, und hoffte, dass die Nervosität seinem Komplizen entgangen war.

»Noch sechs oder sieben Minuten«, schätzte er die verbleibende Entfernung ein. Gleichzeitig zwang er sich, beherzt zu klingen. »Verhalt dich ruhig und warte auf mein Signal.«

Er warf Timo noch einen mahnenden Blick zu, dann öffnete er die Tür und sprang vom Beifahrersitz. Er landete mitten in einer Pfütze. Fluchend rannte er die wenigen Meter bis zum Parkplatz. Dort verließ er den Feldweg und wandte sich nach links. Eine Minute später stand er unter dem Dach des Toilettenhäuschens und verharrte einen Moment. Seine Atemluft kondensierte, und er fragte sich, wann er zuletzt einen derart armseligen Frühling erlebt hatte. Rasch rief er die abschweifenden Gedanken zur Ordnung und konzentrierte sich. Außer dem prasselnden Regen und dem Aufheulen der Windböen war nichts zu hören. Sein Herzschlag stockte, als er erfolglos die Tür aufstoßen wollte. Sollten die Toiletten überraschend zugesperrt sein, stand alles auf der Kippe! Ein heftiger Tritt vertrieb diese Befürchtung. Knarrend öffnete sich die Eingangstür, und der Geruch nach menschlichen Exkrementen wehte heraus. Unbeeindruckt von dem Gestank und dem fragwürdigen Zustand des Inneren betrat David das Gebäude. Es hatte begonnen.

Wenig später bog ein kantiges Transportfahrzeug auf den Parkplatz ein. Es war weiß, verfügte über eine Fahrerkabine und einen hinteren Teil, der wie ein aufgesetzter Kasten mit einer Tür aussah. An der Seite war ein grünes Logo aufgemalt, in dem ein gelber Schriftzug prangte. Der Wagen der Firma *Faber Werttransporte* kam unmittelbar vor den öffentlichen Toiletten zum Stehen.

Die Fahrertür öffnete sich, und ein kleiner Mann mit Schnauzbart stieg aus. Er ließ seinen Blick über den verwaisten Parkplatz gleiten, dann rannte er in geduckter Haltung die wenigen Meter auf das Gebäude zu. Von der blauen Uniformjacke und der Mütze perlte das Wasser ab, während die Hosenbeine von den Tropfen gesprenkelt wurden.

Es dauerte nicht länger als drei Minuten, bis sich die Tür des Toilettenhäuschens wieder öffnete und eine uniformierte

Gestalt heraustrat. Einem aufmerksamen Beobachter wäre nicht entgangen, dass die Person größer wirkte als zuvor. Sie trug noch immer einen Schnurrbart, allerdings war der nicht echt. Auch die braune Augenfarbe beruhte lediglich auf gefärbten Kontaktlinsen. Mit großen Schritten eilte David Krüger auf die Fahrerkabine zu und klopfte gegen die Scheibe. Als die Tür von innen geöffnet wurde, achtete er darauf, den Kopf gesenkt zu halten.

»Das ging aber schnell. Wir …«

Mit einem Satz sprang David auf den Fahrersitz und zielte mit einer Pistole auf den vermeintlichen Kollegen, der sofort verstummte. Mit äußerster Willensanstrengung gelang es David, den Arm ruhig zu halten. Noch immer hielt er den Kopf gesenkt, ohne den Mann dabei aus den Augen zu lassen. Der wirkte wie versteinert, sein Mund stand offen.

»Fresse halten und Gesicht zum Fenster!«, brüllte David. Dann drückte er dreimal kurz auf die Hupe. »Aussteigen!«

Dem Beifahrer schien die Ausweglosigkeit der Situation klar zu sein. Folgsam öffnete er die Tür, und David rutschte ihm sofort hinterher. Er wusste, dass die Männer unbewaffnet waren und hier regelmäßig einen Stopp einlegten, da der Fahrer Prostataprobleme hatte. Die Recherche war lückenlos gewesen – zumindest hoffte er das. Als der Mann vor ihm herging, zog David die Uniformmütze vom Kopf und streifte sich stattdessen eine Skimaske über. Sicher war sicher, und sogleich fühlte er sich wohler.

Es dauerte nur wenige Minuten, bis der zweite Angestellte von *Fabers Werttransporten* gefesselt und geknebelt auf dem Boden des Waschraums neben seinem Kollegen lag. Als David wieder ins Freie trat, war das Fahrzeug verschwunden. Er nickte erleichtert und rannte los. Noch immer war der Rastplatz menschenleer, in der Ferne erklang jedoch ein Motorengeräusch, das rasch näher kam. David bog gerade in den Feldweg ein, als ein roter Sportwagen mit hoher Geschwindigkeit auf der Straße vorbeisauste. Timo hatte den Werttransporter rückwärts hinter dem eigenen Wagen abgestellt. Nervös trat er von einem Bein auf das andere.

»Alles glatt gegangen?«

»'türlich.« David wedelte mit dem Schlüssel, den er den Überfallenen abgenommen hatte. »Ist dir der rote Porsche aufgefallen? Hoffentlich hat der Fahrer nicht hier rüber gesehen.«

Sofort wurde Timo unruhig. »So ein Mist, ich hab keine Maske getragen.«

»Krieg dich wieder ein. Er hat nicht gebremst, also war der Fahrer wohl auf die Straße konzentriert. Bei dem Wetter und seinem Tempo kein Wunder. Die Kameras sind auch deaktiviert, also kann uns nichts passieren.«

Kurz darauf stand die Tür des Laderaums offen, und in Windeseile luden sie die Metallkoffer um. Schweiß vermischte sich mit Regen, und exakt siebzehn Minuten, nachdem er das Toilettenhaus betreten hatte, schlug David die Tür des blauen Transporters zu. Er runzelte die Stirn und trieb Timo zur Eile an.

»Hat länger gedauert als geplant. Langsam dürfte man misstrauisch werden. Sogar bei diesen Dilettanten.«

Es war kein Zufall gewesen, dass sie ausgerechnet *Fabers Werttransporte* für den Raubüberfall ausgewählt hatten. Das Unternehmen dürfte die niedrigsten Sicherheitsstandards in ganz Norddeutschland haben. Den entsprechenden Hinweis hatte Timo von einem Kontakt erhalten, der sich in diesem Metier gut auskannte. Nichtsdestotrotz wurde der Transport natürlich GPS-überwacht und hielt schon viel zu lange an einem Ort an. Hektisch kurbelte Timo am Lenkrad und versuchte, auf dem schmalen Weg so schnell wie möglich an dem leergeräumten Fahrzeug vorbeizukommen. Er verschätzte sich beim Blick aus dem Rückspiegel, und es gab einen Ruck, als er den weißen Kotflügel streifte.

»Verdammt, kannst du nicht aufpassen?«, raunzte David ihn an.

Timo biss die Zähne zusammen. Kies spritzte auf, als er das Gaspedal durchdrückte und der Transporter einen Satz nach vorn machte. Erneut wuchtete er den Rückwärtsgang ein, und diesmal hielt er genügend Sicherheitsabstand. Dadurch gerieten die Räder auf der linken Seite vom Weg ab. Matsch spritzte auf, als sie vom Kies auf den erdigen Untergrund rutschten. David verdrehte die Augen, sein Puls raste. Dennoch schwieg er. Schon in der Vergangenheit hatte sich gezeigt, dass es kontraproduktiv war, wenn man Timo in brenzligen Situationen zusätzlich unter Druck setzte.

Erst mehrere Minuten später und einige Kilometer weiter entspannten sich die beiden. Sie waren auf dem Weg zu einem erstklassigen Versteck. David war vor Wochen zufällig wegen einer Reifenpanne darübergestolpert. Der Ort war abgelegen, mit dem Transporter gut zu erreichen und vor neugierigen Blicken sicher. Das Ziel ihrer Fahrt war ein ausgedienter Leuchtturm, der baufällig und aufgrund des verfallenen Zustands kein Touristenmagnet war. Er stand in nur ein- bis zweihundert Metern Entfernung von einer Straße, von der aus man ihn über einen holprigen und halb zugewachsenen Weg erreichen konnte.

Das Türschloss hatten die Komplizen schon vor einer Woche geknackt und durch ein eigenes, massiveres, ersetzt. Als sie wenig später die Beute ins Innere schafften, um in Ruhe die verplombten Metallkoffer zu öffnen und den Inhalt umzupacken, waren sie schnell überzeugt, für einige Zeit ausgesorgt zu haben. Und tatsächlich hatten sie einen fetten Fang gemacht – sich zugleich aber in ernste Lebensgefahr begeben. Als sie gerade den letzten Koffer aus dem Transporter hievten, erklang von der nahen Landstraße das Geräusch kreischender Bremsen. Timo und David hielten den Atem an und hoben die Köpfe. Das Schicksal nahm seinen Lauf.

Kapitel 2

1 Jahr später

Beim Frühstück wirkte Hannes abwesend und wortkarg. Der Schmuddellook in Form eines verwaschenen T-Shirts und einer zerschlissenen Jeans spiegelte seinen Gemütszustand. Dabei hatte sich seine Mutter an diesem Sonntagmorgen große Mühe gegeben. Das tat sie zwar immer, wenn er zu einem seiner seltenen Besuche auftauchte, diesmal hatte sie aber noch eine Schippe draufgelegt. Der Grund lag auf der Hand: Vor der Schwiegertochter *in spe* wollte sie sich auf keinen Fall eine Blöße geben. Angesichts ihres wuseligen Auftretens und ihrer Neugierde war Hannes froh, dass er zumindest den Tag zuvor mit Anna größtenteils außer Haus verbracht hatte.

Allerdings war die Hochzeit seines ehemals besten Freundes ein fragwürdiger Genuss gewesen. Hannes fragte sich noch immer, weshalb er überhaupt als Trauzeuge auserkoren worden war, immerhin war der Kontakt mit der Zeit zunehmend versandet. In den letzten Wochen hatte er sich intensiv mit der Feierlichkeit beschäftigt – Zeit, die er sich neben seinem Job als Mordermittler, den Olympiavorbereitungen und der Beziehungspflege mit Anna mühsam hatte abknapsen müssen.

Als wäre die Planung von Junggesellenabschied, Trauung und dem nötigen Drumherum nicht schon aufwendig genug gewesen, hatte sich Hannes daneben mit der Schwester des Bräutigams auseinanderzusetzen gehabt, die ihre ganz eigenen Vorstellungen von einer gelungenen Hochzeit hatte. Dies galt genauso für die Braut, die von einer märchenhaften Vermählung auf einer Burganlage geträumt hatte.

Rückblickend war Hannes der Meinung, dass genau darin der Kern allen Übels zu finden war. Perfektionismus ging eben in der Regel mit einem Verlust an Leichtigkeit einher. Für den Dauerregen hatte zwar niemand etwas gekonnt, aber es war von Beginn an eine zähe Veranstaltung gewesen. Schon am Nachmittag hatte die schier endlose Rede des Brautvaters zu verstohlenem Gähnen und einem eingenickten Achtzigjährigen geführt. Später war zwar mehr Leben in die Gesellschaft gekommen, besser war es dadurch aber nicht geworden. Ein Gast war beim Nachtisch von einer Nussallergie erwischt worden, und einen Onkel hatte Hannes nachts besoffen aus dem Springbrunnen gefischt. Bei der immensen Anzahl an Gästen war zudem erst spät aufgefallen, dass sich vier Halbstarke in die Gesellschaft eingeschlichen und ungeniert hatten volllaufen lassen. Sie hatten sich rechtzeitig aus dem Staub machen können und waren vermutlich dafür verantwortlich, dass zu allem Überfluss auch noch ein paar Hochzeitsgeschenke verschwunden waren. Eine derartige Dreistigkeit sorgte sogar bei einem Mordermittler für Fassungslosigkeit.

Auch die Schwester des Bräutigams hatte sich nicht mit Ruhm bekleckert. Hannes war bemüht gewesen, sie mit kleineren Aufgaben ruhigzustellen, doch offenbar hatte sie bereits das Befüllen von Ballons mit Helium an ihre Grenzen gebracht. Beim Empfang des Hochzeitspaares hatten sich die roten Herzballons nur wenige Meter nach oben bewegt, bevor sie träge wieder in den Pfützen gelandet waren. Wenigstens konnte er sie von dem Spiel »Bräutigam mit verbundenen Augen füttern« abhalten, aber ihr Ersatzprogramm – eine zweistündige Brautentführung – war ebenfalls eine fragwürdige Einlage gewesen.

Ermattet verfolgte Hannes, wie Anna seinen Eltern von der verunglückten Veranstaltung berichtete. Obwohl sie seit Freitagnachmittag unter der Lupe gelegen hatte, schien sie sich bei seiner Familie wohlzufühlen. Vielleicht hatte sie schneller als Hannes realisiert, dass sie den elterlichen Test längst bestanden hatte. Bei seinem Vater wunderte ihn das wenig. Der hatte noch nie ein schlechtes Wort über eine seiner Freundinnen verloren und schon beim Öffnen der Haustür erkennbar Gefallen an der jungen Frau mit den hellgrünen Augen und dem braunen Pferdeschwanz gefunden. Seine Mutter war dagegen immer anspruchsvoller gewesen und hatte es zuverlässig verstanden, Kritikpunkte in samtweiche Worte zu verpacken – ohne dass diese dadurch zu überhören gewesen wären. In Annas Fall hatte sie sich derartige Kommentare zu Hannes' Erleichterung gespart, obwohl sie sich an seiner Freundin auffällig interessiert zeigte. Vermutlich spürte sie, dass erstmals eine ernstzunehmende Kandidatin an ihrem Tisch saß.

Hannes hatte Anna als Zeugin bei seiner ersten Mordermittlung kennengelernt, und nun bewohnten sie seit knapp drei Monaten ein gemeinsames Apartment. Es war das erste Mal, dass er sie mit zu seinen Eltern in eine Kleinstadt in der Nähe von Hannover genommen hatte. Mit Erleichterung hatte er gehört, dass seine Schwester mit ihrem Sohn an diesem Wochenende verhindert war. Obwohl er seine Familie mochte, schien sie ihm in kleineren Dosen verträglicher. Zwar hatte sich seine Schwester für einen baldigen Besuch angekündigt, doch Hannes wusste aus Erfahrung, dass es meist bei derartigen Ankündigungen blieb. Anders als bei seiner Mutter, weshalb ihn ihr fast wortgleicher Vorschlag sofort in Alarmbereitschaft versetzte.

»Wir könnten euch alle zusammen besuchen. Ein Familienwochenende wäre doch toll! Im Sommer ist es an der Küste so schön, und ich würde gern mal wieder rauskommen.«

»Dafür ist unsere Wohnung zu klein«, erwiderte Hannes sofort. »Es ist besser, wenn wir uns beim nächsten Mal wieder hier treffen.«

»Und wann ist das?« Seine Mutter musterte ihn spöttisch. »Noch in diesem Jahr oder …?«

»Du weißt genau, dass ich viel um die Ohren hab. Nächste Woche geht auch noch die Weltcup-Saison los, und die Olympischen Spiele rücken immer näher.«

»Stört es dich nicht, dass Hannes so wenig Zeit für dich hat?«, wandte sie sich an Anna.

Die zögerte die Antwort hinaus, indem sie die Kaffeetasse zum Mund führte. »Ach, wir finden schon unsere Slots«, antwortete sie diplomatisch. »Außerdem wird nach Olympia alles anders.«

»Du meinst es also ernst?«, ergriff an diesem Morgen erstmals Hannes' Vater das Wort. »Willst du den Sport wirklich aufgeben?«

Hannes zuckte mit den Schultern. »Ist der richtige Zeitpunkt. Ich bin jetzt dreiunddreißig. Glaube nicht, dass ich mich in vier Jahren noch mal qualifizieren kann. Davon abgesehen brauch ich wirklich mehr Zeit für mich.«

»Vor allem, wenn du eine eigene Familie haben möchtest«, sagte seine Mutter.

Anna schmunzelte, und Hannes verdrehte die Augen. Obwohl er noch nicht mal seit einem Jahr mit ihr zusammen war, beschäftigte ihn dieses Thema durchaus. Um ihn herum fanden nicht nur ständig Hochzeiten statt, auch Nachwuchs stellte sich mehr und mehr ein. Er war immer wie selbstverständlich davon ausgegangen, einmal ein junger und obendrein natürlich cooler Vater zu werden. Dabei hatte er kaum bemerkt, wie die Jahre ins Land gezogen waren. Wie dachte Anna wohl darüber? Eine neckische Andeutung hatte sie in der vergangenen Nacht gemacht, als der geworfene Brautstrauß in ihren Armen gelandet war.

Doch sosehr Hannes in sie verliebt war, so wenig konnte er sich dazu durchringen, Fakten zu schaffen. Vielleicht lag es daran, dass sich bisher noch jede seiner Beziehungen relativ schnell zerschlagen hatte und er auch dem jetzigen Glück nicht traute. Er konnte nicht übersehen, dass sie teilweise nebeneinanderher lebten, was schon zu ersten Entfremdungserscheinungen geführt hatte. Zuletzt war es wieder besser geworden, aber das eine oder andere Jahr wollte er gern noch abwarten. Ein wirklich junger Vater würde dann allerdings nicht mehr aus ihm werden.

»Jetzt lass ihn erst mal in Ruhe die Sportlerlaufbahn beenden«, bemerkte sein Vater, der ihn aufmerksam über den Rand seiner Brille beobachtet hatte. Er schien zu verstehen, was im Inneren seines Sohnes vor sich ging – ohne dass hierüber viele Worte zu verlieren waren. »Alles andere wird sich dann zeigen.«

Dankbar zwinkerte Hannes ihm zu. »Ihr könnt am nächsten Wochenende nach Duisburg kommen«, schlug er vor, bevor seine Mutter das sensible Thema wieder aufgreifen konnte.

»Warum?«

»Weltcup-Auftakt. Anna ist auf einer Fortbildung, dann könnt *ihr* mich anfeuern.«

»Eine Fortbildung?« Wie erwartet verlagerte sich das Interesse seiner Mutter. Frauen, die selbstbewusst ihren Weg gingen, faszinierten sie. »Du bist auch ziemlich eingespannt, oder?«

Bescheiden nickte Anna, und Hannes lehnte sich zurück. Er wusste, was nun folgen würde. Die Rückfahrt war erst für zwanzig Uhr gebucht, was bedeutete, dass Anna noch viele Stunden gefüllt mit Fragen zu überstehen hatte. Erleichtert, aber mit einem leichten Anflug schlechten Gewissens, verzog er sich kurz darauf mit seinem Vater, der Hilfe bei einem Computerproblem benötigte. Bis ins Dachgeschoss konnten sie die Stimmen des angeregten Gesprächs hören, und Hannes erkannte, dass er gute Erklärungen parat haben musste, sollte er sich jemals von Anna trennen.

Am späten Abend ging der Niederschlag zunächst in einen Nieselregen über, bevor er vollständig versiegte. Hinter den Wolkenfetzen zeigte sich ein Dreiviertelmond, und Timo streifte sich die nasse Stoffjacke ab. Selten hatte er sich so gut gefühlt, er befand sich in der besten Phase seines Lebens. Euphorie wäre als Umschreibung seines Zustands fast schon untertrieben gewesen. Erst vor zehn Tagen war er aus dem Gefängnis entlassen worden – erneut mit dem warnenden Hinweis, sich endlich zusammenzureißen. Dem Gesichtsausdruck nach zu urteilen war der Gefängnisdirektor allerdings davon ausgegangen, ihn bald wieder in seiner Anstalt begrüßen zu können.

Timo verzog die Mundwinkel. Wenn sich der gute Mann da mal nicht täuschte! Zwar konnte man kaum behaupten, dass er geläutert wäre, aber einen weiteren Gefängnisaufenthalt würde er zu vermeiden wissen. Insbesondere da er sich baldmöglichst abzusetzen gedachte. Ein ungebundenes Single-Leben barg immer wieder Vorteile. Der Großteil des erbeuteten Geldes aus dem Werttransporter lag noch immer an Ort und Stelle, dessen hatte er sich bereits versichert. David würde noch sieben weitere Monate im Knast hocken und dürfte vor Wut schäumen, wenn er den dann leergeräumten Leuchtturm aufsuchte. Ein schlechtes Gewissen verspürte Timo nicht. David hätte nicht anders gehandelt, da war er sich sicher. Vielleicht vermutete er sogar, dass er leer ausgehen würde. Nur, was sollte er dagegen tun?

Etwas anderes beschäftigte Timo seit Tagen. Zwar stellte die Beute keineswegs Kleingeld dar, aber länger als ein paar Jahre würde sie gewiss nicht reichen. Obwohl Thailand ein günstiges Land war, was neben dem verlockenden Klima und den schönen Frauen den Ausschlag bei der Wahl seiner künftigen Heimat gegeben hatte. Das Angebot für einen schnellen Verdienst war also wie auf einem Silbertablett erschienen und klang zu verlockend, als dass er es hätte ausschlagen können. Dennoch konnte er den Gedanken nicht abschütteln, dass er dabei war, einen Fehler zu begehen. Eigentlich klang alles harmlos, letztlich sollte es sich um nicht mehr als einen Botengang handeln. Lediglich die in Aussicht gestellte großzügige Entlohnung machte ihn misstrauisch.

Einerseits würde sie sein Startkapital aufstocken, andererseits bestand die Gefahr, erneut geschnappt und eingebuchtet zu werden. Dann lägen wieder alle Asse in Davids Kartenstapel. Chancen und Risiken waren also sorgfältig abzuwägen. Nichts sprach jedoch dagegen, sich alles unverbindlich anzuhören. Er kannte sich gut genug, um zu wissen, dass er sich andernfalls ewig Vorhaltungen wegen der verpassten Gelegenheit machen würde. Spätestens, wenn ihm das Geld ausging.

Er näherte sich dem vereinbarten Treffpunkt. Zuerst wollte er sich die Details erklären lassen und anschließend entscheiden. Erschien ihm das Risiko zu groß, würde er einen Rückzieher machen. Schließlich gab es sicher auch in Thailand die eine oder andere kreative Möglichkeit, um an Geld zu kommen. Allerdings galt es dabei zu bedenken, dass die thailändischen Gefängnisse kaum über einen westeuropäischen Standard verfügten.

Aufmerksam blickte er sich um. Der potenzielle Auftraggeber hatte den Treffpunkt gut gewählt. Niemand war zu sehen, was angesichts der Uhrzeit und des Ortes keine Überraschung war. Timo lehnte sich gegen die Mauer und atmete den frischen

Geruch nach Gras und feuchter Erde ein. Eine Eule ließ ihren Schrei ertönen, und er zuckte zusammen. Es war nicht mehr lange bis Mitternacht – eine Szenerie wie aus einem gruseligen Märchen. In der Ferne konnte er zwei Lichtpunkte erkennen. Ein Blick auf die Uhr zeigte, dass der Auftraggeber pünktlich war. Kurz darauf bog ein Wagen auf den Parkplatz ein, doch es vergingen weitere Minuten, bis sich die Tür öffnete.

Timo wollte sich gerade von der Mauer abstoßen und dem Auto entgegengehen, als sich der Mann vom Fahrersitz erhob. Er hatte einen wiegenden Gang und trug dunkle Kleidung. Neugierig sah ihm Timo entgegen, aber in der Dunkelheit waren die Gesichtszüge unter der Schirmmütze schwer auszumachen. Es war das erste persönliche Treffen, nachdem Timo vor Tagen einen ersten Job für den Unbekannten erledigt hatte. Die Kontaktaufnahme zu Timo hatte telefonisch stattgefunden, in gewissen Kreisen war sein Name bekannt. Es war eine lächerlich harmlose und – großzügig ausgelegt – noch nicht einmal kriminelle Angelegenheit gewesen, die Lust auf mehr gemacht hatte. Sogar die Bezahlung für die Beschattung eines Drogendealers war prompt und vollständig erfolgt. Was der Anlass für diese Überwachung war, interessierte Timo nicht. Offenbar hatte er selbst seine Arbeit zufriedenstellend erledigt.

»Es wurde dort drüben abgelegt.« Der Mann kam ohne Umschweife zur Sache und deutete auf die andere Seite der Mauer.

Er wollte schon zum Tor vorangehen, als Timo ihn aufhielt. »Moment! Ich möchte erst wissen, worum es genau geht.«

»Hab ich dir schon gesagt. Du bringst die Tasche nach Dänemark, übergibst sie und bringst eine andere Tasche zurück.«

»Was ist drin?«

»Geht dich nichts an. Aber wenn hinterher was fehlt …«

Die Folgen blieben unausgesprochen, doch Timo verstand die Botschaft – die nicht gerade zu einem entspannten Zustand beitrug.

»Pass auf: Ich hab's nicht so nötig, wie du vielleicht denkst. Ich muss das Risiko kennen, sonst kannst du dir 'n andern Dummen suchen.«

»Kann ich das?« Der Mann trat dicht an ihn heran.

Timo konnte einen schwachen, leicht herben Geruch wahrnehmen, und der Schweiß brach ihm aus. Der Mann war zwar kleiner als er selbst, schüchterte ihn dessen ungeachtet aber ein. Irgendetwas an ihm war unheimlich, und die dunklen Augen schienen Timo zu durchbohren. Sie hatten einen Ausdruck, den er zuvor nie gesehen hatte. Eine gefühlte Ewigkeit wurde er gemustert, bis er den Blick senkte.

»Ich hab keine Zeit, Ersatz zu suchen«, teilte der Mann mit. Ein fester Handgriff schloss sich um Timos Oberarm. »Hab schon gehört, dass du ein Weichei bist. Wenn du das hier verbockst, merk ich's mir für die Zukunft. Aber um es abzukürzen: Du transportierst drei Gemälde nach Aalborg.«

»Sind die geklaut?«

»Würde ich sonst eine Ratte wie dich beauftragen?«

Noch immer klang die Stimme völlig emotionslos. Timo kalkulierte das Risiko. Ein Grenzübertritt nach Dänemark war nicht besonders heikel. Es war so gut wie ausgeschlossen, dass er gefilzt wurde. Das Europa der offenen Grenzen konnte in dieser Nacht ein Vorteil für ihn sein – und ihn um zehntausend Euro reicher machen. Was für Gemälde das wohl waren, wenn ein derart hoher Betrag für die Lieferung im Spiel war? Er wusste, dass es in dieser Branche teilweise absurd zuging. Die kurz aufflammende Überlegung, die Kunstwerke selbst zu verhökern, verwarf er nach einem Blick in das Gesicht des Mannes sofort wieder. Das war niemand, den man sich zum Feind machen sollte. David zu hintergehen, war eine Sache, aber dieser Kerl

21

hier würde ihn vermutlich selbst im kleinsten thailändischen Fischerdorf aufstöbern.

Die Gier trug im Kampf mit der Vorsicht den Sieg davon. »Wo ist die Tasche?«

»Komm mit.« Der Mann verlor keine Zeit und würdigte Timo keines weiteren Blickes, als er mit ausgreifenden Schritten vor ihm herging.

Das eiserne Tor quietschte beim Aufstoßen, und ihre Schritte erzeugten auf dem ansteigenden Kiesweg knirschende Geräusche. Timo konnte nicht verhindern, dass sich das mulmige Gefühl verstärkte. Die Schatten links und rechts des Weges weckten düstere Ahnungen, und auch der Mann strahlte etwas Beklemmendes aus. Schon die Art, wie er sich bewegte, verursachte Timo Gänsehaut. Geschmeidig, fast wie eine Katze. Er verscheuchte die dunklen Gedanken, indem er das Bild eines feinen Sandstrandes mit bunten Holzbooten und blumengeschmückten Frauen heraufbeschwor. Für dieses Ziel hätte er sogar einen Lkw voller Drogen nach Dänemark geschmuggelt.

Der Mann verließ den Weg, umrundete eine Engelsstatue und blieb dann stehen. Fast wäre Timo in ihn hineingelaufen, gerade noch rechtzeitig machte er einen Ausweichschritt. Sein Blick folgte dem ausgestreckten Arm.

»Die Tasche liegt hinter dem Stein. Sieh zu, dass du damit auf die Straße kommst, bis neun Uhr müssen die Bilder in Aalborg sein.«

»Wo genau soll ich sie ...«

»Die Adresse liegt in einem Briefumschlag.« Der Mann drehte sich um und ging ohne nochmaligen Blickkontakt davon.

Timo sah ihm nach und schüttelte den Kopf. Was für eine merkwürdige Gestalt. Egal, der Job war einfach und gut bezahlt. Weitere Geschäfte wollte er mit diesem Kerl allerdings nicht machen. Der Flug nach Thailand war gebucht – nur noch drei Tage, dann lag endlich alles hinter ihm. Zuvor stand am Dienstag noch ein weiterer Termin an, der ihm endgültig finanzielle Freiheit einbringen dürfte. Sollte es dabei nicht zu unvorhergesehenen Komplikationen kommen, war die anstehende Fahrt nach Dänemark eigentlich unnötig. Aber wer wusste schon, wie sich die Dinge entwickelten. Was man hatte, hatte man. Zehntausend Euro ließ man nicht links liegen.

Allerdings – ob er nicht doch …? Zumindest einen Blick in die Tasche sollte er werfen. Wenn sich darin Meisterwerke verbargen, war Eigeninitiative vielleicht trotz allem keine abwegige Option. Er kannte einen Kunsthändler in Schwerin, der es mit Herkunftsnachweisen bestimmt nicht so genau nahm. Jetzt, da Timo wieder allein war, kamen Mut und Verwegenheit zurück.

Neugierig ging er über weiche Erde und wunderte sich, als er neben einer Pflanzenreihe einen Spaten erblickte. Noch überraschter war er, als er hinter die flache, aufrecht stehende Steinplatte blickte. Von einer Tasche war nichts zu sehen, genauso wenig wie von einem Briefumschlag. Kurz darauf wurde die Überraschung um eine weitere Empfindung ergänzt. Schmerz breitete sich aus, als ihm das Messer von hinten ins Herz drang.

Gähnend schaute David am Montagmorgen auf die kahle Wand und rekelte sich unter der dünnen Wolldecke. Eigentlich war er ein Langschläfer, und er konnte sich nicht daran gewöhnen, dass um Punkt sechs Weckzeit war. Generell fiel es ihm schwer, sich mit dem Gefängnisalltag zu arrangieren. Im Gegensatz zu Timo hatte sich der Sechsunddreißigjährige meist erfolgreich unterm Radar bewegen können, so handelte es sich erst um seine zweite Inhaftierung. Schon beim ersten Mal hatte er sich geschworen, nie mehr in eine Zelle einzuziehen, und er ärgerte sich, dass ihm erneut ein dämlicher Fehler unterlaufen war.

Genauer gesagt, dieser Fehler war eigentlich Timo passiert, und David hatte sich nur mit reinziehen lassen. Der Überfall auf den Werttransporter war erfolgreich verlaufen und bis heute nicht aufgeklärt. Im Überschwang hatte er sich mit seinem Kumpanen auf eine Sauftour begeben, obwohl er wusste, dass der im betrunkenen Zustand leicht die Kontrolle über sich verlor. Er selbst war ein friedlicher Mensch, der nicht zu Gewaltausbrüchen neigte. Im Gegensatz zu Timo, der sich schon in der ersten Kneipe mit einer Kellnerin angelegt und bei der dritten Station einen Gegner gesucht hatte, der mindestens zwei Nummern zu groß für ihn gewesen war. Allein der Umfang der tätowierten Oberarme des Rockers hätte ihn abschrecken sollen, aber mit Alkohol im Blut fühlte sich der sonst zur Feigheit neigende Timo unbezwingbar.

Ärgerlich schlug David mit der Faust gegen die Wand, als er auf seiner Pritsche an die Szene zurückdachte. Wäre er nicht dazwischengegangen, würde Timo vermutlich für alle Zeiten im Rollstuhl unterwegs sein. Da David weder über enorme Kräfte noch über Kampfsportfähigkeiten verfügte, hatte er sich nicht anders zu helfen gewusst, als dem Rocker eine Bierflasche über den Schädel zu ziehen. Es war schon großes Pech gewesen, dass dabei eine Scherbe in das Auge des Mannes eingedrungen war und es schwer verletzt hatte. Dass Timo letztlich sogar mit einer kürzeren Haftstrafe davongekommen war, obwohl er die Misere ausgelöst hatte, wurmte David zusätzlich.

Die Wut brodelte in ihm, als er daran dachte, dass Timo mittlerweile wieder seine Freiheit genießen durfte und sie vermutlich dazu nutzte, sich an der Beute zu erfreuen. Auf Charakterstärke hoffte David schon lange nicht mehr, genauso wenig auf Verschwiegenheit. Timo war ein Wichtigtuer, der im besoffenen Zustand gern von seinen Heldentaten prahlte. Die Anzeichen legten nahe, dass er dabei auch *das große Ding* erwähnt hatte, das er mit David abgezogen hatte. Nicht zuletzt deswegen hatte David genug von ihm, aber es gab zu viele gemeinsame Verstrickungen, als dass er einfach seiner eigenen Wege gehen konnte. Im Gegensatz zu Timo war er nicht aus freien Stücken auf die schiefe Bahn geraten. Zumindest war das seine unerschütterliche Meinung. Jahrelang hatte er als Drucker malocht, bis er wegrationalisiert worden war. Zwar hatte er erfolgreich eine Umschulung absolviert, aber auch als Mechatroniker keine Anstellung erhalten.

Dies war der Zeitpunkt gewesen, als seine Spielsucht wieder zugeschlagen hatte. Noch immer rechtfertigte er diesen Rückfall damit, dass ihm keine andere Wahl geblieben war. Seine kleine Tochter war krank, und er wollte ihr alle Therapien ermöglichen, die ihre Defizite lindern konnten. Sie war mit dem Asperger-Syndrom zur Welt gekommen, die Diagnose hatte ihren Vater kurz nach ihrem dritten Geburtstag erschüttert. Seine Frau hatte daraufhin ihre Berufstätigkeit aufgegeben, um sich voll und ganz der Tochter widmen zu können. Wenig später hatte David seine Arbeit verloren, und es war so gekommen, wie es hatte kommen müssen. Schon beim ersten Versuch hatte er beim Kartenspiel verloren, und einmal in Gang gesetzt, konnte er die Spirale nicht mehr aufhalten. Die Schulden waren größer geworden, der Druck der Schuldner ebenso, und irgendwann hatte David den zwielichtigen Angeboten nicht mehr widerstehen können.

Dabei hatte er immer Wert darauf gelegt, seine Seele nicht restlos zu verkaufen. Mord und Körperverletzung waren für ihn tabu – bis es zu der schicksalhaften Begegnung mit dem Rocker gekommen war. Der Überfall auf den Werttransporter war die erste Aktion gewesen, bei der er eine Waffe bei sich getragen hatte. Dass sie nicht einmal geladen gewesen war, wusste selbst Timo nicht. Der erfolgreiche Raub hätte auf einen Schlag seine Probleme gelöst, hätte er sich nicht wenige Nächte später zu der Kurzschlussreaktion mit der Bierflasche verleiten lassen. Verbittert schüttelte er den Kopf. Wenigstens hatte der Überfall indirekt eine weitere Tür aufgestoßen. Wie aus dem Nichts hatte sich eine neue Quelle aufgetan, die er schon erfolgreich angezapft hatte, und die er nach seiner Entlassung erneut zu nutzen gedachte. Dafür sollte Timo draußen den Weg ebnen, und er hoffte, dass sein Komplize dabei nicht nur eigene Ziele verfolgte. Es war frustrierend, zum Nichtstun verdammt zu sein.

Energisch beendete David die Grübeleien, indem er sich aus dem Bett schwang und ausgiebig streckte. Dann streifte er sich frische Kleidung über und putzte sich die Zähne. Nach dem Frühstück würde er in ein anderes Gebäude geführt werden, um in der anstaltseigenen Schreinerei zu arbeiten. Schon immer hatte er gern mit Holz gewerkelt, außerdem konnte er sich so zumindest eine Kleinigkeit dazuverdienen und der Langeweile entfliehen. Daneben nutzte er auch die Freizeitangebote, um sich bestmöglich abzulenken. Für Abwechslung sorgte darüber hinaus sein Laster, das ihn bis in das Gefängnis begleitet hatte. Damit war er nicht allein, sodass sich immer wieder eine Gruppe Gleichgesinnter zum Glücksspiel traf.

Als er aus seiner Zelle trat, geschah alles ganz schnell. Von hinten legte sich ein Arm um seinen Hals und drückte erbarmungslos zu. Verzweifelt schnappte er nach Luft, als ihm der Kopf gegen die Wand geschlagen wurde. Vor seinen Augen flimmerte es, und kraftlos versuchte er, sich zu befreien. Ein weiterer Schlag traf ihn, diesmal zentral in die Magengrube. Er sackte zusammen und landete unsanft auf den Knien. Tritte malträtierten seinen Oberkörper, und schützend legte er die Arme vor den Kopf. Aufgeregte Rufe drangen wie durch Watte an sein Ohr, dann ertönte eine Sirene. Er bemerkte, dass die Schläge aufgehört hatten und er zwar mühsam, aber wieder frei atmen konnte. Würgend erbrach er sich auf den Boden, alles schien sich zu drehen. Schritte näherten sich, und er ließ sich in die Dunkelheit fallen. Als er wieder aufwachte, lag er auf der Krankenstation.

Der Mai schien von Anfang an die mit seinem Namen verbundenen Erwartungen erfüllen zu wollen. Der erste Montag des Monats machte Lust auf mehr. Schon um zehn Uhr zeigte das Thermometer zwanzig Grad an, die Luft war von Vogelgezwitscher und Blütenpollen erfüllt. Die beiden Mitarbeiter des Gartenbauamtes genossen die Sonnenstrahlen auf einer Parkbank bei einem späten Frühstück. Manche hätten sich einen idyllischeren Platz vorstellen können, aber die Männer arbeiteten seit Jahren mitten unter den Toten und nahmen diesen Umstand kaum noch wahr.

Zumal dieser Friedhof ein besonders friedlicher Ort war. Er lag vor den Toren der Stadt auf einem Hügel, und von der kleinen Kapelle aus konnte man das blaue Band der Ostsee erkennen. Dazwischen breiteten sich gewellte Felder aus, die aufgrund der Rapsblüte goldgelb leuchteten. Auch das Friedhofsgelände strahlte eine freundliche und gelassene Atmosphäre aus. Die Grabanlagen waren fast ausnahmslos gepflegt, mit Skulpturen und Steinplatten versehen oder ganz schlicht mit einem Holzkreuz und eingepflanzten Blumen geschmückt. Mit Sicherheit gab es tristere Plätze, an denen man unter der Erde liegen konnte, und auf jeden Fall schlechtere Orte, an denen man arbeiten musste.

Ein Blick auf die Uhr ließ die Arbeiter das Frühstück beenden. Um elf Uhr sollte die Beerdigung eines Fünfundachtzigjährigen stattfinden, der sich in der Woche zuvor jung genug gefühlt hatte, um an einem Halbmarathon teilzunehmen. Sein Herz hatte dies anders gesehen und seinen Dienst bei Kilometer Achtzehn eingestellt. Der Mann sollte neben seiner Frau beigesetzt werden, die seit zwölf Jahren unter einer Linde auf ihn wartete. Das Grab der Bormanns war schlicht gehalten, obwohl

27

sie eine alteingesessene Unternehmerfamilie repräsentierten. Hanseatisches Understatement legten manche selbst im Tod nicht ab.

Der ältere der beiden Stadtangestellten kletterte auf den Sitz des kleinen Baggers zurück, mit dem die Grube ausgehoben werden sollte. Man hätte die Arbeit auch mit einer Handschaufel erledigen können, da die Erde weich und locker war. Vermutlich war das Beet erst vor Kurzem gepflegt worden. Als die Schippe des Baggers auf einen Widerstand stieß, stutzte der Mann und lehnte sich aus der Kabine.

»Hagen! Pack den Spaten und schieb dort mal die Erde zur Seite. Wahrscheinlich ist 'ne Wurzel im Weg.«

Der junge Kollege setzte sich folgsam in Bewegung und stieg in die ausgehobene Mulde. Schon nach wenigen Augenblicken gerieten seine Arme ins Stocken. Noch einmal kratzte er Erde zur Seite, dann warf er den Spaten von sich und sprang zurück auf die Rasenfläche neben den Bagger. Die Lippen in dem bleichen Gesicht bewegten sich wie in einem Stummfilm.

»Was ist?« Der Ältere schaltete den Motor ab.

»D … da … in … d … d … der …«

Entnervt sprang der Kollege vom Fahrersitz. Bis sich aus dem Stottern ein Satz bildete, konnte es dauern, das wusste er aus Erfahrung. Vor allem, wenn Hagen aufgeregt war. Dass es dafür einen guten Grund gab, zeigte sich kurz darauf. So etwas hatte selbst der langjährige Mitarbeiter des Gartenbauamtes noch nie erlebt. Die letzte Ruhestätte war bereits besetzt, und bei der Person handelte es sich ganz offensichtlich weder um Frau Bormann noch um ihren kürzlich verstorbenen Mann.

Ein ungewöhnlicherer Fundort eines Ermordeten war Hannes noch nicht untergekommen. Obwohl es eigentlich Sinn ergab. Schließlich war ein Friedhof nicht ungeeignet, um eine Leiche unauffällig zu entsorgen. Oder war das Grab vielleicht gar nicht als Versteck gedacht gewesen? Wenn der Täter von der anstehenden Beerdigung und den damit einhergehenden Aushubarbeiten gewusst hatte, musste ein anderer Hintergrund vorliegen. War es eine Botschaft? Falls ja, dann stellten offensichtlich nicht die Trauergäste die entsprechenden Adressaten dar. Niemand von Bormanns erschienener Verwandtschaft oder aus seinem Freundeskreis konnte etwas mit dem Gesicht des Toten anfangen. Natürlich hatte man sie keinen direkten Blick auf die Leiche werfen lassen, sondern das Grab abgesperrt und ein Foto herumgezeigt.

Dem Gesicht war das schmerzhafte Ableben nicht anzusehen, es zeigte eher einen überraschten Ausdruck. Die Wunde am Rücken und der Zustand des Körpers ließen jedoch keine Zweifel zu: Der Mann war ermordet worden, und das nach Meinung der Rechtsmedizinerin Maria Stern erst vor Kurzem.

»Liegt auf keinen Fall länger als einen Tag zurück«, präzisierte sie. »Vermutlich starb er in der vergangenen Nacht.«

Sie hatte die erste Untersuchung des Leichnams abgeschlossen und sich zu Hannes gesellt. Er schätzte sie als kompetente Kollegin, und darüber hinaus verband die beiden eine Freundschaft – wobei sich Hannes unsicher war, ob dies die treffende Umschreibung war. Schließlich gab es noch eine andere Anziehungskraft, oder es *hatte* sie gegeben. Denn nicht nur Hannes befand sich inzwischen in einer Beziehung, Maria hatte in den letzten Wochen ebenfalls neue Prioritäten in ihrem Leben gesetzt. Hannes hatte sich schon länger über den anhaltenden Single-Status der attraktiven Halbspanierin gewundert, und offenbar war sie des Alleinseins tatsächlich überdrüssig geworden. Ob sie wohl glücklich war? Schnell fokussierte er seine Gedanken wieder auf das vor ihm liegende Grab und richtete den Blick zurück auf Marias braune Augen.

»Glaubst du, dass er hier erstochen wurde?«

»Vermutlich.« Sie deutete auf die Kollegen der Spuren-sicherung, die den Boden mit kleinen, nummerierten Plastik-schildern übersät hatten. »Es sei denn, jemand hat sich seine Schuhe angezogen. Hier sind Abdrücke.«

»Was nicht heißen muss, dass er freiwillig hergekommen ist.«

»Das stimmt. Auf dem weichen Untergrund sind übrigens keine anderen Schuhabrücke zu erkennen. Sie müssen ver-wischt worden sein, denn der Mann kann sich ja nicht selbst eingebuddelt haben.«

»Vielleicht musste er aber selbst sein Grab ausheben«, mur-melte Hannes, dem entsprechende Bilder von Hollywoodfilmen durch den Kopf gingen.

»Eine Hinrichtung?« Sie schälte sich aus ihrem weißen Papieranzug, darunter kam figurbetonte und farbenfrohe Kleidung zum Vorschein. »Fest steht auf jeden Fall, dass der Mörder kein Anfänger ist. Die Messerklinge drang von hinten ins Herz. Es gab nur einen Stich, und der war ein Volltreffer.«

»Kampfspuren?«

»Auf den ersten Blick nicht. Aber das muss natürlich noch genauer untersucht werden.«

»Und das braucht wie immer seine Zeit.« Unbemerkt war Hannes' Chef, Kriminalhauptkommissar Henning Federsen, zu den beiden getreten. Er war gerade erst eingetroffen, da er an einem Geburtstagsumtrunk des Polizeipräsidenten teilgenom-men hatte. Besonders unglücklich wirkte er über das vorzeitige Verlassen dieser Feierlichkeit nicht. Er steckte noch immer in einem grauen Anzug, der sich über seinem vorgewölbten Bauch nicht schließen ließ. Auch der Schnitt des Zweireihers stammte ohne Zweifel aus einer anderen Zeit. Maria warf ihm einen düs-teren Blick zu.

»Sieh an, die geballte Kompetenz ist eingetroffen. Dann kann ich mich ja vom Acker machen.«

Erstaunlicherweise nahm Federsen die Einladung zu einem verbalen Schlagabtausch nicht an, obwohl es schon eine spannungsgeladene Historie zwischen ihm und der Rechtsmedizinerin gab. Er überhörte die Boshaftigkeit und legte Hannes die Hand auf die Schulter, was etwas merkwürdig aussah, da er wesentlich kleiner war als der Sportpolizist.

»Kompetenz war schon vor meinem Auftauchen anwesend.« Er beäugte den toten Körper, der inzwischen neben der Grube lag. »Herr Niehaus, wie ist der aktuelle Stand?«

Maria blieb der Mund offen stehen, und Hannes musste angesichts ihrer Verblüffung schmunzeln. Auch er hatte sich noch nicht daran gewöhnt, dass Federsen ihn seit dem dramatischen Finale der letzten Ermittlung als Verbündeten und nicht länger als lästige Halbtagskraft einsortierte. Zwar blitzte noch manchmal der alte Federsen auf, aber für seine Verhältnisse riss er sich eindeutig am Riemen. Das konnte Hannes nur recht sein, da er schon mit Grauen an sein bevorstehendes Karriereende als Sportler und die damit einhergehende Vollzeitzusammenarbeit mit seinem Chef gedacht hatte.

Um die neue Milde nicht zu gefährden und die Geduld nicht überzustrapazieren, setzte er den Mittfünfziger rasch ins Bild. »Zwei Friedhofsmitarbeiter haben ihn um kurz nach zehn ausgebuddelt. Der eine kriegt immer noch kein Wort raus. Eigentlich sollte ab elf Uhr Herr Bormann seiner Frau Gesellschaft leisten, aber die wird sich nun wohl noch ein paar Tage länger nach ihm sehnen müssen.«

Marias Überraschung flaute angesichts seiner flapsigen Ausdrucksweise nicht ab, denn bisher hatte sich Hannes gegenüber Leichen alles andere als souverän gezeigt. Ihm fiel selbst auf, dass er diesmal erstaunlich unbeteiligt blieb. Vielleicht lag es daran, dass er in seiner jungen Karriere schon ganz andere Grausamkeiten gesehen hatte und allmählich abstumpfte. Überdies faszinierte ihn der Fundort. Ob der als Versteck oder

Botschaft fungieren sollte, war auch für Federsen eine zentrale Frage.

»Gibt es irgendeine Verbindung zwischen dem Toten und der Familie Bormann?«

»Von den Anwesenden erkennt ihn angeblich keiner.« Hannes deutete auf eine Menschenansammlung, die hinter einer Polizeiabsperrung stand und sich nicht losreißen konnte. »Allerdings ist seine Identität noch unbekannt. Er trägt keinen Ausweis oder Ähnliches bei sich.«

»Vermutlich heißt er Timo Reichel.« Clarissa war ebenfalls eingetroffen. Sie wurde von Federsen deutlich weniger wohlwollend als ihr nur wenige Jahre älterer Kollege behandelt. Dies lag weniger an ihrem Alter, sondern eher an der Tatsache, dass sie eine Polizistin war. Zwar hatte der Kommissar keine grundsätzliche Abneigung gegen Frauen, in seinem beruflichen Umfeld waren sie nach seiner Meinung aber fehl am Platz.

»Vermutlich? Woher haben Sie das Gerücht?«

Clarissa blieb unbeeindruckt. »Die Arbeiter hatten einen blauen Transporter bemerkt, der heute früh allein auf dem Parkplatz stand. Noch bevor die Trauergäste eintrafen. Ich hab gerade das Kennzeichen überprüfen lassen.«

»Und dieser Timo Reichel gehört nicht zu den Trauergästen?«

Sie schüttelte den Kopf. »Der Name sagt keinem was. Laut Datenbank ist er fünfunddreißig Jahre alt.«

Federsen blickte auffordernd zu Maria. Sie nickte. »Dürfte hinkommen. Auch wenn ...«

»... Sie sich die Leiche noch genauer ansehen müssen, ich weiß.«

»Du solltest vor allem sofort die Fingerabdrücke nehmen«, empfahl Clarissa. »Dann haben wir schnell Klarheit. Reichel ist unserem System nämlich nicht nur als Halter des Autos bekannt. Er saß schon mehrfach im Knast. Ein unverbesserlicher

Kleinkrimineller. Erst vor elf Tagen wurde er das letzte Mal entlassen.«

»Dann könnte es eine Abrechnung gewesen sein«, spekulierte Hannes. »Womit hat er sich beschäftigt?«

»So genau weiß ich das noch nicht. Hab es ja grad erst checken lassen. Offenbar war er nicht wählerisch. Zuletzt saß er wegen Körperverletzung. Zusammen mit einem Kumpel hat er irgendeinem Typen das Auge kaputtgeschlagen. Schon möglich, dass er dafür bezahlen musste.«

»Oder für irgendwas anderes«, wehrte Federsen voreilige Schlüsse ab. »Auf jeden Fall brauchen wir schnellstmöglich Klarheit, ob er der Vergrabene ist. Frau Stern, das dürfte wohl mal ausnahmsweise nicht mehrere Stunden dauern?«

Eine Antwort wartete er nicht ab, sondern machte sich auf den Weg zur Spurensicherung, um weitere Erkenntnisse zu sammeln. Maria sah ihm mit geballten Fäusten hinterher.

»Wann geht dieser boshafte Zwerg endlich in Rente?«

Hannes zwinkerte Clarissa zu. »Das fragen wir uns jeden Tag, es dauert aber noch einige Jahre. Allerdings kann ich mich im Moment nicht über ihn beschweren.«

»Das hab ich gemerkt! Was ist denn mit euch beiden passiert? Stehst du neuerdings auf fette, schlechtgelaunte Säcke?«

»Eher steht unser Chef neuerdings auf junge Muskelprotze«, spottete Clarissa. »Seit die beiden beim letzten Mal ...«

»Ihr seid nicht dabei gewesen«, unterbrach Hannes seine Kollegin. »Das hätte jeden mitgenommen. Ein echtes Drama. Wenn es zu einem besseren Verhältnis zwischen uns geführt hat, war das wenigstens für etwas gut.«

»Mich kann der Typ weiter am Arsch lecken, aber ... ist ja schön, wenn du uns erhalten bleibst«, kürzte Clarissa das Thema in ihrer gradlinigen Art ab. »Ich telefoniere jetzt noch mal mit dem Präsidium. Mal sehen, was Per in der Zwischenzeit über Timo Reichel herausgefunden hat.«

»Was meint sie damit?«, fragte Maria, als sich die Polizistin entfernte.

»Womit?«

»Dass du weiter unser Kollege sein wirst. Wolltest du wegen Federsen aufhören?«

»Gar nichts wollte ich. Ich hab nur überlegt, ob ich ab dem Sommer wirklich als Vollzeitpolizist arbeiten will. Das lag aber nicht nur an meinem Chef.«

Maria grinste. »Stimmt, auch die Begleitumstände sind nicht so dein Fall. Wobei dein Magen heute ungewohnt stabil bleibt.«

»Vielleicht sollte mir genau das zu denken geben. Eigentlich hab ich keine Lust, irgendwann ein gefühlskalter und resignierter Ermittler zu werden.«

»Du willst also kein Federsen werden«, war Marias Interpretation. »Ich glaube, da kannst du beruhigt sein, du bist ein ganz anderer Typ Mensch. Jemand wie du ist eher selten … bei der Polizei.«

Hannes kam der Blick, den sie ihm bei diesen Worten zuwarf, bekannt vor. Es war zwar schon länger her, dass sie ihn eingesetzt hatte, aber sie war unverkennbar kurz davor, in den Flirtmodus zu schalten. Bei diesem Gedanken setzte eine Verfärbung seiner Ohren ein. Schnell versuchte er, die Flamme wieder zu ersticken.

»Und deine Pläne? Willst du weiter in Leichen rumstochern oder setzt du dich mit deinem Freund an irgendeinen Strand ab und machst eine Surfschule auf?« Er kannte ihre Leidenschaft fürs Kitesurfen und die Vorliebe für ein mildes Klima.

Sie schüttelte den Kopf und strich sich eine schwarze Haarsträhne aus dem Gesicht. »Strand und Surfschule klingen gut, aber den Freund lass ich hier. Hat sich leider als Flop rausgestellt, also hab ich ihn am Freitag aussortiert. Die Stelle als Surflehrer wäre demnach noch frei.« Hatte sich ihr Blick zunächst verdüstert, blinzelte sie ihm nun schelmisch zu. Für einen Moment tauchte in Hannes die Vision auf, wie er mit Maria im gleißenden Sonnenlicht über den Strand auf eine strohgedeckte Hütte zulief. Sie wurde von den hervorstehenden Augen seines Chefs verdrängt, als sich dessen Kopf in sein Blickfeld schob.

»Die Spurensicherung hat was Interessantes gefunden, kommen Sie mal mit rüber.«

Sein vom Nikotin verfärbter Zeigefinger deutete auf den Weg, und mit einem Schlag war Hannes zurück im Alltag. In dieser Hinsicht war auf Federsen weiterhin Verlass.

KAPITEL 3

Sie trafen sich an einem belebten Ort, so wie sie es seit Beginn ihrer Übereinkunft immer gehalten hatten. Niemand beachtete sie, dafür lieferten sie auch keinen Anlass. Normalität war die beste Tarnung. Um die Mittagszeit saßen viele Angestellte der umliegenden Firmen und Behörden auf der Terrasse des italienischen Restaurants und zelebrierten die Verschnaufpause vom Büroalltag. Die beiden Männer wirkten wie vertraute Geschäftspartner, und in gewisser Weise waren sie das sogar. Allerdings unterschied sich der Inhalt ihres Gesprächs maßgeblich von dem der Nachbartische, auch wenn dies nicht sofort ersichtlich war.

»Das erste Problem ist final gelöst.« Zufrieden tupfte sich der eine mit einer Stoffserviette den Mund ab. »Der zweite Teil ist deine Aufgabe.«

»Wir sollten nichts überstürzen. Die Gelegenheit muss passen.«

»Dann schaff eine solche Gelegenheit. Ich habe schon alles eingefädelt und kann jetzt nichts mehr tun.«

»Du weißt genau, dass du dich auf mich verlassen kannst.«

»Ist das so?« Die graublauen Augen sahen den Gesprächspartner prüfend an. »Du konntest dich auch immer auf mich verlassen. Sorg besser dafür, dass dies so bleibt. In deinem eigenen Interesse.«

»Verdammt noch mal!« Schnell senkte der andere Mann wieder die Stimme, als er irritierte Blicke vom Nachbartisch bemerkte. »Unsere Abmachung steht. Besser gesagt: deine Erpressung.«

Diese Aussage löste ein Achselzucken aus. »Eine Hand wäscht die andere. Es steht für uns beide viel auf dem Spiel, vergiss das nicht.«

»Wie sollte ich das vergessen? Aber ich habe meine Möglichkeiten.« Er senkte die Stimme noch weiter, obwohl ein Mithören durch das Gluckern des künstlich angelegten Bachs nicht möglich war. »Heute wurde der Kerl besinnungslos geprügelt, vermutlich wird er ein paar Tage auf der Krankenstation liegen. Wären die Aufseher nicht rechtzeitig aufgetaucht, hätte sich das Thema schon erledigt. Sehr ärgerlich!«

»Wir haben keine Zeit mehr zu verlieren.«

»Auf der Krankenstation ist er nie unbeobachtet!«

»Jetzt hör aber auf! Vor Ort befindet sich der beste Mann für eine solche Aufgabe. Ein echter Profi, nicht irgendein Ganove. Wenn jemand eine Möglichkeit findet, dann er.«

»Ich hoffe nur, dass wir ihn unter Kontrolle haben. Dreht er am Ende den Spieß um, dann ...«

»... werden wir dafür ebenfalls eine Lösung finden. Eins nach dem anderen. Zuerst muss das drängendste Problem gelöst werden.«

»Also gut.« Schwerfällig erhob sich der kleinere der beiden Männer. »Ich sehe, was ich tun kann. Bis Ende der Woche sind wir Krüger los.«

Düster sah ihm der andere Mann hinterher. »Das hoffe ich für dich«, murmelte er. »Und vor allem für mich.«

KAPITEL 4

Der Abgleich der Fingerabdrücke mit den Einträgen im Polizeicomputer hatte rasch Gewissheit gebracht, dass es sich bei dem Leichnam tatsächlich um Timo Reichel handelte. Auch mit der Untersuchung des Mordopfers hatte sich Maria rangehalten, als wollte sie dem Kriminalhauptkommissar beweisen, durchaus zu schnellen Erkenntnisgewinnen fähig zu sein. Federsen hatte die Ermittler am Nachmittag an verschiedenen Fronten eingesetzt, sodass gegen Abend erste Puzzlestücke zusammengesetzt werden konnten. Alle Beteiligten hatten sich im Konferenzraum versammelt, um sich gegenseitig auf den aktuellen Stand zu bringen. Eine Kollegin der Spurensicherung machte den Anfang.

»Die Analyse der Schuhabdrücke bestätigt den Befund aus der Rechtsmedizin. Sie dürften erst nach dem Regen entstanden sein. Also frühestens um kurz vor Mitternacht, und damit knapp vor seinem Tod. Frische andere Abdrücke als die des Opfers haben wir in der näheren Umgebung nicht gefunden. Auf der Erde war aber an mehreren Stellen zu erkennen, dass mit einem kleinen Rechen Spuren verwischt wurden.«

»Haben Sie uns gezeigt.« Federsen nickte. »Die Abdrücke des Täters. War wohl kein Anfänger.«

»Davon kann man ausgehen. Es wurde nämlich rein gar nichts von einer weiteren Person entdeckt. Weder an der Leiche noch am Grab. Die verwischten Spuren lassen aber zumindest darauf schließen, dass er kleinere Füße als das Opfer hat. Die Schuhgröße dürfte im Bereich einundvierzig bis dreiundvierzig liegen.«

»Alles deutet darauf hin, dass Timo am Fundort getötet wurde.« Federsen kratzte sich nachdenklich am Kinn. Inzwischen hatte er die Gewohnheit seines Teams übernommen, die in einen Fall verwickelten Personen der Einfachheit halber beim Vornamen zu nennen. »Ich frage mich, ob es einen Grund gibt, dass er ausgerechnet in dieses Grab gelegt wurde.«

»Ich kann mir vorstellen weshalb«, mischte sich Hannes ein. »Name und Todestag von Herrn Bormann wurden letzte Woche auf dem Grabstein neben der Inschrift zu seiner Frau hinzugefügt. Der Täter dürfte vermutet haben, dass die Beerdigung schon stattgefunden hat. Deshalb ging er davon aus, dass dort so schnell keine Arbeiten gemacht werden und man die Leiche erst bei Auflösung des Grabes entdecken würde. Also in zwanzig oder dreißig Jahren. Wäre diese Annahme zutreffend gewesen, hätte er sich tatsächlich ein perfektes Versteck für sein Opfer ausgesucht.«

»Für diese Theorie spricht, dass es keinen Anhaltspunkt für eine Verbindung zwischen Timo und den Bormanns gibt.« Per war ebenfalls zu dem Ermittlerteam dazugestoßen. Der Einunddreißigjährige mit den ausgeprägten Geheimratsecken hatte sich über den Hintergrund des Opfers informiert. »Vermutlich suchte der Täter einen Ort, an dem er das Opfer nicht nur unauffällig ermorden, sondern auch zuverlässig beseitigen kann, ohne dass jemand etwas davon mitbekommt.

Nachts ist auf einem Friedhof das Risiko, Zeugen zu hinterlassen, so gut wie nicht vorhanden.«

»Vor allem auf diesem Friedhof«, ergänzte Hannes. »Er liegt perfekt. Die nächsten Häuser stehen ein gutes Stück entfernt, und außer der alten Frau ist niemandem was aufgefallen.«

Die Aussage der betagten Zeugin hatte kaum weitergeholfen. Sie hatte sich nur daran erinnert, gegen halb zwölf einen Automotor gehört zu haben. Als sich eine halbe Stunde später erneut ein derartiges Geräusch genähert hatte, war sie vom Fernsehsessel zum Fenster geschlurft. Außer Scheinwerferlichtern hatte sie jedoch nichts erkennen können. Gegen ein Uhr war dann ein Auto aus entgegengesetzter Richtung zurückgekommen. Der zweite Wagen hatte den Ort aus naheliegenden Gründen nicht mehr verlassen und war erst am darauffolgenden Vormittag entdeckt worden. Das fand Clarissa merkwürdig.

»Weshalb blieb Timos Transporter am Friedhof stehen? Wäre ja irgendwann aufgefallen, dass er nicht wegbewegt wird. War das Absicht oder Fahrlässigkeit?«

»Vielleicht wollte der Täter das später nachholen«, meinte Per. »Rechnete nicht damit, dass die Leiche so schnell entdeckt wird.«

»In dem Fall wäre er ein Einzeltäter. Sonst hätte sein Komplize das Auto wegfahren können. Es dürfte eine geplante Tat gewesen sein. Unwahrscheinlich, dass man jemanden im Affekt tötet und vergräbt, ohne irgendwelche Spuren zu hinterlassen.«

Maria räusperte sich. Sie stand auf, ging zum Whiteboard und heftete einen Zettel daran. Es war ein Foto des Leichnams und zeigte die Einstichstelle auf dem Rücken. Ihr langer Fingernagel tippte auf die entsprechende Stelle.

»Gegen eine Tat im Affekt spricht auch die Wunde. Es gab nur einen Stich, und der muss für das Opfer überraschend gekommen sein. Keine Anzeichen für einen Kampf. Zwar fanden wir ein paar Kratzspuren auf dem Handrücken, die sind aber schon ein paar Tage alt. Er stand nicht unter Einfluss von Medikamenten oder Drogen. Ich tippe auf ein Springmesser mit einer zehn Zentimeter langen Klinge. Es drang bis zum Anschlag ein, das heißt der Stich wurde mit großer Wucht ausgeführt. Passiert ist es zwischen Mitternacht und halb eins. Wenn Timo im Stehen getroffen wurde, dürfte der Täter kleiner als er gewesen sein. Erkennt man am Einstichwinkel.«

»Klingt, als hätten sich Täter und Opfer gekannt und verabredet. Das riecht nach einer Abrechnung im kriminellen Milieu.« Federsen blickte auffordernd zu Per, der den Wink sofort verstand. Er löste Maria am Whiteboard ab und klebte das Foto eines Mannes an, der ein leicht asymmetrisches Gesicht hatte. Er trug eine ähnliche Kurzhaarfrisur wie Per, hatte aber keine Geheimratsecken, sondern ein einrasiertes Muster.

»Timo Reichel war fünfunddreißig, ledig und kinderlos. Seit mindestens zwanzig Jahren auf der schiefen Bahn. Mit fünfzehn wurde er erwischt, wie er ein Auto geknackt und ausgeräumt hat. Die Jugendstrafe hat ihn nicht abgeschreckt. Begann zwar eine Ausbildung zum Bäcker, brach die aber ab. Dann die typische Karriere eines kriminellen Mitläufers. War sich eigentlich für nichts zu schade und saß insgesamt fünf Mal im Gefängnis. Diebstahl, Körperverletzung, Drogenhandel, Waffenschmuggel. Und wer weiß, was ihm alles nicht nachgewiesen werden konnte.«

»Also hat's keinen Unschuldigen erwischt.« Clarissa klang nicht unzufrieden.

»Dann können wir also nach Ihrer Meinung die Ermittlung einstellen?«, fragte ihr Chef launisch und drehte sich wieder zu Per um. »Mit wem hing Timo zusammen?«

»Wir sind noch dabei, uns in der Szene umzuhören. Außerdem müssen wir seine Familie anzapfen. Bekannt ist aber, dass er wohl meistens im Team aktiv war. Mit David Krüger. Der scheint sich allerdings geschickter anzustellen, wurde erst zweimal verurteilt. Zuletzt gemeinsam mit Timo wegen schwerer Körperverletzung. Er wird erst in sieben Monaten aus dem Gefängnis entlassen.«

»Dann kann er schon mal nicht der Täter sein.«

»Zumal er selbst zum Opfer wurde.« Per verstummte.

»Wollen Sie uns heute noch aufklären?«, herrschte ihn Federsen an, als sich die Pause ausdehnte.

»Äh ja. Er wurde heute früh zusammengeschlagen. Vor seiner Zelle.«

»Von wem?«

»Weiß ich nicht. Die Justizbeamten schritten wohl gerade noch rechtzeitig ein.«

»Herr Niehaus und Frau Held, Sie befragen den Mann und die Aufseher. Wird kaum Zufall sein, dass es ihn nur wenige Stunden nach dem Mord erwischt hat.«

Während Clarissa die Aufforderung nur mit einem stummen Nicken zur Kenntnis nahm, spann Hannes den Faden weiter. »Es kann logischerweise nicht derselbe Täter gewesen sein. Vermutlich zieht jemand im Hintergrund die Fäden, der die Schmutzarbeit delegiert hat. Sofern beide Vorfälle tatsächlich einen Zusammenhang haben.«

»Dann ist das jemand, mit dem sich die beiden besser nicht angelegt hätten«, stimmte Per zu. »Wer das sein kann, weiß ich noch nicht. Ich hab aber einen möglichen Informanten im Kopf.«

»Dann sehen Sie zu, dass sie ihn schnell vor die Flinte kriegen«, forderte der Ermittlungsleiter. »Weitere relevante Hinweise?«

»Timos Transporter«, bemerkte die Kollegin der Spurensicherung. »Das Ding ist erst anderthalb Jahre alt. Darin haben wir fremde DNA gefunden, allerdings wohl kaum vom Täter, da der ja vermutlich mit dem eigenen Auto kam. Er könnte aber irgendwann vorher dringesessen haben, falls die beiden sich kannten. Sollten wir auf jeden Fall checken. Der Transporter war übrigens nicht gestohlen, sondern regulär gekauft. Hinten hat er eine überlackierte Schramme, da gab es eine Kollision mit einem weißen Fahrzeug.«

»Vielleicht mit dem Wagen des Täters?«

»Eher nicht, die Delle ist älter. Dürfte in den ersten Monaten nach dem Kauf passiert sein, weshalb sie uns nicht weiterhelfen wird.«

Noch einmal meldete sich Per zu Wort. »Dafür gibt es einen Hinweis, dass Timo sich in Gefahr gewähnt haben könnte. Wir waren in seiner Wohnung, wo wir Hehlerware und Drogen gefunden haben. Das ist ja noch nicht überraschend. Es gab aber auch ein Flugticket. Oneway nach Bangkok am Mittwoch. Sieht so aus, als wollte er sich übermorgen absetzen.«

»Was hat dieser Kerl nur ausgefressen?« Federsen richtete die Frage an niemand im Besonderen. Er sprach lediglich aus, was allen durch den Kopf ging.

Mit einer routinierten Bewegung und einem Schwammtuch beseitigte Elena Hinz die Bierpfütze, die der Stammgast auf dem Tresen zurückgelassen hatte. Dass der Gabelstaplerfahrer nicht nur sein Feierabendbierchen bei ihr getrunken, sondern sich innerhalb kürzester Zeit auf sein Wohlfühllevel gebracht hatte, kannte sie schon. Damit war er nicht der Einzige, und sie war die Letzte, die sich darüber ein Urteil erlaubte. Zum einen war ihr jeder zahlende Kunde willkommen, zum anderen wusste sie aus eigener Erfahrung, dass jahrelange Fabriktätigkeit zu Frustration führen konnte.

Sie selbst hatte sich mit dem Kiosk im Industriegebiet einen kleinen Traum erfüllt, den mancher als nicht besonders glanzvoll betrachtet hätte. Aber die Achtunddreißigjährige war seit zehn Monaten ihre eigene Chefin, und nach anfänglichen Schwierigkeiten entwickelte sich der Umsatz inzwischen vielversprechend. Insbesondere seit ein Konkurrenzunternehmer seinen Imbiss überraschend für immer abgeschlossen hatte. Zu den Stoßzeiten wurde sie regelrecht belagert, sodass sie über eine Hilfskraft nachdachte. Die Speisekarte war zwar übersichtlich und schlicht gehalten, aber vermutlich gerade deswegen ein Erfolg. Ein weiterer Vorteil ihres Standortes war, dass sie um neunzehn Uhr abschließen konnte und jedes Wochenende frei hatte. Dass es dafür morgens schon um sechs Uhr losging, störte sie nicht. Frühes Aufstehen hatte ihr noch nie Probleme bereitet, zumal sie in den ruhigeren Phasen am Vormittag und Nachmittag längere Pausen einlegen konnte.

Elena stand dem Leben aufgeschlossen gegenüber, obwohl sie mehr Tiefen als Höhen erlebt hatte. Ihre Kunden schätzten ihr fröhliches Auftreten, das sie aber – sofern nötig – gegen klare Worte eintauschen konnte. Mit frechen oder anzüglichen Bemerkungen brauchte ihr keiner zu kommen, und das hatte sich herumgesprochen. Zumindest bei fast allen.

Mit amüsierter Miene verfolgte Sören Wächter, wie sie den Gabelstaplerfahrer in die Schranken wies und der sich daraufhin zügig verdrückte. »Wusste gar nicht, dass du auch bei Kunden kratzbürstig sein kannst.«

»Und ich wusste nicht, dass du wieder draußen bist.« Die kleine Frau zündete sich eine Zigarette an und deutete fragend auf das Kühlregal mit den Bierflaschen.

Sören nickte. Es war kurz vor neunzehn Uhr, das Gewerbegebiet leerte sich gerade. In der Luft lag der ölige Geruch einer Raffinerie. Er legte seine tätowierten Unterarme auf dem Tresen ab und beobachtete, wie sie die Flasche öffnete. Er hatte schon immer eine Schwäche für sie gehabt, was aber keine sexuellen Hintergründe hatte. Seit über zwanzig Jahren verfolgte er ihren Lebensweg – seit er sich der Bande ihres Bruders angeschlossen hatte. Von Anfang an hatte er sich nicht nur für dessen Sicherheit verantwortlich gefühlt, sondern den Beschützerinstinkt auf die Schwester ausgedehnt. Er war eine wuchtige Erscheinung, die meist in einem Trainingsanzug steckte, um maximale Bewegungsfreiheit zu haben. Sein rechter Haken war legendär und blitzschnell – das hatten auch schon Verehrer von Elena zu spüren bekommen. Da er mittlerweile achtundfünfzig Jahre alt war, wurde er gelegentlich unterschätzt. Doch niemand machte diesen Fehler ein zweites Mal.

»Kam letzten Donnerstag raus«, berichtete er. »Pascal würde dich übrigens gern mal wiedersehen.«

Sie stellte die Flasche vor ihm ab und verschränkte die Arme. »Wie soll ich das machen? Während der Besuchszeiten brummt hier der Laden, und ich bin froh, wenn ich dazwischen mal durchschnaufen kann. Soll er halt einen größeren Bogen um den Knast machen, dann kann er mich jeden Tag sehen.«

»Sei nicht ungerecht. Diesmal konnte dein Bruder nichts dafür, das weißt du. Hätten ihn diese beiden Scheißkerle nicht reingeritten …«

»Was soll das denn jetzt? Klar haben sie ihn verpfiffen, aber die Scheiße hat er selbst verzapft. Und du genauso! Ihr seid alle komplett hoffnungslos.«

Besänftigend hob er die Hände. Kaum jemand hätte ungestraft so mit ihm reden dürfen. Elena wusste, dass sie einen Freifahrtschein hatte. »Vergiss mal nicht, dass wir dir schon oft geholfen haben. Dies nette Lokal hier zum Beispiel würde es ohne Pascal und mich nicht geben.«

Sie presste die Zähne zusammen und polierte an einem getrockneten Ketchup-Flecken herum. »Ich weiß. Trotzdem ... ach, was soll's. Was willst du?«

»Sehen, ob's dir gut geht.«

»Na klar. Spiel mir nichts vor, was ist wirklich los?«

Er sah sich um und beugte sich zu ihr. »Die beiden kriegen jetzt ihre Quittung. Pascal und die Jungs haben David im Blick, und Timo ...« Vielsagend knetete er seine Hände.

Sie zögerte. »Er ... ist bei mir aufgetaucht. Aber nur kurz. Ist nicht lange her.«

Sören musterte einen Fleck an ihrem Hals. Er war Experte und wusste, wie ein Würgemal aussah. »Was wollte er?«

»Was wohl?«

»Scheißkerl! Hab ihm schon hundertmal gesagt, dass er seine dreckigen Pfoten von dir lassen soll.«

»Ich kann mich selbst wehren. Und wenn nicht, hab ich Jannis. Ich brauch nicht noch jemanden, der sich als mein Aufpasser aufspielt.«

Sören überhörte die Spitze. »Der gute Jannis. Dass du dich ausgerechnet mit einem Gefängniswärter eingelassen hast ...«

»War bisher für keinen ein Nachteil«, fuhr sie ihm über den Mund. »Weder für mich noch für euch.« Dann entspannten sich ihre Gesichtszüge. »Sören, ich weiß, dass du es gut meinst. Aber ich möchte mit euren krummen Dingern nichts mehr zu tun haben. Respektiert das mal!«

»Tun wir doch. Pascal bittet dich nur um einen kleinen Gefallen. Ist wirklich nix Großes. So wie er auch alles für dich tun würde.«

Resigniert atmete sie aus. »Um was geht's?«

Sören lächelte zufrieden, wirkte aber wie eine Raubkatze. Er wusste eben, welche Knöpfe er bei ihr drücken musste.

Das Gefängnis, in dem neben David Krüger auch Timo Reichel seine Haftstrafe verbüßt hatte, war Hannes gut bekannt. Allerdings hatte er bislang nur den Besucherraum kennengelernt, da er dort des Öfteren seinen früheren Chef Fritz Janssen besucht hatte. Diesen Umstand behielt er wohlweislich für sich, da niemand von dem regelmäßigen Austausch über Ermittlungsdetails wissen durfte. Zwar waren dabei schon nützliche Denkanstöße herausgesprungen, aber es stellte ohne Zweifel einen klaren Verstoß gegen die Dienstvorschriften dar.

Clarissa wusste ebenfalls, in welcher Haftanstalt der gefallene Ermittlerstar untergekommen war. »Sitzt hier nicht auch der alte Fritz? Wie es ihm wohl geht?«

Hannes versuchte sich an einem unbeteiligten Gesicht. »Kannst ihn ja nachher fragen. Vielleicht lässt man dich zu ihm.«

»Ich hatte nie enger mit ihm zu tun. Bei euch beiden dürfte es größeren Gesprächsbedarf geben. Was er letzten Sommer abgezogen hat ... eine krassere Grenzüberschreitung ist als Polizist ja kaum denkbar. Und ich hab in dieser Hinsicht viel Toleranz.«

Hannes wusste sofort, worauf sie anspielte. In seiner ersten Mordermittlung hatte Fritz eigene Ziele verfolgt und dadurch seinen jungen Kollegen in Bedrängnis gebracht. Der Sportpolizist hatte es längst aufgegeben, sich darüber den Kopf zu zerbrechen. Sein Verhältnis zu dem ehemaligen Kommissar hatte sich zu einer vertrauensvollen Freundschaft weiterentwickelt, und er konnte dessen damaliges Verhalten zwar nicht gutheißen, aber auch ein Stück nachvollziehen. Außerdem war Fritz bewusst gewesen, dass er dem Nachwuchsermittler Wiedergutmachung zu leisten hatte. Das Geschenk war in Form des umgebauten Krabbenkutters *Lena* vielleicht etwas merkwürdig ausgefallen, aber da Hannes wusste, wie innig Fritz an diesem Gefährt hing, hatte er die Geste richtig einordnen können.

Er sah auf die Uhr. »Selbst wenn ich mit ihm reden wollte, wäre das heute nicht mehr möglich. Es ist gleich zwanzig Uhr, da werden alle Häftlinge eingeschlossen.«

»Woher kennst du dich so gut mit Gefängnisregeln aus? Gibt es einen schwarzen Fleck in deiner Vergangenheit?«

»Ich hab 'ne Bank ausgeraubt. Wusstest du das nicht?« Hannes wurde wieder ernst. »War schon heftig damals, aber weshalb sollte ich noch mal alles mit ihm durchkauen? Er muss eh dafür bezahlen, und ich hab einiges von ihm gelernt.«

»Sag das nicht zu laut«, entgegnete Clarissa. »Vor allem nicht, wenn der Chef in der Nähe ist.«

Die Feindschaft zwischen Henning Federsen und Fritz Janssen war legendär. Allerdings hatte es früher auch andere gegeben, die Fritz grenzüberschreitende Methoden und Alleingänge vorgeworfen hatten. Da er aber über eine fast makellose Erfolgsbilanz verfügt hatte, war er immer wieder mit Ermahnungen davongekommen.

Hannes verscheuchte die Gedanken an seinen Mentor, als der Justizbeamte eine weitere Tür öffnete und einladend aufhielt. Sie waren auf der Krankenstation angekommen, die sich auf den ersten Blick kaum von dem Patientenzimmer eines Krankenhauses unterschied. Auch der Geruch kam dem Ermittler bekannt vor. Erst der Blick zu den vergitterten Fenstern erinnerte an die besonderen Umstände.

Von David Krüger war nicht viel zu sehen. Der Kopf war bandagiert, das Gesicht geschwollen und die rechte Hand getaped. Wie es um den restlichen Körper unter der Bettdecke bestellt war, konnte man nur vermuten. Entgegen erster Befürchtungen war der Mann aber noch glimpflich davongekommen. Von Platzwunden, Hämatomen und zwei gebrochenen Rippen abgesehen, fehlte nur ein Schneidezahn. Nach Meinung des Arztes würde er am nächsten oder spätestens übernächsten Tag wieder in seine Zelle zurückkehren können. In der Schreinerei allerdings durfte er vorerst nicht arbeiten.

Als sich Clarissa und Hannes als Mordermittler vorstellten, war dem Mann die Skepsis anzusehen. Mühsam richtete er sich auf und verzog schmerzhaft das Gesicht. Ein überraschter Ausdruck breitete sich darauf aus, als er bemerkte, dass der Sportpolizist über ein blaues linkes und ein grünes rechtes Auge verfügte. Hannes kannte diese Blicke, doch dass es sich um eine angeborene Iris-Heterochromie handelte, ging den Mann nichts an. Immerhin war David taktvoll genug, seine Irritation nicht auszusprechen.

»Weshalb sind Sie hier?« Er sprach undeutlich, da seine Lippe aufgeplatzt und genäht worden war.

»Weil wir nicht auch noch Ihren Mord aufklären wollen«, verkündete Clarissa. Sie zog ihre braune Lederjacke aus, setzte sich auf einen Stuhl und betrachtete interessiert seinen lädierten Zustand.

»Warum ... wie meinen Sie das? Die hätten mich doch nicht umgebracht!«

»Wer sind *die*?«

Er schwieg. Das verwunderte weder Clarissa noch Hannes. Im Gefängnis gab es ein ungeschriebenes Gesetz. Alles wurde untereinander geregelt – und das selten auf zivilisierte Art. Wer sich zur Wehr setzte oder sogar bei der Gefängnisleitung beschwerte, hatte erst recht eine harte Zeit vor sich. Worüber sich die Ermittler dagegen durchaus gewundert hatten, war die Tatsache, dass auch von den Angestellten niemand über die Identität der Angreifer Auskunft geben konnte. Der Anstaltsleiter hatte dafür jedoch eine simple Erklärung geliefert.

Es gab drei verschiedene Abteilungen, die unterschiedliche Straftäter beherbergten. In David Krügers Trakt konnten sich die Gefangenen nach Öffnung der Zellentür relativ frei bewegen. Zwar gab es eine Vielzahl von Überwachungskameras, doch sie erfassten nicht alle Bereiche. Bei der Größe der Anstalt war eine lückenlose Überwachung unmöglich, zumindest mit den zur Verfügung stehenden Ressourcen. Zum Zeitpunkt des Überfalls hatte reger Betrieb auf dem Gang geherrscht, und es waren kaum Aufseher in der Nähe gewesen. Man konnte zwar davon ausgehen, dass andere Gefangene den Angriff beobachtet hatten, aber keiner war zu einer Aussage zu bewegen gewesen. Offensichtlich verspürte niemand das Verlangen, ebenfalls auf der Krankenstation zu landen.

Hannes versuchte erst gar nicht, David Krüger eine Anklage zu entlocken. Stattdessen konzentrierte er sich darauf, den Ernst der Situation darzustellen. Als er von dem makabren Fund auf dem Friedhof berichtete, reagierte der Verletzte schockiert. Das war zwar nachvollziehbar, allerdings war sich Hannes sicher, noch eine andere Emotion in den Augen des Mannes zu entdecken: Angst.

»Warum könnte Ihr Freund ermordet worden sein?«, stellte er die zentrale Frage.

»Keine Ahnung.« Die Antwort war ein heiseres Krächzen und wirkte nicht überzeugend.

»Was ist mit dem Rocker, der wegen Ihnen ein Auge verloren hat?«

»Ich kenn ihn nicht. War ja nur Zufall, dass wir mit ihm aneinandergeraten sind.«

Clarissa schüttelte den Kopf. »Der Mann ist im Rotlichtmilieu tätig. Wo sich auch Ihr Freund öfter rumtrieb. Um was ging es tatsächlich?«

»Wir kannten ihn nicht – oder zumindest ich nicht. Ich wollte nur Timo raushauen, und dabei … hab ich die Kontrolle verloren.«

Die Polizistin sparte sich weiteres Nachbohren. Federsen und Per befanden sich gerade auf dem Weg zu dem Rocker und wollten sich dessen Version anhören. Seinem Alibi für die vergangene Nacht würde dabei das besondere Interesse gelten. Auch Hannes verfolgte eine andere Spur.

»In was waren Timo Reichel und Sie so alles verstrickt? Er hatte ja keine Berührungsängste, wenn ich an seine Polizeiakte denke. Wurde irgendjemand um seinen Anteil gebracht?«

Als er den Kopf schüttelte, verzog David erneut schmerzhaft das Gesicht. Da keine Antwort folgte, spann Hannes den Faden weiter.

»Verständlich, dass Sie sich nicht selbst belasten wollen. Immerhin haben Sie nur noch wenige Monate abzusitzen. Aber Sie dürften ein Interesse daran haben, sich möglichst lange an der Freiheit zu erfreuen. Oder planen Sie ebenfalls, sich abzusetzen?«

Damit hatte er die volle Aufmerksamkeit des Mannes. »Wovon reden Sie?«

»Ihr Freund hatte ein Ticket gekauft. Einfacher Flug nach Thailand. Heute Nachmittag wurde sein Computer ausgewertet. Sein Surfverhalten in den letzten Tagen legt nahe, dass er nicht zurückkommen, sondern sich dort niederlassen wollte. Dafür muss es einen Grund geben. Vor wem hatte er Angst?«

Die Sekunden verstrichen, und in David arbeitete es sichtbar. »Davon wusste ich nichts«, sagte er dann langsam. »Er hat mir nichts erzählt. Aber könnte schon sein, dass er diesem Rocker aus dem Weg gehen wollte.«

»Dann wäre das für Sie aber auch eine Überlegung wert. Immerhin sind Sie für den Verlust seines Auges verantwortlich. Was er wohl erst mit Ihnen vorhat?«

Erneut verzichtete David auf eine Antwort, aber Hannes hatte ihn genau beobachtet. Der Rocker machte dem Mann wenig Sorgen, das war offensichtlich. Genauso, dass die Überraschung über Timos Reisepläne echt gewesen war. Es musste etwas anderes hinter seiner Furcht stecken, und um den eigentlichen Grund herauszufinden, würden sie andere Quellen anzapfen müssen. In diesem Zusammenhang kam Hannes eine Idee.

An einem Montagabend dümpelte das Nachtleben üblicherweise im Leerlauf vor sich hin, bevor die Feierlaune der Menschen in Richtung Wochenende wieder an Kraft gewann. Wie in jeder Stadt gab es aber auch Clubs, in denen fast durchgehend Betrieb war. Dazu zählte im Bahnhofsviertel das *Crazy Donkey*, das neben einer Tankstelle lag. Die Lokalität war der Polizei nicht unbekannt, da dort nicht nur auf den Tischen und an der Stange getanzt wurde, sondern noch weitere Vergnügungen geboten wurden. Das Betreiben von illegalem Glücksspiel gehörte noch zu den harmloseren Vorwürfen, da man sich auch Drogen für den nächsten Kick und Frauen für die schnelle Befriedigung besorgen konnte.

Bislang war es dem Besitzer gelungen, die Verantwortung für sämtliche Auffälligkeiten auf das Vergehen von Gästen oder Angestellten zu schieben. Jedes Mal, wenn die Polizei anrückte, präsentierte sich die Situation fast schon langweilig harmlos. In seiner Eigenschaft als Mordermittler interessierte sich Henning Federsen zwar nicht für die Unterweltaktivitäten im *Crazy Donkey*, aber dass der Besitzer über einen zuverlässigen Informanten bei der Polizei verfügen musste, ärgerte ihn.

»Wo endet das, wenn man sich nicht mal mehr auf die eigenen Leute verlassen kann?«, moserte er, nachdem er seinem Kollegen den Hintergrund erläutert hatte.

Angesichts des Monologs war Per seit mehreren Minuten schweigend neben seinem Chef hergelaufen. Er war nicht gerade erfreut, dass ausgerechnet er für die abendliche Befragung ausgewählt worden war. Eigentlich hatte er darauf gesetzt, dass nach der wundersamen Annäherung künftig vermehrt Hannes an Federsens Seite auftauchen würde. Clarissa hatte ihm empfohlen, sich endlich nicht mehr so unterwürfig zu präsentieren, da Federsen erwiesenermaßen nicht auf Widerworte oder Eigeninitiative stand. Per musste sich eingestehen, dass diese Analyse nicht ganz falsch war, aus seiner Haut konnte er aber auch nicht.

»Eigentlich sollte da mal richtig aufgeräumt werden«, stimmte er dem Fazit seines Chefs daher sofort zu. »Der Besitzer müsste nur eine Weile überwacht werden, dann würde sich schnell zeigen, wer sein Kontaktmann ist.«

Federsen winkte ab. »Hat's schon immer gegeben und wird's immer geben. Außerdem ist das nicht unser Problem. Wenn allerdings jemand in meinem Team der Gegenseite Informationen stecken sollte …«

Des vielsagenden Blicks hätte es gar nicht bedurft, denn Per war klar, dass eine solche Person die sprichwörtliche Hölle auf Erden erleben würde. Er selbst war ständig auf der Hut, keinen Anlass für einen Verweis zu liefern. Bei diesem Gedanken kam ihm Hannes in den Sinn, der sich zunehmend an seinem alten Chef Fritz ein Beispiel zu nehmen schien. In diesem Zusammenhang war ihm am Nachmittag etwas zu Ohren gekommen, was er eigentlich für undenkbar hielt. Er hatte sich im Gefängnis umgehört, und dabei eine beiläufige Bemerkung aufgeschnappt. Da er sich am nächsten Vormittag die Besucherlisten ansehen wollte, dürfte er schnell Gewissheit bekommen, ob der Hinweis zutraf. Sollte es so sein, dann balancierte sein Kollege auf einem dünnen Seil. Noch immer grübelte Per darüber nach, ob er das Gerücht gegenüber

Federsen ansprechen sollte oder nicht. Das Pflichtgefühl rang mit dem Ehrgefühl, und er war selbst gespannt, welche seiner Charaktereigenschaften den Sieg davontragen würde.

Federsen schien sich über den schweigsamen Kollegen nicht zu wundern, er hatte seinen Vortrag auf die Zielperson des Abends verlagert. Der Mann, der nach der Prügelei mit Timo und David sein Augenlicht auf einer Seite eingebüßt hatte, war nicht nur seit Jahren in einer Motorradgang aktiv, sondern ging einer für diese Personengruppe typischen Tätigkeit nach. Rainer Breitner arbeitete als Türsteher im *Crazy Donkey*, und der Vierundvierzigjährige dürfte nicht zu dem Typ Mensch gehören, der die Bestrafung des verlorenen Auges einem Gericht überließ.

»Diese Leute haben einen eigenen Ehrenkodex«, dozierte der Kommissar, als sei Per gerade erst von der Polizeischule gekommen. »Und wenn einer aus der Truppe angegriffen wird, stehen die fest zusammen.«

»Also haben sich Timo und David mit dem Falschen angelegt.«

»Die Frage ist vor allem, warum sie sich mit ihm angelegt haben. Ich glaube kaum, dass das aus irgendeinem banalen Grund passiert ist.«

Wenig später, als ihn die Ermittler an einem Ecktisch befragten, wies Rainer Breitner diese Vermutung weit von sich. Federsen schien die spezielle Atmosphäre nicht zu beeindrucken, während Per unbehaglich auf dem roten Polster herumrutschte. Eine Tabledance-Bar gehörte weder zu seinen privaten Hotspots noch hatte er bisher beruflich in diesem Milieu zu tun gehabt. Unauffällig blickte er sich um. Das Licht war gedämmt und warm zugleich. In der Luft lag ein frischer Geruch, den er nicht richtig einordnen konnte. Die Sitzgruppen waren erst spärlich besetzt, doch immer wieder betraten neue Gäste den

Raum. Erstaunt bemerkte der Polizist, dass auch Frauen zu den Besuchern zählten. Das Programm hatte noch nicht begonnen, worüber Per trotz seiner Neugierde erleichtert war. In Anwesenheit seines Vorgesetzten hätte er sich an diesem Ort noch unwohler gefühlt, als er es ohnehin tat.

Aufgrund der polizeilichen Befragung hatte ein Kellner vorübergehend den Dienst an der Tür übernommen. Der Rocker zeigte wenig Eile, ihn schnell wieder abzulösen. Geduldig, aber ohne etwas zu sagen, ließ er Federsens Verhör über sich ergehen. Zu Teilen entsprach der Mann Pers Erwartung, denn er steckte in einer Lederjacke mit Aufnähern seines Motorradclubs, hatte die Haare zu einem Pferdeschwanz zusammengebunden und trug einen Kinnbart. Allerdings war er erstaunlich dünn und von kleiner Statur, was in Kombination mit den muskelbepackten Oberarmen unförmig wirkte. Als Türsteher dürfte er dennoch respektiert werden, wozu sicher der martialische Aufdruck auf der Motorradjacke seinen Teil beitrug. Das Auffälligste an ihm war allerdings eine Klappe über dem rechten Auge, offenbar zelebrierte er den Verlust desselben.

Nach zehn Minuten hatte Federsen das Ende seiner Geduld erreicht und unterstrich dies mit einem Fausthieb auf den Tisch. Mit gerötetem Gesicht beugte er sich Rainer Breitner entgegen.

»Jetzt sollten Sie besser gut aufpassen: Mir ist völlig egal, was in diesem Laden so alles abgezogen wird. Werde ich aber verarscht, dann nehm ich das persönlich! Wenn Sie nicht wollen, dass hier alles auseinandergenommen wird und ich Sie bis in den hintersten Winkel durchleuchte, sollten Sie Ihr Verhalten schleunigst ändern!«

Erstaunt registrierte Per, dass diese durchaus zu erwartende Drohung ihre Wirkung nicht verfehlte. Der Türsteher grinste und zeigte dabei zwei gelbliche Zahnreihen.

»War auf jeden Fall einen Versuch wert. Okay, Herr Kommissar, es stimmt. Ich kenne Timo und David schon länger. Vor allem David.«

»In welchem Zusammenhang?«

»David ist ein Spieler, und Timo hat gern Frauen begafft. Na ja, betatscht hat er sie auch. Die beiden waren immer wieder hier. Sie wissen vielleicht ... es gab mal Probleme mit Gästen, die hier Glücksspiel betrieben.«

Federsen schnaubte aus. »Klar, selbstverständlich ohne Wissen des Eigentümers. Wie geht's weiter?«

Erneut zeigte der Mann seine verfärbten Zähne. »Wir verstehen uns, wusste ich's doch. David ist ein erbärmlicher Spieler. Leicht zu durchschauen. Kann es trotzdem nicht bleiben lassen, und ist eigentlich immer abgebrannt. Timo war auch kein Geldscheißer. Beide hielten sich mit ... irgendwelchen Jobs über Wasser. Trotzdem haben wir sie hier anschreiben lassen, kannten die beiden ja gut. An dem Abend, als David mir die Bierflasche überzog, sollten sie ihre Schulden bezahlen. Hatte sich einiges angesammelt.«

»Einem nackten Mann kann man aber schwer in die Tasche greifen«, entgegnete Federsen.

»Stimmt. Nur waren die beiden ja nicht mehr nackt. Sind überraschend zu Wohlstand gekommen.«

»Wodurch?«

»Keine Ahnung.«

»Woher wussten Sie davon?«

»Ach ...« Er zuckte mit den Schultern. »Man hört und sieht so einiges. Vor allem als Türsteher. Als ich sie drauf ansprach, reagierten sie völlig über.«

»Und Ihre Reaktion?«

»Was meinen Sie?« Verwirrt schaute ihn der Mann an.

»Wie sollte die Rache für diese Überreaktion aussehen?«

Jetzt musterte Rainer Breitner seine Finger, dann rückte er die Augenklappe zurecht. »Beide wurden dafür verurteilt und mussten mir Schmerzensgeld …«

»Faseln Sie nicht«, unterbrach ihn der Kommissar barsch. »David Krüger ist dafür verantwortlich, dass Sie halbblind sind. So was lassen Sie im Leben nicht auf sich sitzen.«

»Er sitzt ja selbst grade«, war die unerwartet wortgewandte Erwiderung. Die demonstrativ zur Schau getragene Ruhe konnte jedoch nicht darüber hinwegtäuschen, dass Federsen einen Nerv getroffen hatte. »Wenn er wieder draußen ist, werd ich wohl noch mal … mit ihm reden.«

»So wie mit Timo?«

»Timo?« Breitner verzog geringschätzig das Gesicht. »Er ist … war ein Schlappschwanz. Weshalb hätte ich mich mit ihm abgeben sollen? Es war David, der mir die Flasche auf den Schädel geknallt hat.«

»Wo waren Sie in der vergangenen Nacht?«, wechselte Per übergangslos die Stoßrichtung.

Der Befragte sah ihn an, als registrierte er ihn zum ersten Mal. Nachdem er den dürren Polizisten, der eher wie ein Computerspezialist wirkte, beäugt hatte, deutete er zur Tür. »Da draußen. Wie jeden Abend. Sie denken ja nicht, was für Gesindel hier reinmarschieren würde, wenn man nicht …«

»Zeugen?«, fragte Federsen.

»Klar. Jede Menge.«

»Von wann bis wann hatten Sie Dienst?«

»Von sieben bis zwei, nachts. Können genug Leute bestätigen. Zum Beispiel meine Kollegen.« Er deutete die geringschätzige Miene des Ermittlers richtig. »Eine der Zeuginnen ist besonders vertrauenswürdig. Dürfte nach Ihrem Geschmack sein.« Erneut grinste er, und erst das einsetzende Pochen von Federsens Ader an der Schläfe brachte ihn zum Weitersprechen.

»Über der Tür hängt eine Überwachungskamera. Die Aufnahmen werden erst nach drei Tagen überspielt. Lust auf 'ne Filmvorführung?«

Anstelle einer Antwort stand Federsen auf und machte eine fordernde Handbewegung. Als Per kurz darauf in einem vollgestellten Hinterzimmer die entsprechenden Aufnahmen verfolgte, stieß er seinen Chef bei der angezeigten Uhrzeit von zweiundzwanzig Uhr unauffällig an. Federsen beantwortete den Hinweis mit einem ebenso dezenten Nicken. Der Mann, der sich gerade anschickte, den Club zu betreten, war kein Unbekannter. Er war Mitglied des Stadtrates, und Per ahnte, dass es einen weiteren Grund geben dürfte, weshalb das Lokal etwas außerhalb des Polizeiradars lag. Keinen Zweifel gab es hingegen an der Richtigkeit von Rainer Breitners Aussage. Zum Zeitpunkt von Timos Tod hatte er sich erwiesenermaßen vor dem *Crazy Donkey* aufgehalten. Dennoch lagen Restzweifel auf der Hand, die Federsen auch gleich aussprach.

»Sie konnten sich ja denken, dass wir zuerst bei Ihnen auftauchen. Einer Ihrer Motorradbrüder kann den Job für Sie erledigt haben.«

»Sie kennen uns schlecht.«

»Ach ja? Sind Sie etwa nicht eine verschworene …«

»Klar sind wir das. Aber wenn einer angegriffen wird, dann muss er seine Ehre auch selbst wieder herstellen. Womit übrigens kein Mord gemeint ist.«

»Natürlich nicht. Sie sind ja Ehrenmänner.« Federsens Finger trommelten eine undefinierbare Melodie auf den abgewetzten Schreibtisch. »Wir werden uns jeden einzelnen aus Ihrer Gang vorknöpfen. Mir ist jetzt schon klar, dass natürlich jeder ein Alibi haben wird. Ändert aber nichts daran, dass wir ordentlich Staub aufwirbeln können.«

»Kann ich mir vorstellen.« Der Rocker blieb gelassen, griff den unausgesprochenen Vorschlag aber auf. »Spielen wir mit offenen Karten: Von uns ist es keiner gewesen, das schwör ich Ihnen. Vielleicht hätten wir uns die beiden vorgeknöpft, aber umgekommen wäre dabei niemand. So sind wir nicht drauf. Sie sollten Ihre Aufmerksamkeit besser einer anderen Gruppe widmen.«

»Ich bin ganz Ohr«, brummte Federsen.

»Pascal Hinz.«

»Geht's konkreter?«

»Wenn Ihnen der Name nichts sagt, fragen Sie mal Ihre Kollegen außerhalb des Morddezernats. Mehr kann ich dazu nicht sagen, da es … Verbindungen gibt. Aber als Zeichen meines guten Willens …«

»Schon verstanden. Bilden Sie sich aber nicht ein, dass wir deshalb die Überprüfung Ihrer Kumpel abblasen.«

Federsen erhob sich, und Per folgte ihm zurück in den Flur, als der Kommissar den Türsteher grußlos zurückließ.

»Der will ablenken«, stellte Per fest.

»Blödsinn.«

»Äh … wieso? Nehmen Sie ihm das etwa ab?«

»Natürlich hat er keine Lust, dass wir seinen Motorradclub oder das Lokal hier auseinandernehmen. Irgendwas würden wir auf jeden Fall finden – allerdings nichts, was uns zum Mörder führt.«

»Wir überprüfen die also gar nicht?«

»Selbstverständlich tun wir das. Alles andere wäre ja fahrlässig. Wird aber Zeitverschwendung sein.«

»Woher wollen Sie das wissen?«

»Verdammt, gehen Sie mir nicht … Weil ich den Job schon lange genug mache. An seiner Aussage ist was dran: Wenn seine Ehre beschmutzt wird, muss er sie selbst wieder herstellen. Vielleicht mit Unterstützung seiner Kumpels, aber auf jeden Fall wäre er aktiv beteiligt. Dass er uns einen Namen genannt hat, ist ein weiteres Zeichen. Damit geht er ein hohes Risiko ein, denn wenn das bekannt wird ...«

Offenkundig war der Kommissar der Erklärungen überdrüssig. Er zwängte sich vor seinem Mitarbeiter durch die Tür und betrat das Lokal. Als Per ihm folgte, bemerkte er, dass während ihrer Abwesenheit das Programm begonnen hatte. Eine schwarzhaarige Frau zeigte, welche akrobatischen Verrenkungen man an einer Metallstange vollbringen konnte und dass Kleidung dabei eher störend war. Verlegen trat Per von einem Bein aufs andere, als sein Chef stehen blieb und die Szenerie musterte.

»Sollen wir noch ein Bier nehmen?« Belustigt nahm der Ermittlungsleiter den entsetzten Gesichtsausdruck zur Kenntnis. Seine fleischige Hand landete auf Pers magerer Schulter. »War nur Spaß, lassen Sie uns von hier verschwinden.«

KAPITEL 5

Als Hannes am nächsten Tag zur Mittagszeit im Präsidium ankam, traf er dort nur Federsen an. Clarissa und Per waren damit beschäftigt, sämtliche Mitglieder des Motorradclubs zu vernehmen und etwaige Alibis zu überprüfen. Da Federsen sich selbst nicht an dieser Maßnahme beteiligte, stufte Hannes die Spur ins Rockermilieu als wenig vielversprechend ein. In Abwesenheit der anderen hatte sich der Ermittlungsleiter mit dem Hintergrund von Pascal Hinz beschäftigt und sich innerhalb der Familie des Mordopfers umgehört. Vom engeren Kreis lebten nur noch der Vater und eine Schwester, die beide angaben, kaum noch Kontakt zu Timo gehabt zu haben.

»Ihre Trauer hielt sich in Grenzen, und sie schienen wenig überrascht über sein gewaltsames Ende zu sein«, teilte der Kommissar Hannes mit. »Der Vater hielt ihn für einen Taugenichts, obwohl er selbst kaum was in seinem Leben auf die Reihe gekriegt hat. Die Schwester beschreibt ihn als einen Perversen.«

Hannes ließ sich auf einen Stuhl fallen und sah fragend in das rotgefleckte Gesicht seines Chefs, der ebenfalls gemütlich auf seinem Drehstuhl lümmelte. »Weshalb?«

»Weil er zu Nutten gerannt ist und Frauen belästigt hat. Besaß angeblich merkwürdige Vorlieben. Sie weigerte sich aber, ins Detail zu gehen.«

»Wenn seine Verwandtschaft eine so schlechte Meinung über ihn hat, dann …«

»Vater und Schwester haben ein Alibi«, kürzte Federsen die Überlegung ab. »Er schlief besoffen in einem Pub, und sie befand sich im Krankenhaus. Irgendeine Frauensache, hab mir die Diagnose nicht gemerkt. Beide Angaben wurden bestätigt. Wie lief's im Training?«

Überrumpelt fehlten Hannes für einen Augenblick die Worte. Nicht nur der abrupte Themenwechsel irritierte ihn, sondern die Frage an sich – in der darüber hinaus nicht einmal ein vorwurfsvoller Unterton mitschwang. Bislang hatte sein Chef die vormittäglichen Abwesenheiten kritisch gesehen und zuverlässig entsprechende Kommentare abgeschossen.

»Langsam komme ich in Wettkampfform«, antwortete er zurückhaltend. »Gerade noch rechtzeitig, denn am Wochenende steht der erste Weltcup an.«

»Hier bei uns?«

»Nein, in Duisburg.«

Federsen lehnte sich in seinem Bürostuhl zurück, schob den überquellenden Aschenbecher zur Seite und strich sich dann über seinen vorgewölbten Bauch. »Vielleicht sollte ich auch wieder mehr auf mich achten. Nicht, dass ich bei Olympia eine Chance hätte, aber …« Sein berüchtigtes Lachen klang wie das Bellen eines heiseren Hundes.

Hannes kratzte sich hinter dem Ohr. Dieser neue Federsen überforderte ihn. Nicht, dass er sich den alten zurückwünschte, aber die Veränderung war überraschend schnell vonstattengegangen. Bevor sein Chef noch vorschlagen konnte, mal gemeinsam ein Kanu zu besteigen, wechselte Hannes schnell ins Berufliche zurück.

»Ich hab noch mal über den Fundort nachgedacht. Unauffälliger kann man einen Menschen kaum verschwinden lassen. Und obwohl der Mord zum Zeitpunkt des Fundes erst wenige Stunden zurücklag, wurden keinerlei verwertbare Spuren gefunden. Spricht für eine geplante Tat und nicht für einen Anfänger.«

»Trotzdem hat der Täter einen Fehler gemacht.«

»Stimmt. Zumindest, wenn es sein Ziel war, dass Timo nicht gefunden wird. In dem Fall wäre eine Überprüfung sinnvoll gewesen, ob Herr Bormann tatsächlich schon beerdigt wurde. Man hätte sich nicht auf die Inschrift des Steins verlassen.«

Federsen zündete sich eine Zigarette an und paffte zweimal. »Vielleicht handelte er unter Zeitdruck. Dann lag die Wahl des Grabes auf der Hand.«

»Und noch etwas fällt auf: Die fehlende Gewalt. Zwar ist ein Messer im Herz keine friedliche Aktion, aber …«

»… eine Tat im Affekt oder zumindest mit Emotionen sieht anders aus«, schloss sich Federsen der Annahme an. »Damit drängen sich zwei Motive besonders auf.«

»Der Mann sollte bestraft oder zum Schweigen gebracht werden. Oder er stand aus anderen Gründen jemandem im Weg.«

Verblüfft registrierte Hannes, dass ihn der Austausch in den letzten Minuten an Diskussionen mit Fritz erinnerte. Bevor er weiter nachdenken konnte, ob er dem Braten wirklich trauen sollte, betraten Clarissa und Per das Zimmer. Die Polizistin runzelte nach einem Blick auf die glimmende Zigarette die Stirn. Nachdem sie eine der zahlreichen Topfpflanzen zur Seite gerückt hatte, öffnete sie wortlos das Fenster.

»Alle abgehakt?« Federsen rollte hinter seinen Schreibtisch zurück und blickte die Neuankömmlinge auffordernd an.

Per nickte. »Siebzehn Kerle, von denen ich jedem Einzelnen alles zutrauen würde. Wenn die einem mal als geschlossene

Front gegenübertreten, sollte man schnell das Weite suchen. Einer hat sogar ...«

»Die machen auf dicke Hose, ohne dass viel dahintersteckt.« Clarissa zeigte sich weniger beeindruckt. »Verstecken sich in ihren Lederklamotten und brauchen die schweren Motorräder als Schwanzverlängerung. Zur richtig harten Sorte zählen diese Jungs nicht, da hab ich schon ganz andere kennengelernt.«

»Wie auch immer.« Pers Gesicht hatte sich gerötet, wodurch seine Aknenarben deutlich sichtbar waren. »Harmlos sind die bestimmt nicht, aber für den Mord an Timo kommen dreizehn von ihnen schon jetzt nicht infrage. Die restlichen vier Alibis sind noch nicht geprüft.«

»Sind die denn vertrauenswürdig, die Alibis?«, wollte Federsen wissen.

»Einigermaßen. Allerdings können natürlich Leute eingeschüchtert worden sein, um ...«

»Schon klar.« Federsen winkte ab. Es war offensichtlich, dass er den Motorradclub als kalte Spur einstufte, und Hannes fragte sich, ob das nicht verfrüht war. Clarissa befand sich dagegen ausnahmsweise voll auf der Linie ihres Vorgesetzten.

»Wir reden hier nicht von einer Gruppierung wie den Hells Angels. Diese Kerle sind in erster Linie Freaks, die sich für schwere Maschinen und vermutlich Saufgelage begeistern. Daneben mögen sie sich auch mal prügeln, Drogen verticken oder Waffen verschieben – Dinge, für die fünf übrigens schon verurteilt wurden – aber an eine Verwicklung in den Mord glaub ich nicht. Außerdem war der Anführer sehr kooperativ. Zwar will er uns natürlich möglichst schnell loswerden, aber es war ihm sichtlich unangenehm, überhaupt in diese Sache verwickelt zu sein. Die Gruppe ist nämlich vor allem im Sicherheitsgewerbe aktiv und will keine Kunden verschrecken.«

»Das eine schließt das andere ja nicht aus«, wandte Per ein.

Clarissa überhörte den Einwand. »Es gab Hinweise, die uns weiterhelfen können. Timo konnte seine Finger offenbar nicht bei sich behalten. Eine Frau hat ihn sogar beschuldigt, sie vergewaltigt zu haben. Vermutlich wurde sie aber eingeschüchtert, denn sie hat die Anzeige zurückgezogen.«

»Befragen Sie diese Frau so schnell wie möglich«, forderte Federsen.

»Geht nicht.«

»Warum?«

»Weil sie nicht mehr lebt. Hat sich umgebracht. Das war vor zehn Monaten. Hatte nach dem … Vorfall psychische Probleme.«

Federsen stopfte die Zigarette in den randvollen Aschenbecher. »Woher wissen die Rocker darüber so genau Bescheid?«

»Tun sie gar nicht. Das hab ich von unseren Kollegen, weil der Tod untersucht wurde.«

»Auffälligkeiten?«

»Nein, wurde als Selbstmord abgelegt.«

»Schadet sicher nicht, sich mal ihre Umgebung anzusehen«, meinte Hannes.

»Genauso wie die einer anderen Frau«, nickte Clarissa. »Und das ist vermutlich noch viel spannender. Timo soll auch ihr gegenüber aufdringlich geworden sein. Und da gibt es eine interessante Überschneidung. Es geht nämlich um die Schwester von Pascal Hinz. Also die Schwester von dem Mann, dem wir laut Empfehlung des Türstehers einen genaueren Blick widmen sollten und der im selben Knast wie der verprügelte David sitzt – in dem zuvor auch der ermordete Timo seine Lebenszeit vergeudet hatte.«

Das zischende Geräusch, das Federsen ausstieß, sollte vermutlich einen Pfiff darstellen. »Passt schon mal ins Bild. Gibt es Gerüchte, dass auch David sich an Frauen vergangen hat?«

»Überhaupt nicht. Dafür soll er spielsüchtig und chronisch verschuldet sein. Obwohl er ein krankes Kind hat, kann er sich nicht zusammenreißen. Um alles zu finanzieren, nimmt er immer wieder fragwürdige Aufträge an. Daher hat er wohl auch behauptet, vor dem Schlag mit der Bierflasche nichts mit Rainer Breitner zu tun gehabt zu haben. Ich hab ihn heute Morgen schon mit dieser Falschaussage konfrontiert. Er begründete es damit, dass er seine Spielsucht verheimlichen wollte. Ich denke aber, dass er ganz andere Dinge verbergen möchte. Einige davon könnten im Zusammenhang mit Pascal Hinz stehen.«

»Der sitzt zwar seit Monaten im Gefängnis, hat aber natürlich jede Menge Leute für die Drecksarbeit.« Federsen wuchtete sich aus seinem Stuhl und begann hinter seinem Schreibtisch auf und ab zu gehen. »Hab mich vorhin mit ihm beschäftigt. Er ist äußerst geschickt darin, seine Hände in Unschuld zu waschen. Offiziell sind er und seine Leute Geschäftsmänner in verschiedenen Bereichen. Zum Beispiel Gastronomie, Kfz-Handel und sogar Web-Dienstleistungen. Unter diesen Deckmäntelchen werden die wirklich relevanten Deals abgewickelt. Dreimal wurde er aber erst drangekriegt, obwohl allgemein bekannt ist, dass bei ihm die Fäden zusammenlaufen. Ist eine echte Größe in der Unterwelt dieser Stadt. Er wird so sehr respektiert, dass ihm niemand offen in den Rücken fällt.«

»Wird seine Gründe haben ...«, orakelte Per.

»Allerdings. Es gab mal einen Informanten, der kurz davor war, auszupacken. Zog dann aber den Schwanz ein, komischerweise kurz nachdem er vermöbelt wurde. Angeblich hat er die Angreifer nicht erkannt, aber natürlich ist logisch, was da gelaufen ist.«

»Wir müssen herausfinden, in welchem Verhältnis Timo und David zu ihm standen, und für was er sie eingesetzt hat.«

»Wenn's weiter nichts ist.« Federsen verzog den Mund. »Pascal Hinz hat eine Mauer des Schweigens um sich errichtet.

Da traut sich keiner, das Maul aufzumachen. Ohne einen Insider werden wir aber ...«

»Ich hab 'ne Idee«, meldete sich Clarissa. »Ist zumindest einen Versuch wert. Die Gefangenen bekommen doch mit, was unter ihresgleichen so abläuft.«

»Wollen Sie irgendjemandem Strafmilderung dafür in Aussicht stellen, dass er sich umhört? So risikofreudig wird kaum einer sein.«

»Wer weiß. Ich denke an eine ganz bestimmte Person. Fritz Janssen sitzt doch im selben Gefängnis wie Pascal Hinz und David Krüger. Ich hab zwar nie enger mit ihm zusammengearbeitet, aber als Kommissar soll er ein knallharter Profi gewesen sein.«

»Ein völlig überbewerteter und unkollegialer Ermittler war er«, polterte Federsen mit rotem Kopf. »Ging ständig seine eigenen Wege und scherte sich einen Dreck um Dienstvorschriften. Bevor ich diesen Kerl einbinde ...«

»Aber ...«

»Kein Aber!«

»... es wäre eine echte Chance!« Clarissa ließ sich wie gewohnt nicht einschüchtern. »Und ein vielversprechenderer Ansatz, als Pascal von einem Verhör zum nächsten zu schleifen. Das lässt der doch locker an sich abperlen. Davon abgesehen würde sich Fritz Janssen nur selbst in Gefahr bringen. Sofern er überhaupt mitmacht. Wir könnten nur gewinnen.«

Federsen kaute auf seiner Unterlippe herum und ging zum Fenster, um es zu schließen. »Obwohl mir der Gedanke gefällt, dass er mal ordentlich ... Fritz ist unkontrollierbar!«

»Was soll er im Knast schon ausrichten? Sein Spielraum ist dort stark eingeschränkt.«

»Mag ja sein. Vielleicht ... ist es eine Überlegung wert. Ich muss das mit dem Polizeipräsidenten besprechen. Wenn er zustimmt ... Herr Niehaus, wie stehen Sie dazu? Sie haben doch im letzten Sommer ihn … und seinen Charakter kennengelernt.«

»Hm.« Hannes spürte, dass seine Ohren rot wurden. Clarissas Vorschlag kam unverhofft, lieferte ihm aber eigentlich eine Steilvorlage, da er am Vorabend schon auf dieselbe Idee gekommen war. Nur hatte er noch keinen Ansatz gefunden, wie er diesen Vorschlag unauffällig hätte platzieren können. »Liegt ja schon 'ne Weile zurück, dass ich mit ihm zu tun hatte. Ich denke, dass Clarissas Vorschlag gut ist. Ein ehemaliger Kollege in unmittelbarer Nähe zu Pascal und David: Das sollten wir ausnutzen. Klar, wir können Pascal auch einem Verhörmarathon unterziehen, nur werden wir damit kaum was erreichen. Außer, dass er auf der Hut ist.«

Federsen deutete sein Erröten falsch. »Wenn Sie mit Fritz nichts zu tun haben wollen, kann ich das gut verstehen. Dann such ich ihn mit Herrn Hoffmann oder Frau Held auf. Also, das heißt … natürlich nur, wenn der Präsident … ach, was für eine Scheiße! Herr Hoffmann, haben Sie sich eigentlich um die Besuche gekümmert, die Timo und David bekommen haben?«

Nicht nur Hannes, auch Per bekam nun rote Ohren. »Ähm, ja.« Er blickte stur auf die Wand. »Hab mir heute die Liste vom Gefängnis geben lassen. Darin ist genau aufgeführt, welcher Knacki wann und von wem Besuch empfangen hat.« Er räusperte sich.

»Ja, und?« Federsen sah ihn irritiert an.

»Also, Timo hatte bis zu seiner Entlassung keinen einzigen Besucher. David empfing mehrfach seine Frau und die Tochter. Und einmal kam Timo vorbei, als der schon draußen war.«

»Sonst noch was?«

Hannes bemerkte, dass Per nur den Kopf schüttelte und jeden Blickkontakt vermied. Er selbst begann zu schwitzen. Hatte der Kollege beim Durchblättern der Liste etwa auch die Besucher eines gewissen Fritz Janssen entdeckt? Wenn das so war, dann wäre ihm ein bekannter Name sofort ins Auge gesprungen. Hannes fluchte innerlich. Daran hatte er nie einen Gedanken verschwendet, aber wie hätte er auch ahnen sollen, dass dieses Gefängnis einmal in den Fokus von Ermittlungen rutschen könnte? Die Gefahr war nie zuvor so groß gewesen, dass sein regelmäßiger Austausch mit Fritz aufflog. Und dass es dabei nicht nur um private Plaudereien gegangen war, würde für alle auf der Hand liegen.

»Herr Hoffmann?« Ungehalten wartete Federsen auf eine Antwort.

Hannes kannte dessen Pflichtgefühl und ging vorsichtshalber dazwischen. »Hat eigentlich schon jemand mit Davids Frau gesprochen? Wenn sie ihn in Lebensgefahr wähnt, lässt sie vielleicht ein paar Infos raus.«

»Einen Versuch ist es wert.« Federsen ging dazu über, Pers merkwürdiges Verhalten zu ignorieren. Stattdessen verteilte er die anstehenden Aufgaben, und Hannes hörte mit gemischten Gefühlen, dass er mit seinem Chef ein Zweierteam bilden würde. Allerdings war es gerade sicher nicht schlecht, wenn sich Per außer Reichweite des Kommissars befand. Vergeblich hoffte er auf eine Gelegenheit, mit ihm unter vier Augen zu sprechen und sich vorsichtig an das sensible Thema »Besucherliste« heranzutasten. Per heftete sich an die Fersen seiner Kollegin und verließ mit abgewandtem Blick das Zimmer.

Der Besuch seiner Frau und Tochter sorgte dafür, dass David Krüger Mordgelüste verspürte. Er kannte sich gut genug, um zu wissen, dass er keinen Menschen töten könnte, aber Timo hätte ihm im Augenblick trotzdem nicht über den Weg laufen dürfen. Da der aber sowieso tot war, erübrigten sich derartige Gedankenspiele. Mühsam schluckte David die Mischung aus Wut und Verbitterung herunter – was ihm schwerfiel. Denn hätte Timo nicht die Kontrolle verloren, müsste er jetzt seiner Tochter nicht im Gefängnis gegenübertreten.

Liebevoll strich er über ihr Haar, ohne dass dies zu einer Reaktion führte. Sie sah weiter auf den Boden und hielt ihren Teddy fest an sich gepresst. Es lag nicht an ihrem schmächtigen Körper, dass Fremde sie nicht auf ihr Alter von acht Jahren schätzen würden. Das Asperger- Syndrom führte dazu, dass sie nach wenigen Minuten einen sonderbaren Eindruck auf Außenstehende machte. Ihre Motorik wirkte ungelenk, sie mied Blickkontakt und konnte sich eine gefühlte Ewigkeit mit derselben Tätigkeit beschäftigen. Auch jetzt zog sie ihrem Teddy in ständigen Wiederholungen seine zerschlissene Hose an und aus. Diese Tätigkeit unterbrach sie nur, um ab und zu einen prüfenden Blick auf das kleine Modellflugzeug zu werfen, das sie neben sich auf dem Boden geparkt hatte. David hatte den Bausatz im Gefängnisshop gekauft, es zusammengesetzt und ihr wenige Minuten zuvor überreicht.

Unverkennbar musste sie mit dem Spielzeug erst warm werden, obwohl Fliegen und insbesondere Flugzeuge ihre Leidenschaft waren. Dabei hatte sie selbst erst zwei Mal den Boden verlassen, es war ein kurzer Flug nach München zu einem medizinischen Spezialisten und wieder zurück gewesen. Wenn es ums Fliegen ging, wusste sie besser Bescheid als die meisten Erwachsenen. Ihrem Vater schnürte es die Kehle zu, als er sie beobachtete. Seine Frau bemerkte den inneren Aufruhr. Tröstend legte sie ihm die Hand auf den Arm.

»Sie vermisst dich die meiste Zeit über nicht. Nur abends wird sie wütend, weil du ihr nicht vorlesen kannst.«

Ihre Worte versetzten David einen weiteren Stich. Natürlich waren sie als Aufmunterung gemeint gewesen. Als Hinweis darauf, dass seine Tochter nicht unter seiner Abwesenheit litt. Doch auch dieses Wissen war schmerzhaft, obwohl seine Tochter vor allem im zwischenmenschlichen Bereich große

Defizite hatte. Zugleich hasste sie Abweichungen in der täglichen Routine. Um ihr trotz der Gefängnisumgebung einen Hauch von Normalität vorzutäuschen, verbarg David seine inneren und äußeren Schmerzen so gut wie möglich. Er hatte sogar das Krankenbett verlassen und sich auf einen Stuhl gesetzt.

Vanessa Krüger warf einen Blick auf die Tochter, die noch immer in sich versunken zu sein schien. »Wie ist das passiert?«, fragte sie leise.

»Hier trifft man eben nicht nur nette Leute. Hab eigentlich versucht, allen aus dem Weg zu gehen. Weiß selbst nicht, warum ausgerechnet ich …«

»David!« Angesichts des scharfen Tonfalls unterbrach die Tochter kurz das Spielen. Leiser fuhr ihre Mutter fort: »Erzähl mir keinen Blödsinn. Um was ging es?«

»Ich … bin da in so einen Schlamassel geraten. Nichts wirklich Ernstes. Mach dir keine Sorgen, ich krieg das schon wieder hin.«

»Ich soll mir keine Sorgen machen? Wie stellst du dir das vor? Es läuft doch schon seit Jahren so. Ich weiß genau, dass du das Geld nicht sauber verdienst. Glaubst du, es ist für mich leichter, wenn ich keine Ahnung hab, womit? Wie oft soll dich deine Tochter noch im Gefängnis besuchen müssen?«

»Ich sitze erst zum zweiten Mal«, entgegnete er sanft, griff in ihre schwarzen Haare und spielte mit ihren Locken. »Und es wird das letzte Mal sein. Versprech ich dir. Timo hat mich reingeritten, aber wenn ich wieder draußen bin, ändere ich mein Leben.«

Die Zweifel standen ihr ins Gesicht geschrieben. »Das hab ich schon oft gehört. So kann es nicht weitergehen. Wenn du keinen Job findest, kann ich wieder arbeiten gehen. Ich hab schon drüber nachgedacht. Du kümmerst dich um …«

Entschieden schüttelte er den Kopf. »Auf keinen Fall! Sonja braucht dich, du dringst viel besser zu ihr durch als ich.« Das

Eingeständnis fiel ihm nicht leicht, obwohl er sich längst damit arrangiert hatte, dass seine Frau als Einzige einen Zugang in das komplizierte Innenleben der Tochter fand. Ihm war bewusst, dass es für Sonja eine dramatische Veränderung darstellen würde, sollte ihre wichtigste Bezugsperson tagsüber ausfallen.

Vanessa nickte. »Aber wo und als was willst du arbeiten?«

»Weiß ich noch nicht. Eine schnelle Lösung ist aber auch gar nicht nötig. Wir werden erst mal keine Geldsorgen mehr haben.«

Die Zweifel wurden von offenem Misstrauen abgelöst. »Was hast du diesmal für ein Ding gedreht? Oder ist das Geld mal wieder vom Himmel gefallen?«

»Ist besser, wenn du das nicht weißt. Aber niemand kann mir was nachweisen. Und da Timo … er kann nichts mehr verraten oder mich hintergehen.«

Seufzend verbarg sie das Gesicht in den Händen. »Begreifst du eigentlich, wie sehr mich das alles belastet? Wie es mich schon immer belastet hat? Und jetzt sitzt du hier … und ich … ich weiß nicht, wie lange ich noch durchhalte.«

David biss sich auf die Unterlippe und kämpfte mit den Tränen. Er wusste, dass Vanessa stark und energisch war – aber natürlich hatte auch sie ihre Grenzen. Aufmerksam hob Sonja den Kopf, dann sprang sie von ihrem Stuhl auf. »Nein! Nein!«, schrie sie und rannte zu dem vergitterten Fenster. Immer wieder trat sie mit voller Wucht gegen den Heizkörper. Die Tür öffnete sich, und ein Justizangestellter trat herein.

»Was ist hier los?«

»Meine Tochter … bekommt manchmal Wutanfälle.« David hob beschwichtigend die Arme, während seine Frau sich neben die Tochter kniete und behutsam auf sie einredete.

»Schon mal was von Erziehung gehört?«

»Ich kann nichts … sie hat das Asperger-Syndrom.«

»Und?«

»Das ist eine Form von Autismus. Das hier … verwirrt sie und …«

»Ist ja auch kein Ort für Kinder. Sollten Sie beim nächsten Mal vorher drüber nachdenken.«

Mit ausdruckslosem Gesicht verschwand der Mann. Inzwischen war es Vanessa gelungen, das verstörte Kind zu beruhigen. Sonja nahm nun das Flugzeug in die Hände und begutachtete es eingehend.

»Vielleicht … solltest du nicht noch mal mit ihr herkommen.« Diesmal konnte David die Tränen nicht zurückhalten. »Besuch mich, wenn sie in der Schule ist. Sie sollte das hier nicht sehen.«

Er verschwieg, dass auch er sich tief im Inneren hilflos und verängstigt fühlte – wie ein Kind. Im Gefängnis herrschten ein rauer Ton und noch rauere Umgangsformen. Ein besonders unangenehmer Insasse war zwar verlegt worden, dafür hatten am Morgen drei Männer ihre Haft angetreten, von denen einer zwei Prostituierte erwürgt hatte, wie David von einem Bediensteten erfahren hatte. Am Nachmittag sollte er die Krankenstation wieder verlassen, und er dankte seinem Schicksal, wenigstens eine Einzelzelle zu haben. Bis zum Ende der Haft wollte er sich möglichst von den anderen Häftlingen fernhalten. Eine hundertprozentige Sicherheit gab es dennoch nicht, darüber machte er sich keine Illusionen.

»Pass auf.« Er griff nach Vanessas Hand, um seine Frau außer Hörweite der Tochter zu ziehen. »Du sollst … nur für alle Fälle … oder falls du zwischendurch Geld brauchst … also du solltest wissen, dass …«

Aufmerksam sah sie ihn an. Noch einmal atmete er tief durch und wischte sich die Augen trocken. Dann erzählte er, was ihm auf der Seele brannte. Nicht jedes Detail, nur so viel wie nötig war und zugleich so wenig wie möglich, um sie nicht in Gefahr zu bringen. Sie unterbrach ihn kein einziges Mal und sparte sich anschließend einen Kommentar. Stattdessen nickte sie nur und gab ihm einen Kuss. Wortlos sammelte sie ihre Sachen zusammen, und wieder spürte David einen imaginären Würgegriff um den Hals, als sie wenig später das Krankenzimmer verließ. An der Hand folgte ihr Sonja, die keinen Blick zu ihrem Vater zurückwarf. Wenigstens hatte sie sich heute von ihm umarmen lassen. Als die Tür ins Schloss fiel, weinte David.

Obwohl Federsen eine Verwicklung der Motorradclique in den Mordfall für äußerst unwahrscheinlich hielt, musste der Spur natürlich nachgegangen werden. Er selbst verspürte dazu keine Lust, weshalb sich Clarissa und Per erneut mit den Männern auseinanderzusetzen hatten. Vier Alibis galt es noch zu überprüfen, und drei davon wurden im Lauf des Nachmittags glaubwürdig bestätigt. Auch für das letzte Alibi gab es eine Bestätigung, die Clarissa allerdings stutzig machte. Sie winkte Per zu sich, der gerade gedankenverloren aus dem Fenster starrte.

»Sieh dir das an. Ferdinand Sichel hat behauptet, in der Nacht von Sonntag auf Montag bei seiner Freundin gewesen zu sein. Was sie bestätigt hat.«

»Du glaubst ihr nicht? Weil jede anständige Freundin für ihren Partner lügen würde?«

»Klar liegt die Vermutung nahe. Vor allem frage ich mich aber, wie sie an zwei Orten gleichzeitig gewesen sein soll.«

Per trat an ihren Schreibtisch. »Wie kommst du darauf?«

»Seine Freundin spielt Fußball. Und das ziemlich gut. Zufällig interessiere ich mich dafür. Am Sonntag fand ein Europapokalspiel statt. In Sarajevo. Und wie man an diesem Spielbericht sehen kann, hat sie dort das 1:0 geschossen.« Sie klopfte auf den Computerbildschirm.

»Wie bescheuert ist der Typ?«

»Hat wahrscheinlich gehofft, dass wir bescheuert sind. Oder uns zumindest nicht für Frauenfußball interessieren.«

»Tu ich auch nicht. Aber dass wir seine Freundin gegenchecken würden, hätte er sich eigentlich denken können.«

»Wahrscheinlich ist ihm auf die Schnelle nix Besseres eingefallen. Die Frage ist nur, warum er überhaupt gelogen hat.« Sie stand auf. »Er arbeitet als Fitnesstrainer. Lass uns mal unangekündigt in dem Studio auftauchen.«

»Und wenn er heute frei hat?«

»Dann ist das halt so.« An der Tür blieb sie stehen, da Per keine Anstalten machte, ihr zu folgen. »Auf was wartest du?«

»Äh was?«

»Denkst du, ich fahr allein? Was ist heute los mit dir? Bist schon die ganze Zeit so komisch.«

»Findest du? Muss nur … ich war in Gedanken. Sorry. Kann jetzt aber losgehen.«

Ohne weitere Worte schob er sich an ihr vorbei. Kopfschüttelnd folgte sie seinem dürren Körper. Aus ihrem Kollegen war sie noch nie richtig schlau geworden. Manchmal sprühte er vor Tatendrang, dann war er wieder lethargisch und unterwürfig. Über sein Privatleben wusste sie so gut wie nichts, und sie fragte sich, ob er wohl mit jemandem zusammen war. Sie selbst hätte es keine Woche mit ihm ausgehalten, was nicht nur seinem unattraktiven Äußeren geschuldet war. Clarissa bevorzugte selbstbewusste Männer, die zugleich in der Lage waren, ihr Paroli zu bieten. Dass sich viele von ihrer spitzen Zunge abschrecken ließen, hatte ihr erst am Wochenende eine Freundin zu verdeutlichen versucht.

Aber Clarissa ließ sich davon nicht entmutigen, denn auf einen Schlappschwanz hatte sie nun mal keine Lust. Vielleicht hatte sie darum auch weniger Berührungsängste mit den Rockern verspürt als ihr schmächtiger Kollege. Wäre sie Chef, sie würde Per völlig anders einsetzen. Nach ihrer Meinung war er die ideale Besetzung, um Hintergrundinformationen zu erschnüffeln und sich mit technischen Überwachungen auseinanderzusetzen. Als Mann für die Straße war er schlicht und einfach viel zu zart besaitet. Bei dieser Überlegung kam ihr Hannes in den Sinn. Zwar war auch er grundsätzlich ein sensibler Typ, strahlte aber dennoch Männlichkeit aus. Weshalb sie ihn trotzdem nie als möglichen Partner angesehen hatte, konnte sie selbst nicht beantworten. Aber vermutlich war es sowieso besser, Beruf und Privatleben getrennt zu halten. Gegen diese Regel hatte sie vor Jahren einmal verstoßen – und anschließend in Form einer Versetzung dafür bezahlen müssen.

Wortlos nahm Clarissa ihrem Kollegen den Schlüssel des Dienstwagens ab, als sie in der Tiefgarage ankamen. Per akzeptierte es mit einer resignierten Grimasse. Er wusste aus Erfahrung, dass sie eine ungeduldige Verkehrsteilnehmerin war und seine zurückhaltende Fahrweise schnell zu scharfen Bemerkungen führen würde. Dass die Ermittler auf dem Weg zu einer vielversprechenden Figur auf dem Spielfeld waren, erkannten sie kurz darauf. Der Mann hatte nicht nur ein falsches Alibi vorgelegt, sondern musste in einem engeren Kontakt zu Timo Reichel gestanden haben, als er zugegeben hatte. Den entsprechenden Hinweis erhielt Per, als Clarissa gerade von der Garagenausfahrt auf die sonnenüberflutete Straße einbog. Stirnrunzelnd hörte er dem Kollegen aus der Spurensicherung zu, dann beendete er das Telefonat.

»Die Spuren in Timos Auto sind jetzt alle ausgewertet«, teilte er mit.

»War was Spannendes dabei?« Clarissa beschleunigte, bevor sich ein Bus aus einer Haltebucht vor sie zwängen konnte.

»Allerdings. In dem Transporter müssen sich Drogen befunden haben, es gab kleine Reste von Marihuana und Crystal Meth. Überrascht nicht wirklich, da Timo schon wegen Dealens verurteilt wurde. Überraschender ist, wessen DNA gefunden wurde.«

»Hat dir eigentlich schon mal jemand gesagt, dass du richtig nerven kannst?«, fragte Clarissa, als er vielsagend schwieg. »Spuck's endlich aus.«

Per machte ein beleidigtes Gesicht. »Es gab DNA von vier verschiedenen Personen. Natürlich von Timo selbst und auch von David, was ja nicht überrascht. Von den beiden anderen ist nur eine identifizierbar, da diese Person einen Eintrag im Polizeicomputer hat.«

»Name?«

»Ferdinand Sichel.«

Clarissa revanchierte sich für die langatmige Information, indem sie ihrerseits schwieg. Dafür ließ sie das Fenster herunter und knallte das mobile Blaulicht aufs Dach. Binnen Sekunden erhöhte sie das Tempo drastisch, und in ihrem Gesicht zeigte sich Zufriedenheit. Ob dies dem Hinweis aus der Spurensicherung galt oder der Tatsache geschuldet war, endlich mal wieder Vollgas geben zu können, wusste nur sie selbst. Per verkniff sich trotz teils halsbrecherischer Manöver einen Kommentar. Dass Ferdinand Sichels Verhör an Dringlichkeit gewonnen hatte, war glasklar.

Schweigend näherten sich die Kollegen dem Stadtrand. Kurz vor Erreichen des Ziels nahm Clarissa das Blaulicht wieder vom Dach des Zivilfahrzeugs und reduzierte die Geschwindigkeit. Sie bog in ein Viertel ein, das überwiegend aus Büro- und Gewerbegebäuden bestand. Das Fitnessstudio *Iron Armor* befand sich am Rande eines Parks neben einer Kletterhalle. Die Polizisten hatten eine heruntergekommene Muckibude erwartet, doch schon der Eingangsbereich belehrte sie eines Besseren. Er wirkte fast wie die Lobby eines luxuriösen Hotels, wenn an den Wänden nicht ästhetische Gemälde verschiedener Körperpartien gehangen hätten. Schräg hinter dem Tresen erlaubte eine Glasfront erste Einblicke in die Trainingswelt. Alles wirkte hell und modern.

»Einen Typen wie Ferdinand hätte ich hier nicht erwartet«, murmelte Per.

»Weil du bis zum Rand mit Vorurteilen voll bist. Ich hab auch Tattoos an verschiedenen Stellen und bin trotzdem Polizistin.«

»Die sieht man aber nicht. Bei ihm dagegen … außerdem hab ich auf seinen zwielichtigen Hintergrund angespielt.«

»Wird sich zeigen, wie zwielichtig der ist.« Clarissa hatte den Empfang erreicht und trommelte mit den Fingernägeln auf die Glasplatte. Im angrenzenden Büro hob eine junge Frau den Kopf und trat dann durch die geöffnete Tür.

»Ferdinand ist noch nicht da«, antwortete sie auf eine entsprechende Frage. »Müsste aber in der nächsten Viertelstunde auftauchen.«

»Sind Sie sicher?« Clarissa deutete auf eine Tafel. »Auf dem Kursplan steht, dass er gerade einen Work-out leitet.«

»Normalerweise wär das auch so. Aber ein Kollege ist eingesprungen, da Ferdinand nicht konnte.«

»Warum?«

Verunsichert sah die Frau sie an. »Weiß ich nicht. Geht mich auch nichts an.«

»Trotzdem wissen Sie bestimmt einiges über ihn«, mischte sich Per ein. »Ist ja immerhin ein auffälliger Typ. Haben Sie nicht Angst, dass er Gäste abschreckt?«

Ihre Miene drückte zunehmende Verwirrtheit aus. »Er ist selbst der Chef. Was ist überhaupt los? Steckt Ferdinand in Schwierigkeiten?«

»Wir müssen bloß mit ihm sprechen.« Clarissa warf Per einen warnenden Blick zu. »Wenn er in den nächsten Minuten hier aufkreuzen soll, dann bleiben wir so lange.«

»Im ersten Stockwerk ist eine Bar. Ich sag ihm, dass Sie dort auf ihn warten.«

»Schlechte Idee«, verkündete Clarissa. »Wir warten hier auf ihn. Haben Sie …«

»Da kommt er.« Die Frau deutete auf eine Tür, die seitlich abging. »Ferdinand, die Polizisten hier suchen nach dir!«

Clarissa und Per wendeten die Köpfe und erkannten den Mann sofort wieder. Auf Clarissa hatte er einen imponierenden, auf Per einen abschreckenden Eindruck gemacht. Letzteres schien auch Ferdinand Sichels Empfindung zu sein. Beim Anblick der Ermittler machte er auf dem Absatz kehrt und schlug die Tür hinter sich zu.

Clarissa reagierte als Erste. »Wohin führt diese Tür?«, schrie sie die Empfangsmitarbeiterin an.

»Das ist … was ist denn mit Ferdinand …?«

»Wohin führt die Tür?«

»In den Gang zu den Umkleiden, man kommt aber auch in verschiedene Trainingsräume, und hinten geht eine Treppe zur Bar hoch.«

»Gibt es noch andere Wege?«

»Die Treppe runter zur Tiefgarage.«

»Per, du läufst außen rum zur Einfahrt«, bestimmte Clarissa. Ohne eine Erwiderung abzuwarten, setzte sie sich in Bewegung und stürzte zur Tür. Fast hätte sie einen älteren Mann über den Haufen gerannt, der gerade den Gang verlassen wollte. Seinen erschrockenen Ausruf ignorierte sie genauso wie die Fragen, die ihr vom Empfang hinterhergerufen wurden. Aus der ersten Tür auf der rechten Seite traten drei Frauen, die in ein Gespräch vertieft waren. Clarissa war froh, dass sie nicht kopflos losgestürmt war, sondern sich eine grobe Beschreibung hatte geben lassen. Sollte Ferdinand Sichel über die Tiefgarage abhauen, würde er direkt in Pers Arme laufen, und wenn er sich irgendwo im Gebäude versteckte, würde sie ihn finden.

Sie ging äußerst fokussiert vor. Statt sich darüber Gedanken zu machen, weshalb der Mann sich hatte absetzen wollen, konzentrierte sie sich darauf, keinen Fehler zu machen. Schnell hatte sie die Umkleideräume und Duschen auf der rechten Seite überprüft, und dabei mehrfach überraschte Blicke geerntet. Dass der Flüchtige sich auch nicht in dem mit teuren Kraftmaschinen gespickten Trainingsraum aufhielt, stellte sie kurz darauf fest. Es gab noch vier weitere Türen, die vermutlich zu Kursräumen führten. Allerdings war die erste Tür abgeschlossen, und das ließ sie misstrauisch werden.

Gerade als sie überlegte, ob sie zum Empfang zurücklaufen und nach einem Schlüssel fragen sollte, trat am Ende des Ganges jemand aus einem Raum. Obwohl der Mann ihr den Rücken zudrehte und sofort hinter der letzten Tür verschwand, erkannte sie ihn sofort. Ohne zu zögern sprintete sie los und erinnerte sich dabei an die Beschreibung dieses Ortes. Nach oben würde Sichel sicher nicht laufen, dort saß er in der Falle. Also nach unten in die Tiefgarage. Dass ihre Vermutung zutraf, zeigte das Geräusch sich schnell entfernender Schritte, als sie das Treppenhaus erreichte. Sie kamen eindeutig von unten. Clarissa fluchte über den gefliesten Bodenbelag, der auch ihre eigenen Schritte lautstark widerhallen ließ.

Während sie mehrere Stufen auf einmal nahm, fingerte sie nach ihrem Telefon. Der Versuch, ihren Kollegen vorzuwarnen, schlug fehl. Das Smartphone hatte keinen Empfang, und als sie in die Tiefgarage sprang, hatte sie keine Möglichkeit, es weiter zu versuchen. Eine schwere Sporttasche traf sie am Kopf, und überrumpelt stürzte sie der Länge nach hin. Das Handy glitt ihr aus der Hand und schlitterte über den Betonboden. Sie verlor nur wenige Sekunden, bevor sie sich wieder aufrappelte. Ihr Blick erfasste den Rücken des Flüchtigen, und sie registrierte verblüfft, dass er sich nicht in Richtung Ausfahrt bewegte.

Die Sporttasche hatte er sich über die Schulter geworfen, und mit großen Schritten rannte er in den hinteren Teil der Garage. Clarissa vermutete, dass er auf dem Weg zu seinem

Fahrzeug war und setzte ihm nach. Ferdinand Sichel hatte jedoch andere Pläne. Versteckt hinter einem Pfeiler gab es eine weitere Tür – den Notausgang. Der Polizistin wurde bewusst, dass Per damit als Unterstützung ausgefallen war. Mit erhöhter Achtsamkeit steigerte sie noch einmal das Tempo und öffnete die Stahltür von der Seite. Die Vorsicht war allerdings unnötig, da der Mann keine weitere Attacke im Sinn hatte. Als Clarissa die Treppe hinaufgelaufen war und ins Freie trat, sah sie, dass er sich in Richtung Park absetzte. Wenigstens hatte sie wieder Empfang, sodass sie Per erreichen konnte. Ihr Atem ging stoßweise, als sie ihn über die letzten Minuten informierte.

»Soll ich Verstärkung rufen?«, fragte er.

»Kannst du machen. Beweg aber vor allem deinen Hintern. Wir sind dicht an ihm dran. Lauf vorn über die Autobrücke und dann auf der anderen Uferseite Richtung Innenstadt. Weiter unten gibt's die Fußgängerbrücke. Wenn er da rüber kommt, haben wir ihn verloren.«

»Aber du siehst ihn doch und kannst erkennen, wohin …«

»Jetzt halt die Klappe und lauf! Der Typ ist schneller als ich!«

Entnervt drückte sie die rote Taste und sparte sich ihre Luft. Tatsächlich dürfte Ferdinand nicht nur an Kraftgeräten seinen Körper stählen. Auch seine Lunge war in guter Verfassung. Clarissa bemerkte erste Anzeichen von Seitenstechen, als sie ihm durch die Grünanlage hinterherjagte. Es gab nur vereinzelte Passanten und kaum Bäume. Auf der anderen Flussseite befand sich dagegen eine Kleingartenanlage, und daneben wuchs ein kleiner Wald. Sollte er es bis dorthin schaffen, würde die Lage unübersichtlicher werden. Glücklicherweise musste zuvor ein eingezäunter Sportplatz umrundet werden, sodass ihr Kollege am anderen Ufer aufschließen konnte. Clarissa dachte an die Fußgängerbrücke und hoffte, dass Per rechtzeitig eintreffen würde. Allerdings hatte der noch nie zu den schnellsten Läufern gehört.

Unterdessen war Ferdinand an dem Zaun angekommen, der den Sportplatz abgrenzte. Zu Clarissas Ernüchterung stellte er für ihn kein Hindernis dar, obwohl die Abgrenzung fast drei Meter hoch sein musste. Ohne zu zögern warf er seine Sporttasche auf die andere Seite und kletterte an dem Maschendrahtzaun empor. Einen Moment erwartete sie, dass das Geflecht unter dem Gewicht des Mannes nachgeben würde, da es sich schon nach außen bog. Er verlor jedoch lediglich den Halt und fiel auf den Rücken. Clarissa fluchte über sich selbst, dass sie keine Waffe bei sich trug. Ihr Atem ging schnell, als sie sich an einer weiteren Tempoverschärfung versuchte.

»Polizei! Bleiben Sie … stehen!«, schrie sie abgehackt, löste damit aber nur einen erneuten Kletterversuch aus.

Die Polizistin war noch zweihundert Meter entfernt, und auf dem Sportplatz wurden Athleten auf das Geschehen aufmerksam. Mehrere Jugendliche deuteten in Richtung Zaun und unterbrachen ihr Speerwurftraining. Mit Mühe krabbelte der Verfolgte über den Draht und sprang auf der anderen Seite nach unten. Triumphierend blickte er zu der Ermittlerin zurück, dann schnappte er seine Tasche und rannte über die Aschenbahn, um das angrenzende Fußballfeld zu überqueren.

Offenbar hatten zwei waghalsige Teenager den Hintergrund der Verfolgungsjagd begriffen. Während sich Clarissa ihrerseits abmühte, den wackeligen Zaun zu erklimmen, näherten sie sich. Beide verfügten trotz ihres jugendlichen Alters über einen beachtlichen Oberkörper, vermutlich war Speerwerfen ihre Paradedisziplin. Auch Ferdinand wirkte überrascht. Kurz geriet sein Sprint ins Stocken, und er versuchte, einen Bogen zu schlagen.

»Mischt euch nicht ein!«, brüllte er drohend, als sich schon einer der Athleten auf ihn warf.

Das Gerangel war nur von kurzer Dauer und endete in dem Augenblick, als Clarissas Füße wieder den Boden berührten. Ihr Ärmel war aufgerissen, und ihre rechte Hand wurde von einem tiefen Kratzer geziert. Gerade als sie sich wieder in Bewegung setzte, bewies Ferdinand seine Überlegenheit. Ein harter Faustschlag traf den ersten Angreifer frontal ins Gesicht, und mit einem Tritt holte er den zweiten Athleten von den Beinen. Ohne die Jugendlichen weiter zu beachten, die sich am Boden krümmten, griff er nach der Tasche und beschleunigte. Die anderen Sportler hatten sich ebenfalls genähert, gingen aufgrund der veränderten Situation aber wieder auf Abstand.

Clarissa überlegte nur kurz, wie sie ihre Prioritäten setzen sollte. Der Trainer lief hektisch zu seinen Schützlingen, sodass sie die Versorgung der Verletzten hintanstellte. Zumal der Abstand zu Ferdinand schon wieder zunahm. Eine weitere Kletterpartie wollte er sich ersparen, stattdessen strebte er auf die offene Einfahrt des Geländes zu. Dort angekommen wandte er sich nach rechts und lief den Weg zum Fluss entlang. Den entscheidenden Fehler beging er wenige Minuten später.

Wie Clarissa vermutet hatte, wollte er das Gewässer bei der nächsten Gelegenheit überqueren. Auf der anderen Seite gab es genügend Möglichkeiten, aus ihrem Sichtfeld zu verschwinden. Er warf noch einen Blick über die Schulter und bog dann auf die Fußgängerbrücke ab. Neue Hoffnung ließ die Polizistin aufatmen, als sie auf der gegenüberliegenden Seite die schlaksige Figur ihres Kollegen erkannte. Obwohl er nach ihrer Meinung fahrlässig langsam unterwegs war, dürfte er rechtzeitig eintreffen. Das erkannte auch Ferdinand Sichel, als er die Hälfte der Brücke überquert hatte und Per ihm entgegenschrie, er solle stehen bleiben. Der Flüchtende machte auf der Stelle kehrt – und blieb nach wenigen Schritten tatsächlich stehen. Clarissa hatte die Brücke ebenfalls erreicht, und obwohl sie nach Luft japste, verzog sich ihr Mund zu einem triumphierenden Grinsen.

Für Ferdinand gab es keinen Ausweg, und dass Per seine Waffe nicht vergessen hatte, war nicht zu übersehen. Mit einem schnellen Schritt trat der Mann an das Geländer. Für einen Augenblick stockte Clarissa der Atem, da sie annahm, dass er in den Fluss springen würde. Stattdessen nahm er die Tasche von der Schulter und warf sie mit Schwung in das schnell dahinfließende Gewässer. Dann trat er wieder zurück, drehte sich zu ihr um und hob die Arme. Irritiert bemerkte sie, dass es nun an ihm war, triumphierend zu grinsen.

KAPITEL 6

Äußerlich ungerührt hatte Hannes die Mitteilung der Polizeiführung aufgenommen, dass eine Einbeziehung seines früheren Vorgesetzten als Informant genehmigt worden war. Wenn auch mit strikten Auflagen. Fritz Janssen sollte nicht in alle Details eingeweiht werden, wobei Hannes dies eher als Absicherung seitens der Führung und somit als Empfehlung einstufte. Darüber hinaus gab es keine verbindliche Zusage, dass die Mitarbeit Hafterleichterungen oder gar eine Haftverkürzung mit sich bringen würde. Hannes ging davon aus, dass dies ohnehin nicht nötig war. Fritz dürfte begeistert sein, endlich wieder ohne Versteckspiel bei einer Mordermittlung mitwirken zu dürfen. Besondere Anreize waren da gar nicht nötig.

In erster Linie freute sich auch Hannes, unverhofft und offiziell mit dem ehemaligen Kommissar zusammenarbeiten zu können. Andererseits befürchtete er, dass im Zuge dieser Kooperation seine inoffiziellen Besuche bekannt wurden. Dieser Gedanke ließ ihn nicht los, und entsprechend schweigsam saß er neben Federsen im Auto. Der deutete seine Befangenheit falsch.

»Wär Ihnen lieber, wenn Sie Fritz nie mehr zu Gesicht bekämen? Geht mir genauso, aber unser Job fordert eben immer wieder Opfer.«

»Wenn es uns weiterhilft, soll's mir recht sein.« Hannes gelang es, einigermaßen gleichgültig zu klingen. »Liegt ja alles schon 'ne Weile zurück. Seitdem ist so viel passiert, dass es fast vergessen ist.«

Federsen schaltete einen Gang zurück, obwohl er das Tempo kaum verringerte. Er musste seine Stimme heben, um das laute Motorengeräusch zu übertönen. »Mir brauchen Sie nichts vorzumachen. Die erste Mordermittlung ist immer etwas speziell, das vergisst man nie. In Ihrem Fall mit den besonderen Begleiterscheinungen schon gar nicht. Ich find es aber gut, dass Sie das so professionell nehmen.«

Hannes ignorierte die merkwürdige Fahrtechnik und musterte seinen Chef. »Was war denn *Ihr* erster Fall?«

Es war einer der seltenen Momente, in denen sich ein Lächeln auf dem fülligen Gesicht des Kriminalhauptkommissars zeigte. »Ich erinnere mich daran, als wäre es gestern passiert. Damals war ich noch blutjung, jünger als Sie. Und natürlich sportlicher als heute, wenn auch nicht Ihr Format. Aber ich schweife ab. Wir haben damals in Schaustellerkreisen ermittelt. Der Magier eines kleinen Wanderzirkus wurde mitten in der Vorstellung ermordet. War natürlich schockierend für die Kinder im Publikum.«

»Und wohl leicht aufzuklären, da es genügend Augenzeugen gab?«

»Von wegen. Der Täter war nicht dumm.« Eine Wolkenwand hatte sich vor die Sonne geschoben, und Federsen schaltete den Scheibenwischer ein. »Zum Abschluss seiner Show sollte der Zauberer Feuer spucken, dummerweise war die Flüssigkeit durch eine hochaggressive Säure ersetzt worden. Bis die Ersthelfer dahinterkamen, was er für ein Problem hatte, war es schon zu spät.«

»Die Fantasie mancher Mörder ist grenzenlos.« Hannes schüttelte sich.

»Tja, das hat sie mit der Liebe gemeinsam.«

Überrascht sah Hannes ihn an. Der amüsierte Gesichtsausdruck hatte einem melancholischen Zug Platz gemacht. »Wie meinen Sie das?«

»Um es kurz zu machen: Als Mörder entpuppte sich am Ende der Clown der Truppe. Fand es gar nicht witzig, dass der Tote zu Lebzeiten seiner Angebeteten schöne Augen gemacht hatte. Dabei hatte die weder von dem einen noch von dem anderen was wissen wollen.«

»Wer war die Frau?«

»Die Artistin des Ensembles. Wenn die auf dem Seil tanzte, stand die Welt still.« Das belustigte Lächeln kehrte zurück. »Sie stellte sich als wichtigste Zeugin heraus und … anderthalb Jahre später haben wir geheiratet.«

»Na so was«, bemerkte Hannes überrumpelt, und sofort dachte er an Anna. Welche unerwarteten Parallelen es in seinem und Federsens Leben gab! Ob er in zwanzig Jahren auch ein dicker und mürrischer Kettenraucher sein würde? Sofort rief er sich innerlich zur Ordnung. Sein Chef öffnete ihm seine private Flanke und war ganz offensichtlich an einer weiteren Verbesserung ihres Verhältnisses interessiert. Wieso konnte er sich diesen Bemühungen nicht vorbehaltlos anschließen? Immerhin dauerte Federsens milder Zustand schon gute zwei Wochen an. Er beschloss, sein Misstrauen zur Seite zu schieben.

»Mir hat mein erster Fall ja auch eine Freundin beschert. Man könnte uns vorwerfen, die Situation ausgenutzt zu haben.«

»Unsinn.« Federsen fand in den dritten Gang zurück, und die Geräuschkulisse normalisierte sich. »Wir müssen in unserem

Job genug einstecken. Und wie sieht's aus? Steht bei Ihnen bald der nächste Schritt an?«

Hannes stellte fest, dass er trotz allen Bemühens um eine Annäherung nicht gerade scharf darauf war, intime Angelegenheiten mit seinem Chef zu besprechen. Dafür war dieser Mann trotz allem einfach der falsche Typ Mensch. Dass es mit Anna auch schon Schwierigkeiten gegeben hatte, wurde von Hannes sogar gegenüber seinen Freunden nicht an die große Glocke gehängt.

»Ist ziemlich frisch. 'ne Hochzeit ist für uns noch kein Thema. Da vorn müssen wir links ab, die direkte Zufahrt zum Gefängnis ist durch eine Baustelle versperrt.«

»Ach, kennen Sie sich hier aus?« Hannes stockte kurz der Atem, aber glücklicherweise ging Federsen nicht weiter auf das Ablenkungsmanöver ein. »Passen Sie nur auf, dass Ihre Partnerschaft nicht der Ermittlungsarbeit zum Opfer fällt. Ist ein Berufsrisiko, das man nicht unterschätzen sollte. Meine Frau hat eine ganze Weile gebraucht, bis sie damit klargekommen ist. Ständig auf Abruf und unterwegs, das kann ein echter Beziehungskiller sein.«

Nun wurde Hannes doch neugierig, denn mit genau diesem Problem hatte er zu kämpfen. »Und wie haben Sie es gelöst?«

Federsen grunzte. »Das Problem an sich lässt sich nicht lösen. Spekulieren Sie also nicht darauf, dass ich Sie künftig um fünf Uhr nach Hause schicke und am Wochenende in Ruhe lasse.« Er setzte den Blinker und hob den Zeigefinger. »Toleranz ist der Schlüssel. Und zwar gegenseitige. Erwarten Sie nicht, dass Ihre Freundin jederzeit bereit steht, sobald Sie mal Freiraum haben. Jeder muss ein Stück weit sein eigenes Leben leben.«

»Dann droht man aber, nebeneinanderher zu leben«, wandte Hannes ein und dachte an die letzten Monate.

Federsen zuckte mit den Schultern. »Einen Tod muss man sterben. Sogar als Mordermittler. Natürlich ist es nicht immer leicht. Die Alternative wäre aber, gar keine Beziehung zu haben. Müssen Sie selbst wissen, was attraktiver ist.«

Hannes schluckte. Er hatte sich einen positiveren Tipp erhofft. Federsen überraschte ihn erneut, indem er die letzten Minuten der Fahrt schwieg. Vielleicht ahnte er, dass sein junger Kollege gerade Zeit zum Nachdenken benötigte – und diese Grübeleien drehten sich weder um die Mordermittlung noch um Fritz Janssen. Erst als der Kommissar den Wagen auf dem Parkplatz des Gefängnisses abstellte, kehrten die Gedanken des Sportpolizisten wieder zum eigentlichen Grund seines abendlichen Beisammenseins mit Federsen zurück. In dem kurzen Augenblick der Ruhe hatte er aber eine Entscheidung getroffen, die sich richtig gut anfühlte. Im Grunde war es ganz banal, aber er war fest entschlossen, wieder Leichtigkeit und Zuversicht in seine Beziehung zu bringen.

Es waren zwiespältige Gefühle, die in Vanessa Krüger tobten, wobei der Ärger überwog. Ärger darüber, dass sie sich überhaupt jemals auf David eingelassen hatte und ihn trotz all seiner Verfehlungen noch immer liebte. Doch was sollte sie dagegen tun? Logik und Liebe gingen eben oft nicht Hand in Hand. Hätte sie auf ihre Eltern gehört, die zurückliegenden Jahre wären sicher anders verlaufen. Ob es sich dabei um ein besseres Leben gehandelt hätte, würde für immer ungeklärt bleiben. Sie hatte sich nun mal für diesen Weg entschieden und neigte trotz aller Tiefschläge zu dem Urteil, richtig gehandelt zu haben. Vernunft führte nicht unbedingt zu Glück, sondern oft direkt in die Langeweile, davon war sie überzeugt.

Im Moment hätte sie gegen ein wenig Langeweile allerdings kaum etwas einzuwenden gehabt. Der Besuch im Gefängnis hatte sie aufgewühlt. Sie wusste, wie stark David an seiner Tochter hing und wie heftig er unter der Trennung litt. Dabei konnte sie selbst wesentlich besser mit Sonjas Behinderung umgehen. Oft hatte sie beobachtet, wie ihr Mann seine Tochter mit Tränen in den Augen betrachtete. Sein Wunsch, sie vor allem Übel der Welt zu bewahren, war schon fast ungesund. Vanessa war der Meinung, dass Sonja von einem weitestgehend normalen Umgang mehr profitierte als von einem erstickenden Beschützerinstinkt. Natürlich schmerzte es sie auch, dass ihr Kind nie ein normales Leben würde führen können. Dass Sonja dadurch automatisch unglücklich war, glaubte sie jedoch nicht. Ihre Tochter lebte eben in einer anderen, besonderen Welt. Solange die Rahmenbedingungen passten, stellte dies aber kein vernichtendes Urteil dar.

Das Problem war nur, dass die Rahmenbedingungen gerade überhaupt nicht passten. Sonja benötigte geregelte Abläufe und feste Rituale. Professionelle Hilfe abseits der Kassenleistungen war ebenfalls hilfreich – aber teuer. Davids Maßnahmen zur Geldbeschaffung gefielen Vanessa zwar nicht, sie verurteilte sie aber auch nicht. Die Gesellschaft hatte die Familie im Stich gelassen und ihr keine andere Wahl gelassen. So stellte David es immer dar, und allmählich hatte sie diese Sicht der Dinge übernommen. Dummerweise waren seine Maßnahmen aber mit Risiken verbunden. Welches Ausmaß diese Gefahren hatten, war ihr erst vor ein paar Tagen klar geworden.

Sie hatte sich entschieden, David nichts von der Begegnung zu erzählen, die ihr am zurückliegenden Samstag widerfahren war. Er machte sich schon genug Sorgen und musste um sein eigenes Leben fürchten. Aus diesem Grund hatte sie einen Rollkragenpullover angezogen, sodass er die Flecken am Hals nicht hatte sehen können. Es war das erste Mal gewesen, dass sie seinetwegen körperliche Konsequenzen zu spüren bekommen hatte. David war den entscheidenden Schritt zu weit gegangen und hatte damit nicht nur sich, sondern ebenso seine Frau und Tochter in eine ernste Gefahr gebracht. Das ärgerte Vanessa so sehr, dass es für den Moment die Angst überlagerte. Warum hatte er es nicht gut sein lassen? Und warum, verdammt noch mal, konnte er nicht endlich seine Spielsucht in den Griff bekommen? Ohne die finanziellen Schieflagen, die sich daraus ergaben, wäre es vermutlich nie so weit gekommen. Das war die einzige Schwäche, die Vanessa ihrem Mann vorwarf und wegen der es immer wieder heftige Auseinandersetzungen gegeben hatte.

Nach mehreren erfolglosen Therapien hatte sie mittlerweile resigniert. Doch sie war nicht länger bereit, ihm die Führungsrolle in der Familie zu überlassen. Die Botschaft, dass auch Sonja ins Visier geraten konnte, war am vergangenen Wochenende unmissverständlich gewesen und hatte ihre Spuren hinterlassen. Eine Grenze war überschritten worden, und da David im Gefängnis saß, lag es an ihr, die Sache wieder geradezubiegen. Dass sie sich immer aus den kriminellen Machenschaften herausgehalten hatte, stellte sich nun als Nachteil heraus. Weder kannte sie das gesamte Bild noch war sie es gewohnt, mit derartigen Kreisen Umgang zu haben. Eine Wahl hatte sie aber ohnehin nicht. Unbewusst tastete sie mit den Fingern ihren Hals ab, der auch am Abend hinter dem Kragen des Pullovers verborgen blieb.

Der überraschend aufgetauchte Gast verfolgte die Bewegung mit unbewegtem Gesicht. Die beiden Frauen saßen sich am Küchentisch der Krügers gegenüber, und Vanessa registrierte auch am Hals der Besucherin Spuren, die auf Gewaltanwendung hindeuteten. Ob sie Ähnliches erlebt hatte wie sie selbst? Die Frau hatte sich als Elena vorgestellt und angekündigt, etwas Wichtiges besprechen zu müssen. Nur kurz hatte Vanessa gezögert, sie in die Wohnung hereinzulassen. Die Frau wirkte harmlos und hatte eine freundliche Ausstrahlung.

Die Entscheidung war gefallen, als sie hinzugefügt hatte, die Probleme der Familie zu kennen und lösen zu können.

Verlegen schielte Vanessa auf das benutzte Geschirr, das sich in der Spüle stapelte. Fruchtfliegen schwirrten durch den Raum, und es roch nach überreifem Obst. Sonja lag bereits im Bett, es hatte an diesem Tag außergewöhnlich lange gedauert, bis sie eingeschlafen war. Als aus dem angrenzenden Kinderzimmer ein Geräusch erklang, lauschte ihre Mutter kurz mit schräggelegtem Kopf. Da es ruhig blieb, konzentrierte sie sich wieder auf Elena, die an einer Tasse Kaffee nippte.

»Sie haben mich neugierig gemacht. Was meinen Sie damit, dass Sie uns helfen können? Wobei überhaupt?«

Elena strich sich eine Strähne des braunen Bobs hinter das Ohr. Sie war stark geschminkt, und ihre Hände spielten mit einer Zigarettenschachtel. Allerdings respektierte sie die Bitte der Gastgeberin, nicht in der Wohnung zu rauchen. Dann lehnte sie sich auf dem knarzenden Stuhl zurück und lächelte.

»Wir brauchen nicht um den heißen Brei drumrum zu reden. Wir wissen doch beide, worum es geht.«

Vanessa versteifte sich. Hatte sie dem Feind arglos die Tür geöffnet, nur weil er diesmal über ein freundlicheres Gesicht verfügte? Sie erinnerte sich, dass David ihr beim letzten Treffen von einer Pistole erzählt hatte, die er unten im Kellerabteil versteckt hatte. Für den Fall, dass sie sich bedroht fühlte, sollte sie die Waffe an sich nehmen. Er selbst habe sie nie abgefeuert, aber noch immer war sie schockiert, dass er überhaupt eine Pistole besaß. Würde sie darüber am Ende noch froh sein müssen? Aber würde sie im Ernstfall auch mental dazu imstande sein, sie einzusetzen? Momentan spielte das allerdings keine Rolle, sie kam gerade ohnehin nicht an die Waffe heran.

Die Zunge klebte an ihrem Gaumen. Sie schluckte, ihre Stimme klang dennoch belegt. »Wurden Sie jetzt vorgeschickt? Soll eine neue Taktik versucht werden?«

»Ich bin nicht hier, um Ihnen zu drohen«, behauptete Elena. Nach Vanessas Meinung klang sie dabei alles andere als aufrichtig. »Ich möchte Ihnen einen Ausweg zeigen.«

»Wenn es um Geld geht …«

»Mit Geld allein ist es nicht getan.« Elena winkte ab.

»Sondern?«

»Mein Bruder sitzt im Gefängnis. In demselben wie Ihr Mann. Sein Name wird Ihnen was sagen. Pascal Hinz.«

Hektisch sprang Vanessa auf und bewegte sich rückwärts zur Küchenplatte. »Also gehören Sie zu denen! Erst wollten sie meinen Mann umbringen, mich haben sie auch schon angegriffen und sogar meine Tochter bedroht. Obwohl … sie krank ist.« Ein Schluchzen kam aus ihrer Kehle.

Elena beobachtete sie schweigend, ihre Augenbrauen zogen sich zusammen. »Was reden Sie da? Davon weiß ich nichts.«

»Ach nein?« Vanessas Wut brach sich Bahn. Sie zog den Kragen des Pullovers herunter und präsentierte ihren Hals. »Ihr Bruder und seine Bande schrecken vor nichts zurück! Der … Freund meines Mannes ist schon tot. Soll er jetzt der Nächste sein oder ich … oder Sonja?« Mit jedem Wort war ihre Stimme schriller und lauter geworden. Ihre Hände zitterten, der verbliebene Rest der Selbstkontrolle zerbröckelte.

»Wie gesagt, ich verstehe nicht …«, begann Elena, brach aber ab, als ein Glas in ihre Richtung flog.

»Verschwinden Sie sofort aus meiner Wohnung!«, brüllte Vanessa.

Aus dem Nebenzimmer erklang ein hoher Schrei, gefolgt von einem regelmäßigen Klopfgeräusch. Vanessa biss sich so fest auf die Lippe, dass ein Blutstropfen hervorquoll. Dann stürzte sie aus der Küche. Elenas Gesichtsausdruck deutete darauf hin, dass sie überrascht und überfordert war. Dennoch bemerkte Vanessa aus den Augenwinkeln, dass die Frau ihr in das grün gestrichene Kinderzimmer folgte. Dort saß ihre Tochter mit weit aufgerissenen Augen auf dem Boden. Ihre Knie waren fest zur Brust gezogen, und sie schlug immer wieder den Kopf mit dem blonden Pferdeschwanz gegen die Wand. Die Finger hatte sie verkrampft in die Beine gekrallt. Vanessa bebte und umfasste mit beiden Händen den Kopf des Mädchens, bevor sie sanft auf sie einredete. Dass ihre Stimme dabei zitterte und das Gesicht von Tränen nass war, konnte sie nicht verhindern. Wie durch einen Nebel drangen Worte zu ihr durch, und sie hob den Blick.

»Was ... ist mit ihr?«, fragte Elena stockend.

Nur mit größter Willenskraft brachte Vanessa eine Antwort zustande. »Sie hat Angst. Wundert Sie das?«

»Äh ... schlägt sie immer mit dem Kopf gegen die Wand, wenn sie Angst hat?«

»Sonja ... hat das Asperger-Syndrom. David hat das alles ... wir wollen ... sie soll ein gutes Leben haben.« Ihre Stimme brach endgültig, dann schluchzte sie hemmungslos. Zu lange hatte Vanessa stark sein müssen, und zu oft hatte sie die Zähne zusammengebissen. Sogar eine Kämpfernatur wie sie hatte nur begrenzte Ressourcen. Dass sie nun ausgerechnet vor der fremden Frau, die Teil der Bedrohung war, zusammenbrach, war ihr in diesem Moment völlig egal.

Als Sonja wieder zu schreien anfing, trat Elena zu den beiden und setzte sich auf den Boden. Dass sie ein Herz für Kinder hatte, konnte Vanessa in den folgenden Minuten nicht übersehen. Während sie selbst sich mühsam wieder sammelte, gelang es der Fremden, das verstörte Kind zu beruhigen und schließlich sogar ins Bett zurückzulegen. Als kurz darauf gleichmäßige Atemzüge zu vernehmen waren, drehte sie sich um.

»Das ist alles ... überraschend für mich. Glauben Sie mir, ich hab von den Hintergründen keine Ahnung. Lassen Sie uns in die Küche gehen und in Ruhe reden.«

Misstrauisch beäugte Vanessa die Besucherin. Sie verstand es selbst nicht, aber sie hatte ein Verlangen, sich dieser Frau anzuvertrauen. Vielleicht, weil sie endlich jemanden zum Reden brauchte und sonst niemand anderes da war. Zugleich hatte aber auch die liebevolle Art, mit der sich Elena um Sonja gekümmert hatte, eine Blockade in ihr gelöst. Konnte so jemand ein schlechter Mensch sein? Sie wusste es nicht, sagte sich aber, dass sie nichts mehr zu verlieren hatte. Immerhin bestand zumindest die Chance, Mitgefühl zu wecken und dadurch einen Ausweg aus der Misere zu finden. Von Frau zu Frau konnte man ganz anders reden als mit grobschlächtigen Schwerkriminellen.

Eine halbe Stunde später war sie überzeugt, die richtige Entscheidung getroffen zu haben. Elena hatte sie kaum unterbrochen, und es hatte gut getan, sich den über die Jahre angestauten Frust und die neu dazugekommene Angst von der Seele zu reden. Je länger sie gesprochen hatte, desto tiefer war sie in die Vergangenheit eingetaucht, und umso stärker war die Empfindung gewesen, einer Freundin gegenüberzusitzen. Unsicher sah sie nun die Frau an, die nach ihrer Hand griff und ihr in die Augen sah.

»Immer sind wir Frauen es, die den ganzen Mist ausbaden müssen. Ich weiß, wovon ich rede, das können Sie mir glauben.«

»Was … ist Ihnen denn passiert?«

»Ein anderes Mal.« Elena zog ihre Hand zurück. »Wichtiger ist jetzt, wie wir euer Problem lösen. Du solltest … ich darf doch ›du‹ sagen?«

Vanessa nickte. Sie hoffte, dass sie nicht lediglich einer Inszenierung auf den Leim ging und diese Frau es wirklich gut mit ihr meinte.

»Kannst du uns helfen?«, fragte sie daher.

»Das weiß ich noch nicht.«

»Aber dein Bruder hört bestimmt auf dich.«

»Du solltest meinen Einfluss nicht überschätzen. Aber ich kenne ein paar Tricks, mit denen ich ihn beeinflussen kann. Nur komme ich gerade schwer an ihn heran. Ich werde sehen, was ich tun kann. Eigentlich hatte ich einen anderen Auftrag, aber jetzt ...« Nachdenklich sah sie Vanessa an.

»Das ist ... vielen Dank!« Erneut stiegen Tränen auf.

»Ich hab aber eine Bedingung. Ich muss alles wissen. Vorhin hast du mir etwas verschwiegen, das hab ich deutlich gemerkt.«

Vanessa wusste sofort, worauf sie anspielte. Vor wenigen Minuten hatte sie eine unvorsichtige Andeutung gemacht, und die war Elena nicht entgangen. Da sie erschöpft war, ignorierte sie jedoch die Alarmsignale ihres Unterbewusstseins und begann zu erzählen. Wenigstens war sie vorsichtig genug, ein paar Details auszulassen. Dennoch sorgte ihr Bericht dafür, dass Elena an ihren Lippen hing.

Das Aufeinandertreffen zwischen dem alten Fritz und Federsen verlief in etwa so, wie Hannes es sich vorgestellt hatte. In früheren Zeiten waren sich die Kontrahenten weitestgehend aus dem Weg gegangen – sogar der Polizeiführung war bewusst gewesen, dass eine gemeinsame Ermittlung wenig zielführend war. Nun umkreisten sich die beiden vorsichtig, konnten die gegenseitige Abneigung aber nicht verbergen. Zugleich war ihnen eine Befangenheit anzumerken, die dazu führte, dass sich auch Hannes unbehaglich fühlte.

Der Besuch fand bewusst erst nach zwanzig Uhr und damit nach Einschluss statt, sodass die anderen Häftlinge nichts davon mitbekommen konnten. Hannes war über diese Vorgehensweise aus einem weiteren Grund froh: Im Besucherraum hielt sich außer ihnen niemand auf, sodass ihn die Justizbeamtin, die dort in der Regel Aufsicht hatte, nicht wiedererkennen konnte. Dass sich Fritz mit Blick auf die regelmäßigen Treffen im Griff haben würde, war zu erwarten gewesen. Er hatte seinem früheren Mitarbeiter beim Händeschütteln lediglich verstohlen zugezwinkert, ansonsten war sein zerknittertes Gesicht ausdruckslos geblieben.

Hannes forschte in Fritz' Verhalten und Aussehen nach Anhaltspunkten, wie es um dessen Gesundheitszustand bestellt war. Ihm war bekannt, dass die neuartige Behandlung gegen den Prostatakrebs begonnen hatte, nachdem Fritz endlich wieder Lust am Leben verspürt hatte. Doch in Federsens Anwesenheit war dies natürlich ein Tabuthema, genauso wie die Frage, ob sich Fritz und seine Jugendfreundin Ursula weiter nähergekommen waren. Hannes hielt es für das Klügste, die Gesprächsführung seinem Chef zu überlassen, der zurückhaltend und umständlich den von der Polizeiführung abgesegneten Plan präsentierte.

Anschließend hob Fritz amüsiert eine seiner grauen, buschigen Augenbrauen. »Ich soll also euer Maulwurf im Knast sein? Dass ich mal so tief sinken würde …«

»Kannst mir glauben, dass auch mir eine andere Option lieber wäre«, brummte Federsen. »Aber einen Besseren als dich haben wir hier drinnen leider nicht.«

»Danke für das Kompliment.« Fritz sah aus, als hätte er nun größtes Vergnügen an dem Austausch. »Dürfte dein erstes Lob über mich sein.«

»Bilde dir nichts drauf ein. Ist nicht die beste Gesellschaft, in der du dich momentan bewegst.«

»Ich muss zugeben, dass mich der Gedanke reizt. Es gibt nur ein Problem: Jeder hier weiß, dass ich Polizist war. Ist also nicht so, dass sich die Leute bei mir ausweinen.«

»Ach, hör doch auf. Du hast schon immer deine … Möglichkeiten gehabt, Leute zum Quatschen zu bringen. Darüber hinaus bist du ein geübter Beobachter.«

»Schon wieder Lobeshymnen, kaum zu glauben.« Fritz schüttelte in gespielter Verwunderung den mittlerweile fast kahlen Schädel, blieb aber ernst. »Natürlich bekomme ich einiges mit und weiß, wie ich an Infos komme. Trotzdem solltet ihr nicht alle Hoffnung auf mich setzen.«

»Tun wir eh nicht, wir sind ja nicht bescheuert«, motzte Federsen. »Du bist nur ein kleines Steinchen in dem Spiel, mehr nicht. Eine Ermittlungsoption unter vielen.«

»Wäre vielleicht gut, wenn ihr mir erst mal erzählt, um was es genau geht.«

»Nichts da. Zuerst entscheidest du dich.« Federsen knallte einen Zettel auf den Tisch. »Und wenn du dich zum Mitmachen entscheidest, unterschreibst du das hier.«

Fritz rückte seine eckige Brille zurecht, griff nach dem Papier und überflog es. »Hier steht ganz schön viel über Verpflichtungen. Aber nichts über meine Rechte.«

Federsen schnaubte. »Was für Rechte?«

»Um es klarer zu formulieren: Was steckt dabei für mich drin?«

»Hab ich mir gedacht, dass es darauf hinausläuft.« Federsens Gesicht verdunkelte sich. »Wie wäre es damit: Du betreibst Wiedergutmachung? Zum Beispiel an diesem jungen Kollegen hier.« Er deutete auf Hannes.

Fritz wiegte den Kopf hin und her. »Da hab ich keine Einwände. Freut mich ja immer, wenn ich dem Nachwuchs unter die Arme greifen kann. Hatte lange keine Gelegenheit dazu. Trotzdem wäscht eine Hand die andere.«

»Wenn du uns hilfst, wird das keine Nachteile für dich haben«, presste Federsen hervor.

»Geht's etwas konkreter?«

»Was willst du hören? Sofortige Haftentlassung?« Das Lachen klang hämisch. »Vergiss es. Du wirst hier weiter schmoren, selbst wenn du den Mörder mit eigenen Händen fängst. Das hast du dir selbst eingebrockt – bist lange genug ungeschoren davongekommen. Zu lange, wenn ich an deine Arbeitsweise zurückdenke.«

»Du musst nicht persönlich werden. Mir ist klar, dass ich nur begrenzt mit Vorteilen rechnen kann. Vorschlag: Ich überlege mir ein paar realistische Erleichterungen und lasse sie dir zukommen.«

»Wir haben keine Zeit für absurde Verhandlungen.« Federsen zog den Zettel an sich. »Friss oder stirb. Ich kann dir zusagen, dass deine Mitarbeit gewürdigt wird. Das kann Hafterleichterungen bedeuten und vielleicht sogar eine Verkürzung der Strafe. Du musst dich auf mein Wort verlassen, mehr gibt's nicht.«

Schweigend taxierten sich die beiden, und Hannes registrierte überrascht, dass es Fritz war, der als Erster den Blick senkte. Er massierte die Narbe auf seiner linken Wange, und seine heisere Stimme klang resigniert. »Na gut. Strafverkürzung ist gar kein so wichtiges Thema, wie du vielleicht denkst. Vermutlich … würde sie mir sowieso nichts bringen.«

An dieser Stelle konnte sich Hannes nicht mehr zurückhalten. »Ich erinnere mich, dass du … Krebs hast. Gibt es keine wirksame Therapie für dich?«

Fritz ging auf die vorgetäuschte Ahnungslosigkeit ein. »Es gibt einen neuen Therapieansatz, aber es ist noch zu früh, um die Wirkung abzuschätzen. Hab mich erst zwei Behandlungen ausgesetzt. Morgen geht es weiter. Ihr solltet wissen, dass mich die Medikamente tageweise außer Gefecht setzen können. Dann bin ich keine große Hilfe.«

»Ich bin sowieso skeptisch, ob du das sein wirst. Und wie gesagt: Wir ermitteln logischerweise selbst in alle Richtungen weiter.« Federsen zeigte wenig Interesse, sich näher mit Fritz' Krankheitsgeschichte zu beschäftigen. Stattdessen schob er den Zettel wieder zu ihm hinüber und ließ einen Kugelschreiber folgen. »Also, was ist? Unterschreibst du?«

Wortlos zog Fritz beides heran und signierte das Papier. Kaum hatte er den letzten Buchstaben geschrieben, schnappte sich Federsen das Dokument und faltete es zusammen. Mit einem Kopfnicken signalisierte er Hannes, dass nun konkretere

Informationen herausgerückt werden durften. Zufrieden mit dieser Entwicklung begann Hannes, den aktuellen Kenntnisstand wiederzugeben. Dass er mit Fritz diesmal ohne Verschleierungstaktiken zusammenarbeiten konnte, war ein unverhoffter Glücksfall. Er musste sich zusammenreißen, um seine Freude nicht offen zu zeigen.

Wie gewohnt unterbrach ihn der alte Fritz kein einziges Mal, sondern hörte sich alles mit konzentriertem Gesichtsausdruck an. Dann massierte er seine Schläfen und polierte umständlich die Brillengläser. Hannes kannte das schon, während sein aktueller Chef ungeduldig auf dem Tisch herumtrommelte.

»Wie sieht's aus? Kannst du mit den Namen was anfangen?«

»Klar.« Fritz schob die Brille wieder auf die Nase. »An Timo erinnere ich mich. Er war ein Aufschneider ohne großes Format. Bei David sieht das anders aus.«

»Du meinst, er hat eine größere kriminelle Energie?«

»Eher im Gegenteil. Aber er ist cleverer und vorsichtiger. Ich vermute, dass er der Kopf in dieser ungewöhnlichen Zweiercombo war. Die Frage ist also, wem die beiden so heftig auf die Füße getreten sind, dass einer tot ist und der andere heftig vermöbelt wurde. Ich gehe davon aus, dass ihr mich auf Pascal Hinz ansetzen wollt?«

Federsen musterte ihn misstrauisch, während er sich mit zwei Fingern das Doppelkinn massierte. »Von dem haben wir noch kein Wort gesagt. Wie kommst du auf ihn?«

»Weil's auf der Hand liegt. Hier drinnen passiert wenig, bei dem er nicht die Pfoten im Spiel hat. Was nicht zuletzt daran liegt, dass einige seiner Leute mit ihm einsitzen. Der Überfall auf David trägt klar seine Handschrift: Angeblich hat niemand was gesehen, und er fand genau an einer der wenigen Stellen statt, die von keiner Überwachungskamera eingefangen wird.«

»Noch etwas spricht für seine Beteiligung«, ergänzte Hannes. »Ich hab heute Nachmittag weiter zu ihm recherchiert.

Er ist schon lange im Geschäft, agierte aber meist so geschickt, dass ihm wenig nachgewiesen werden konnte. Diesmal wurde er wegen illegalem Waffenhandel verurteilt. Dass dies überhaupt gelang, war zwei Kronzeugen zu verdanken. Ich hatte mich über Timos und Davids milde Haftstrafen gewundert. Insbesondere da sie einem nicht gerade als liberal verschrienen Richter gegenübersaßen.«

»Wieso, wer war das?«, hakte Fritz nach.

»Ein Richard von Behrens. Mir sagte der Name bislang nichts, aber er soll ein harter Hund sein.«

Fritz' eine Augenbraue wanderte nach oben. »Harter Hund ist noch nett umschrieben. Er trägt nicht umsonst den Spitznamen *Richter Erbarmungslos*. Auf Milde brauchen straffällig Gewordene bei ihm nicht zu hoffen. Auch ich war froh, dass mein Fall nicht bei ihm gelandet ist.«

»Verdient hättest du's.« Federsen stierte ihn an. »Von Behrens ist ein erstklassiger Richter! Es sitzen schon genug Weicheier in den Gerichten rum, die dafür sorgen, dass unser Rechtssystem vorne und hinten …«

»Erspar uns deine Weltsicht«. Fritz winkte ab und wandte sich Hannes zu. »Viel mehr interessiert mich, weshalb der *Richter Erbarmungslos* bei Timo und David in einer so milden Stimmung war. Passt überhaupt nicht zu ihm. Schließlich genießt er seinen strengen Ruf und strebt nach höheren Aufgaben.«

»Offenbar hat der Mann ein Herz für Verräter – zumindest … wenn es dem Rechtssystem dient.« Hannes schielte kurz zu Federsen, bevor er Fritz zuzwinkerte. »Für solche Menschen scheint er sogar ein sehr großes Herz zu haben, wenn ich mir Timos und Davids Strafe ansehe. Trotzdem ist jetzt nachvollziehbar, warum sie so gut wegkamen. Nur ihnen ist es zu verdanken, dass dir Pascal Hinz gerade im Knast Gesellschaft leistet. Zwar haben sie bloß einen kleinen Teil seiner Geschäfte offengelegt, trotzdem lieferten sie ihn und einige seiner Männer ans Messer. Die Truppe wurde dank eines Hinweises der beiden auf frischer Tat ertappt. Auf so etwas hatten unsere Kollegen schon lange gehofft.«

»Pascal will das wiederum sicher nicht auf sich sitzen lassen«, meinte Fritz. »Er ist es gewohnt, dass alle nach seiner Pfeife tanzen. Schon um Nachahmungstäter abzuschrecken, kann er so einen Vertrauensbruch nicht einfach so hinnehmen.«

Federsen deutete auf seinen alten Widersacher. »Du hast vorhin gesagt, dass David clever ist. Wie clever ist es, sich Pascal Hinz zum Feind zu machen? Zumal Timo und David in dessen erweitertem Dunstkreis unterwegs waren und ziemlich sicher Aufträge für ihn erledigt haben.«

Fritz zuckte mit den Schultern. »Dachten wohl nur an ihr kurzfristiges Wohl und haben nicht mit derart drastischen Konsequenzen gerechnet. Und da kommen wir schon zu der entscheidenden Frage: Passt es zu Pascal, sie für das Verpfeifen umbringen zu lassen? Und zweitens: Wäre er wirklich so dumm?«

»Weil ein Racheakt auf der Hand läge?«, fragte Hannes.

»Genau. Er müsste doch damit rechnen, dass ihr ihn als Ersten durchleuchtet. Entweder musste der Mord also so perfekt ablaufen, dass er so gut wie nicht aufklärbar ist, oder es gibt ein ganz anderes Motiv. Vielleicht wussten die beiden noch viel brisantere Dinge über ihn. Wie du schon gesagt hast: Ein Vernichtungsschlag sieht anders aus. Wenn man mal ehrlich ist, hat man ihn mit dem Waffenhandel wegen Kleinkram drangekriegt. Das sitzt er locker ab. Also wenn ich *Richter Erbarmungslos* gewesen wäre, wären Timo und David für so einen Hinweis nicht ganz so großzügig bedacht worden.« Frech grinste er in Federsens Richtung.

»Könnte stimmen«, sagte Hannes. »David verschweigt etwas und hat ganz offensichtlich Angst. Ich glaube, es geht um mehr als um eine Abrechnung unter Kriminellen.«

»Wobei natürlich nicht gesagt ist, dass es überhaupt mit Pascal zusammenhängt.«

»Dein Job ist auf jeden Fall klar.« Federsen erhob sich. »Versuch, Davids Vertrauen zu gewinnen. Er hat die Krankenstation wieder verlassen, und es ist sicher nicht schlecht, wenn ihn jemand im Auge behält. Häng dich zusätzlich an die Fersen von Pascal und seiner Bande. Beobachte, mit wem er zusammen ist und hör dich in der Gerüchteküche um.«

Fritz salutierte mit einem spöttischen Grinsen. »Alles klar, Chef. In welcher Form hättest du die Berichte gern? Mit zweifachem Durchschlag?«

»Haha. Du hörst von uns.« Ohne ein weiteres Wort wandte sich der Ermittlungsleiter ab. Hannes und Fritz tauschten noch ein verschwörerisches Grinsen, dann war das Auftaktgespräch beendet. Das Ermittlerteam war um eine Person, die mit allen Wassern gewaschen war, verstärkt worden. Damit präsentierte sich die Lage erheblich vielversprechender, als sie es noch am Morgen gewesen war. Federsen blieb dennoch skeptisch, wie er Hannes auf der Rückfahrt mitteilte.

»Außer Gerüchten wird uns Fritz wenig liefern können. Es stimmt: Jeder der Knastis wird wissen, dass er bei der Polizei war.«

»Aber kaum jemand wird vermuten, dass er mit uns zusammenarbeitet.«

»Trotzdem sind diese Jungs auf der Hut. Vor allem, wenn es um Mord geht. Na ja, warten wir's ab. Ich hab allerdings wenig Lust auf regelmäßige Treffen mit Fritz. Dürfte Ihnen ähnlich gehen. Das sollten besser Frau Held oder Herr Hoffmann übernehmen. Die haben im Gegensatz zu uns ein neutrales Verhältnis zu ihm.«

»Ach, mir macht das nichts aus«, widersprach Hannes schnell. »Lief ja eigentlich ganz gut, und wenn es uns in der Ermittlung weiterhilft ...«

»Ist Ihre Entscheidung.« Federsen sah ihn von der Seite an. »Aber lassen Sie sich nicht von ihm einwickeln. Wenn er zu feilschen anfängt und Infos zurückhält, geben Sie mir sofort Bescheid. Der Kerl ist ein Fuchs, aber das wissen Sie genauso gut wie ich.«

Hannes gab ein zustimmendes Geräusch von sich. Wie es schien, war die Gefahr, aufzufliegen, wieder gesunken. Dessen ungeachtet nahm er sich vor, Per in die Mangel zu nehmen, denn dessen Verhalten war auffällig gewesen. Kurz überlegte er, ob es vielleicht eine Verfehlung gab, mit der er den Kollegen notfalls unter Druck setzen könnte. Doch eigentlich hatte er auf solche Spielchen keine Lust. Er entschied sich, zunächst auf das freundschaftliche Verhältnis zu setzen. Da er aber auch Pers Pflichtbewusstsein kannte, blieb ein mulmiges Gefühl. Federsen bekam davon nichts mit. Offenbar zufrieden, dass er sich selbst nicht weiter mit dem alten Fritz abplagen musste, pfiff er leise vor sich hin.

In den letzten Minuten hatte sich Clarissa konsequent zurückgehalten, weshalb Per zwangsläufig in den Vordergrund rücken musste. Dass er sich in dieser ungewohnten Rolle unwohl fühlte, konnte sie nicht übersehen, es war ihr aber gleichgültig. Ohnehin ging es ihr zunehmend auf die Nerven, dass sich Per immer wieder so verhielt, als hätte er gerade erst seine Ausbildung abgeschlossen. Wenn er zu dünnhäutig für diesen Job war, sollte er sich eben einen anderen suchen. Ihm fehlte es an Biss und Selbstvertrauen – das zeigte sich besonders deutlich bei einem Gegenspieler wie Ferdinand Sichel.

Er war der Hauptgrund, weshalb sich Clarissa in dem Verhörzimmer zunächst auf das Beobachten und Zuhören beschränkte. Widerwillig hatte sie registriert, dass dieser Mann ihr Interesse weckte. Dummerweise war es nicht das Interesse einer Polizistin, sondern das einer Frau. Auf den ersten Blick war diese Reaktion nicht überraschend, denn er strahlte eine herbe Männlichkeit aus, die sie schon immer angezogen hatte. Im Gegensatz zu den meisten Mitgliedern seiner Motorradgang trug er die Haare mittel- und nicht schulterlang. Das regelmäßige Training war ihm anzusehen, und der dunkle Dreitagebart passte gut zu den markanten Gesichtszügen. Daneben besaß der Dreiunddreißigjährige aber eine fast animalische Derbheit, wie sie ihr schon mehr als einmal zum Verhängnis geworden war. Eigentlich hatte sie angenommen, diesen Typ Mann endgültig abgehakt zu haben, aber Erfahrung führte nicht automatisch zu Klugheit.

Verärgert über sich selbst ließ sie den Blick zu seinen großen Händen gleiten. Nicht nur auf den Unterarmen, auch auf den Fingern waren Tattoos zu sehen. Waren diese Pranken in der Lage, jemandem ein Messer ins Herz zu rammen? Oder besser gesagt: War der Geist, der diesen ansehnlichen Körper lenkte, dazu in der Lage? Seine Polizeiakte verriet, dass er vor Gewalt zumindest nicht zurückschreckte. Sie rief sich das Bild des ermordeten Timo ins Gedächtnis, was dazu führte, dass sie wieder fokussiert vorgehen konnte. Sofort nutzte sie diese Rückverwandlung in die hartleibige Ermittlerin, um ihren Kollegen abzulösen, bevor dieser ein völlig miserables Bild der Polizei hinterlassen konnte.

»Hören Sie jetzt mal mit dem Gefasel auf.« Ihre Stimme klang kühl und selbstbewusst. »Wir haben Sie an den Eiern, das wissen Sie genau. Fangen wir mal mit dem an, was sich in der Sporttasche befunden hat.«

Ferdinand wandte den Blick von dem blassen Per ab. Ein spitzbübisches Lächeln breitete sich auf seinem Gesicht aus. »Das ist aber keine besonders damenhafte Sprache.«

»Sie sitzen hier auch keiner Dame gegenüber, sondern einer Polizistin, die Ihnen das Leben richtig schwer machen kann. Also: Weshalb sind Sie abgehauen und haben die Tasche entsorgt?«

Der Befragte blieb bei seiner Strategie. Er zuckte mit den Achseln und lächelte sie nur freundlich an. Seine Zähne waren gleichmäßig und wirkten gepflegt, das fand sie bei einem Mann besonders wichtig. Erneut maßregelte sie sich im Stillen, was dazu führte, dass Ferdinands Überheblichkeit kurz darauf gezwungen wirkte. Clarissa hatte Taucher angefordert, weshalb das Rätsel der Tasche bald gelöst sein würde. Da er zu ihrem Inhalt vorher nichts sagen würde, verbiss sie sich nicht weiter in dieses Thema, sondern konfrontierte den Verdächtigen mit einer anderen Frage.

»Wo waren Sie in der Nacht von Sonntag auf Montag tatsächlich? Wir wissen, dass Ihr Alibi nicht stimmt. Ihre Freundin hat gelogen, da sie in Sarajevo Fußball gespielt hat. Ein erbärmlicher Versuch, uns in die Irre zu führen. Weshalb?«

»Äh … das … da haben wir wohl die Nächte verwechselt. Sorry, aber ich wusste ja nicht, dass es so wichtig …«

»Sie stecken mitten in einer Mordermittlung«, brachte Clarissa in Erinnerung. »Für die Mordnacht haben Sie kein Alibi, und im Wagen des Opfers haben wir Ihre DNA gefunden. Erklären Sie uns das.«

Der heitere Gesichtsausdruck fiel vollends in sich zusammen. Er kaute auf seiner Unterlippe, und spöttisch überlegte Clarissa, wie lange er wohl brauchte, um sich eine neue Lüge auszudenken. Es waren fünf Sekunden, weshalb sie seinen IQ im gehobenen Bereich verortete. Für diese Einschätzung sprach auch, dass er sich für Rockerverhältnisse erstaunlich gewählt ausdrückte.

»Am Sonntagabend war ich zuerst ein Bier trinken, dann bin ich nach Hause gefahren und habe geschlafen. Am Montag musste ich nämlich schon um halb acht einen Abspeckkurs geben. Was Timo betrifft: Wir waren befreundet oder … *gute Bekannte* trifft es besser. Natürlich hab ich ab und zu mal in seinem Wagen gesessen.«

»Davon haben Sie bei der letzten Befragung kein Wort gesagt.«

»Es hat mich keiner danach gefragt.«

»Schwer getroffen hat Sie sein Tod aber nicht.«

Ferdinand seufzte, was gekünstelt klang. »Klar bin ich das. Aber wir waren keine engen Freunde. Haben ab und zu mal was miteinander unternommen, deshalb gibt es meine Spuren in dem Transporter.«

»Den Sie ab und zu gemeinsam genutzt haben«, vermutete Per. »Für Drogen zum Beispiel. Davon gibt es nämlich Spuren.«

»Drogen? Hab ich nie angerührt. Aber … ich weiß, dass er gedealt hat. Übrigens nicht nur sauberes Zeug. Es könnte sein, dass ihm das jemand übel genommen hat.«

»Für wen hat er gedealt?«

»Keine Ahnung, wer ihm das Zeug …«

»Hören Sie mit der Scheiße auf!«, rief Clarissa. »Mit wem hat er zusammengearbeitet?«

Er setzte zum Sprechen an, doch der Mund blieb offen stehen, ohne dass ein Laut herauskam. Clarissa und Per schwiegen ebenfalls und sahen ihn mit verschränkten Armen an. Kleine Schweißperlen zeigten sich auf seinem Gesicht, und er fuhr mit dem Finger über die Tischplatte.

»Also, das … haben Sie aber nicht von mir, okay?«

»Okay.«

»Schon mal was von Pascal Hinz gehört?«

»Der grade im Knast sitzt?«

»Genau, weil Timo und David ihn verpfiffen haben. Hatten wohl Schiss vor einem harten Urteil vom *Richter Erbarmungslos*.«

»Was hat der damit zu tun?« Clarissa sah ihn fragend an.

»Der Mann ist eine Berühmtheit im … Milieu.« Ferdinand grinste schief und gezwungen. »Richard von Behrens. Vor dem will keiner landen. So gesehen war es keine ganz dumme Idee, dass David und Timo sich dazu entschlossen hatten, Pascal zu verpfeifen. Obwohl sie schon so einige Dinger für ihn durchgezogen haben. Ich kenne aber keine Details.«

»Aha. Kennen Sie zumindest Gerüchte? Zuletzt sollen die beiden finanziell gut dagestanden haben. Weshalb Ihr Motorradkumpel Rainer Schulden eingefordert hat.«

»Es wurde gemunkelt, dass sie irgendein großes Ding abgezogen haben. Timo prahlte damit, wollte aber nichts Genaues erzählen. Zumindest mir nicht. David hing wohl mit drin. Fragen Sie den.«

»Gutes Stichwort.« Clarissa beugte sich ihm entgegen. »David wurde im Gefängnis ordentlich vermöbelt. Da dort grade keiner aus Ihrer Gang einsitzt, sieht es für mich nach Arbeitsteilung aus. Sie haben Timo erledigt, und Ihre Freunde um Pascal Hinz kümmerten sich im Gefängnis um David. Waren dabei nur weniger effektiv.«

»Blödsinn. Ich hab Timo nicht umgebracht und im Knast keine Freunde.«

»Ist es nicht so, dass Ihr Motorradclub Beziehungen zu Pascal Hinz hat? Sich immer mal wieder von ihm einspannen lässt?«

»Wie kommen Sie darauf?«

»Auch wir sind an Gerüchten interessiert.«

»Dazu sag ich nichts.«

Das galt genauso für alle weiteren Fragen, die Clarissa auf ihn abfeuerte. Selbst die übertrieben negativen Schilderungen seiner Situation führten zu keinem Sinneswandel. Es war offensichtlich, dass er nicht zum ersten Mal mit der Polizei zu tun hatte und sich nicht um Kopf und Kragen reden wollte. Seine Selbstsicherheit bekam erst Risse, als ein Kollege den Raum betrat.

»Wir haben die Tasche aus dem Fluss gefischt. Sehr interessant.«

Ferdinand wurde blass, was dazu führte, dass Clarissa Zufriedenheit verspürte. Den Kerl würde sie sich weiter aus der Nähe ansehen, und das meinte sie bewusst doppeldeutig. Sollte er sich zumindest im Mordfall als unschuldig erweisen, war die Bekanntschaft vielleicht noch für anderes gut. Sie war aber professionell genug, die Konkretisierung dieser Gedanken auf die Zeit nach der Klärung dieser zentralen Frage zu verschieben. Und bis dahin sollte Ferdinand Sichel wenig Freude an ihr haben.

Die glasigen Augen ließen keinen Zweifel, womit Ben die Wartezeit überbrückt hatte. Als Hannes vor dem kleinen Gärtnerhaus, in dem sein bester Freund zur Miete wohnte, eintraf, landete der Rest des Joints gerade in einer Feuerschale. Die lodernden Flammen warfen ein pulsierendes Muster aus Licht und Schatten in den Garten. Neben der Schale stand ein Liegestuhl, in dem Ben es sich mit einer Decke gemütlich gemacht hatte. Der Abend war mild, allerdings wehte ein beständiger Wind, der den Geruch nach Rauch in Richtung Haupthaus wehte. Hannes gab seinem Freund zur Begrüßung eine Kopfnuss, woraufhin dieser erschrocken zusammenzuckte. Er strich sich eine Strähne seiner blonden Dreadlocks aus dem Gesicht und blinzelte nach oben.

»Musst du dich so anschleichen?« Seine Stimme war klar, es gehörte mehr als ein Joint dazu, ihn aus dem Gleichgewicht zu bringen.

»Ist mein Polizeigang. Und wie ich sehe, hab ich dich auf frischer Tat ertappt. Was ist, wenn der Rauch deiner Joints in die Kinderzimmer deiner Vermieter weht?«

Ben überhörte die Anmerkung, denn Hannes hatte schon genügend Gelegenheiten, ihn anzuschwärzen, verstreichen lassen. »Schnapp dir ein Bier – oder willst du auch einen durchziehen? Siehst aus, als könntest du Entspannung gebrauchen.«

Diesmal war es Hannes, der die Fopperei ignorierte. Sein Freund wusste genau, dass er als Spitzensportler kein Interesse an einem derartigen Rausch hatte, sondern auf Adrenalin als Treibstoff setzte. Ersatzweise griff er nach einer Bierflasche, zog den zweiten Liegestuhl heran und ließ sich ächzend fallen. Nachdem er sich eine Wolldecke übergeworfen hatte, lehnte er sich zur Seite und kraulte Sockes Schnauze. Der Border Collie hatte sich auf Bens Schoß zusammengerollt und hob nur müde den Kopf mit den weißen Ohrspitzen.

»Was ist denn mit dem los? Normalerweise springt er mir schon vorn am Gartentor entgegen. Hast du ihn deinen Qualm einatmen lassen?«

»Hat sich 'nen Virus eingefangen. Gab schon den ganzen Tag Dünnpfiff ohne Ende. Sei froh, dass du das nicht erlebt hast. Der Doc hat mir ein Medikament mitgegeben, das jetzt endlich anschlägt. Scheint ihn aber zu benebeln.«

»Na, hoffentlich leckst du dann nicht selbst an diesem Medikament.«

Bens Lächeln wirkte müde und gezwungen. »Wäre fast 'n Versuch wert. Hattest du eigentlich schon was zum Abendessen? Ich hab keinen Hunger, aber irgendwo müssten noch Chipstüten rumliegen.«

Hannes musterte ihn aufmerksam. Ben trat immer etwas chaotisch auf, aber der übliche Dreitagebart war ungehindert zu einem blonden Vollbart gewuchert, und die Kleidung sah aus, als würde er sie seit Tagen tragen. Ben war zwar ein schlaksiger Typ, heute wirkten die Wangen aber eingefallen, und auch die schlaffe Körperhaltung konnte nicht nur dem THC im Blut geschuldet sein.

»Was ist mit dir? Hast du schon zehn Joints hinter dir oder ist was passiert?«

»Dem Mordermittler entgeht mal wieder nix.« Ben schob Sockes Kopf ein Stück zur Seite und beugte sich zum Tisch, um ebenfalls nach einer Flasche zu greifen. Sie war nur noch halb voll und wenige Sekunden später leer. Mit dem Handrücken wischte er sich über die Lippen, dann sank er wieder zurück in die Liege. Abwesend ließ er seine Finger durch das Hundefell kreisen. »Zwischen Verena und mir ist es endgültig aus.«

Hannes schwieg einen Moment. »Äh … war es nicht so, dass du sie abserviert hattest?«

»Nicht so ganz.« Ben verzog das Gesicht. »Hatte ich vor, sie war aber schneller. Das hab ich also vielleicht … geschönt dargestellt.«

»Dein Stolz ist gekränkt, weil du es nicht gewohnt bist, vor die Tür gesetzt zu werden? Was spielt das für eine Rolle, wenn du sowieso Schluss machen wolltest? Und überhaupt … so eine richtige Top-Partie war sie ja nicht gerade. Ich erinnere mich, wie …«

»Ich weiß, ich weiß. Darum geht's aber gar nicht. Zumindest nicht nur. Sie hat mir vorgeworfen, beziehungsunfähig zu sein.«

Hannes verstand die Welt nicht mehr. »Du lässt dich davon runterziehen, dass dieser komische Vogel dir so einen Blödsinn an den Kopf wirft? Du bist doch ein total unkomplizierter Typ. Offen und …«

»Danke, kannst aufhören.« Ben hob abwehrend die Arme. »Vielleicht ist das genau das Problem. Ich bin *zu* unkompliziert. Halt mir immer alle Optionen offen, lege mich nicht fest und schlender so durchs Leben. Du kennst mich erst seit einem knappen Jahr und nur als Freund. Meine Beziehungen haben selten länger als zwei oder drei Monate gedauert. Hat mich früher nicht gestört, aber …«

»… jetzt wirst du eben älter«, vollendete Hannes schmunzelnd den Satz. »Wusste gar nicht, dass man eine Midlife-Crisis schon mit einunddreißig kriegen kann.«

111

Ben warf ihm einen düsteren Blick zu, während seine Finger weiter an dem Augenbrauen-Piercing herumzupften. »Ich klage dir mein Leid, und du verspottest mich«, maulte er. Dann hoben sich auch seine Mundwinkel. »Ist vielleicht tatsächlich so. Aber als es Socke heute so schlecht ging, hab ich kurz überlegt, wie es mir gehen würde, wenn er stirbt. Er ist weit davon entfernt«, fügte er schnell hinzu, als er Hannes' erschrockene Reaktion bemerkte. »Auf jeden Fall ist mir dabei aufgefallen, dass ich eigentlich ziemlich allein durchs Leben latsche. Und … das ist kein schönes Gefühl. Vielleicht hab ich wirklich ein Bindungsproblem.«

»Ich glaube, dass du in letzter Zeit zu viel Gras qualmst«, entgegnete Hannes skeptisch. »Du hast viele Freunde und …«

»Ach, seien wir mal ehrlich!« Ben richtete sich erregt auf. »Das ist doch fast alles oberflächlich. Ab und zu sieht man sich, aber richtig nimmt keiner am anderen Leben teil. Jeder hat genug mit seinem eigenen Kram zu tun. Ich bin ja nicht besser, das soll kein Vorwurf sein. Klar gibt es Ausnahmen. Dich zum Beispiel.«

Hannes fühlte sich unter dem treuherzigen Blick unwohl. Sentimentale Anwandlungen hatte er bei Ben noch nie erlebt. Die Leichtigkeit, mit der er normalerweise durchs Leben bummelte, hatte ihn von Anfang an fasziniert. Vielleicht, weil er selbst sich damit wesentlich schwerer tat. Es fühlte sich daher fast wie Verrat an, dass selbst eine solch sorglose Person wie Ben dunkle und schwermütige Tage hatte. Bevor sein Freund allzu rührselig werden konnte, versuchte er sich an einer Frotzelei.

»Wenn du ein seriöseres Leben führen willst, solltest du vielleicht die Beimischungen in deinem Tabak überdenken und das Studium zu Ende bringen. Zumal Frauen in unserem Alter nicht unbedingt auf Langzeitstudenten stehen.«

»Punkt eins ist abgelehnt, man muss ja nichts übertreiben.« Zum ersten Mal zeigte sich Bens Grinsen. »Vorschlag zwei ist dagegen schon in Arbeit. Ich hab letzte Woche gleich drei wichtige Scheine abgehakt. Kam die Tage davor nur zum Gassi gehen aus der Bude raus.«

Hannes hatte sich schon über so wenig Kontakt gewundert, aber selbst genug um die Ohren gehabt, um sich seinerseits zu melden. Ihm kam das Gespräch mit Federsen in den Sinn, das ähnliche Empfindungen, denen Ben gerade zum Opfer fiel, in ihm ausgelöst hatte. Zwar konnte er nicht auf einen permanenten Frauenwechsel zurückblicken – eher im Gegenteil. Doch die Frage, ob er zu einer guten Beziehung taugte und wie eine solche überhaupt aussah, beschäftigte ihn ebenfalls. Ganz zu schweigen davon, ob dies mit der Arbeit als Mordermittler zu vereinbaren war.

Allmählich fand Ben zu seinem gewohnten Verhalten zurück, als er von diesen Gedankenspielen erfuhr. »Und du erzählst mir was von Midlife-Crisis!« Er schlug Hannes auf die Schulter. »Aber wenn du schon so klug daherredest, hast du vielleicht auch die Lösung des Problems? Wie bleibt man cool, obwohl man älter und gesetzter wird?«

»Geht es überhaupt darum, cool zu bleiben? Was heißt das schon. Ein Onkel von mir rennt in zerrissenen Jeans rum, pfeift jungen Frauen hinterher und lebt von der Hand in den Mund. Er hält sich für cool, die meisten anderen empfinden ihn als peinlich.«

»Ich meinte auch eher, wie man hier drin cool bleibt.« Ben tippte sich gegen die Stirn.

»Wohl kaum mit heißen Marihuanaschwaden«, spottete Hannes. »Wahrscheinlich muss man einfach endlich seinen Platz im Leben finden. Dann spielen Kategorien wie cool oder uncool keine Rolle mehr. Vorher musst du aber erst mal wissen, was du willst. Nicht nur, was du nicht willst. Vielleicht ist genau das die Aufgabe, die wir jetzt lösen müssen. Und entweder scheitert man daran oder man macht einen Schritt nach vorn.«

»Klingt toll, Herr Psychologe. Und das bedeutet in deinem Fall? Willst du dich zum Seelenklempner umschulen lassen?«

Hannes sah verlegen und gekränkt auf den Boden. Es geschah nicht allzu oft, dass er sich zu derartigen Theorien verstieg. Noch seltener kam es vor, dass er andere an solchen Überlegungen teilhaben ließ. Andererseits war ihm klar, dass er mit dieser Reaktion hätte rechnen müssen. Es war einfach Bens Art und bedeutete nicht, dass sein Freund sich lustig machen wollte. Der schien weiter neugierig auf die Antwort zu warten, als könne er daraus Rückschlüsse für seine eigenen Probleme ziehen.

»Auf jeden Fall will ich nicht werden wie mein Chef«, erklärte Hannes langsam. »Klang zwar nachvollziehbar, was er heute gesagt hat, aber irgendwie … auch ernüchternd. Er wollte mir wohl Mut machen, hat aber nur bewirkt, dass ich ihm nicht nacheifern will.«

»Sondern?«

»Weiß ich doch auch nicht. Die äußeren Zwänge sind eben, wie sie sind. Und irgendwo muss die Kohle ja herkommen. Nicht jeder erbt reich und … äh, sorry, das war nicht gegen dich gerichtet.«

Ben zuckte nur mit den Achseln. »Du hast recht. Hätte ich nicht die Kohle von meinem Alten, würde ich wahrscheinlich längst in irgendeiner Tretmühle Dienst schieben. Vielleicht liegt genau da das Problem. Dass mir der Druck gefehlt hat. Ewig reicht das Geld allerdings nicht.«

»Ab Sommer hab ich zumindest mehr Luft«, spann Hannes den Faden weiter. »Wenn nach den Olympischen Spielen das tägliche Training wegfällt, ändert das einiges. Auch wenn ich es vermissen werde.«

»Eben.« Ben drehte sich einen neuen Joint. »Red dir nix Falsches ein. Du liebst deinen Sport, obwohl er Zeit frisst. Letztlich tauschst du ihn nur gegen eine Vollzeitstelle ein.«

»Das ist die Frage. Ich kann mir nicht vorstellen, mein Leben lang nach Mördern zu jagen. In den nächsten Wochen möchte ich rausfinden, was ich wirklich will. Das gilt genauso für Anna. Einerseits glaube ich, dass sie die Frau für immer ist, andererseits leben wir teilweise wie in einer WG nebeneinander her. Das wird ab sofort aufhören.«

»Guter Vorsatz, bin nur gespannt, wie du das umsetzt.« Ben schob seine Hände unter Socke und reichte ihn zu Hannes rüber. »Überleg dir 'ne gute Antwort. Ich muss aufs Klo. Und rauch mir mein Gras nicht weg.«

Leicht schwankend verschwand er in seiner Behausung. Hannes ließ sich von dem Hund die Hand lecken und blickte versonnen in den Garten. Eine endgültige Antwort kannte er auch nicht, aber er meinte, zumindest einen guten Vorsatz getroffen zu haben. Denn dass er mit seinem derzeitigen Leben zwar nicht unzufrieden, aber eben auch nicht glücklich war, wollte er nicht länger akzeptieren. Federsen hatte sich für ihn zu einem abschreckenden Beispiel dafür entwickelt, wie er sonst in ein paar Jahrzehnten enden könnte. Daran konnte selbst die neue Milde des Kriminalhauptkommissars nichts ändern.

Sein Blick blieb an dem Joint hängen, den Ben auf dem Tisch liegen gelassen hatte. Ob dieses Zeug eine Erleuchtung lieferte? Er hatte schon viel von den Offenbarungen gehört, die es einem angeblich schenkte. Dass auch sein Freund momentan mit Zweifeln kämpfte, sprach dagegen. Aber der war wahrscheinlich schon abgestumpft. Aus einem Impuls heraus entschied er, lange genug vernünftig gewesen zu sein. Seine Finger ließen das Feuerzeug eine Flamme ausspucken, und kurz darauf inhalierte er zum ersten Mal in seinem Leben den süßlichen und zugleich würzigen Rauch. Sofort wurde er von einem Hustenanfall geschüttelt, sodass Socke den Kopf hob und ihn vorwurfsvoll anzusehen schien.

»Stell dich nicht so an«, brummte Hannes und meinte mehr sich selbst als den Hund.

Noch einmal zog er an dem Tabakgemisch. Als Ben wieder in den Garten trat, war er zum ersten Mal seit langer Zeit sprachlos.

Kapitel 7

Die beiden Männer blieben ihrer Gewohnheit treu, sich mittags mitten in der Öffentlichkeit zu treffen. Wer hätte bei ihrem Anblick auch auf bedrohliche Gedanken kommen sollen? Erneut wirkten sie wie harmlose Geschäftsleute, die ihre Pause in der warmen Frühlingssonne verbrachten. Diesmal hatten sie sich nicht in einem Restaurant verabredet, stattdessen saßen sie auf der Parkbank eines schmalen Grünstreifens, nicht weit von modernen Bürogebäuden entfernt. Hinter ihnen rauschte der Verkehr, weshalb es weniger nach den gepflanzten Tulpen, als vielmehr nach Stadt roch. Die Schlacht ging in ihre letzte Phase, und das Risiko, dass ein Unbeteiligter verfängliche Äußerungen aufschnappte, wollten sie nicht eingehen.

Während der eine Mann eine asketische Ausstrahlung hatte, strich sich der zweite über einen Wohlstandsbauch. Er wartete, bis ein paar Anzugträger außer Hörweite waren. Vermutlich waren das Anwälte auf dem Weg zum nahen Gerichtsgebäude.

»David Krüger ist wieder zurück im Zellentrakt«, berichtete er. »Damit ist der Weg frei.«

»Gut für dich. Du hast mir zugesagt, dass er noch in dieser Woche erledigt wird.«

»Ich weiß, was ich gesagt hab. Das Wichtigste ist aber, dass … wir müssen vorsichtig sein.«

Der hagere Mann nahm die zweite Hälfte eines belegten Brotes aus einer Tupperdose. »Deshalb habe ich dafür gesorgt, dass ein Profi die Aufgabe übernimmt.«

»Das ist es nicht. Die Polizei hat das Gefängnis ins Visier genommen. Vermutet, dass dort die Lösung zu dem … ersten Mord zu finden ist. Daneben befürchten sie, dass Krüger als Nächstes dran sein könnte.«

»Haben Sie eine Vermutung, die uns gefährlich werden könnte?«

»Woher soll ich das wissen? Aber sie werden sich alle Insassen genau ansehen und sich natürlich umhören.«

»Das macht mir keine Sorgen.« Der Mann schnaubte aus. »Am Gefängniskodex werden sie sich die Zähne ausbeißen. Keiner wird mit der Polizei reden.«

»Sei dir mal nicht zu sicher. Außerdem … es darf nichts schiefgehen! Lieber auf die perfekte Gelegenheit warten, als Gefahr zu laufen, dass …«

»Was verschweigst du mir?«, wurde er unterbrochen.

»Was meinst du? Ich …«

»Hör mal zu, mein Freund. Wenn du anfängst, Dinge vor mir zu verheimlichen, ist das Ende unserer Vereinbarung gekommen. Also, was ist los?«

Der Angesprochene starrte auf seine Füße. »Im Gefängnis sitzt jemand, der uns gefährlich werden könnte. Fritz Janssen. Ehemaliger Kriminalhauptkommissar. War zu seiner aktiven Zeit einer der erfolgreichsten …«

»Ich weiß. Hatte zwar nie mit ihm zu tun, aber natürlich kenn ich seine Geschichte. Wie wohl jeder in unserer … Branche. Das Morddezernat bedient sich also seiner Dienste? Obwohl er …?«

»Würdest du das an ihrer Stelle nicht tun? Bietet sich doch an! Ihn sollten wir auf der Rechnung haben. Er ist mit Vorsicht zu genießen, da kannst du den Gefängniskodex zehnmal runterbeten.«

Eine Weile schweigen die beiden. »Verflucht, warum muss der Kerl ausgerechnet in diesem Knast untergebracht sein«, fluchte schließlich der schlanke Mann. »Sollte er im Weg stehen, müssen wir das ändern. Egal um welchen Preis.«

»Aber …«

»Was?«

»Er ist ein ehemaliger Polizist. Wenn er ermordet wird, dreht das Kommissariat erst richtig auf. Dann ist völlig egal, was im letzten Sommer vorgefallen ist.«

»Wie gesagt: Nicht ohne Grund habe ich einen Profi engagiert. Es ist dein Job, ihn zielgerichtet einzusetzen. Er wird einschätzen können, ob dieser Janssen eine Gefahr ist. Aber ich kann mich dort nicht sehen lassen, also musst du den Kontakt halten.« Er stand auf. »Die Zeit läuft gegen uns, David Krüger ist unberechenbar. Wir müssen es so schnell wie möglich beenden, selbst wenn am Ende noch ein Toter nötig ist.«

KAPITEL 8

Zwei Tage später war der Winter endgültig nur noch eine ferne Erinnerung. Hannes hatte sich nach dem morgendlichen Training nur ein T-Shirt angezogen und hätte auch die Jeans gern gegen eine kurze Hose eingetauscht. Ganz so weit ging die Lässigkeit im Präsidium dann aber nicht, obwohl er als Mordermittler stets in Zivil und nicht uniformiert unterwegs war. Auf dem Infoscreen einer Apotheke wurden an diesem Freitagmittag vierundzwanzig Grad angezeigt, und Hannes kurbelte das Fenster seines alten Fords nach unten. Mitleidig dachte er an Anna, die sich eine Erkältung eingefangen hatte und mit Fieber das Bett hütete.

Auch ihm selbst war es nach dem Abend bei Ben alles andere als gut gegangen. Die erhofften Geistesblitze waren ausgeblieben, stattdessen hatte ihm das Marihuana eine heftige Übelkeit und einen vernebelten Mittwochvormittag beschert. Er schimpfte über sich selbst, sich diesen schwachen Moment erlaubt zu haben und schwor sich, Bens Spezialmischung nie mehr anzurühren. Zumal ihm noch eine weitere mögliche Konsequenz eingefallen war.

THC stand auf der Dopingliste, obwohl er das angesichts der erlebten Wirkung kaum nachvollziehen konnte. Zumindest hatte es seine körperliche Leistungsbereitschaft definitiv nicht gesteigert. Dummerweise speicherte der Körper das THC, sodass es in einer dopingrelevanten Konzentration wochenlang nachweisbar war. Sollte es demnächst eine Kontrolle geben, konnte der Traum von den Olympischen Spielen ganz schnell platzen. Unruhig dachte er an den bevorstehenden Weltcupauftakt. Noch am Abend würde er sich nach Duisburg aufmachen, und er überlegte ernsthaft, ob er absichtlich eine schlechte Leistung abliefern sollte, um das Risiko einer Überprüfung zu senken. Da hatte er jahrelang streberhaft auf einen zurückhaltenden Lebensstil geachtet, und dann beging er auf der Zielgeraden seiner Laufbahn eine derartige Dummheit. Es war zum Verzweifeln.

Anna hatte er den Fehltritt betreten gebeichtet, aber sie hatte ihm seine Sorgen nicht nehmen können. »Ben scheint kein guter Umgang für dich zu sein«, hatte sie augenzwinkernd erklärt. Ihm kam es so vor, als wäre sie erfreut, dass er sich mal hatte gehen lassen. Dies bestärkte Hannes' Überzeugung, dass es an der Zeit war, sich offener durchs Leben zu bewegen. Was nicht bedeutete, dass er sich jeden Abend volllaufen lassen wollte, aber ein bisschen mehr Gelassenheit dürfte nicht schaden. Er argwöhnte, dass seine Freundin ihn für einen latenten Langweiler hielt. In manchen Momenten hatte er selbst solche Befürchtungen.

Den Kopf schüttelnd überlegte er, ob er Anna mit seiner Charmeoffensive nicht überforderte. An den zurückliegenden Tagen hatte er immer pünktlich Feierabend gemacht und sie mit einem Abendessen, einem Kinobesuch und einer Massage überrascht. Zwar hatte er ihr nichts von seinem Entschluss, das Privatleben aufzupolieren, erzählt, aber die radikale Verhaltensänderung war ihr natürlich nicht entgangen. Einen Kommentar hatte sie dazu nicht abgegeben, sich aber ihrerseits spürbar um Nähe bemüht. Hannes realisierte zufrieden, dass damit sogar das Knistern zwischen ihnen zurückgekehrt war. Nun galt es, auch abseits der Beziehung die Work-Life-Balance zu verbessern. Seine Freundschaften hatte er in den letzten Jahren vernachlässigt, einige waren verkümmert, andere erloschen.

Das anstehende Wochenende würde ihm aufgrund des Weltcups noch keine Gelegenheit bieten, aber er hatte Elke und Ben zu einem Clubbesuch in der darauffolgenden Woche überreden können. Auch seinen Job versuchte er, in einem freundlicheren Licht zu betrachten. Dies fiel ihm allerdings nicht ganz leicht, denn die Ermittlungen hatten sich kaum vorwärts bewegt. Er setzte darauf, dass die Wende in wenigen Minuten einsetzen würde, denn genau aus diesem Grund fuhr er vom Training ins Gefängnis anstatt zum Präsidium. Die Nachforschungen, ob Per seine früheren Besuche bei Fritz aufgefallen waren, hatte er inzwischen eingestellt. Auf vorsichtiges Bohren war sein Kollege nicht angesprungen, und direkt ansprechen wollte Hannes dieses heikle Thema lieber nicht. Schlafende Hunde sollte man ruhig weiter schlummern lassen.

Auch Fritz sah wenig später so aus, als würde er lieber im Bett liegen und die Augen schließen. Da die Treffen zwischen dem prominenten Häftling und seinem früheren Kollegen nicht auffallen sollten, war ein aufgegebenes Bürozimmer zur Verfügung gestellt worden, in dem sich außer zwei Stühlen nichts weiter befand. Ob diese Vorsichtsmaßnahme überhaupt noch nötig war, stellte Fritz schon bei der Begrüßung infrage.

»Seit unserem letzten Treffen schlägt mir Misstrauen entgegen. Selbst bei harmlosen Fragen. Entweder sind wir nicht unentdeckt geblieben oder irgendjemand hat eins und eins zusammengezählt. Allerdings hab ich mich auch ungeschickt angestellt.«

»Inwiefern?«

»Ich bin es zu überstürzt angegangen«, gab er zerknirscht zu. »Wollte schnelle Erfolge, bevor der nächste Arztbesuch anstand. Wahrscheinlich bin ich einfach aus der Übung ... oder die Medikamente haben mich wirr gemacht.«

Hannes setzte sich auf einen Drehstuhl und betrachtete ihn. Die Hautfarbe war fahl, die Augen wirkten eingefallen. Zwar blitzten sie vor Tatendrang, doch der restliche Körper – der früher drahtig gewesen war, jetzt aber mager schien – strahlte kaum Kraft oder Energie aus. In der Jeans und dem blauen Poloshirt wirkte er verloren, und die heisere Stimme klang noch belegter als sonst. Hannes sprach seinen Zweifel aus, ob die Therapie wirklich eine gute Idee war.

»Das ist halt so.« Seufzend setzte sich auch Fritz und streckte das Bein mit dem steifen Knie von sich. »Erst mal wird alles schlechter. Man begibt sich auf einen Höllenritt und hofft, dass es am Ende ein Tor gibt, das zurück ins Licht führt – und nicht in eine dunkle Kiste.«

»Wann soll eine Tendenz erkennbar sein?«

»Die ersten Tests waren schon vielversprechend. An einer Stelle hat sich der Krebs sogar leicht zurückgezogen. Aber es ist noch genug davon übrig.«

Angesichts des schwächlichen Zustandes beruhigte Hannes diese Information kaum. Dennoch gab er sich Mühe, Optimismus auszustrahlen. »Du bist ein zäher Hund. Wenn es jemand durchsteht, dann du. Außerdem hast du ein lohnendes Ziel. Hat Ursula dich wieder besucht?«

Fritz strich sich über den Kopf, auf dem sich das Haar weiter gelichtet hatte. Die verbliebenen Strähnen hatten ihre braune Farbe vollständig eingebüßt. »Sie wollte kommen, aber ich hab es abgelehnt. In meinem abgewrackten Zustand muss sie mich nicht sehen. Reicht schon, dass du hier auftauchst. Wobei du dir das selbst eingebrockt hast. War sicher deine Idee, mich zurück an Bord zu holen?«

»Überhaupt nicht. Clarissa hat das gewollt. Hab ja wenig Interesse, dass unser regelmäßiger Kontakt bekannt wird.«

»Mach dir keine Sorgen«, beruhigte Fritz. »Nachdem du mit Henning hier warst, hab ich mit dem Anstaltsleiter gesprochen. Wir kommen gut miteinander aus, und er ist mir den einen oder anderen Gefallen schuldig. Ihr seid nicht die Ersten, die auf meine Dienste zugreifen.« Verschmitzt blinzelte er. »Deine Besuche tauchen auf keiner Liste mehr auf, unser Geheimnis ist also sicher.«

»Hm. Das ist gut. Hoffe nur, dass es nicht vorher schon jemandem aufgefallen ist. Auf jeden Fall ist es super, dass wir uns diesmal offen austauschen können und sogar den Segen der Polizeiführung haben. Dein Stern ist wieder am Steigen.«

»Gilt scheinbar auch für dich. Seit wann ist Henning dein neuer Freund?«

Hannes lachte. »Er hat mich noch nicht zum Grillen eingeladen. Aber es stimmt, wir haben uns angenähert, seit … diesem Drama auf der Klippe. Ich bin selbst überrascht, wie er sich seither bemüht. Keine Lästereien über mein Training, und er lässt mich sogar ohne zu murren abends nach Hause gehen.«

»Ein Anfall von Toleranz.« Fritz wirkte skeptisch. »Mal sehen, wie lang das anhält. Aber wenn er sogar dein Outfit akzeptiert …« Vielsagend zog er die Augenbrauen hoch und sah einem Uhu nicht unähnlich.

»Was ist daran auszusetzen?« Hannes spähte an sich herunter. »Du warst früher auch nicht in Schlips und Anzug unterwegs.«

»Aber auch nicht in abgescheuerter Jeans, Sportschuhen und V-T-Shirt. Ist deine Freundin grad im Urlaub? Die hatte dir doch einen neuen Look verpasst.«

Das Gespräch glitt nach Hannes' Meinung auf absurde Themen ab, und weshalb er am Morgen tatsächlich bewusst nach Resten von Kleidungsstücken gekramt hatte, die aus seiner Sicht lässig waren, wollte er nicht weiter vertiefen. »Lass uns mal aufs Wesentliche kommen. Was hast du bisher aufgeschnappt?«

Gegen den Themenwechsel hatte Fritz keine Einwände. Er beugte sich nach vorn und schien einen Energieschub zu bekommen. »Ich hab die Zeit so gut wie möglich genutzt. An David bin ich leider noch nicht rangekommen, der schottet sich auffällig ab. Dafür hab ich jetzt ein ganz gutes Bild von Pascal. Eine Uhr aus Gold und ein Herz aus Stein. Das dürfte eine passende Beschreibung seiner Person sein.«

»Ist das deine Interpretation oder die Meinung der anderen Insassen?«

»Sowohl als auch. Ich hatte sogar das Vergnügen, kurz mit ihm zu sprechen. Allerdings kam er auf mich zu, um mir mitzuteilen, dass ich das Rumschnüffeln sein lassen soll. Was mich natürlich erst recht neugierig gemacht hat. Und da ich so manches von den Leuten hier weiß, konnte ich ein paar mit Überzeugungskraft zum Reden bringen.«

Selbstgefällig zog er ein Papier und einen Stift heran. In die Mitte schrieb er Pascal Hinz' Namen und kringelte ihn ein. Dann folgten weitere Informationen und bildeten eine verästelte Struktur.

»Euch ist bekannt, dass seine offiziellen Geschäfte nur Tarnung sind. Ein komplexes System, das den Blick auf das wahre Geschehen verdeckt. Und dieses Gebilde ist geschickt konzipiert. Er ist der Mann im Zentrum. Um sich herum hat er eine Art menschliche Mauer aufgebaut. Zuverlässige Leute, deren Job es ist, seine Weste sauber zu halten. Ein Teil von denen sitzt auch gerade ein, bis auf Sören Wächter, der die Bande steuert. Ist sozusagen der Chef der Security. Jeder von diesen Leuten hat einen eigenen Zuständigkeitsbereich mit einer offiziellen und einer inoffiziellen Funktion. Zu den verdeckten Tätigkeiten gehören zum Beispiel Hehlerei, Drogen- und Waffenhandel sowie Erpressung und Raub. In diesen Bereichen läuft es ähnlich ab wie beim großen Ganzen. Jeder Bereichsleiter hat eine Phalanx aus Vertrauensleuten um sich herum, und die steuern dann das Fußvolk. Stell dir die Struktur wie eine Zwiebel vor. Du musst erst einige Schalen abstreifen, bis du endlich bei Pascal Hinz landest.«

»Dass es wenigstens in einem Fall von Waffenhandel gelungen ist, ist Timo und David zu verdanken, da sie einen entscheidenden Tipp gegeben haben.«

»Ganz genau, allerdings war es im Gesamtzusammenhang eher ein harmloser Tipp. Die beiden gehörten zum Fußvolk, wobei David kurz vor dem Sprung war, Bereichsleiter für Geldwäsche zu werden. Pascal schien Gefallen an ihm gefunden zu haben. David erhielt dadurch Einblicke und nutzte dies, um seine eigene Haut zu retten – beziehungsweise um eine mildere Strafe zu bekommen. Pech für ihn, dass er mit Pascal im selben Knast landete.«

»Also war es Pascal, der ihn vermöbelt hat?«

»Nein – dafür hat er seine Leute. Angeblich wurde darauf geachtet, dass die Wachen wegsehen. Kamen aber doch noch rechtzeitig, um das Schlimmste zu verhindern. Offen würde das niemand zugeben, eine verwendbare Aussage kannst du also vergessen.«

Hannes verdaute die Auskunft einen Moment lang. Letztlich lieferte sie kaum neue Erkenntnisse, lediglich die Bestätigung dessen, was man längst vermutet hatte. »Wenn Pascal so sehr auf eine weiße Weste bedacht war, weshalb hat er sich dann so leichtsinnig in die Schusslinie begeben, dass er auf frischer Tat beim Waffenverkauf ertappt wurde?«

»Weil bei dem Geschäft ursprünglich jemand anwesend sein sollte, der auf seiner Anwesenheit bestand. Und damit kommen wir zu einem wichtigen Punkt.« Fritz zeichnete hinter den eingekreisten Namen des Mannes eine schraffierte Wolke. »Bei Pascal bist du noch nicht im Kern der Zwiebel angekommen. Auch er stellt einen Sicherheitswall dar. Vermutlich den letzten vor der Person, die der eigentliche Boss dieser Organisation ist.«

»Wer soll das sein?«

Fritz hob seine Hände und zuckte mit den Schultern. »Weiß angeblich niemand, und bei dem Zugriff war diese Person – anders als geplant – auch nicht anwesend. Auf jeden Fall werden alle nervös, sobald es um den tatsächlichen Drahtzieher geht. Noch nervöser, als wenn Pascals Name fällt.«

»Und dieser Drahtzieher ist vermutlich selbst genauso nervös«, meinte Hannes. »Immerhin ist ihm mit Pascal seine zentrale und wichtigste Figur aus dem Spiel genommen worden. Die Organisation dürfte dadurch ins Schlingern geraten und Platz für Konkurrenz schaffen. Da wäre es kein Wunder, wenn Timo und David bestraft werden sollen. Allerdings gab es nach unseren Informationen bislang keine tödlichen Vorfälle in Pascals Umfeld. Scheint nicht seinem Stil zu entsprechen oder ihm zu gefährlich zu sein.«

Fritz schien mit jeder Minute an Kraft gewonnen zu haben. Er stand sogar auf und stakste mit seinem steifen Bein auf und ab. Die Wangen waren gerötet. »In einem Punkt hast du recht: Es ist gefährlich, Leichen links und rechts des Weges liegen zu lassen. Irgendwann tauchen die nämlich immer auf. Aber auch lebende Menschen können gefährlich sein. Also musst du abwägen, welche Gefahr dir größer erscheint.« Fritz wirkte bei diesem Vortrag so, als sei er selbst ein abgebrühter Gangsterboss. Hannes schmunzelte.

»Schon klar, aber es gibt keine derartigen Gerüchte.«

»Weil keiner der Nächste sein will. Eine Person hat mir gegenüber allerdings den Mund aufgemacht.«

127

»Wer?«

»Quellenschutz.« Fritz wedelte abwehrend mit dem Zeigefinger durch die Luft.

Hannes dachte an Federsens Mahnung, keine Geheimniskrämereien zu akzeptieren. Allerdings kannte er Fritz gut genug, um zu wissen, dass er in dieser Frage unnachgiebig bleiben würde. Zumindest so lange, wie er es für nötig hielt, um seine eigenen Ermittlungen nicht zu gefährden. Das war einer der Gründe, weshalb ihm zu seiner aktiven Zeit nicht alle Kollegen wohlwollend gegenübergestanden hatten.

»Ist völlig egal, wer es ist«, fuhr Fritz fort. »Auf jeden Fall ist er dicht genug am Geschehen dran, um Bescheid zu wissen. Und ich bin dicht an ihm dran – war ich übrigens früher schon.«

»Aha, einer deiner berüchtigten Informanten? Wie praktisch, dass es ihn bei der Verhaftungswelle erwischt hat.«

»Er hat mir glaubhaft versichert, dass in den letzten Jahren ein Mann und eine Frau ausgeschaltet wurden. Die Leichen sind nie aufgetaucht. Du siehst also, es kommt nur auf die Durchführung an. Pascal ist skrupellos. Für Macht und Geld ist ihm kein Abgrund zu tief.«

»Dann wäre es wohl am besten, David in ein anderes Gefängnis zu verlegen.«

Fritz sah ihn nachsichtig an. »Ein nachvollziehbarer, aber naiver Gedanke. Ist ja nicht so, dass in Gefängnissen Edelmänner versammelt sind. Mal abgesehen von mir. Pascals Arm reicht weit, und der seines Bosses vermutlich noch weiter. Wenn die David beseitigen wollen, dann kannst du ihn nach Hawaii verschicken, ohne dass es ihm was hilft.«

»Was ist dein Vorschlag? Einfach zusehen, wie es auch ihn erwischt?«

Fritz nahm wieder Platz. »Ich hab wirklich Zweifel, ob ihr ihn auf lange Sicht beschützen könnt. Aus meiner Sicht gibt es zwei Möglichkeiten. Erstens: David muss komplett reinen Tisch machen und das ganze System um Pascal zum Einsturz bringen. Dafür kommt er in ein Zeugenschutzprogramm und erhält eine neue Identität. Eine große Chance für ihn und euch.«

»Dummerweise redet er nicht offen mit uns. Seine Frau auch nicht, sie wurde gestern vernommen. Weil er wohl selbst etwas Schwerwiegendes zu verbergen hat. Aber die große Lösung haben wir ihm auch noch nicht vorgeschlagen.«

»Werde mal sehen, ob ich ihn entsprechend bearbeiten kann«, verkündete Fritz selbstbewusst. »Ich versuche, ihm den Gedanken einzupflanzen, sodass er selbst mit diesem Vorschlag zu euch kommt. Aber darauf können wir uns natürlich nicht verlassen. Und das bringt mich zum zweiten Ansatz: Parallel müsst ihr die Zwiebel schälen.«

Hannes nickte. »Dafür wäre es hilfreich, wenn du uns deinen Kontaktmann nennst. Er scheint eines der wenigen schwachen Glieder in der Kette zu sein.«

»Sollte es nötig sein, werde ich ihn fragen. Die Entscheidung liegt aber bei ihm. Ich verdanke ihm einiges, eine Hand wäscht die andere. Dafür kann ich dir ein anderes vielversprechendes Kettenglied präsentieren: Pascals Schwester Elena. Sie ist seine Schwachstelle. Und was man so hört, war sie früher in seine Machenschaften involviert, will heute aber nichts mehr damit zu tun haben. Gestern hat sie ihn besucht.«

»Klingt gut, ist mir aber zu eindimensional.«

»Wie meinst du das?«

»Was ist, wenn gar nicht Pascal und Konsorten dahinterstecken? Zumindest bei dem Mord an Timo kann eine ganz andere Geschichte eine Rolle spielen. Er hat sich offenbar an Frauen vergriffen.«

»Natürlich müsst ihr alle anderen Spuren genauso verfolgen.«

»Vergiss nicht, dass wir nur ein kleines Team von Ermittlern sind.«

Ein Wärter öffnete die Tür und sah in das Büro. »Sind Sie fertig oder brauchen Sie noch länger?«

Fritz schüttelte den Kopf. »Für heute sind wir fertig.«

»Das war schon alles?« Hannes verschränkte in gespielter Entrüstung die Arme vor der Brust.

»Ich bin kein Zauberer, und erst seit … ach so, nimm mal dein Grinsen vom Gesicht. Komm am Montag wieder, vielleicht bin ich dann weiter. Du musst aber spätestens mittags aufkreuzen, denn um fünfzehn Uhr hänge ich wieder an den Schläuchen. Wer weiß, ob ich danach nicht erst mal aus dem Spiel genommen bin.«

»Du solltest behutsam vorgehen«, empfahl Hannes. »Nicht, dass Pascal auch dich als gefährlichen Menschen einstuft.«

Fritz blieb unbeeindruckt. »Ich kann auf mich aufpassen, sogar hier drinnen. Lebenslange Schule. Pass du lieber auf, dass Henning für seinen nächsten Urlaub kein Doppelzimmer bucht, obwohl seine Frau zu Hause bleibt. Wenn du ein Flugticket auf deinem Schreibtisch findest, solltest du misstrauisch werden.«

»Wahnsinnig witzig.« Hannes drückte die angebotene Hand. »Ich bin am Wochenende auf einem Wettkampf. Wenn was ist, melde dich bei Federsen.«

Auf dem Weg nach draußen spürte er ein sorgenvolles Ziehen im Magen. Fritz' Einstellung kam ihm allzu sorglos vor. Doch daran würde er auch durch Ermahnungen nichts ändern können. Der alte Fritz war nun mal so, wie er eben war.

Nach dem Gespräch mit Elena Hinz hatte sich Vanessa Krüger zunächst erleichtert gefühlt und auf eine friedliche Lösung gehofft. Die Frau hatte versprochen, ihren Bruder zur Rede zu stellen, aber ob das mittlerweile passiert war, wusste Vanessa nicht. Dagegen konnte ihr nicht entgehen, dass sie beobachtet wurde. Entweder hatte sie also zu Unrecht auf die Schwester des Gangsters gesetzt, oder deren Einfluss war begrenzter, als diese selbst angenommen hatte. Es gab auch keine Möglichkeit der Kontaktaufnahme, denn Elena hatte keine Telefonnummer hinterlassen, und Vanessa hatte in ihrem verwirrten Zustand ihrerseits vergessen, danach zu fragen. Eigentlich wusste sie so gut wie nichts über Elena und war froh, sich nicht völlig um Kopf und Kragen geredet zu haben. Zumindest ein paar Details hatte sie verschwiegen. Eines davon hatte sie erst am Dienstag von ihrem Mann erfahren.

Es sollte eine Lebensversicherung für sie darstellen, für den Fall, dass er nicht heil aus dem Gefängnis zurückkehrte. Nun überlegte sie, ob sie diese Lebensversicherung nicht schon vorher benötigte. Dabei ging es nicht nur um Geld, sondern auch um ein gefährliches Wissen, das man – richtig eingesetzt – zum eigenen Vorteil nutzen konnte. Ihr Mann hatte strikt davon abgeraten, sich auf diesen Weg zu begeben, doch sie war längst davon überzeugt, die Dinge selbst in die Hand nehmen zu müssen. Dafür musste sie allerdings die Durchschlagskraft richtig einschätzen können, was schwierig war. Um sie zu schützen, hatte David nicht alle Karten auf den Tisch gelegt.

Es war an diesem Freitagmittag daher weniger dem schönen Wetter geschuldet, dass sie eine große Strandtasche gepackt hatte, um mit ihrer Tochter von der Förderschule direkt raus ans Meer zu fahren. Damit verstieß sie zunächst noch nicht gegen Davids Anweisungen. Sie sollte überprüfen, ob sich Timo an dem erbeuteten Geld zu schaffen gemacht hatte oder ob zumindest die finanzielle Sicherheit weiter gewährleistet war. Noch ein anderer Gegenstand befand sich in dem Versteck des Leuchtturms, der mit dem Überfall auf den Geldtransporter aber in keinem Zusammenhang stand. David hatte dazu nur

Andeutungen von sich gegeben – allerdings genug, um ihre Neugier zu wecken.

Nervös blickte sie in den Rückspiegel, aber von dem schwarzen Jeep, der ihr in den letzten Tagen immer wieder aufgefallen war, gab es keine Spur. Da ihre Nerven zum Zerreißen gespannt waren, vermutete sie in jedem anderen Auto auf der Landstraße einen potenziellen Mörder. Erst vor ein paar Minuten war sie so langsam gefahren, dass der silberfarbene Mercedes sie schließlich überholt hatte. Die weißhaarige Frau hinter dem Steuer hatte jedoch unverdächtig gewirkt und war hinter der nächsten Kurve schnell verschwunden. Dennoch glitten Vanessas Gedanken immer wieder zu einer kleinen Kiste, die im Keller unter jeder Menge Krimskrams lagerte. Sollte sie Davids Waffe nicht doch besser bei sich tragen? Sie bemerkte, dass sie vor dieser Möglichkeit immer weniger zurückzuckte und redete sich ein, dass es ja nur zur Selbstverteidigung wäre. Am Abend wollte sie sich die Pistole zumindest mal aus der Nähe ansehen.

Um die Mittagszeit war auf dem Land noch nicht viel los, zumal die Hauptsaison noch nicht begonnen hatte. Schon in wenigen Wochen würde es hier wieder vor auswärtigen Kennzeichen wimmeln. Das konnte Vanessa gut verstehen. Sie selbst kam aus einer langweiligen Gegend in Mitteldeutschland, wo es weder Berge noch Wasser gab. Touristen verirrten sich selten in ihre kleine Heimatstadt, und auch sie wollte nie mehr dorthin zurückziehen. Ob sie allerdings an der Küste würde bleiben können, war ebenfalls fraglich. In was hatte David sie da nur hineingezogen? Würde dieser Albtraum jemals enden?

Ihr Blick glitt über die gelben Rapsfelder, und als sie über eine kleine Kuppe fuhr, breitete sich das blaue Band der Ostsee vor ihr aus. Sie wollte hier nicht weg, vom ersten Tag an hatte sie sich zu Hause gefühlt. Auf dem Wasser erkannte sie die Flecken von Frachtern und Segelbooten, aber selbst die idyllische Kulisse konnte den Aufruhr in ihrem Inneren nicht beruhigen. Ihre Tochter zeigte sich von der malerischen Landschaft unberührt. Ihre Augen waren hinter einer Sonnenbrille verborgen, doch sie hielt den Kopf ohnehin gesenkt. Zwischen ihren Fingern bewegte sie das kleine Modell ihres aktuellen Lieblingsflugzeugs – des Doppeldeckers Albatros D.II, der von dem Roten Baron geflogen worden war. Weshalb sie momentan ausgerechnet dieses Stück aus ihrer beachtlichen Sammlung bevorzugte, konnte Vanessa nur vermuten. Es war ein Geschenk, das David ihr beim letzten Besuch überreicht hatte. Den Bausatz hatte er in der Haft selbst zusammengebaut und seiner Tochter sichtlich befangen überreicht. Sie hatte es schweigend entgegengenommen. Und dennoch war die Miniaturausgabe seitdem schwer angesagt, was Vanessa einen seltenen Einblick in das Innenleben ihrer Tochter erlaubte.

»Freust du dich aufs Meer?«, fragte sie und erhielt keine Antwort. »Wir können eine Sandburg bauen mit einer Start- und Landebahn für dein Flugzeug.«

Sonja hob den Kopf. Sonnenlicht brachte ihr blondes Haar zum Glänzen. »Dafür brauchen wir Gras. Früher waren Landebahnen oft aus Gras. Die Albatros flog ab 1916. Es gab nur zweihundertfünfundsiebzig Stück davon. Die Reichweite war zweihundertdreißig Kilometer.«

Vanessa hörte nur mit einem Ohr zu. Ihre Tochter würde sich gleich in endlosen Schilderungen von Flugeigenschaften oder Bauweisen verlieren und dabei schnell den Bogen zu ähnlichen oder ganz anderen Flugzeugtypen schlagen. In diesem Spezialgebiet kannte sie sich hervorragend aus und hatte ein fast schon unheimliches Detailwissen. Ihrer Mutter wäre es lieber gewesen, wenn sie einfach nur ein normales Mädchen gewesen wäre, aber im Gegensatz zu David hatte sie die Situation längst akzeptiert. Er haderte immer wieder mit dem Schicksal, was jedoch nicht in verminderter Liebe zu seiner Tochter resultierte. Vielleicht war es sogar zu viel Liebe, wie Vanessa manchmal dachte. Er behandelte seine Tochter wie ein rohes Ei, und sie glaubte nicht, dass dies der richtige Ansatz war.

Als sie an einem baufälligen Leuchtturm vorbeifuhr, warf sie nur einen kurzen Blick zur Seite. David hatte das Gebäude anschaulich beschrieben, ein Irrtum war ausgeschlossen. Ihr Argwohn hielt sie davon ab, über eine holprige Spur direkt an das alte Gemäuer heranzufahren und den Wagen davor abzustellen. Stattdessen parkte sie mehrere hundert Meter weiter auf einem anderen Feldweg. Ein sandiger Pfad führte zum Strand hinunter, und dort angekommen, wollte Sonja sofort die Picknickdecke ausbreiten.

»Noch nicht«, sagte Vanessa und zog sie sanft weiter.

Sonja versteifte sich. »Wir bauen einen Flughafen«, sagte sie. Auf dem Weg hatte sie Dünengras gepflückt, mit dem sie die Landebahn belegen wollte.

»Das machen wir gleich«, war die geduldige Antwort. »Vorher müssen wir noch was erledigen. Siehst du den Leuchtturm? Da gehen wir am Wasser hin und bauen den Flugplatz.«

Sonja schob die Unterlippe nach vorn und legte den Kopf schief. Dann setzten sich ihre Füße in Bewegung, und nun zog sie ihre Mutter mit sich. Erleichtert atmete Vanessa auf. Ein Trotzanfall hätte ihre Selbstbeherrschung auf eine harte Probe gestellt. In einiger Entfernung konnte sie zwei menschliche Umrisse erkennen. Als sie einen durchs Wasser tobenden Hund entdeckte, entspannte sie sich aber. Sie blieb stehen, setzte Sonja auf einen Stein und zog ihr die Schuhe aus. Auch sie selbst genoss es kurz darauf, barfuß über den feuchten Sand zu laufen. Immer wieder wurde er von kleinen Wellen überflutet, und jedes Mal blieb Sonja stehen, um das schäumende Wasser zwischen ihren Zehen zu mustern. Dann blickte sie zu ihren

Fußabdrücken zurück, um zuzusehen, wie sie glattgespült wurden. Vanessa hätte viel dafür gegeben, in solchen Augenblicken in die Gedankenwelt dieses kleinen Kopfes eintauchen zu können.

Mit jedem weiteren Schritt richtete sich ihre Konzentration aber mehr auf den Leuchtturm, den sie wenig später erreichten. Schon zu seinen Betriebszeiten dürfte er kein Schmuckstück gewesen sein. Er stand leicht erhöht auf einem grasbewachsenen Plateau, das vom Strand aus aber problemlos zu erklimmen war. Ein weiteres Mal blickte Vanessa die Küste entlang, doch außer den beiden Hundebesitzern machte sie keinen menschlichen Umriss aus. Sie stellte die Tasche im Sand ab und wühlte nach dem Schlüssel. Er hatte genau an der Stelle gelegen, die David beschrieben hatte, hinter einer losen Wandfliese neben der Waschmaschine.

Sonjas Kooperationsbereitschaft hatte sich erschöpft. Sie weigerte sich strikt, die wenigen Schritte bis zum Leuchtturm zu gehen und schrie, als Vanessa sie auf den Arm nehmen wollte. Stattdessen begutachtete sie die Strandspielzeuge und begann unverzüglich damit, herumzubuddeln und kleine Sandhaufen zu errichten. Ihre Mutter ahnte, dass dies die Vorarbeiten für den Flughafen sein sollten, und ging zum Wasser, um einen Eimer zu füllen. Unschlüssig stand sie neben ihrer Tochter, die in ihre Tätigkeit versunken und nicht wegzubewegen war.

»Sonja.« Sie ging in die Knie, nahm dem Mädchen die Sonnenbrille ab und fasste sie an den Schultern. »Ich muss in dem Leuchtturm was nachsehen. Geht ganz schnell. Du gehst hier nicht weg, okay?«

Ihre Tochter nickte folgsam, dann glitten ihre Augen schon wieder zum Boden. Erneut stöberte Vanessa in der Tasche herum und zog ein Tablet hervor. Dann rannte sie barfuß die wenigen Meter zum Turm. Bevor sie ihn umrundete, blickte sie noch einmal zum Strand. Ihre Tochter hatte sich nicht wegbewegt, sondern legte gerade einzeln einen Grashalm nach dem anderen auf die fingierte Landebahn für den Doppeldecker. Beherzt trat Vanessa zum Eingang. Das Schloss wirkte unversehrt und ließ sich widerstandslos öffnen. Knarzend schwang die eiserne Tür auf, und ein modriger Geruch nach Stein und Feuchtigkeit vertrieb das Aroma des Meeres. Vanessa trat ins Innere. Die Tür ließ sie halb offen stehen, da sie keine Taschenlampe mitgebracht hatte. Die schmalen Fenster waren verschmiert und ließen fast kein Licht hindurch. Sie zuckte zusammen, als sie einen Schrei hörte, aber es war nur eine vorbeifliegende Möwe gewesen.

In der Mitte des Raumes führte eine Wendeltreppe nach oben, doch sie wusste, dass sie sich den Aufstieg sparen konnte. Bis auf eine große Kiste war der Eingangsbereich leer, und in das Vorhängeschloss passte der zweite Schlüssel. Sie stöhnte auf, als sie den Deckel zurückklappte und die vielen Bündel mit Geldscheinen sah. Als sie die Packen durchgezählt hatte, war sie beklommen und erleichtert zugleich. Davids Verdacht hatte sich nicht bestätigt, Timo schien es vor seinem Tod nicht mehr geschafft zu haben, das Geld beiseitezuschaffen.

Ein weißer Briefumschlag weckte ihr Interesse. Wie erwartet befand sich ein USB-Stick darin, den sie in ein Adapterkabel des mitgebrachten Tablets steckte. Auf dem Datenträger waren nur drei Dateien abgelegt – kurze Videosequenzen, die es aber in sich hatten. Mit offenem Mund verfolgte sie das Geschehen, anschließend setzte sie sich auf die Kiste und starrte ins Nichts. Dann steckte sie den USB-Stick in die Tasche, nahm ein Geldbündel an sich und verschloss die Kiste wieder. Als sie den Leuchtturm verlassen hatte, versicherte sie sich mehrmals, ob das Vorhängeschloss der Tür wirklich verriegelt war. Langsam ging sie um das Gemäuer herum – und verharrte. Unter ihr breitete sich der Strand aus, und sie erblickte die Picknickdecke, neben der buntes Spielzeug lag. Sonja allerdings war verschwunden. Nur die kleinen Schuhe mit den aufgenähten Schmetterlingen standen noch an derselben Stelle, an der sie von der Mutter abgelegt worden waren.

Fritz widmete sich seiner Aufgabe nicht nur mit Verstand, sondern auch aus vollem Herzen. Gegenüber Federsen hatte er sich zusammenreißen müssen, damit dieser nichts von seinen wahren Gefühlen ahnte. Tatsächlich war er begeistert von der unverhofften Möglichkeit, noch einmal sein Können unter Beweis zu stellen. Während der aktiven Ermittlerzeit hätte er niemals vermutet, dass ihm sein Job einmal so sehr fehlen würde. Er hoffte, dass auch Hannes noch rechtzeitig dahinter kam, dass der Polizeiberuf nicht nur aufreibend und frustrierend, sondern zugleich eine Erfüllung sein konnte – sofern man der entsprechende Typ Mensch war. Ob Hannes dazuzählte, konnte Fritz noch nicht abschließend beurteilen. Vielversprechende Ansätze waren zu erkennen, aber eine wichtige Voraussetzung war, dass man die Gewalt und das Elend nicht zu nah an sich heranließ. Da hatte der Sportpolizist noch einiges zu lernen, sofern man das überhaupt lernen konnte.

Dass er diesmal auch offiziell als Mentor für den Nachwuchsermittler tätig sein konnte, stellte das i-Tüpfelchen für Fritz dar. Er bedauerte es, selbst nie Kinder bekommen zu haben, und obwohl er Hannes nicht als Sohnersatz betrachtete, musste er zugeben, dass ihm der Umgang Spaß machte. Inzwischen ärgerte er sich darüber, sich immer gegen junge Kollegen gewehrt zu haben. Die Polizeileitung hatte oft genug versucht, ihn davon zu überzeugen, dass er ein geeigneter Begleiter für die ersten Gehversuche sei. Nun war es dafür zu spät, in zweifacher Hinsicht: Seine Karriere war vorbei, und sein Gesundheitszustand ließ ihn daran zweifeln, das Ende der Haftstrafe noch zu erleben.

Er konnte es nicht an Fakten festmachen, aber trotz erster positiver Reaktionen seines Körpers verfestigte sich mehr und mehr das Gefühl, dass die neue Krebstherapie keine Trendwende bringen würde. Vielleicht war für diese Skepsis die misstrauische Ader verantwortlich, die er sich im Laufe seiner Berufsjahre zugelegt hatte. Zugleich führte diese düstere Ahnung dazu, dass er über Hannes' Warnungen hinwegsah. Zum einen wusste er, wie man mit kriminellen Subjekten umgehen musste, schließlich war er mehr als einmal selbst in das Visier von Verbrechern geraten. Zum anderen hatte er keine Angst mehr vor dem Tod. Jedenfalls nicht vor einem schnellen. Wovor er dagegen regelrecht Panik hatte, war ein langsames Dahinsiechen – was bei seinem Krankheitsbild nicht unwahrscheinlich war. Da war es ihm allemal lieber, im Zuge seiner letzten Ermittlung einen Schlag auf den Kopf zu riskieren, der alles beendete. Allerdings natürlich erst, nachdem der Fall gelöst war.

Diesem Ziel wollte er alle verbliebene Kraft widmen, bevor ihm die nächste Therapiesitzung wieder Energie absaugte. Gegenüber Hannes und Federsen hatte er tiefgestapelt, was sein Wissen über Pascal Hinz betraf. Er kannte diesen Mann, der seit vielen Jahren eine der herrschenden Größen in der kriminellen Szene seiner Stadt war. Er kannte ihn sogar sehr gut – und das nicht nur wegen seiner Vergangenheit als Polizist. Dieser Umstand verkomplizierte die Sache, doch das musste niemand wissen.

Ohnehin meldete seine erfahrene Nase Zweifel an, dass Pascal den Mord an Timo veranlasst hatte. Zuzutrauen war es ihm allemal, allerdings sprach ein Fakt klar dagegen. Timo und David hatten Schulden gehabt, waren aber offenbar zu Wohlstand gelangt. Entsprechende Gerüchte hatte Fritz von verschiedenen Seiten aufgeschnappt, und es klang nicht so, als wäre dieser Wohlstand durch eines von Pascals Projekten entstanden. Denn wenn es so wäre, hätte er den Anteil der Schulden einfach einbehalten. Weshalb sollte er also zwei Männer beseitigen wollen, die endlich in der Lage waren, eine offene Rechnung zu begleichen? Insbesondere, da es angeblich um eine hohe Summe ging. Sicherlich wollte er den beiden ihren Verrat heimzahlen, aber sein Geschäftssinn war noch größer als sein Stolz.

Aus diesem Grund hielt sich Fritz' Sorge um Davids Gesundheit in Grenzen. Der Mann hatte eine Abreibung bekommen, aber ein Mordanschlag war es wohl nicht gewesen. Andernfalls wäre er nicht nach zwei Tagen auf der Krankenstation wieder in seine Zelle eingezogen. Ein Pascal Hinz machte keine halben Sachen, beziehungsweise er ließ keine halben Sachen machen. Sofern diese Einschätzung zutraf, war die Ursache für Timos Ableben in erster Linie außerhalb der Gefängnismauern zu suchen. Darauf wollte Fritz seine Kollegen aber nicht hinweisen, denn er hatte wenig Lust, schon nach kurzer Zeit wieder aus dem Team zu fliegen. Außerdem könnte er dennoch Hinweise finden, denn eine relevante Person befand sich in seiner unmittelbaren Reichweite: David Krüger.

Einfach war es aber nicht, an Timos Komplizen heranzukommen. Am Hofgang zeigte er neuerdings kaum Interesse, genauso wenig an Freizeitaktivitäten oder den anstaltseigenen Arbeitseinsätzen. Fritz hingegen engagierte sich weiter in der Gefängnisküche, er nutzte jede Gelegenheit, um der Tristesse und Langeweile zu entfliehen. Aufgrund seiner Rückenbeschwerden übte er diese Tätigkeit meist im Sitzen aus. Momentan wurde das Abendessen vorbereitet, und er belegte die Teller mit Brot, Wurst und Käse. Neben ihm stand Balthasar Seeburg, und das kam dem alten Fritz äußerst gelegen. Seiner

Meinung nach waren die Eltern des Mannes nicht unschuldig an dessen verkorkstem Lebenslauf. Wie konnte man nur auf die Idee kommen, seinen Sohn Balthasar zu nennen? Ständige Hänseleien waren da vorprogrammiert!

Der Siebenundzwanzigjährige zählte nicht zum engsten Kreis um Pascal Hinz, dafür war er zu dumm und ungeschickt. Diese Nachteile kannte Fritz, und er wollte sie zu seinem Vorteil einsetzen. Als Pascals Handlanger dürfte der Kerl das eine oder andere aufgeschnappt haben, was verwertbar war. Sie hatten schon mehrere Minuten Belanglosigkeiten ausgetauscht, und nun zog Fritz die Schlinge enger.

»Pascal hat mir gesagt, dass er weiter an einer Haftverkürzung arbeitet. Springt dabei auch was für dich raus?«

Balthasar zuckte mit den Schultern. »Ich hab eh die kürzeste Strafe von allen. Von Sören abgesehen. Bin in drei Monaten draußen. Pascals Anwalt ist aber wirklich top, der wird das schon für ihn hinkriegen.«

»Hm.« Fritz nahm die Brille ab und putzte sie umständlich. »War ganz schön fahrlässig, David eine Lektion zu erteilen. Ich hätte damit gewartet, bis er wieder draußen ist.«

Balthasars lauernder Blick traf ihn. Der Mann war pummelig, wirkte aber zugleich wie die Verkörperung eines Schwiegermuttertraums. Dass hinter seinem Speichellecken kriminelle Energie steckte, war nicht auf den ersten Blick ersichtlich. Dass er aber eingenordet worden war, bewiesen seine nächsten Worte.

»Pascal hat damit nichts zu tun. Er hat mich schon gewarnt, dass du hier rumschnüffelst.«

»Blödsinn, was hätt ich denn davon? Mir brauchst du nichts vorzumachen. Ist ein offenes Geheimnis, dass du in die Schlägerei verwickelt warst. Wenn Pascal das nicht angeordnet hat, müsstest du ja selbst ein Problem mit David haben.«

»Hab ich aber nicht.«

»Eben. Aber du weißt genau, wie das läuft. Wenn's hart auf hart kommt, wird Pascal das so hinstellen. Und er wird genügend Zeugen finden, die es bestätigen. Sei lieber vorsichtig.«

Unauffällig sah sich Balthasar um. Der Küchenchef unterhielt sich mit einem anderen Häftling, dennoch senkte er die Stimme. »Interessiert eh kein Schwein, wenn ein Knasti vermöbelt wird. Passiert ständig.«

»Das Problem ist aber, dass David mit Timo irgendein Ding gedreht hat. Da Timo ermordet wurde, sieht sich die Polizei auch genau an, was mit David passiert. Pass auf, dass du nicht in eine Sache reingezogen wirst, die schlecht für dich ausgehen kann. Ist ein gutgemeinter Rat.«

Balthasar schwieg, während seine Hände Scheiben von einem Laib Brot abschnitten. Es arbeitete sichtlich in ihm. »David ist selbst schuld. Ganz schön dämlich, Pascal bei den Bullen zu verpfeifen. Aber Timo muss noch einen anderen Feind gehabt haben.«

»Wen denn?«

»Weiß ich nicht. Sören sollte ihn überwachen, denn irgendwo müssen die beiden Geld gebunkert haben.«

»Wo soll die Kohle herkommen?« Ächzend streckte Fritz seinen Rücken durch und erhob sich.

Balthasar senkte die Stimme weiter, bis sie nur noch ein Flüstern war. »Pascal hat erzählt, dass sie einen Geldtransporter überfallen haben. Letztes Jahr. Timo hat besoffen rumgeprahlt.«

»Ein Überfall auf einen Geldtransporter? Die beiden?« Fritz runzelte die Stirn.

»Pascal meinte auch, das wäre 'ne Nummer zu groß. Deshalb müssen sie es im Auftrag von jemandem gemacht haben. Vielleicht haben sie den um seinen Anteil beschissen.«

»Wer soll das sein?«

»Weiß nicht. Auf jeden Fall hat Pascal nichts mit Timos Tod zu tun.«

Bedächtig nickte Fritz. Dass Balthasar indirekt eine Beteiligung an dem Überfall auf David zugegeben hatte, war ihm nicht entgangen. Zugleich fiel ihm das Bemühen auf, eine Beteiligung seines Chefs an Timos Ermordung ins Reich der Fantasie zu verbannen. Er war ohne Zweifel entsprechend instruiert worden, und das ließ Fritz' Misstrauen wieder aufflackern. Die Geschichte mit dem Geldtransporter war jedoch interessant. Hannes sollte überprüfen, ob und – wenn ja – wo es im angegebenen Zeitraum einen derartigen Raub gegeben hatte.

»Ich hol noch Käse aus der Kühlkammer«, sagte er zu Balthasar und legte die letzte Scheibe aus der Packung auf den Teller vor sich.

Hinkend umrundete er den Block mit den Herdplatten und öffnete die Tür. Ein Schwall kalter Luft wehte ihm entgegen. Nach wenigen Schritten stand er vor dem Regal mit den eingeschweißten Paketen. Gerade als er nach einem Ballen greifen wollte, spürte er einen Luftzug. Instinktiv zog er den Kopf ein – der Schlag erwischte ihn nur an der Schläfe. Benommen taumelte er zur Seite und griff nach dem Regal, um sich festzuhalten. Bevor er sich zu dem Angreifer umdrehen konnte, legte sich etwas um seinen Hals und schnürte ihm die Luft ab. Er konnte keinen klaren Gedanken fassen, aber sein Überlebenswille war schon zu lange bis zum Anschlag aktiviert, um sich jetzt kampflos zu ergeben. Das Heulen einer Sirene setzte ein, während er verzweifelt versuchte, die Finger zwischen Draht und Hals zu bekommen.

Als Hannes auf die Uhr sah, fluchte er im Stillen. Die Stunden waren ihm zwischen den Fingern zerronnen. Noch am Abend plante er in Richtung Duisburg aufzubrechen, um dort nicht zu spät einzutreffen. Den ersten wichtigen Wettkampf der Saison wollte er ausgeschlafen bestreiten. Das Kanu befand sich schon mit seinem Trainer auf der Straße, wenigstens darum musste er sich nicht mehr kümmern. Seine Tasche lag gepackt zu Hause, aber eigentlich hatte er sich noch eine halbe Stunde um Anna kümmern wollen, bevor er losfuhr.

Während Federsen vor der nächsten roten Ampel anhielt, dachte Hannes über die Ausbeute des Tages nach. Clarissa und Per waren den Spuren zum Motorradclub weiter nachgegangen, obwohl sich der Fang von Ferdinand Sichel nur als vermeintlich dicker Fisch herausgestellt hatte. In der Tasche, die er in den Fluss geworfen hatte, waren Anabolika gefunden worden, die er im Fitnessstudio unter dem Tresen verscherbelte. Dieses Vergehen würden andere Kollegen weiterverfolgen, während offen blieb, ob er auch für das Morddezernat weiterhin ein interessanter Kandidat war.

Seine Aussage, in der Mordnacht zunächst ein Bier in einem Pub getrunken zu haben, war von drei Seiten bestätigt worden, allerdings endete der Zeitraum der Alibis um einundzwanzig Uhr. Dass er gegen zweiundzwanzig Uhr sein Wohnhaus betreten hatte, konnte ein Nachbar bezeugen, der ihm im Flur begegnet war. Ob er danach tatsächlich nur ferngesehen hatte und dann zu Bett gegangen war, konnte nicht überprüft werden, zumindest hatte ihn aber niemand mehr das Haus verlassen sehen. Um ihn in Untersuchungshaft behalten zu können, hätte es dringendere Verdachtsmomente gebraucht, zumal mittlerweile von anderer Seite behauptet wurde, dass Timo im Anabolikavertrieb gemeinsame Sache mit ihm gemacht hatte. Damit wären auch Ferdinands DNA-Spuren in dessen Transporter hinreichend erklärt.

Federsen hatte sich in seiner Meinung bestärkt gesehen, dass die Rocker nicht zum engeren Kreis der Verdächtigen gehörten.

143

Dennoch sollten Clarissa und Per weiterhin ein Auge auf die Männer haben. Er selbst war am Nachmittag zu Hannes im Gefängnis dazugestoßen, allerdings erst, als dessen Treffen mit Fritz vorüber gewesen war. Gemeinsam hatten sie sich noch einmal David Krüger vorgenommen, der sich auch diesmal wortkarg gegeben hatte. Erneut damit konfrontiert, dass er entgegen seiner Beteuerungen die Rocker durchaus kannte, hatte er mit den Schultern gezuckt und das bekannte Argument wiederholt.

»Hatte keine Lust, dass meine Schulden bekannt werden. Was soll das überhaupt mit dem Überfall auf mich zu tun haben? Hier drinnen sitzt keiner von denen.«

Dass die Körperverletzung in Verbindung mit seinem ermordeten Komplizen stehen könnte, schien ihm gleichgültig zu sein. Stoisch behauptete er, keine Ahnung zu haben, wer ihm vor seiner Zelle aufgelauert hatte. Schließlich war Federsen der Kragen geplatzt, und er hatte ihm unverblümt zu verstehen gegeben, dass er selbst schuld sei, sollte er eines Tages auch vorzeitig auf einem Friedhof verscharrt werden. Auf der Fahrt zurück in die Stadt hatte der Kommissar weiter finster vor sich hingestarrt, und sich mittels Nikotin auf bewährte Weise zu beruhigen versucht. Dabei hatte er sich allerdings einer neuen Quelle bedient, wie Hannes verblüfft festgestellt hatte.

»Sind Sie auf E-Zigaretten umgestiegen?«

»Dachte, ich nehm mir an meinem sportlichen Kollegen ein Vorbild und lebe gesünder.« Federsens Laune besserte sich angesichts des Themenwechsels. »Vielleicht reduzieren sich dadurch auch die ständigen Vorwürfe meiner Frau. Ist zumindest meine Hoffnung.«

»Aber Nikotin ist ja trotzdem drin und …«

»Das Schlimmste an Zigaretten sind aber die anderen Bestandteile. Außerdem stinkt's nicht.«

Das hatte Hannes nicht bestreiten können, und er war dankbar, dass die Tage des Miefs nach kaltem Rauch der Vergangenheit anzugehören schienen. Bis das Büro seines Chefs nicht mehr nach dessen Sucht roch, dürften aber Monate vergehen. Ihre nächste Station war Elena Hinz gewesen, nachdem Fritz ein Gespräch mit ihr nachdrücklich empfohlen hatte. Als große Hilfe hatte sie sich aber nicht herausgestellt. Mit den Machenschaften ihres Bruders Pascal habe sie nichts zu tun, und ihr Auftauchen im Gefängnis sei ein üblicher Verwandtschaftsbesuch gewesen. Beide Polizisten hatten geäußert, dass sie ihren Beteuerungen keinen Glauben schenkten. Zumal die Aufseherin von einem heftigen Wortwechsel berichtet hatte. Aber so war das eben mit Befragungen. Kaum jemand war so blöd, sich selbst zu belasten oder in Schwierigkeiten zu bringen. Leichter war es dagegen, schlecht über Tote zu reden. In Timo Reichels Fall war dies Elena alles andere als schwergefallen.

»Er war ein schmieriger Drecksskerl, der sich für unwiderstehlich hielt«, hatte sie behauptet. »Vor allem, wenn er besoffen war. Das war er meistens. Da hat er jede Frau angegrapscht, die in Reichweite war.«

Ob sie selbst zu diesen Frauen gehört hatte, war nicht aus ihr herauszuholen gewesen. Angesichts der Vehemenz ihrer Anschuldigungen hielt Hannes es aber für wahrscheinlich. Was zu einer neuen Theorie führen könnte, wie er nun mit Federsen im Polizeiwagen diskutierte. Sein Chef hatte großzügig angeboten, ihn nach Hause zu fahren – vor ein paar Wochen hätte Hannes daraufhin an dessen Gesundheitszustand gezweifelt. Allmählich gewöhnte er sich aber an die Vorzugsbehandlung und genoss sie sogar. Sollte dieser Zustand anhalten, war eine Vollzeitermittlertätigkeit vielleicht doch gar keine so schlechte Sache. Im aktuellen Fall hatten Federsen und er auf jeden Fall eine ähnliche Vermutung.

»Wenn Timo Frauen belästigt hat, marschieren wir vielleicht in eine völlig falsche Richtung.« Federsen zog an dem elektrischen Nikotinspender und stieß den Dampf aus.

Hannes hob den Finger. »Laut Elena ging es sogar um Vergewaltigungen. Sein Tod könnte also seinen kranken Trieben geschuldet sein. Dann hätte Davids Prügelorgie gar nichts mit der Sache zu tun. Der wurde fürs Verpfeifen vermöbelt, während Timo aus Rache unter der Erde landete. Vielleicht war es sogar Elena selbst.«

»Zumindest hat sie kein Alibi. Ihr Kiosk war geschlossen, und sie verbrachte den Abend allein. Angeblich. Etwas spricht aber gegen sie als Mörderin.«

»Es scheint die Tat eines Profis gewesen zu sein.« Hannes nickte. »Aber sie könnte es ihrem Bruder erzählt haben, und der hat dann jemanden auf Timo angesetzt.«

»Womit wir also wieder bei ihm gelandet wären.« Federsen bremste und fuhr auf den Bordstein. »An Pascal und seinen Leuten müssen wir dranbleiben. Parallel brauchen wir Namen von Frauen, denen Timo zu nahe kam. War da nicht was, dass sich eine von denen umgebracht haben soll?«

»Na ja, die kann es schlecht gewesen sein. Aber sie könnte einen Freund gehabt haben, der Rache nahm. Ich ruf nachher Clarissa an, dass sie der Sache weiter nachgehen soll.« Er öffnete die Tür.

»Viel Erfolg morgen.« Sein Chef tätschelte ihm die Schulter. »Wenn Sie eine Medaille mitbringen, geb ich am Montag ein Mittagessen aus.«

Hannes nickte nur und sah zu, dass er schnell ins Haus kam, bevor Federsen einen Smalltalk starten konnte. Mit großen Schritten eilte er die Treppen hinauf und öffnete die Wohnungstür. Im Flur kam ihm Anna entgegen. Den Fieberschub schien sie überwunden zu haben, denn sie trug Straßenkleidung und zeigte wieder eine gesunde Gesichtsfarbe.

»Hab dich schon vom Fenster aus gesehen«, sagte sie und umarmte ihn. »Hier steht unsere Tasche. Sollen wir gleich runter in die Garage?«

»Äh? Wir?«

Sie zeigte das Lächeln, das er so mochte. Ihre grünen Augen blitzten lebhaft, und das Grübchen im Kinn vertiefte sich. »Ich fühl mich wieder fit und komme mit. Also nur wenn du willst.«

»Natürlich will ich das! Aber ... was ist mit deiner Fortbildung?«

Anna band ihre braunen Haare mit einem Gummiband zu einem Pferdeschwanz zusammen und schlüpfte gleichzeitig in die Schuhe. »Hab ich vorgestern schon wegen Krankheit abgesagt. Muss ja keiner wissen, dass ich wieder fit bin. Ist eh kein spannendes Thema. Controlling.« Sie verdrehte die Augen.

Hannes konnte ihre Abneigung nachvollziehen. »Verstehe eh nicht, warum dein Chef dich dorthin schicken wollte. Ist überhaupt nicht dein Gebiet.«

Anna arbeitete als Geschäftsführungsassistentin bei einem Öko-Mode-Label und wurde in die Entscheidungsprozesse zur Unternehmensstrategie stark eingebunden. Die Controlling-Fortbildung hatte jedoch einen anderen Hintergrund. »Er selbst kennt sich in dem Bereich fast gar nicht aus und glaubt, dass unser Controller völlig inkompetent ist. Wie ich das allerdings nach nur einem Wochenende beurteilen soll, weiß ich auch nicht. Bin eigentlich ganz froh, dass ich drumrum komme. Eine Kollegin fährt jetzt an meiner Stelle, und das ist gut so. Sie war es nämlich, die Zweifel an der Kompetenz gesät hat. Ich glaube ja, dass sie eigene Interessen verfolgt. Ihre Freundin sucht einen Job. Kann mir also schon denken, wie das Urteil ausfällt.«

»Ich bin froh, dass es bei uns nicht solche Intrigen gibt.« Hannes griff nach der Tasche und nahm seine Jacke vom Haken. »Seit Federsen wie ausgewechselt ist, ersticken wir schon fast in Harmonie.«

»Genieß es, solange es anhält«, empfahl seine Freundin. »Ich will den Teufel nicht an die Wand malen, aber der kann schneller wieder seine alte Haut überziehen, als du denkst. Trotzdem, mir fällt auch auf, dass dir der Job grad Spaß macht. Wär doch super, wenn das so bleibt, dann musst du dir nicht länger den Kopf zerbrechen, was du nach dem Sommer tun willst.«

Hannes schloss die Tür ab und folgte ihr die Treppe hinunter. Dieser Gedanke war ihm auch schon gekommen, obwohl er das Misstrauen seiner Freundin teilte. Die nächsten Wochen würden zeigen, ob es sich nicht nur um eine von Federsens kurzfristigen Launen handelte. Momentan wollte er sich aber nicht mit derartigen Überlegungen abgeben. Er freute sich über das unverhoffte gemeinsame Wochenende mit Anna und auf den bevorstehenden Beginn der Wettkampfsaison. Nach der langen Winterpause war es immer ein erhebendes Gefühl, zum ersten Mal den Startschuss zu hören. Zumal er nur noch bei großen Wettbewerben antrat. Die letzte Saison sollte einen Höhepunkt darstellen, und umso schöner war es, Anna beim Auftakt an seiner Seite zu haben.

Als er wenig später auf die Autobahnauffahrt einbog, ließ er mit der Stadt auch die Gedanken an die Ermittlungen hinter sich. Angeregt diskutierte er mit Anna die Pläne für den anstehenden Sommer – und registrierte zufrieden, dass die Vertrautheit und Leichtigkeit wieder in ihre Beziehung zurückgekehrt war. Unglaublich, was eine Änderung der inneren Einstellung bewirken konnte. Dass sein Handy in der Reisetasche immer wieder klingelte, bekam er nicht mit. Das Gepäckstück lag hinten im Kofferraum, und der Lärm des Motors verschluckte das Geräusch. So verflogen die Stunden auf der Autobahn ungestört, bis die beiden schließlich in einem Duisburger Hotel die Tasche auspackten. Plötzlich gerieten Hannes' Finger ins Stocken.

»Was ist das?« Er zog einen Gegenstand hervor, den er nicht einordnen konnte.

»Das«, Anna trat zu ihm, »habe ich schon vor ein paar Wochen gekauft. Dachte, es wäre an der Zeit, mal was Neues auszuprobieren.«

»Wofür soll das gut sein?«

Sie schob beide Hände unter sein T-Shirt. »Finde es heraus.«

»Dir scheint's ja wirklich wieder richtig gutzugehen. Meinst du nicht …«

Der Rest seiner Worte wurde von ihrem Mund verschluckt, der seine Lippen verschloss. Als sie ihre Hand von seiner Brust zum Bauch wandern ließ, entschied er, dass die Gefahr einer Ansteckung zu vernachlässigen war.

KAPITEL 9

Der blaue Himmel mit dem ungetrübten Sonnenschein ließ Per neidisch an seinen Kollegen denken, der an diesem Wochenende übers Wasser paddeln durfte, statt Lebenszeit mit einer Mordermittlung zu verballern. Anfangs war er noch beeindruckt gewesen, einen Spitzensportler zu kennen, der sogar an den Olympischen Spielen teilnahm. Die Faszination hatte im selben Tempo nachgelassen, in dem er die negativen Auswirkungen auf sich selbst erkannt hatte. Irgendjemand musste die ständigen Abwesenheiten ausbügeln, und in der Regel blieb dies an Per oder einer seiner Kolleginnen hängen.

Er selbst konnte mit Sport wenig anfangen. In der Schule hatte er ihn gehasst, und später in der Polizeiausbildung war das seine Schwachstelle gewesen. Natürlich bemühte er sich, fit zu bleiben – das gehörte zu diesem Job einfach dazu, auch wenn sein Chef in dieser Hinsicht kaum ein Vorbild war. Dessen Widerwillen gegenüber sportlicher Betätigung konnte Per gut nachvollziehen. Überhaupt war er einer der wenigen im Präsidium, der keine durchgehend negative Einstellung zu Federsen hatte. Der Kommissar war nun mal der Vorgesetzte, und das galt es zu akzeptieren. Per sah das pragmatisch und war letztlich sogar froh, dass jemand die Richtung vorgab und Entscheidungen traf.

Dennoch war er inzwischen entschlossen, Hannes' zurückliegende Besuche im Gefängnis für sich zu behalten. Von der Vorzugsbehandlung abgesehen, mochte er seinen zwei Jahre älteren Kollegen, und insgeheim bewunderte er ihn sogar. Hannes sah gut aus, trat aber trotzdem bescheiden und zurückhaltend auf, sodass sich Per ihm gegenüber nicht unterlegen fühlte. Das rechnete er ihm hoch an, denn vor allem in seiner Jugendzeit hatte er andere Erfahrungen gemacht. Zwar kannte er den Zweck von Hannes' Gefängnisbesuchen nicht, die Zeitpunkte sprachen aber dafür, dass er mit Fritz nicht nur Smalltalk betrieben hatte.

Per ließ die Wagentür ins Schloss fallen und folgte seiner Kollegin zu einem tristen Mietshaus. Er bedauerte, dass Isabell schon mit einer anderen Ermittlung belegt war und er diesmal mit Clarissa zusammenarbeiten musste. Im Gegensatz zu der fröhlichen Isabell empfand er ihr Auftreten als zickig und barsch. Sie überforderte ihn. Einer spitzen Zunge hatte er nicht viel entgegenzusetzen, und sie schien es zu genießen, ihn immer wieder in Verlegenheit oder an die Grenzen seiner Schlagfertigkeit zu bringen. Mit Isabell wäre er dagegen gern mal ein Feierabendbier trinken gegangen, konnte sich aber nie zu einem derartigen Vorschlag überwinden. Er wusste, dass er nicht attraktiv war, ein Mitschüler hatte ihn sogar als Vogelscheuche bezeichnet. Solche Bemerkungen hatten ihre Spuren in seinem Selbstbewusstsein hinterlassen, so hatte er seit fünf Jahren keine Partnerin mehr gehabt.

»Hast du heut mal wieder deine Zunge verschluckt?« Clarissa drehte sich im Gehen zu ihm um. Ihre Lederjacke hatte sie lässig über die Schultern geworfen, und das helle Sonnenlicht unterstrich ihre scharfen Gesichtszüge.

Per zuckte mit den Schultern. »Bin nur müde, ist gestern spät geworden.«

»Übernächtigt siehst du eigentlich immer aus.« Clarissa grinste boshaft. »Hast du ein geheimes Leben, von dem keiner was ahnt? Was treibst du denn nachts so?«

»Nix Besonderes. Und du?«

»Das willst du gar nicht wissen.« Ihr Grinsen wurde breiter, und die bunten Ohrhänger klimperten, als sie den Kopf schüttelte. Per fragte sich, ob sie über eine ganze Kommode voller Ohrschmuck verfügte, denn er hatte noch kein Teil ein zweites Mal an ihr gesehen. Zumindest konnte er sich nicht daran erinnern, und Clarissa war für diesen Tick bekannt. Ob sie ihre Ohren so toll fand? Per konnte nichts Außergewöhnliches an ihnen entdecken. Vielleicht befriedigte seine Kollegin mit diesem Spleen auch nur ihr ausgeprägtes Bedürfnis nach Abwechslung.

Noch mehr interessierte ihn aber, womit sie sich ihre Nächte um die besagten Ohren schlug. Er erinnerte sich an ihre unübersehbare Faszination für Ferdinand Sichel und nahm an, dass sie selten allein unterwegs war. Das Interesse an dem Rocker deutete wenig überraschend an, dass Per und sie einen konträren gesellschaftlichen Umgang pflegten. Bevor seine Gedanken noch anschaulichere Fantasien von Clarissas Nachtleben entwickeln konnten, drückte er auf einen der zahlreichen Klingelknöpfe.

Der Türsummer ertönte, ohne dass zuvor die Gegensprechanlage zum Leben erwacht wäre. Clarissa betrat als Erste das Treppenhaus und steuerte den Aufzug an. Per schmunzelte. Zumindest eine Sache hatten sie gemeinsam: Auch er hatte keine Lust, die Treppen bis hinauf in den achten Stock zu steigen. Seine Kollegin deutete den Gesichtsausdruck falsch.

»Was ist so lustig? Hast du dreckige Gedanken wegen meiner Anspielung?« Sie drückte auf einen Knopf, und die Tür glitt zu.

»Äh … Quatsch.« Per lief rot an. Wieso musste diese Frau ständig zum Angriff übergehen? Er wechselte auf sicheres Terrain. »Kann mir übrigens nicht vorstellen, dass wir hier weiterkommen. Der Mord an Timo sieht kaum nach Amateuren aus.«

»Unterschätz die Amateure nicht. Mit ausreichend Vorbereitungszeit würde ich sogar Federsen um die Ecke bringen, ohne dass mir jemand was nachweisen könnte.«

Schockiert sah Per sie an, und lachend boxte sie ihm gegen die Schulter. »War nur Spaß. Ist einfach zu schön, wie leicht man dich aus der Fassung bringen kann.«

Als die beiden den Aufzug in der achten Etage verließen, stand dort eine Wohnungstür sperrangelweit offen. Auf einem Schild lasen sie: *Hanna Ferber*. Clarissa klopfte mit dem Fingerknöchel an den Rahmen und trat in den Flur. »Hallo? Sind Sie zu Hause?«

Eine junge Frau trat von rechts aus dem Bad und sah die beiden Polizisten perplex an. Um den Kopf hatte sie ein Handtuch gewickelt, und sie trug lediglich schwarze Unterwäsche, die nicht viel verbarg. »Was wollen Sie denn? Wieso latschen Sie hier einfach rein?«

»Sie haben uns aufgemacht«, entgegnete Clarissa ungerührt. »Vielleicht sollten Sie das nächste Mal fragen, wer da klingelt. Wir sind von der Polizei und möchten mit Ihnen über Doreen Lind sprechen.«

Hanna Ferber nahm das Handtuch vom Kopf und pfefferte es auf den Boden des Badezimmers. Ihre Haare hingen auf der linken Seite lang und glatt bis zum Kinn, während sie auf der rechten bis auf wenige Millimeter abrasiert waren. »Jetzt auf einmal? Als Doreen Hilfe brauchte, hatte die Polizei wenig Interesse. Wieso jetzt?«

»Vielleicht ziehen Sie sich erst mal was an, dann erklären wir Ihnen den Hintergrund«, schlug Per vor. Seine Wangen

153

brannten, obwohl er sich vorgenommen hatte, in Clarissas Anwesenheit nicht länger gehemmt aufzutreten. Leicht fiel ihm dies angesichts der kaum bekleideten Frau aber nicht. Dass sie in seinen Augen äußerst attraktiv war, machte die Situation nicht angenehmer. Statt des erhofften Lächelns schenkte sie ihm nur einen grimmigen Blick, bevor sie in den Waschraum ging und die Tür zuzog.

»Netter Anblick, was?«, frotzelte Clarissa leise und drückte die Eingangstür ins Schloss. »Mal sehen, ob ihr erwarteter Besuch gleich eintrifft. Bin gespannt, für wen sie sich gerade aufbrezelt.«

Auf dem Weg ins Wohnzimmer betrachtete sie interessiert eine Fotogalerie an der Wand und deutete im Vorbeigehen darauf. »Die Nachfolgerin von Doreen wird es schwer haben. Hier hängen noch überall Fotos von ihr.«

Auch Per begutachtete die Bilder, von denen der Großteil auf Urlaubsreisen in fernen Ländern entstanden sein dürfte. Bislang war ihm Doreen Lind nur von einem Polizeifoto aus der Rechtsmedizin bekannt gewesen. Auf den Aufnahmen in dem schmalen Flur lachte sie dagegen fröhlich in die Kamera und wirkte nicht wie jemand, der sich mit Selbstmordgedanken plagte. Dass Fremdverschulden an ihrem Ableben ausgeschlossen werden konnte, war aber zweifelsfrei festgestellt worden.

Er ließ sich neben seiner Kollegin auf ein Polstersofa sinken, das ihn an ein vergleichbares Möbelstück seiner Großmutter erinnerte. Vermutlich war auch dies ein Erbstück, denn die restliche Wohnung war schlicht, aber modern eingerichtet – so wie man es gemeinhin von einer Einunddreißigjährigen erwartete. In der Luft lag ein unbeschreiblicher Geruch.

Clarissa bemerkte sein Schnüffeln und deutete auf eine Vase. »Lilien. Ich würde davon spätestens nach einer Stunde Kopfschmerzen bekommen. Stinkt eher, als dass es duftet.«

»Das waren Doreens Lieblingsblumen.« Hanna Ferber betrat das Wohnzimmer und löste einen der seltenen Momente aus, in denen Clarissa rot anlief. »Ab und zu kauf ich mir noch welche. Machen Sie es sich ruhig bequem.« Der ironische Unterton war nicht zu überhören.

Clarissa wendete ihre alte Taktik an, um eine ihr unangenehme Situation zu überspielen. Sie schlug die Beine übereinander und ging zum Gegenangriff über. »Damit sind wir beim Thema. Ihre Freundin hatte Timo Reichel beschuldigt, sie vergewaltigt zu haben. Dafür konnten keine Beweise gefunden werden, sodass die Sache im Sande verlief. Sie verweigerte eine medizinische Untersuchung, zog die Anzeige zurück und ...«

»Schwachsinn!« Hanna Ferber baute sich vor ihr auf. Sie trug nun eine enge Röhrenjeans und ein weißes Oberteil. »Bei der medizinischen Untersuchung hätte gar nichts mehr gefunden werden können, weil sie viel zu spät Anzeige erstattete.«

»Warum wartete sie so lange damit?«, fragte Per.

»Das kann nur ein Mann fragen«, rief sie und deutete anklagend auf den Polizisten. »Aus demselben Grund, weshalb sie die Anzeige zurückzog. Weil sie Schiss hatte! Sie wurde bedroht und zog den Schwanz ein. Ich hab versucht, sie zu bearbeiten, aber ...« Sie biss sich auf die Lippe. »Doreen kapselte sich immer mehr ab und zog sich zurück. Wurde depressiv und ... dann sprang sie von der Brücke.«

Per nickte. Das war von Augenzeugen bestätigt worden, und es hatte sich definitiv niemand in ihrer Nähe befunden. Sie war neun Wochen nach der Vergewaltigung in den Tod gesprungen, er hatte sich ihre Akte am Vorabend angesehen. Nach ihrer Darstellung war sie an einem Samstagabend in einer Bar von Timo angesprochen und bedrängt worden. Schließlich habe sie sich nicht weiter zu helfen gewusst, als ihm den Inhalt eines Wodkaglases in die Augen zu schütten. Ein Freund von ihm hatte gerade noch dazwischen gehen können, als er sich auf

155

sie stürzen wollte. Dieser Freund war David Krüger gewesen. Dummerweise war er Timo aber nicht bis nach Hause gefolgt, wie er offen zugegeben hatte. Doreen und Hanna waren später auf dem Nachhauseweg ebenfalls getrennte Wege gegangen, da sie nicht zusammengewohnt hatten. In einem Park hatte Timo dann nach Doreens Aussage die günstige Gelegenheit genutzt, sie erst niedergeschlagen, in einen abgeschiedenen Teil geschleift und dort vergewaltigt.

»Ich will das gar nicht kleinreden«, sagte Per. »Trotzdem ist es leider Fakt, dass sie keine Beweise hatte. Wäre sie sofort zur Polizei gegangen ...«

»Sie hatte durchaus einen Beweis«, unterbrach ihn Hanna und setzte sich nun ebenfalls. »Nutzte ihn aber nicht. Ein paar Wochen, nachdem sich dieses Schwein über sie hergemacht hat ... und die Anzeige zurückgezogen war ... da machte sie einen Test und ... sie war schwanger.«

Clarissa gab einen überraschten Laut von sich. »Davon steht nichts in ihrer Akte.«

»Hören Sie mir nicht zu? Als sie ... das ... entdeckte, ließ sie das Kind sofort wegmachen. Schon am nächsten Tag setzten die Depressionen ein. Sie machte sich Vorwürfe, fühlte sich schmutzig, schuldig und ... er hat sie kaputt gemacht! Der Mistkerl hat Doreen kaputtgemacht und in den Tod getrieben.«

Einen Moment herrschte Schweigen, und Per sah, wie Clarissa mit ihren Fingernägeln spielte. Er ahnte, was gleich folgen würde. Feinfühligkeit war bei den nächsten Worten nicht zu erwarten. Seine Kollegin enttäuschte ihn nicht.

»Dann dürfte es Sie freuen, dass Timo Reichel seinerseits in den Tod getrieben wurde. Allerdings im Gegensatz zu Ihrer Partnerin nicht indirekt, sondern direkt. Mit einem Messer ins Herz.«

Hanna riss die Augen auf. »Das Schwein ist tot? Wie ... wer auch immer das getan hat, verdient einen Orden!«

»Wussten Sie nichts davon?«

»Woher denn? Glauben Sie etwa, dass ich mit ihm noch regelmäßig einen heben war?«

»Haben Sie das vorher getan?«

»Nein, wir trafen ihn in dieser Bar zum ersten Mal. Klar haben wir uns hinterher umgehört, wer er ist. Mussten ja für die Anzeige seinen Namen rausfinden.«

»Rachegelüste gab es keine?« Clarissa richtete sich auf. »Also, ich hätte die gehabt, wenn mir so was passiert wäre. Da hätte dieser Timo bis zum Mond fliegen können, ohne dass es ihm was genutzt hätte.«

Unsicher sah die Frau sie an. Diese Worte aus dem Mund einer Polizistin schien sie nicht erwartet zu haben. »Natürlich, das hätte doch jeder gehabt.«

»Was mich zur nächsten Frage bringt: Wo waren Sie in der Nacht von letztem Sonntag auf Montag?«

Hanna Ferber schnitt eine Grimasse, und Per entdeckte dabei, dass einer ihrer Schneidezähne verfärbt war. Der einzige Makel in diesem ansonsten anziehenden Gesicht. »Wollen Sie mir den Mord anhängen? Wenn ich zu so was fähig wäre, hätte ich bestimmt nicht so viel Zeit verstreichen lassen.«

»Früher ging's aber nicht, weil er wegen einer anderen Sache im Gefängnis saß. Sie schulden mir noch eine Antwort.«

»Ich war verabredet.«

»Mit wem?«

»Geht Sie das was an?«

»Äh … ja.« Clarissa wurde nur kurz aus dem Konzept gebracht. »Sie sind potenziell verdächtig, da Sie ein Motiv haben. Also ist es in Ihrem eigenen Interesse, uns ein glaubhaftes Alibi zu liefern.«

»So läuft das also?« Hanna Ferber stand auf, die Entrüstung war ihr ins Gesicht geschrieben. »Opfer werden zu Tätern gemacht? Klar hätte ich ein Motiv gehabt. Trotzdem bin ich keine Mörderin. Das muss Ihnen reichen.«

»Weshalb diese Zurückhaltung?« Pers Misstrauen war geweckt.

»Weil ich ein Recht auf Privatsphäre habe. Dieser Typ war Abschaum, da ist es kein Wunder, dass er irgendwann Probleme bekam. Ich hab aber nichts damit zu tun.«

»Wenn Sie uns nicht weiterhelfen, bleibt uns nichts anderes übrig, als Sie gründlich zu durchleuchten«, stellte Clarissa fest.

»Dann tun Sie das halt.« Die Frau stand auf. »Im Zweifel kann ich Ihnen mein Alibi immer noch mitteilen. Wenn es nötig ist. Aber Sie verschwenden Ihre Zeit. Ist sonst noch was? Ich bin gleich verabredet.«

»Nein, sonst ist nichts, reicht ja auch fürs Erste.« Clarissa erhob sich ebenfalls und legte eine Visitenkarte auf den Tisch. »Für den Fall, dass Sie zur Vernunft kommen.«

Mit verschränkten Armen verfolgte Hanna Ferber den Abgang der Polizisten. »Dieser Mann hat ... das verdient. Glück bei der Mörderjagd kann ich Ihnen deshalb nicht wünschen. Doreen war ja nicht die Einzige ... er hat sich auch an anderen Frauen vergangen.«

Per blieb auf halbem Weg stehen. »Ach ja? Was wissen Sie darüber?«

»Wie gesagt, wir hatten uns zu ihm umgehört. Namen kenne ich aber nicht.«

»Ich glaube, dass Sie viel mehr wissen, als Sie uns sagen.« Clarissa hatte sich ebenfalls umgedreht. »Ich verstehe Ihre Motivation und Ihren Standpunkt. Das ändert aber nichts daran, dass ich Sie knacken werde.«

Mit diesem Versprechen beendete sie den Besuch bei der widerspenstigen Zeugin oder – je nach Auslegung – Verdächtigen. Per lief hinter ihr die Treppe herunter und dachte nach. Acht Stockwerke lang. Unten angekommen teilte er seiner Kollegin das Ergebnis mit.

»Irgendwas verbirgt sie, und damit meine ich nicht nur ihr Alibi. Aber ich glaube nicht, dass sie selbst zum Messer gegriffen hat. Dafür hat sie ihren Hass auf Timo zu deutlich gezeigt.«

»Muss nix heißen. Hätte sie Betroffenheit vorgetäuscht, wäre das bei dieser Geschichte erst recht verdächtig gewesen. Aber eins ist komisch: Als ich sie nach der Nacht von Sonntag auf Montag fragte, sagte sie sofort, dass sie ihn nicht ermordet hat. Woher weiß sie, dass es in der Nacht geschah?«

»Weil es auf der Hand lag?«

»Vielleicht. Trotzdem kam die Reaktion auffällig schnell. Außerdem ist es merkwürdig, dass sie nichts zu ihrem Alibi sagt.«

Per grinste. »Ist bestimmt was Schmutziges.«

»Schmutzig ist vor allem deine Fantasie.« Clarissa entriegelte das Auto per Fernbedienung. »In einem Punkt stimme ich dir zu: Sie war selbstbewusst und wirkte beim Abstreiten der Tat glaubwürdig. Kann ja aber auch anders involviert sein.«

»Indem sie ihn in eine Falle lockte.«

»Zum Beispiel …« Clarissa klang abwesend. Dann zog sie Per hinter den Wagen und deutete über das Dach. »Ist das nicht Elena, Pascal Hinz' Schwester?«

»Stimmt.« Überrascht zog Per die Augenbrauen hoch. »Was will die hier? Ist ja ein Zufall!«

»An Zufälle glaub ich nicht. Würde mich nicht wundern, wenn sie in den achten Stock fährt. Lass uns im Auto warten.«

Zehn Minuten später verließen zwei Frauen das Haus. Sie hielten sich an den Händen, und es war zweifelsfrei zu erkennen, dass es sich dabei um Hanna Ferber und Elena Hinz handelte. Per pfiff durch die Zähne und schoss ein Foto. Das war in der Tat eine allzu merkwürdige Situation, als dass es nur ein Zufall sein konnte, der nichts zu bedeuten hatte.

Eine unruhige Nacht lag hinter Vanessa. Bei jedem noch so leisen Geräusch war sie zusammengezuckt und aus dem Bett gesprungen. Sie hatte fast kein Auge zugetan und kaum einen klaren Gedanken fassen können. Sie wusste, dass es so nicht weitergehen konnte, obwohl nun bei Tageslicht alles wieder weniger furchteinflößend aussah. Früher war sie nicht so leicht aus der Fassung zu bringen gewesen. Nicht nur David hatte ihre zupackende und resolute Art zu schätzen gewusst. Mittlerweile war sie nicht mehr als ein Schatten ihrer selbst, was zwar angesichts der letzten Tage kein Wunder, aber doch ein Alarmsignal war. Nur, wie sollte sie das ändern?

Noch immer fiel es ihr schwer, die Ereignisse des Vortags nicht ständig vor Augen zu haben. Als sie den Leuchtturm verlassen und von Sonja jede Spur gefehlt hatte, war ihr sofort eine Entführung in den Sinn gekommen. Auf der Hinfahrt musste sie trotz aller Vorsicht zu wenig aufgepasst haben, sodass ihr jemand hatte folgen können. Panisch war sie am Strand hin und her gelaufen und hatte das ältere Ehepaar, das sie schon zuvor mit dem Hund gesehen hatte, mit Fragen bestürmt. Doch die beiden waren so intensiv mit ihrem Dobermann beschäftigt gewesen, dass ihnen nichts aufgefallen war.

Aus einem Impuls hatte Vanessa den Notruf wählen wollen, aber gerade noch rechtzeitig war ihr bewusst geworden, dass dies das Todesurteil für ihre Tochter hätte bedeuten können. Verzweifelt hatte sie sich in den Sand sinken lassen und ihre Wut und Verzweiflung herausgeschrien. Anschließend hatte sie eine halbe Stunde dagesessen und auf das Meer gestarrt. Sie hatte nichts gedacht und nur eine tiefe Leere gespürt. Mit schweren Schritten war sie schließlich zurück zu ihrem Auto gewankt. Als es hinter einer Böschung in Sicht gekommen war, hatte sie ihren Augen nicht getraut.

Ein dunkler Jeep hatte quer hinter ihrem Wagen auf dem Feldweg geparkt und die Zufahrt zur Landstraße versperrt. Die wuchtige Silhouette eines großgewachsenen Mannes, der an der Fahrertür gelehnt hatte, war nicht zu übersehen gewesen. Auch aufgrund des messerscharfen Seitenscheitels hatte sie ihn sofort erkannt. Die Strandtasche war ihren Fingern entglitten, und ohne sich der Gefahr bewusst zu sein, hatte sie die letzten hundert Meter im Sprint zurückgelegt. Sören Wächter war überrascht zurückgewichen, als sie auf ihn zugestürzt war und mit den Fäusten gegen seinen breiten Brustkorb geschlagen hatte.

»Was habt ihr mit Sonja gemacht, ihr Scheißkerle?«

Mit einer schnellen Bewegung hatte er ihre Hände fixiert und sie gegen das Fahrzeug gedrückt. »Du bist ja genauso verrückt wie deine Tochter. Was ist los mit ihr? Tobt rum und hat mich in den Daumen gebissen.«

Ihr Blick war zu der Scheibe des anderen Autos geglitten. Sie hatte das Gesicht ihrer Tochter erkennen können, die aus aufgerissenen Augen zu ihr geblickt hatte. Immer wieder hatte Sonja heftig mit der Stirn gegen das Glas geschlagen. Mit einer verzweifelten Bewegung und allen Kräften, die ihr zur Verfügung standen, hatte sich Vanessa losgemacht und dem Mann mit voller Wucht zwischen die Beine getreten. Genau im richtigen Moment war die alte Vanessa wieder zum Leben erwacht. Ächzend war Pascal Hinz' Komplize zu Boden gegangen und hatte sich hin und her gewälzt.

»Sie hat eine Behinderung, du Arschloch!«, hatte sie gebrüllt und ihm mehrere Tritte in Richtung Kopf verpasst.

Dann war ihr klar geworden, dass sie gerade mehr Glück als Verstand hatte. Nach einem weiteren heftigen Tritt gegen die Rippen hatte sie die Fahrertür des Jeeps aufgerissen.

Glücklicherweise hatte der Schlüssel gesteckt, und ohne weitere Zeit zu verlieren, hatte sie den Wagen ein Stück zur Seite gesetzt. Erneut war Sören Wächter von ihr mit Tritten bearbeitet worden, und damit hatte sie die benötigte Zeit herausgeholt, um Sonja beruhigen zu können. Gerade als sie das Mädchen auf dem Sitz ihres eigenen Autos festgeschnallt hatte, war das ältere Ehepaar mit dem Hund auf sie zugekommen.

»Was ist hier los?«

»Dieser Mann wollte meine Tochter entführen.« Vanessa hatte die Wagentür zugeschlagen und auf den halb besinnungslosen Sören Wächter gedeutet.

»Haben Sie schon die Polizei gerufen?«

»Nein. Ich hab das selbst geregelt.« Ohne weitere Worte war sie mit rasendem Puls in das Auto gesprungen und hätte – als sie rückwärts auf die Landstraße gefahren war – fast den Hund überfahren. Sichtlich erschüttert hatte ihr das Paar hinterhergeblickt, und Vanessa fragte sich noch immer, ob die beiden die Polizei informiert hatten. Doch selbst wenn, Sören Wächter dürfte schon aus Eigeninteresse den Mund halten.

Noch eine andere Befürchtung ging ihr nicht aus dem Kopf. Der Kerl war ihr gefolgt und hatte die Situation ausgenutzt, als sie für wenige Minuten im Leuchtturm verschwunden war. Nun fragte er sich vermutlich, was sie in dem alten Gemäuer überhaupt gewollt hatte. Der Stick war zwar in ihrer Hosentasche gelandet, den Großteil des Geldes hatte sie aber zurückgelassen. Alles in ihr sträubte sich dagegen, ein weiteres Mal den Ort aufzusuchen, an dem ihr die Tochter beinahe abhandengekommen wäre. Liebevoll sah sie zu ihr herunter. Sonja saß vor ihr auf dem Boden und richtete ihre Flugzeuge sorgfältig aus, als sei nichts passiert. Sie schien den Vorfall schon vergessen zu haben, zumindest war ihr Verhalten nicht ungewöhnlicher als sonst.

Erbittert dachte Vanessa an Elena. Auf deren Hilfe brauchte sie wohl kaum länger zu hoffen. Pascals Schwester hatte sich nicht mehr bei ihr gemeldet, und die Ereignisse am Vortag hatten Bände gesprochen. Was sie brauchte, war ein Ortswechsel. Vielleicht konnte sie dann auch endlich wieder einen klaren Gedanken fassen, denn momentan wurde sie lediglich von Überforderung und Panik gesteuert. Vanessa erinnerte sich an eine frühere Freundin, zu der der Kontakt seit Jahren eingeschlafen war. Dass dies nicht gleichbedeutend mit Gleichgültigkeit war, erfuhr sie im darauffolgenden Telefonat. Obwohl sie nur Bruchstücke ihres Problems schilderte, zeigte sich die ehemalige Wegbegleiterin offen, Mutter und Tochter für ein paar Tage aufzunehmen. Dummerweise lebte sie mittlerweile in Hildesheim, und Sonja verabscheute lange Autofahrten. Andererseits würde niemand Vanessa dort vermuten – das galt auch für David. Was kein Nachteil war. Er hatte diese Probleme in die Welt gesetzt, und das Wichtigste war, dass Sonja sich in Sicherheit befand.

Schnell packte Vanessa eine Reisetasche und versäumte es dabei nicht, die wichtigsten Flugzeuge ihrer Tochter einzupacken. Die Albatros D.II gab Sonja ohnehin fast gar nicht mehr aus der Hand. Noch etwas anderes landete in dem Gepäck. Eingewickelt in einen Pullover legte sie Davids Pistole ganz unten in die Tasche. Die Ereignisse des Vortages hatten letzte Hemmungen weggefegt. Inzwischen konnte Vanessa sich sogar vorstellen, den Abzug zu drücken. Es war ein beruhigendes Gefühl der Stärke gewesen, als sich ihre Finger erstmals um das Metall gelegt hatten. Allerdings – fast hätte sie das Kästchen mit Munition vergessen, gerade noch rechtzeitig war ihr der Hinweis ihres Mannes eingefallen, dass die Waffe nicht geladen war.

Mit gemischten Gefühlen steuerte Vanessa anschließend zunächst in die entgegengesetzte Richtung von Hildesheim, nämlich Richtung Meer. Sie musste Gewissheit haben, oder vielmehr: das Geld in Sicherheit bringen. Vermutlich würde sie es noch bitter nötig haben. Entsprechend mobilisierte sie alle mentalen Kraftreserven und schaffte es tatsächlich, so etwas wie trotzige Zuversicht zu verspüren. Sie verzichtete sogar auf jede Vorsichtsmaßnahme und bog direkt in die zugewucherte Zufahrt zu dem Leuchtturm ein. Ein verdächtiges Auto hatte sie nicht bemerkt, aber diesbezüglich hatte sie sich schon einmal getäuscht.

Sonja war eingeschlafen, und leise schloss Vanessa die Tür. Als sie die wenigen Schritte zum Turm zurücklegte, blieb sie an einem Grasballen hängen und fiel der Länge nach hin. Vom Boden aus blickte sie nach oben, und meinte, ihr Herz bliebe stehen. Das Vorhängeschloss war aufgebrochen worden, und die Tür stand einen Spalt offen. Mit einem heiseren Schrei war sie wieder auf den Beinen und stürzte nach vorn. Als sie den Raum betrat, schlug die Gewissheit über ihr zusammen. Die Kiste mit den Geldscheinen war verschwunden, und man brauchte nicht viel Fantasie, um zu erahnen, wer sie entwendet hatte. Lediglich der USB-Stick war ihr geblieben, aber ob ihr das wirklich weiterhalf, konnte sie nicht einschätzen.

Noch immer war Fritz überrascht und erleichtert, dass er – von einer Beule am Kopf und dem vom Drahtseil hervorgerufenen Einschnitt am Hals abgesehen – unversehrt aus dem Kühlraum geborgen worden war. Der Feueralarm hatte sich zwar als Fehlalarm herausgestellt, ihm aber das Leben gerettet. Das Gesicht des Angreifers hatte er nicht erkennen können, sein Blick war lediglich auf dunkel behaarte Hände gefallen. Daneben erinnerte er sich an einen herben Geruch. Er war nur ganz schwach gewesen und vermutlich auf ein Deo oder Männerparfum zurückzuführen. Fritz neigte nicht zu Illusionen. Ihm war klar, dass er keine Chance gehabt hätte, wäre der Alarm nicht im passenden Moment angesprungen.

Irgendjemand hatte einen Feuermelder eingeschlagen, doch wer dieser Lebensretter war und weshalb er den Alarm ausgelöst hatte, wusste niemand.

Immerhin hatte der Anstaltsleiter versichert, anhand der Videoaufnahmen den möglichen Kreis der Angreifer eingrenzen zu können. Direkt vor Ort hatte es keine Kameras gegeben, dafür bestand im Küchenbereich kein Anlass. Vielleicht konnte aufgrund der vorliegenden Mitschnitte aber zumindest herausgefunden werden, wer sich überhaupt im Kühlraum hatte aufhalten können. Balthasar Seeburg war es schon mal nicht gewesen, das hatte der Küchenchef bestätigt. Er hatte aber auch keine andere Person hineingehen sehen, weshalb man davon ausgehen musste, dass sich der Angreifer dort schon eine Weile aufgehalten hatte.

In Fritz loderte eine stille Wut. Das Sprechen fiel ihm schwer – seine chronisch heisere Stimme klang noch krächzender als sonst. Der Täter hatte einen kapitalen Fehler begangen, indem er sein Werk nicht vollendet hatte. Fritz war weit davon entfernt, sich nun in seiner Zelle zu verkriechen und den missglückten Mordanschlag als letzte Warnung zu begreifen. Die Attacke konnte nur eines bedeuten: Er war auf der richtigen Spur gewesen, obwohl er selbst das Gefühl hatte, bisher wenig Konkretes in der Hand zu haben. Immer wieder zermarterte er sich das Gehirn nach einer Begebenheit, die er bislang übersehen hatte.

Ihm fiel nichts Derartiges ein, aber eins blieb offensichtlich: Seine Nachforschungen hatten sich auf den Kreis um Pascal konzentriert, und damit musste er eine gefährliche Unruhe ausgelöst haben. Alles sprach dafür, dass entgegen seiner Skepsis die Fäden doch bei dieser Gruppe zusammenliefen. Der Anstaltsleiter hatte versprochen, sich insbesondere die Aufenthaltsorte der entsprechenden Häftlinge anzusehen, während Fritz seinerseits die Augen nach stark behaarten Händen und die Nase nach einem bestimmten Duft offen hielt. Bislang ohne Erfolg.

Dafür konnte er an anderer Stelle Fortschritte verzeichnen, nachdem er die Strategie gewechselt hatte. An David war er nach einer ersten Kontaktaufnahme so gut wie nicht mehr herangekommen. Daher hatte er dafür gesorgt, mit ihm in einen Raum zusammengeführt zu werden, ohne dass es die anderen Gefangenen mitbekamen. David wurde von Jannis Bergmann hereingebracht, einem Gefängnisaufseher, mit dem sich Fritz nach anfänglichen Schwierigkeiten gut verstand. Das Aussehen des Sechsunddreißigjährigen erinnerte an einen gutmütigen Bären, wobei dieser Bär angesichts von Jannis' Haarfarbe über ein rotes Fell verfügen müsste. Dass der äußere Eindruck täuschen konnte, bewies der Justizangestellte im täglichen Umgang mit den Gefangenen. Er behandelte sie arrogant und teilweise erniedrigend, nur bei Fritz machte er eine Ausnahme, seit er den Grund für dessen Inhaftierung kannte. Obwohl die Aufseher in der Regel viel bemerkten, schied er als Tippgeber aus. Von allen Angestellten war er der unbeliebteste, sodass ihm die Insassen so weit wie möglich aus dem Weg gingen und ihre Gespräche unterbrachen, sobald er auftauchte.

David machte ein verwundertes Gesicht, als er in den Raum geführt wurde, in dem unter der Woche eine Sekretärin ihren Dienst versah. Wie verabredet hatte Jannis behauptet, ihn zum Anstaltsleiter zu bringen, um keinen weiteren Verdacht gegen Fritz aufkeimen zu lassen. Als er sich mit verschränkten Armen neben dem Schreibtisch platzierte, zog Fritz einen Fünfzig-Euro-Schein aus der Tasche.

»Jannis, wär es möglich, dass du mal dringend auf die Toilette musst? Ich bräuchte David zehn Minuten für mich.«

Jannis zögerte nur kurz, bevor er nach dem Schein griff. »Weil du es bist«, murmelte er. »Mehr als zehn Minuten sind aber nicht drin.«

»Kein schlechter Minutenlohn«, kommentierte David die Bestechung, als die Tür ins Schloss gefallen war. »Weshalb ist dir meine Anwesenheit so viel wert? Du weißt, ich bin verheiratet und ...«

»Spar dir die Kalauer.« Fritz deutete auf seinen Hals. »Du dürftest schon erfahren haben, was mir passiert ist. Wir haben was gemeinsam, deshalb sollten wir miteinander sprechen.«

»Keine Ahnung, wer mich überfallen hat oder wer dich ...«

»Hör auf damit! Ich bin vermutlich der einzige Freund, den du hier drinnen hast!«

David verschränkte die Arme. »Du kennst mich so gut wie gar nicht. Meine Freunde such ich mir schon selbst aus.«

»Im Moment kannst du aber nicht besonders wählerisch sein. Du weißt, was ich früher gemacht habe und dass ich ... immer noch über gute Verbindungen verfüge. Ich will den Scheißkerl kriegen, der mich eliminieren wollte. Und da es vermutlich derselbe ist, der dich angegriffen hat, wäre das auch für dich erstrebenswert.«

»Okay, dann leg halt los.« David sah ihn unbeteiligt an. »Ich kapier immer noch nicht, was du von mir willst.«

»Ich will wissen, was dein Problem ist. Bevor es dafür zu spät ist. Im Gegensatz zu Timo bist du nicht blöd. Dir ist klar, dass es einen weiteren Angriff auf dich geben wird.«

»Stimmt, ich bin nicht so blöd wie Timo. Aber ich hab keine Angst. Zumindest nicht hier drinnen.«

Fritz zog die Augenbrauen zusammen. »Aber draußen bist du nicht sicher?«

»Da ... hör zu: Ich weiß, wofür ich die Abreibung kassiert habe und dass es schlimmer hätte ausgehen können. Vielleicht passiert es sogar noch mal, aber ich werde das Risiko dafür minimieren. Mein eigentliches Problem ist ein anderes. Und das geht dich einen Scheißdreck an.«

Fritz nickte langsam. »Wie du willst. Mir ist klar, dass du mit Timo in irgendeine große Sache reingeraten bist, die ihn das Leben gekostet hat. Überleg dir gut, ob du nicht eine andere Taktik anwenden solltest. Hat doch beim *Richter Erbarmungslos* auch schon funktioniert. Meinen Respekt übrigens, dass ihr Richard von Behrens ein so mildes Urteil abgerungen habt.«

Lauernd sah David ihn an. »Worauf willst du hinaus?«

»Biete der Polizei an, ihr Kronzeuge zu werden. Die tappen völlig im Dunkeln und werden dankbar sein. Das heißt, du kannst einen hohen Preis verlangen. Insbesondere eine neue Identität und einen sicheren Aufenthaltsort für dich und deine Familie. Die solltest du in diesem ganzen Spiel nicht vergessen.«

Schweigend kaute David an seiner Unterlippe. Dann schüttelte er den Kopf. »Und was hast du davon? Wurdest du vorgeschickt?«

»Ich habe davon, dass derjenige, der mich umbringen wollte, dafür bezahlen muss. Das reicht mir als Belohnung.«

»Ich … werde darüber nachdenken. Es ist nicht so einfach, wie du vielleicht denkst. Ich weiß wirklich nicht, wer Timo ermordet hat, sondern habe nur eine starke Vermutung, wer dahintersteckt. Und wenn ich richtigliege, dann … meine Frau und Sonja … ich möchte, dass wir endlich ein normales Leben führen.«

»Dann triff die richtige Entscheidung.«

Die Tür öffnete sich, und Jannis Bergmann kam zurück. »Das waren elf Minuten. Herr Krüger muss jetzt wieder zurück. Fritz, du wirst von Herrn Lenzen abgeholt?«

Fritz nickte. Mit dem Anstaltsleiter Benjamin Lenzen hatte sich über die Monate eine freundschaftliche Beziehung entwickelt, auch wenn es die offiziell nicht geben durfte. Aber Fritz war eben kein gewöhnlicher Gefangener. Der besonderen Beziehung war es zu verdanken, dass der frühere Kommissar einige Privilegien genießen durfte. Da sich Theorie und

Wirklichkeit des Strafvollzugs oft erheblich unterschieden, war er stark daran interessiert, das enge Band zu Lenzen am Leben zu erhalten.

Schwer fiel ihm dies ohnehin nicht, da ihm der Mann sympathisch war. Ein ruhiger und gemütlicher Zeitgenosse, den man aber nicht unterschätzen sollte. Fritz war stets ein Verfechter von sozialem Engagement als Bürgerpflicht gewesen, und wie er von Lenzen erfahren hatte, widmete sich dieser seit Jahrzehnten diversen Jugendprojekten. Sogar als Schwimmtrainer war er eine Zeit lang tätig gewesen, und Fritz hatte registriert, mit welcher Hingabe der Mann über die nachwachsende Generation sprach. Ob Lenzen seinen Einsatz auch als präventive Maßnahme der Verbrechensbekämpfung betrachtete? Was auch immer der Antrieb war, Fritz fand, dass es viel zu wenige Menschen von Lenzens Schlag gab.

Der Anstaltsleiter musterte ihn fast schon fürsorglich, als er wenige Minuten später die Tür wieder aufschloss und den Raum betrat. »Dein Hals sieht alles andere als gut aus. Du solltest noch ein paar Tage auf der Krankenstation verbringen. Wäre zugleich die einfachste Möglichkeit, dich aus der Schusslinie zu holen.«

»Vielleicht gefällt es mir in der Schusslinie aber gar nicht so schlecht.« Fritz zeigte sein fuchsähnliches Grinsen. »Dort dürften nämlich die relevanten Informationen vergraben sein.«

»Aber auch die gefährlichsten. Unverantwortlich, dass Federsen dir diese Aufgabe übertragen hat. Immerhin bist du fast schon … ist deine Gesundheit angeschlagen.«

»Sprich es ruhig aus. Der Tod zählt mich in Gestalt des Krebses an. Also gönn mir noch ein letztes Mal ein bisschen Spaß.«

Lenzen seufzte und strich sich über den Schnauzbart. »Deine Definition von Spaß ist ziemlich merkwürdig.«

»Dasselbe könnte ich von deinem Sicherheitskonzept sagen«, entgegnete Fritz trocken.

»Was soll das denn heißen?« Entrüstet sah ihn der Fünfzigjährige an. »Du weißt genau, dass es in anderen Gefängnissen viel schlimmer zugeht. Wir können nicht jeden Winkel mit Kameras ausstatten, und den Personalnotstand hab ich mir auch nicht ausgesucht.«

»Schon gut. Ich weiß, dass du das Beste aus deinen Möglichkeiten machst.«

Fritz meinte das nicht als Anbiederung. Er schätzte es tatsächlich als glückliche Fügung ein, in gerade dieser Haftanstalt gelandet zu sein. Seit Benjamin Lenzen die Leitung vor zehn Jahren übernommen hatte, war das Gefängnis von ihm sukzessive zu einer Vorzeigeeinrichtung entwickelt worden, wofür er sogar Auszeichnungen erhalten hatte. Insbesondere in Sachen Resozialisierung waren die Ergebnisse vorbildlich. Landete im bundesdeutschen Durchschnitt ein Viertel aller Häftlinge wieder im Knast, waren es in Lenzens Anstalt weniger als fünfzehn Prozent. Mehr als einmal hatte er sich darüber beschwert, eigentlich ein Eigentor geschossen zu haben. Die Behörden des Bundeslandes gingen aufgrund der Erfolge nämlich davon aus, dass weitere Anstrengungen und Geldmittel sinnvoller andernorts einzusetzen waren. So bedurfte es immer größerer Kreativität, um den erreichten Standard zu halten.

Dennoch bedeutete das nicht, dass die Zustände für die aktuell fast zweihundertfünfzig Gefangenen optimal waren. Gegen die Parallelgesellschaft hinter Gittern und das entsprechende Hierarchiesystem war wenig auszurichten. Wer kein Geld und keine Beziehungen hatte, lebte spartanisch. Wer Schulden hatte, lebte sogar gefährlich. Die Subkultur regulierte sich selbst, und da die Opfer aus Selbstschutz meist dem Knast-Kodex folgend den Mund hielten, drang vieles gar nicht erst bis zur Anstaltsleitung durch. Gewalt unter Gefangenen war ein Problem, das selbst durch einen Ausbau der Videoüberwachung kaum in den Griff zu bekommen war. Gleiches galt für den

Drogenkonsum. Man konnte den Schwarzmarkt eindämmen, aber niemals austrocknen.

Dass es auch unter JVA-Bediensteten und Serviceunternehmen schwarze Schafe gab, war ein weiteres Problem. Immerhin war es Lenzen im vergangenen Jahr gelungen, durch eine neue Compliance-Strategie zwei seiner Mitarbeiter zu enttarnen. Einer war in den Schwarzmarkt verwickelt gewesen, der zweite hatte seine Machtposition schamlos ausgenutzt. Mit seinem harten Durchgreifen drohte sich Lenzen allerdings ins eigene Fleisch zu schneiden. Eine Beschäftigung im Gefängnis zählte nicht zu den Traumjobs, und aufgrund der Personalknappheit mussten an manchen Wochenenden die Zellen sogar verschlossen bleiben, da die Bewachung der Häftlinge nicht zu gewährleisten war.

Auch die erneute Betonung dieser schwierigen Gesamtsituation führte nicht dazu, dass sich Fritz von seinem Einsatz abbringen ließ. »Deine Besorgnis ist rührend, aber hier geht es um meine Ehre. Ich hab nicht mein Leben lang Verbrecher gejagt, um jetzt den Schwanz einzuziehen. David hab ich schon fast weichgeklopft, da muss ich dranbleiben.«

»Einen Versuch war's wert.« Lenzen setzte sich auf einen Bürostuhl und entzündete seine Pfeife. »Dachte mir schon, dass ich gegen deinen Dickschädel nicht ankomme. Deshalb hab ich mich persönlich um die Videoauswertung gekümmert.«

»Und?« Neugierig richtete sich Fritz auf.

»Du weißt, dass die Überwachung lückenhaft ist. Trotzdem können wir fast alle Häftlinge ausschließen. Bis auf neun. Sie trieben sich in der Nähe herum und könnten in den Kühlraum eingedrungen sein.«

»Habt ihr sie befragt?«

»Na klar. Aber du kannst dir denken, wie ihre Antworten klangen. Harmloser als harmlos.«

Als er die Namen der neun Insassen nannte, spielte Fritz nachdenklich an seinen großen Ohren herum. »Ich bin mir so gut wie sicher, dass Pascal seine Finger im Spiel hat. Der Einzige von den neunen, der sich in seinem Dunstkreis bewegt, ist Simon Sand. Könnte passen.« Er berichtete von seiner Beobachtung der behaarten Hände und dem herben Duft eines Männerparfums.

»Ist eigentlich nicht der Typ, der sich in eine Duftwolke hüllt.« Lenzen zeigte sich skeptisch.

»Das war auch keine Wolke, sondern nur ein leichtes Aroma. Kannst du dafür sorgen, dass ich Pascals Leuten nicht mehr unbeobachtet gegenübertrete?«

»Du hast also doch Angst?«

»Mitnichten. Aber mein Körper ist ein Wrack.«

Benjamin Lenzen massierte sich die Nasenwurzel, an der seine Augenbrauen ineinander übergingen. Erneut seufzte er. »Ich kann dir schlecht einen persönlichen Betreuer zur Seite stellen, etwas aufpassen musst du schon selbst. Aber ich werde meine Leute anweisen, dich verstärkt im Auge zu behalten.«

»Aber unbedingt unauffällig«, mahnte Fritz. »Vielleicht … wir könnten dem Angreifer eine Falle stellen. Wenn er zuschnappt und mich noch mal erledigen will, greifen deine Leute zu.«

Entgeistert starrte Lenzen ihn an. Die Pfeife hing reglos im rechten Mundwinkel. »Hat dir die neue Therapie das Gehirn vernebelt? Du willst wohl mit aller Gewalt dein Schicksal herausfordern. Bei so einem Wahnsinn mache ich nicht mit!«

»Ach, komm schon.« Fritz stand auf und stakste erregt mit seinem steifen Bein hin und her. »Damit würden wir selbst wieder die Kontrolle übernehmen. Mit kalkuliertem Risiko. Natürlich muss es perfekt geplant sein. Ich überlege es mir.«

»So was haben wir noch nie gemacht. Wenn das …«

»Es wird nicht schiefgehen. Ich werde das Szenario zusammenbasteln. Vertrau auf meinen Instinkt und meine Erfahrung.«

Düster sah ihn der Anstaltsleiter an. »Ein Restrisiko bleibt immer. Aber gut, wirf deinen Dickschädel an und mach einen Plan. Die endgültige Entscheidung, ob wir es auch durchziehen, liegt aber bei mir. Klar?«

»Sonnenklar.« Fritz hob den Daumen. Er wusste, dass er gewonnen hatte.

Der Wettkampf war bislang nicht so verlaufen, wie Hannes ihn sich vorgestellt hatte. Zwar hatte er sich für das Finale qualifiziert, aber sowohl im Vorlauf wie auch im Halbfinale hatte sein Erzrivale Ralf das Ziel vor ihm erreicht. Schon im Training ging es ihm auf die Nerven, wenn sein Vereinskamerad sich besser schlug, im Wettkampf war es aber kaum zu ertragen. Entsprechend angesäuert präsentierte er sich am späten Nachmittag kurz vor dem Start des Finales. Wie erwartet hatte sich Ralf als schlechter Gewinner herausgestellt und ihn sogar vor seinen Eltern und Anna verspottet.

»Und wenn ich nachher das Regattabecken vollkotze, noch mal lass ich mich von ihm nicht abhängen«, knurrte Hannes.

Seine Mutter strich ihm durch die Haare, was seine Laune nicht verbesserte. »Ich finde es toll, dass du hier überhaupt dabei bist und sogar das Finale erreicht hast. Sieh doch all die Kameras! Dass mein Sohn mal ein Star wird …«

»Von einem Star bin ich weit entfernt.« Hannes deutete auf die wenigen Zuschauer, bei denen es sich größtenteils um Familienmitglieder oder Freunde der Athleten handelte – und um andere Sportler, die gerade kein Rennen zu absolvieren hatten. Er betrieb diesen Sport lange genug, um die Situation richtig einzuschätzen. Er konnte froh sein, wenn er mit ein paar Sekunden in der Sportschau oder einer Sendung des Lokalfernsehens auftauchen würde, und auch das war vermutlich nur im Fall eines Podestplatzes realistisch. Die Kameras hatte der Weltverband aufstellen lassen, doch den Livestream im Internet würden sich nur wenige Interessierte ansehen.

Trotzdem war es natürlich auch für ihn ein Highlight, und bei den Olympischen Spielen würde die Lage eine völlig andere sein als bei diesem Weltcup. Alle vier Jahre trat der Kanurennsport aus seinem Schattendasein, was den vielversprechenden Medaillenchancen geschuldet war. Es erforderte ein hohes Maß an Motivation, sich in der Zwischenzeit auf Topniveau durchzukämpfen. Hannes hatte schon öfter überlegt, wie sein Leben verlaufen wäre, wenn er sich fürs Fußballspielen statt für das wacklige Kanu entschieden hätte. Vermutlich erheblich langweiliger, da er schon beim Kicken auf der Straße immer als Letzter in ein Team gewählt worden war.

»Sei einfach ganz entspannt«, empfahl Anna. »Dann schneidest du immer am besten ab. Außerdem bist du im Gegensatz zu Ralf einfach unwiderstehlich. Das ist viel wichtiger als die Platzierung.« Sie stellte sich auf die Zehenspitzen und küsste ihn.

Anstatt taktvoll zur Seite zu blicken, nickte seine Mutter beifällig. Dass Anna bei ihr einen Stein im Brett hatte, war nicht zu übersehen. Ihr überraschendes Auftauchen hatte fast schon einen Begeisterungssturm ausgelöst. Auch Hannes war glücklich, dass sie ihn zum Saisonauftakt begleitet hatte. Als ihn am Vorabend die Information erreicht hatte, dass Fritz überfallen und nur knapp mit dem Leben davongekommen war, hatte er schon mit dem Gedanken gespielt, sofort zurückzufahren. Anna hatte ihn davon abgehalten, und das war eine gute Entscheidung gewesen.

Gemeinsam mit seinen Eltern hatten sie in der Duisburger Innenstadt ein spätes Abendessen zu sich genommen, aber schon vorher im Hotelbett war er endgültig überzeugt worden,

174

dass der kurze Abstand zu seiner Ermittlertätigkeit wertvoll war. Derart guten Sex hatte er mit Anna lange nicht mehr gehabt, und nur kurz war ihm der Gedanke gekommen, dass es zu Sex vor einem Wettkampf und der daraus resultierenden Auswirkungen auf die Leistungsfähigkeit durchaus unterschiedliche Meinungen gab. Sofern die Abstinenzverfechter recht hatten, bedeutete das zumindest, dass Ralf einen langweiligen Abend erlebt haben musste. Diese Erkenntnis zog Hannes' Mundwinkel nach oben.

»Geht doch.« Anna lächelte zurück. Ob sie dabei auch an den zurückliegenden Abend dachte, traute sich Hannes in Anwesenheit seiner Eltern nicht zu fragen.

»Ich muss zum Boot. Sucht euch ein schönes Eck auf der Tribüne. Genug Platz gibt es ja.«

Nachdenklich sah er den dreien hinterher, bevor er in Richtung Start ging. Über sein Privatleben konnte er sich in der Tat nicht beschweren. Anna war einfach fantastisch, und er konnte in diesem Moment nicht begreifen, dass er jemals an der Beziehung gezweifelt hatte. Nur kurz flammte das Bild Marias vor seinem inneren Auge auf, und energisch verscheuchte er es sofort zurück ins Unterbewusstsein. Verbotene Früchte hatten meist nur so lange einen Reiz, wie man nicht davon kostete. Er wäre der größte Vollidiot aller Zeiten, wenn er eine Frau wie Anna nicht zu würdigen wüsste.

Zufrieden stellte er bei der Startaufstellung fest, dass Ralf nicht auf einer der Bahnen neben ihm fahren würde. Linkerhand dümpelte das Kanu eines Briten an der Startklappe und auf der rechten Seite trennte ihn ein Niederländer von dem ewigen Kontrahenten. Kurz musste er schmunzeln, bevor er sich konzentrierte. In der Vergangenheit hatte er häufig Federsen vor seinem inneren Auge heraufbeschworen, um seine Aggression zu steigern und letzte Kraftreserven zu mobilisieren. Diese Möglichkeit stand ihm jetzt nicht mehr zur Verfügung, er brauchte einen neuen mentalen Trick. Da ihm kein passender Ersatz einfiel, setzte er auf Selbstmotivation. Zwar hing wegen des Joints in Bens Garten eine mögliche Dopingprobe wie ein Damoklesschwert über ihm, aber die letzte Saison sollte seine beste werden, und dafür wollte er alles geben.

Als der Startschuss ertönte, setzte er diesen Vorsatz sofort in die Tat um. Ohne nach links und rechts zu schauen, bearbeitete er mit seinem Paddel das Wasser, als böte es keinen Widerstand. Er fühlte sich energievoll und ausgeruht. Ein fantastischer Zustand. Nach fünfhundert Metern war die Hälfte der Strecke geschafft, und er wagte ein vorsichtiges Blinzeln zur Seite. Kein anderes Boot war in Sicht, das bedeutete mindestens eine Bootslänge Vorsprung. Mehr wollte er gar nicht wissen. Er sah nie über die Schulter nach hinten, um seinen Rhythmus nicht zu gefährden.

Dass dieser gleichmäßige Takt zweihundert Meter weiter ernsthaft ins Stocken zu geraten drohte, lag vielmehr daran, dass er zu schnell losgelegt hatte. Normalerweise war der Schlussspurt seine Stärke, die neue Taktik schien ihren Preis zu fordern. Hannes versuchte seinen Atemrhythmus wieder an die Paddelbewegungen anzupassen und den Rhythmus beizubehalten. Mit jedem Ausatmen stöhnte er, die Arme begannen zu brennen. Das sollten sie eigentlich erst auf den letzten hundert Metern tun, und er hoffte, ausreichend Vorsprung herausgefahren zu haben.

Der Niederländer nutzte die Schwächephase aber ohne zu zögern aus, und Hannes konnte nicht verhindern, dass sich das orangefarbene Kanu an ihm vorbeischob. Er beging jedoch nicht den Fehler, sich dranzuhängen und damit einen kompletten Einbruch zu riskieren. Ein zweiter Platz wäre ebenfalls ein hervorragendes Ergebnis. Dass dies auch für den dritten Platz galt, rief er sich in Erinnerung, als der Brite an ihm vorbeiglitt. Die Zieltribüne tauchte schon neben ihm auf, als auch die letzte

Position auf dem Podest in Gefahr geriet. Dass es ausgerechnet das hellblaue Kanu von Ralf war, das sich zwei Bahnen neben ihm nach vorne schob, ließ Hannes alle Schmerzen vergessen. Mit größter Willenskraft warf er alles, was er noch hatte, in die letzten Paddelschläge. Selbst als er die imaginäre Ziellinie überquert hatte, ließ ihn sein Tunnelblick noch weiter arbeiten, bis er sich sicher war, angekommen zu sein. Völlig entkräftet sackte er zusammen.

Erst Minuten später war er in der Lage, einen Blick auf die Anzeigentafel zu werfen. Sein Name leuchtete an dritter Stelle auf, Ralf hatte mit wenigen Zehntelsekunden Rückstand den frustrierenden vierten Platz belegt. Mit einem Gefühl von Dankbarkeit und Stolz paddelte Hannes gemächlich zum Anleger. Seine Eltern und Anna warteten auf ihn, und auch Ralf war bereits eingetroffen. Mit hochrotem Gesicht lief er auf Hannes zu, als dieser aus dem Boot kletterte.

»Du bist dir für nichts zu schade, oder?«

»Hä? Was meinst du?«

»Auf den letzten Metern hat mich was geblendet und völlig aus dem Rhythmus gebracht.«

»Was soll denn dieser Blödsinn? Dann zieh halt das nächste Mal eine Sonnenbrille auf, wenn dich das Wasser …«

»Das war nicht das Wasser! Irgendjemand hat mich geblendet. Ich werde Protest einlegen!« Wütend stürmte er davon.

Kopfschüttelnd sah ihm Hannes hinterher. »Blödmann. Aber er konnte noch nie verlieren.«

»Na ja.« Sein Vater zwinkerte ihm zu. »Vielleicht hat ihn wirklich … jemand geblendet.«

»Ach, das ist Schwachsinn, er … Papa? Willst du … hast du was damit zu tun?«

»Natürlich nicht, aber …«

Anna stieß ihn an und nickte verstohlen in Richtung ihrer Hand. Darin hielt sie ihren Schminkspiegel, und Hannes sackten die Schultern nach unten. »Aber … das ist unsportlich! Dann hab ich den dritten Platz eigentlich gar nicht verdient.«

»Unsinn. Ralf hat sich schon den ganzen Tag unsportlich verhalten. Du hättest ihn eh geschlagen. Unglaublich, wie du zum Schluss noch mal Gas gegeben hast. Aber Ralf wird sich jetzt völlig zum Affen machen. Nimmt ihm doch keiner ab, dass er geblendet wurde.«

Hannes hatte keine Zeit mehr, weiter über diese unerwartete Hilfestellung nachzudenken. Eine junge Frau trat zu der Gruppe. In der Hand hielt sie ein blaues Mikrofon mit dem Aufdruck des regionalen Fernsehsenders. Hinter ihr tauchte ein Mann mit einer Kamera auf der Schulter auf. Sie strahlte ihn an.

»Tolle Leistung. Ich …« Kurz geriet sie ins Stocken, und Hannes war klar, dass sie in diesem Moment seine zweifarbigen Augen bemerkt hatte. Schnell und routiniert hatte sie sich wieder im Griff. »Lässt für Olympia hoffen. Das war persönliche Bestleistung, oder?«

»Ähm.« Hannes schielte noch einmal zur Anzeigetafel. »Stimmt, ist mir noch gar nicht aufgefallen. Sie kennen sich aber gut aus.«

Sie zuckte mit den Schultern. »Ist mein Job. Können wir ein Interview für die *Lokalzeit* machen? Das ist unsere Nachrichtensendung, bevor wir zur *Tagesschau* schalten.«

»Das … klar!« Schnell strich sich Hannes über die zerzausten Haare, ohne dass es einen nennenswerten Effekt gehabt hätte. Er setzte darauf, dass sein Gesicht sich inzwischen abgekühlt hatte, spürte aber, wie die Ohren rot anliefen. Das erste Interview seiner Sportlerkarriere war ein weiterer Beleg dafür, dass er die richtige Entscheidung getroffen hatte, Duisburg nicht vorzeitig zu verlassen. Zumindest für ihn hatte es sich ausgezahlt.

KAPITEL 10

In der gehobenen Wohngegend war es kein seltener Anblick, dass der hagere Einundfünfzigjährige am Sonntagmorgen seinen Hund ausführte. Niemand störte sich an dem Tier, obwohl sonst schon kleinste Belästigungen von den wohlhabenden Anwohnern mit schiefen Blicken quittiert wurden. Der Beagle war gut erzogen, kläffte nicht und setzte keine Haufen an Stellen, wo sie nichts zu suchen hatten. Grüßend nickte der Mann seiner Nachbarin zu, die gerade aus ihrer Einfahrt fuhr. Seine graublauen Augen wurden an diesem Tag von einer Sonnenbrille verborgen, doch das war auch schon der einzige Anhaltspunkt an ihm, dass ein warmer Frühlingstag heraufgezogen war. Er trug wie immer ein gestärktes langärmliges Hemd, eine Stoffhose mit Bügelfalte und blank geputzte Schuhe.

Sein Begleiter trat legerer auf – und wirkte unruhiger. Er war nur ein Jahr jünger, sah aber verlebter aus. Anders formuliert: Es war ihm anzusehen, dass er das Leben zu genießen wusste. Mit gesenktem Blick lief er neben dem großgewachsenen Mann her, und seine Finger bewegten sich unablässig, als suchten sie etwas zum Festklammern. Mühsam suchte er nach weiteren Worten für seine Verteidigung.

»Du stellst dir das alles viel zu einfach vor. Unser Mann ist zwar in Position, aber er muss auf die richtige Gelegenheit warten. David Krüger ist extrem vorsichtig.«

»Das gilt aber nicht für diesen abgestürzten Kommissar, und trotzdem schnüffelt er weiter rum. Eigentlich dachte ich, einen Profikiller engagiert zu haben.«

»Was sollte er denn machen? Als der Alarm losging, bestand die Gefahr, dass er entdeckt wird. Es war einfach Pech.«

»Mir ist egal, woran es gelegen hat. Ich bezahle gut dafür, dass es erledigt wird. Übrigens war es auch für mich nicht einfach, alles einzufädeln, ohne dass jemand misstrauisch wurde. Sorg dafür, dass es endlich zu Ende geführt wird. Du hast noch den heutigen Tag.«

»Was?« Der kleinere Mann schnappte nach Luft. »Ich kann nicht versprechen, dass sich heute eine Situation ergibt, in der ...«

»Du hast gesagt, dass es bis Ende der Woche erledigt wird. Heute ist die Woche zu Ende. Mit jedem weiteren Tag steigt das Risiko. Und wenn ich auffliege, tust du das genauso.«

»Aber ... zwei Morde an einem Tag? Das wäre Harakiri!«

»Harakiri wäre es, David Krüger weiter rumlaufen zu lassen. Der Kerl ist eine tickende Zeitbombe, begreifst du das nicht?«

»Dann sollten wir uns zunächst auf ihn konzentrieren. Im Vergleich mit Fritz Janssen ist er sowieso das drängendere Problem.«

»Sofern Krüger ihm nicht schon was gesteckt hat.«

»Das glaub ich nicht. Weshalb sollte er das tun?«

»Zum Beispiel weil dieser Janssen ein gewiefter Fuchs ist und ihn einwickelt.« Der Mann verstummte, als ihnen ein Passant entgegenkam. Mit gelangweiltem Gesichtsausdruck ließ er seinen Hund an einer Mauerecke schnüffeln. Als niemand mehr in Hörweite war, setzte er die Sonnenbrille ab. Sein stechender Blick taxierte den Begleiter. »Wie auch immer.

Spekulationen helfen uns nicht weiter, wir müssen sicherheitshalber beide ausschalten. Krüger noch heute, Janssen bei nächstbester Gelegenheit.«

»Wenn Janssen nichts weiß, müssen wir uns um ihn doch überhaupt nicht mehr kümmern. Und wenn er was wüsste, hätte er es längst an die Mordermittler weitergegeben.«

»Weshalb diese Zurückhaltung? Er ist eine Gefahr für uns. Selbst nach Krügers Tod. Wenn er herausfindet, wer der Mörder war, kann die Spur zu mir zurückverfolgt werden. Treib keine Spielchen. Ich habe belastenderes Material über dich, als du dir vorstellen kannst.«

»Schon gut.« Schweiß zeigte sich auf der Stirn des kleineren Mannes. »Du kannst dir die ständigen Drohungen sparen. Wir haben eine Vereinbarung, und die gilt.«

»Das hab ich schon oft von dir gehört. Spätestens heute Abend will ich die Bestätigung haben, dass David Krüger erhängt aufgefunden wurde. Oder ein vergleichbares Ende. Hauptsache tot. Was auch immer sich dieser Teufel für ihn ausgedacht hat.«

Kapitel 11

Wann immer es ihr möglich war, verbrachte Clarissa am Wochenende mehrere Stunden in einem Fitnessstudio. An das Training schloss sich in der Regel eine ausgiebige Saunasitzung an, manchmal gönnte sie sich auch eine Massage. Auf diese Weise holte sie sich die nötigen Entspannungsphasen, die unter der Woche meist zu kurz kamen. Die regelmäßige Körperertüchtigung konnte man ihr ansehen, wobei sie darauf Wert legte, nicht übers Ziel hinauszuschießen. Im *Iron Armor* war sie allerdings erst ein einziges Mal gewesen, und das hatte rein berufliche Gründe gehabt. Am Empfang stand dieselbe junge Frau wie am Dienstag, und sie erinnerte sich sofort an den Besuch der Polizistin und die dadurch ausgelösten Turbulenzen. Infolgedessen fiel es Clarissa nicht schwer, ihr ein kostenloses Probetraining abzuschwatzen.

Kurz nach dem Aufwachen war es ein spontaner Einfall gewesen, die anstehende Trainingseinheit zur Abwechslung in dieser Einrichtung einzulegen. Clarissa gestand sich ohne Skrupel ein, insgeheim auch auf ein Wiedersehen mit Ferdinand Sichel zu hoffen. Dass er nach den jüngsten Entwicklungen seinen Job verloren hatte, stand nicht zu befürchten, denn der Betrieb gehörte ihm selbst. Bisher hatte sie ihn aber nicht entdecken können, und nach ihm fragen wollte sie nicht. Immerhin handelte es sich tatsächlich um einen rein privaten Besuch.

Als sie das Training mit einem Cool-down-Programm auf dem Laufband beendet hatte, griff sie nach ihrem Handtuch, um zu den Umkleidekabinen zu gehen. Ein blonder Mann mit Bürstenschnitt trat ihr entgegen. Er konnte höchstens Anfang Zwanzig sein, litt aber nicht unter mangelndem Selbstbewusstsein.

»Ich steh auf starke Frauen.«

»Aber ich nicht auf Jungs, die mein kleiner Bruder sein könnten.«

Lässig steckte er die Daumen in den Bund seiner Sporthose. »Ich hab schon viel Erfahrung. Wollen wir uns nicht mal verabreden?«

»Verpiss dich.« Sie schob ihn zur Seite und ging an ihm vorbei. Einen Schritt später blieb sie wie angewurzelt stehen. Ruckartig drehte sie sich um und fegte seine Hand von ihrem Hintern. Sein fröhlich-anzüglicher Gesichtsausdruck fiel in sich zusammen, als sie ihn mit einem schnellen Handgriff an sich zog, ihn aushebelte und über die Schulter auf den Parkettboden warf. Krachend landete er auf dem Rücken und schnappte nach Luft.

»Lern erst mal Respekt, du Großmaul.« Ohne ihn eines weiteren Blickes zu würdigen, hob sie ihr Handtuch wieder auf und setzte den Weg fort. An der Tür versperrte ein weiterer Mann den Durchgang, worauf sie genervt die Augenbrauen hob. Mit verschränkten Armen lehnte der Eigentümer des Fitnessstudios am Rahmen und nickte ihr beifällig zu. »Nicht schlecht. Vielleicht hat er die Lektion gelernt.«

Fluchend näherte sich der junge Mann, und Ferdinand packte ihn hart am Arm. »Du hast für heute Feierabend. Und wenn ich dich noch mal dabei erwische, wie du hier eine Frau angrapschst, brauchst du gar nicht mehr aufzutauchen.« Wie beiläufig schob er ihn durch die Tür auf den Gang. Es sah aus, als wische er eine lästige Fliege zur Seite.

Spöttisch applaudierte Clarissa. »Schön gesagt. Aber glauben Sie nur nicht, dass ich Ihnen den Gentleman abkaufe.«

»Warum? Weil ich bei einem Motorradclub bin und Sie Anabolika bei mir gefunden haben? Ich selbst nehme das Zeug schon lange nicht mehr.«

»Eher weil sie mir beim letzten Mal die Sporttasche über den Kopf gezogen haben.«

»Äh … ja. Da hab ich überreagiert, tut mir leid. Verletzen wollte ich Sie aber nicht.«

»Anders als die Jungs auf dem Fußballplatz, die Ihnen in die Quere gekommen sind.«

»Ich hab einfach rot gesehen.« Er schien selbst zu merken, dass er wenig überzeugend klang. Verlegen sah er zur Seite. »An dem Tag … da kam einfach einiges zusammen. Meine Freundin hat … also meine Beziehung ist an dem Tag zu Ende gegangen, und ich hatte Ärger mit einem Lieferanten. Dann tauchten zum krönenden Abschluss auch noch Sie auf.«

»Ihre Freundin machte an dem Tag Schluss?« Clarissa wurde hellhörig, was aber in erster Linie dienstliche Gründe hatte. »Wieso hat Sie Ihnen trotzdem ein falsches Alibi gegeben?«

»Das hat sie ja vorher gemacht. Als Sie dann merkte … na ja, sie warf mir vor, sie benutzt zu haben und mit irgendwelchen krummen Dingern zu tun zu haben. Man könnte also sagen, dass Sie an der Trennung nicht ganz unschuldig sind.«

»Mir kommen die Tränen! Ist doch nicht unser Fehler, wenn Sie uns anschwindeln und sogar Ihre Freundin mit reinziehen.«

»Das war auch nicht ernst gemeint. Wir hatten schon vorher eine Krise. Was ich eigentlich damit sagen wollte:

Normalerweise bin ich ganz friedlich, selbst wenn Sie mir das wahrscheinlich nicht glauben.«

»Spielt keine Rolle, was ich glaube.« Clarissa schickte sich an weiterzugehen und hoffte, er würde sich nicht so einfach abservieren lassen. Er tat ihr den Gefallen.

»Was verschafft uns eigentlich die Ehre? Hat Sie mein Studio beim letzten Besuch so sehr beeindruckt?«

Clarissa machte eine nichtssagende Handbewegung. Glücklicherweise neigte sie nicht zum Rotwerden, sodass ihr ausdrucksloses Gesicht glaubwürdig erschien. »Ich bin privat hier. Suche nach einer neuen Trainingsstätte, und es stimmt: Ihr Laden ist nicht schlecht.«

»Der Test ist also bestanden?«

»In der Sauna war ich noch nicht, aber hier sieht es auf jeden Fall moderner aus als in meinem jetzigen Studio. Ein einziges Probetraining sagt natürlich nicht viel aus.«

»Sie können noch mal wiederkommen«, bot er sofort an. »Kostenlos natürlich.«

»Wollen Sie mich bestechen?«

»Ich dachte, Sie sind privat hier?«

»Eben.«

Er lachte. »Mir ist schon klar, dass Sie nicht bestechlich sind. Die Beweise gegen mich sind sowieso erdrückend. Was denken Sie, mit welcher Strafe ich rechnen muss? Ich will den Laden hier nicht verlieren.«

»Dann hätten Sie mal besser auf das Zusatzgeschäft verzichtet.« Clarissa dachte gar nicht daran, ihm seine Besorgnis zu nehmen. »Ich bin kein Richter, aber da Sie nicht zum ersten Mal auffällig waren ...«

Abwehrend hob er die Hände. Sie bemerkte, dass seine Nägel gepflegt waren. »Das waren Lappalien, die schon länger her sind. Immerhin hab ich niemanden umgebracht.«

Die Anspielung auf die aktuelle Ermittlung entging ihr nicht. Der entscheidende Faktor, weshalb sie sich überhaupt in sein Fitnessstudio begeben hatte, war: Sie glaubte ihm. Die überstürzte Flucht war mit dem Inhalt seiner Sporttasche hinreichend erklärt, und ansonsten deutete nichts darauf hin, dass er ein Interesse an Timos Tod hätte haben können. Die beiden waren zwar so etwas wie Geschäftspartner gewesen, von Zwistigkeiten hatte aber keiner der in den letzten Tagen Befragten berichten können. Außerdem hatte Ferdinand zu guter Letzt doch noch ein halbwegs brauchbares Alibi vorlegen können.

Eher beiläufig hatte er erwähnt, am Sonntagabend nach dem Kneipenbesuch zu Hause ferngesehen und nebenbei im Internet gesurft zu haben. Als die Polizei eine Überprüfung ankündigte, hatte er sich zunächst geziert. Der Grund war Clarissa einen Tag später von den Computerspezialisten mitgeteilt worden. Die Auswertung seines Tablets ergab, dass sich Ferdinand auf Pornoseiten die Zeit vertrieben hatte, der Verlauf war eindeutig gewesen. Nichts zu rütteln gab es auch an der Uhrzeit. Wenn er das Tablet selbst genutzt hatte – wofür es aus naheliegenden Gründen keinen Zeugen gab, kam er als Mörder nicht infrage. Dafür hatte er interessante sexuelle Vorlieben, wie sich Clarissa belustigt erinnerte.

»Vielleicht nehme ich Ihr Angebot an und teste Ihre Kraftmaschinen nächste Woche noch mal«, sagte sie. »Sozusagen als halbe Wiedergutmachung für den Schlag mit der Sporttasche.«

»Und wenn ich Sie zusätzlich oben in unserer Bar auf einen Drink einlade? Würde das dann als komplette Wiedergutmachung durchgehen?«

Sie wiegte den Kopf hin und her. »So leicht kommen Sie mir nicht davon. Wäre aber ein Anfang.«

Dass er den Wink richtig verstanden hatte, bewies er eine halbe Stunde später. Clarissa saß ihm frischgeduscht gegenüber und spürte, dass sie seine Anwesenheit genoss. Außer ihnen befand sich niemand auf der Dachterrasse, die eine Aussicht über den naheliegenden Fluss bot. Der Boden war mit Fliesen in Holzoptik belegt, in geflochtenen Kübeln standen tropische Pflanzen, und die Loungemöbel hätte man genauso in einem Luxushotel vorfinden können. Da auch die Trainingsgeräte und Waschräume topmodern waren, dürfte der gesamte Komplex eine ordentliche Stange Geld gekostet haben. Woher der Mann wohl die Mittel für diese Investition hatte? Clarissa tendierte zu der Haltung, dies gar nicht im Detail wissen zu wollen. Die Sonne schien ihr warm ins Gesicht, und sie nippte an einem isotonischen Getränk, als er den Smalltalk beendete.

»Wenn Sie mir versprechen, dass mein Name nicht erwähnt wird, kann ich Ihnen noch ein paar Infos zu Timo geben.«

»Hm. Kann ich aber nicht völlig ausschließen. Wenn es vor Gericht benötigt wird ...«

»Wird es aber nicht. Es sind reine Hintergrundinfos.«

»Okay. Um was geht's?«

Er grinste. »Sie müssen mir noch eine zweite Sache versprechen.«

»Geht's noch?«

»Ist nur 'ne Kleinigkeit. Gehen Sie mit mir aus? Heute Abend?«

Die Zornesfalte zwischen Clarissas Augen vertiefte sich. Seine Dreistigkeit zog sie an und stieß sie gleichzeitig ab. Aber es war ausgeschlossen, dass sie sich an der Nase herumführen ließ.

»Wie gesagt, ich trenne beruflich und privat«, stellte sie kühl klar. »Mit wem ich ausgehe, mache ich nicht von zugesteckten

Informationen abhängig, sondern von meinem Bauchgefühl. Und das sagt mir, dass ich bei Ihnen vorsichtig sein sollte. Übrigens kann ich Sie auch wegen Behinderung der Polizeiarbeit in noch größere Schwierigkeiten bringen. Wichtige Hinweise zurückzuhalten, ist kein Kavaliersdelikt.«

»Okay, okay. Hab mir schon gedacht, dass ich bei Ihnen nicht damit durchkomme. Betrachten Sie es als gescheiterten Versuch. Natürlich will ich nicht riskieren, dass Sie mir noch eine Anzeige um die Ohren knallen.«

Seine Gesichtszüge wurden wieder ernst. Er stand auf und schloss die Schiebetür zum inneren Bereich der Bar. Mit einer Handbewegung signalisierte er einer Angestellten, dass Störungen unerwünscht waren. Clarissa verfolgte seine Bewegungen und spürte ein Kribbeln. Dieser Kerl war ohne Frage ein Hingucker. Dennoch mahnte sie sich zur Vorsicht, bis sie einschätzen konnte, ob unter der Oberfläche nicht doch Gewalt und Aggression auf den nächsten Ausbruch warteten. Er kehrte zu ihr zurück und spannte den Sonnenschirm auf, bevor er sich wieder setzte.

»Timo war 'ne miese kleine Ratte. Man musste immer aufpassen, dass er einen nicht beschiss. Kann gut sein, dass irgendwer davon die Schnauze voll hatte.«

»Fällt Ihnen jemand Konkretes ein?«

»Wir haben letztens über Pascal Hinz gesprochen. Er ist einer von denen … und vermutlich der Gefährlichste.«

»Und sonst?«

»Beruflich?« Bei diesem Wort malte er Anführungszeichen in die Luft, und ihr Blick blieb an den kleinen Tattoos auf seinen Fingerrücken hängen. »Ich weiß nicht, mit wem er sonst noch Geschäfte machte. Aber ich weiß, wer definitiv keine mit ihm gemacht hätte. Das trifft nämlich auf einige Frauen zu, die er vergewaltigt hat.«

Clarissa ließ sich ihre Erregung nicht anmerken. »Wir wissen davon, kennen aber nur eine mit Namen.«

»Eine Hanna irgendwas? Sie war die Einzige, die sich traute, ihn anzuzeigen. Da war er dann ziemlich nervös.«

»Sie kniff aber und sprang in den Fluss. Wer war noch betroffen?«

Mit abfälliger Mimik strich er die Tischdecke glatt. »Er hat immer damit rumgeprahlt. Dachte wohl, dass ihn das stark und männlich macht. Ich hab ihm mehr als einmal gesagt, dass es nur erbärmlich ist. Die Namen der Frauen hab ich mir nicht gemerkt, oft kannte er sie selbst nicht. Aber ein Name ist bei mir hängen geblieben. Aus gutem Grund.«

»Warum?«

»Meist hat er sich an Nutten vergriffen, aber er hat sich auch an Pascals Schwester rangemacht. Elena Hinz. Ob er sie am Ende … also ob es wirklich dazu kam, weiß ich nicht. Versucht hat er es aber.«

Clarissa schwieg und dachte nach. Die Familie Hinz hatte also mindestens zwei Motive, um sich an Timo zu rächen. Elena hatte darüber hinaus kein überprüfbares Alibi geliefert. Wenn man davon ausging, dass der Täterkreis sowohl innerhalb als auch außerhalb des Gefängnisses aktiv war, ergab die Konstellation Sinn. Doch wie steckte David da drin? Außer, dass er Pascals Gefängnisaufenthalt mitverschuldet hatte?

»David Krüger, Timos Kumpel: War der bei diesen Übergriffen auf Frauen beteiligt?«

»Kann ich mir nicht vorstellen. Ihn kenn ich aber kaum.«

»Im Gegensatz zu Ihrem Motorradkumpel Rainer, dessen eines Auge er zerstört hat. Eine Neigung zur Gewalt scheint also schon mal vorhanden zu sein.«

Ferdinand winkte ab. »Mit Rainer aneinanderzugeraten, ist nicht schwer. Deshalb irren Sie sich, wenn Sie vermuten, dass jemand von uns so weit ginge, ihn zu rächen. Da gäbe es viel zu tun. Er hätte sowieso andere Möglichkeiten.«

»Inwiefern?«

»Er besitzt gute Kontakte zu ein paar Rotlichtgrößen. Ich halt mich davon fern, deshalb weiß ich dazu nicht mehr.«

Doch was er wusste, hatte für Clarissa bereits interessante Hinweise beinhaltet. Am Vortag war sie Elena und Hanna gemeinsam mit Per gefolgt, aber die beiden waren lediglich in ein Café gegangen. Ihr Verhalten konnte man nicht anders deuten, als dass sie eine intime Beziehung haben mussten. Ob es eine feste Liaison war, blieb zwar offen, aber es war auffällig, dass ausgerechnet diese beiden Frauen, die direkt und indirekt ein Opfer von Timo geworden waren, zusammengefunden hatten.

»War das eigentlich ein Muster bei Timo?«, fragte sie. »Stand er auf lesbische Frauen?«

»Glaub nicht. Er hat nichts davon gesagt. War diese Hanna lesbisch?«

»Ja. Elena etwa nicht?«

»Elena?« Ferdinand schüttelte den Kopf. »Obwohl ... wär wahrscheinlich besser für sie.«

»Versteh ich nicht.«

»Ihr Freund ist nicht grade eine Schönheit. So ein rothaariger Riese. Hab ihn nur einmal gesehen, er arbeitet übrigens auch bei der Polizei. Oder nein, nur fast. Ich glaube, er macht irgendwas im Gefängnis.«

»In welchem Gefängnis?« Erneut war Clarissa ganz Ohr. Dieser Mann entpuppte sich unverhofft als Goldgrube.

»Keine Ahnung. Die genaue Recherche müssen Sie schon selbst machen.« Er grinste, und erneut dachte sie, dass er schöne und gepflegte Zähne hatte. »Ich seh Ihnen aber an, dass ich weiterhelfen konnte und nicht nur Tratsch geliefert habe. Ist mein Versuch der Wiedergutmachung damit akzeptiert?«

Clarissa trank das Glas leer und stand auf. »Das werde ich heute Abend entscheiden. Wir treffen uns um neunzehn Uhr am alten Marktplatz. Danke für die Einladung.«

Mit offenem Mund sah er ihr hinterher, dann zogen sich seine Mundwinkel nach oben. Auch Clarissa wirkte zufrieden, als sie die Glastür aufschob. Am Abend hatte sie definitiv nicht vor, Berufliches und Privates zu vermischen. Der Mann hatte vermutlich alles geliefert, was er wusste, damit war er für sie ab sofort ein Kerl wie jeder andere. Dies beinhaltete alle denkbaren Optionen. Das schüchterne Gefühl, er könne ein falsches Spiel treiben, schluckte sie resolut herunter.

An diesem Sonntag hatten die Gefangenen Glück. Vier erkrankte Beamte waren genesen, sodass erstmals seit zwei Wochen wieder ausgedehnter Freigang und Freizeitaktivitäten möglich wurden. Die Tischtennisplatten waren durchgehend belegt, Gleiches galt für die Trainingsgeräte und den Billardtisch. Andere Insassen nutzten das schöne Wetter, um ihre Runden über den begrünten Innenhof zu drehen oder sich auf einer der Sitzgruppen zu entspannen. Während sich eine Gruppe über die Unterlagen eines Fernstudiums beugte, weckte ein paar Meter entfernt eine Ansammlung von fünf Personen Fritz' Interesse.

Die Aufseher nahmen die Szene im Gegensatz zu ihm kaum wahr, da sie unauffällig wirkte. Dem alten Fritz war dagegen sofort klar, dass der äußere Schein lediglich gekonnt vorgetäuscht wurde, während in Wahrheit eine Machtdemonstration ablief. Darauf deuteten zum einen die beteiligten Personen hin und zum anderen die Positionierung der Männer. Ein junger Häftling, von dem Fritz weder Namen noch Hintergrund kannte, stand Pascal Hinz unter einer ausladenden Eiche gegenüber. Links und rechts hatten sich mit lässig überkreuzten Beinen Balthasar Seeburg und Simon Sand positioniert. Im Rücken des Mannes befand sich ein weiterer von Pascals Komplizen, und der bleiche Gesichtsausdruck des Umzingelten räumte letzte Zweifel aus, dass hier jemand zur Rede gestellt wurde.

Pascal Hinz spielte die Rolle ausgezeichnet. Er lächelte und schlug dem Mann kameradschaftlich auf die Schulter, als fände gerade eine harmlose Plauderei statt. Fritz war sich sicher, dass die gesprochenen Worte im krassen Kontrast zu dieser friedvollen Aufführung standen. Gehetzt blickte sich der junge Mann um, und die anderen mussten nur die Arme verschränken, um ihn wieder zu Boden blicken zu lassen.

Aus den Augenwinkeln bemerkte Fritz eine Bewegung und sah zur Seite. Ein Mithäftling setzte sich neben ihn, und nickte ihm zu. Fritz hatte ihn bisher weder auf den Hofgängen noch bei anderen Gelegenheiten bemerkt.

»Neu hier?«

»Bin am Dienstag eingezogen. Einzelzimmer mit Baumblick. Was will man mehr?«

Fritz schmunzelte. Sarkasmus mochte er. »Nur der Zimmerservice lässt zu wünschen übrig.«

»Allerdings. Das gilt genauso für die Bibliothek. Ein Tummelplatz von Schundliteratur.«

»Man muss ein wenig suchen«, stimmte Fritz zu. »Den einen oder anderen Klassiker hab ich allerdings schon entdeckt.«

Der Mann verzog spöttisch den Mund. »Ein klassisches Werk ist ein Buch, das die Menschen loben, aber nie lesen.«

»Ist das von Ihnen?«

»Nein, von Ernest Hemingway. Leider hat er nicht unrecht.«

Mit neuem Interesse musterte Fritz den Mann. Es kam nicht oft vor, dass man an diesem Ort auf einen gebildeten Mitmenschen traf, der sich gewählt und überlegt ausdrücken konnte. Der Mann war mittleren Alters, etwa so groß wie der frühere Kommissar, aber eindeutig besser in Form. Er wirkte athletisch, zugleich aber ruhig und zurückhaltend. Nur die Narbe auf dem kurzgeschorenen Schädel deutete an, dass ihm Gewalt nicht völlig fremd war. Allerdings schien sie schon älteren Datums zu sein.

»Weshalb sind Sie hier?«, wollte Fritz wissen.

Der Mann machte eine wegwerfende Handbewegung. »Ersatzfreiheitsstrafe wegen Kleinkrams. Ich wurde zu zwanzig Tagessätzen verurteilt, habe mich aber geweigert, die Strafe zu bezahlen. In vierzehn Tagen bin ich wieder frei.«

»Was ist passiert?«

»Beamtenbeleidigung. Dass zuvor ich beleidigt wurde, war dem Richter egal.« Er streckte die Hand aus. »Ich bin Mario.«

Fritz griff zu, und kurz geriet sein Atem ins Stocken. Die ihm entgegengestreckte Hand war von dunklen Haaren bedeckt. So wie die Hände, die ihm zwei Tage zuvor ein Drahtseil um den Hals gelegt hatten. Allerdings waren sie kürzer als in seiner Erinnerung. Er riss sich zusammen. Es dürfte in diesem Gefängnis mehrere Männer geben, die eine dunkle Körperbehaarung hatten. Überdies hatte der Anstaltsleiter keinen Mario erwähnt, als er die Männer aufgezählt hatte, die sich im Kühlraum hätten verbergen können. Sicherheitshalber wollte er diesbezüglich noch einmal nachhaken.

»Fritz«, beantwortete er mit Verzögerung die Vorstellung.

Die dunklen Augen schienen sein Gesicht prüfend abzutasten. »Der Fritz, von dem hier alle reden? Der frühere Mordermittler?«

»So ist es. Wusste gar nicht, dass ich berühmt bin.«

»Hier schon.« Mario nickte in Richtung der Männergruppe am Baum. »Ebenso wie Pascal Hinz. Der hat wohl gerade jemanden an seinen Platz zurückgepfiffen.«

Auch Fritz sah wieder zu der Szene, die er kurz aus den Augen verloren hatte. In der Zwischenzeit war die Handlung weitergegangen, und an irgendeiner Stelle musste etwas passiert sein, wodurch die Lippe des jungen Mannes begonnen hatte zu bluten. Unbemerkt von den Außenstehenden. Die Gruppe löste sich auf, und mit hängenden Schultern trottete der Gemaßregelte davon. Fritz fragte sich, ob er seine Lektion gelernt hatte, und weshalb er überhaupt Missfallen erregt hatte.

»Kennen Sie ihn?«

»Diesen armen Wicht dort?«

»Nein. Pascal Hinz.«

»Glücklicherweise nicht. Aber nach einem gewissen Fritz Janssen fiel sein Name am häufigsten. Die beschriebenen Charaktermerkmale lösen kein Verlangen in mir aus, ihn näher kennenzulernen.«

»Nachvollziehbar.« Fritz nickte.

Der Mann war ihm sympathisch, obwohl er ihn nicht richtig einschätzen konnte. Eine derartige Ausstrahlung führte automatisch dazu, dass er auf der Hut war. Selbst unter der zivilisiertesten Oberfläche konnte dunkle Energie brodeln. Ob dies auch bei Mario der Fall war, und ob es sich zugleich um ein gefährliches Brodeln handelte, stellte eine nicht ganz unwichtige Frage dar. Ohne Grund saß hier niemand ein, und die Geschichte mit der Beamtenbeleidigung konnte stimmen – oder auch erlogen sein. Es gab genügend Gründe, den wahren Haftgrund zu verschweigen. Den stärksten Antrieb zur Vertuschung hatten Sexualstraftäter, da sie in der Hierarchie auf der untersten Stufe standen. Ihrer Taten wegen wurden sie verachtet, sodass sie gut daran taten, sich dem Zorn der anderen Gefangenen zu entziehen.

Fritz unterhielt sich noch mehrere Minuten lang mit Mario, ohne dass sein Misstrauen verschwand. Zwar gab sich der Mann ungezwungen und harmlos, dennoch wirkte irgendetwas an ihm gekünstelt. Es dauerte noch eine Weile, bis Fritz dahinterkam. Es war das Lachen. Nie erreichte es Marios Augen, und darüber hinaus wirkte es mechanisch und reflexhaft. Als Fritz nach dem Hintergrund seiner eigenen Inhaftierung gefragt wurde, war die Grenze seiner Gesprächsbereitschaft erreicht. Selbst gegenüber Hannes mied er dieses Thema. Ursula war die Einzige gewesen, der er sein Inneres präsentiert hatte. Ansonsten machte er die Ereignisse des letzten Sommers mit sich selbst aus – und bestimmt nicht mit einem Mann, den er vor zehn Minuten auf dem Gefängnishof kennengelernt hatte.

»Meine Anwesenheit ist das Ergebnis einer jahrzehntealten Schuld«, sagte er nur und erhob sich. »Hat mich gefreut, Mario. Noch eine gute Zeit hier drinnen, und beherzigen Sie in den paar Tagen, was Sie über Pascal gehört haben.«

Ohne eine Erwiderung abzuwarten, drehte er sich weg und überquerte den Hof. Er kam nur langsam vorwärts, da ihn sein steifes Bein beim Gehen behinderte. Simon Sand lehnte noch immer an dem Baumstamm und sah gelangweilt auf, als Fritz zu ihm trat. Beiläufig ließ Fritz seinen Blick auf die Hände gleiten, kurz bevor Simon sie in die Hosentaschen versenkte. Auf dem Kopf waren seine Haare zwar blond, auf dem Handrücken aber dunkel. Es konnte passen.

»Was willst du?« Simon gab sich keine Mühe, höflich zu sein. Auch sein Blick sprach Bände.

»Nix Besonderes.« Fritz steckte ebenfalls die Hände in die Taschen. Er legte den Kopf nach hinten und blinzelte in die Sonnenstrahlen, die vereinzelt durch das Laub fielen. »Den schönen Tag genießen. Einen kleinen Plausch halten.«

»Such dir jemand anderen.«

Fritz trat einen Schritt nach vorn auf Simon zu und atmete unauffällig tief ein. Er konnte keinen Geruch wahrnehmen, zumindest keinen, der ihn an das Ereignis in der Kühlkammer erinnerte. Simon gab ihm einen Stoß gegen die Brust, sodass er zurücktaumelte.

»Was ist los mit dir, alter Mann? Willst du mich betatschen?« Fritz verschränkte die Arme vor der Brust und versuchte, größer zu wirken, als er war. »Nichts liegt mir ferner, Freundchen. Ich möchte mich nur mit dir unterhalten. Ich hab die Vermutung, dass du was gegen mich hast. Das sollten wir mal klären.«

»Keine Ahnung, was du da faselst. Und jetzt verpiss dich.«

»Hör mir mal zu, du Scheißkerl.« Von einer Sekunde auf die andere fiel Fritz' gütiger Gesichtsausdruck in sich zusammen. »Ich finde es gar nicht witzig, wenn man mir auflauert, um mir vorzeitig das Licht auszuknipsen. Du bist einer von denen, die sich im Kühlraum rumgetrieben haben könnten.«

»Du bist verrückt.« Der erneute Stoß kam für Fritz überraschend. Er stolperte nach hinten und stürzte. Auf dem Boden liegend rückte er seine eckige Brille zurecht und erkannte, dass sich Simon drohend über ihm aufbaute. »Wenn du weiter solchen Mist rumerzählst, brech ich dir wirklich das Genick«, drohte der junge Mann. »Die Aufseher haben mich wegen dir schon dreimal in die Mangel genommen. Passiert das ein viertes Mal, kannst du deinen Sarg bestellen, kapiert?«

Zwei der erwähnten Aufseher näherten sich im Laufschritt. Als sie Simon zur Seite ziehen wollten, explodierten dessen Sicherungen. Ein Faustschlag gegen die Stirn des einen und ein Tritt gegen die Leiste des anderen Justizbeamten verschafften ihm kurzzeitig Luft. Am Boden sitzend verfolgte Fritz ungläubig das Geschehen. Dass Simon zu Pascals hartem Trupp gehörte, war ihm bekannt. Dass er aber blöd genug war, sich mit Aufsehern zu prügeln, hätte Fritz nicht gedacht. Es lag schließlich auf der Hand, dass dies

196

Konsequenzen haben würde. Simon schien es im Moment aber vollkommen egal zu sein. Wie wild schlug er um sich und bewies, dass er sich mit Kampfsport auskannte. Er war stark, aber nicht stark genug. Bevor ihn die beiden Männer endgültig zu Boden ringen konnten, sorgte eine scharfe Stimme für ein abruptes Ende der Vorführung, die inzwischen von einem Großteil der auf dem Hof anwesenden Häftlinge begeistert verfolgt wurde.

»Simon! Hör sofort auf mit dem Mist!« Pascal Hinz trat in Fritz' Sichtfeld, nachdem er einige Häftlinge, die sich das Spektakel aus der Nähe ansehen wollten, zur Seite geschoben hatte.

Hätte es noch eines Beweises für Pascals Autorität gebraucht, wäre er in diesem Augenblick erbracht worden. Simons Arme fielen herunter, und er senkte den Kopf. Nur Sekunden später steckte er in Handschellen, und obwohl sein Widerstand in sich zusammengebrochen war, wurde er rüde abgeführt. Fritz konnte das durchaus nachvollziehen, denn beide Beamte hatten Blessuren davongetragen, die sie mehrere Tage spüren würden. Er rappelte sich mühsam auf und übersah dabei ausdrücklich Pascals ausgestreckte Hand.

»Nimm deinen Köter mal kürzer an die Leine«, knurrte er und klopfte sich den Staub von der Jeans.

»Wilde Hunde sind nützlich«, konterte Pascal und musterte amüsiert den verstaubten Exkommissar. »Leider nicht zu hundert Prozent kontrollierbar.« Dann drehte er sich um und stauchte die Schaulustigen zusammen. »Die Show ist vorbei, verzieht euch!«

Wenig später stand er mit Fritz allein unter dem Baum. »Was war los?«

»Als ob du das nicht wüsstest«, maulte Fritz. »Er steht im Verdacht, mich angegriffen zu haben. Und wenn ich mir sein

Temperament vor Augen halte, finde ich diesen Verdacht alles andere als abwegig.«

»Weshalb sollte er das getan haben?«

»Ach, komm schon!« Endgültig verlor Fritz die Lust an Unschuldsspielchen. »Als wüsstest du nicht genau, worum es geht. Du hast mitbekommen, dass ich Nachforschungen anstelle, und das passt dir nicht. Versteh ich. Aber ich sag dir: Ich war von Anfang an skeptisch, ob du hinter der Sache steckst. Damit meine ich nicht David, denn die Art, wie er zusammengeschlagen wurde, trägt klar deine Handschrift. Bei Timos Ermordung hab ich deine Beteiligung dagegen für wenig wahrscheinlich gehalten. Allmählich zweifle ich aber an dieser Einschätzung.«

Pascal schwieg. Der Zweiundvierzigjährige wirkte auf den ersten Blick nicht wie der Anführer einer kriminellen Vereinigung. Er hatte eine leise Stimme, die nur in seltenen Situationen an Lautstärke und Schärfe gewann. Meist war das nicht nötig. Über der Oberlippe hatte er eine Narbe, die das Überbleibsel einer Kiefer-Gaumenspalte war. Er war so groß wie Fritz und entsprach damit dem Durchschnitt. Im Gegensatz zu den meisten seiner Leute war er kein Muskelprotz, was aber keinen Nachteil darstellte. Er hielt sich ohnehin im Hintergrund und musste nicht selbst körperlich aktiv werden. Das Männlichste an ihm waren die dunklen Brusthaare, die aus dem Rand seines T-Shirts quollen.

»Hast du nichts dazu zu sagen?«, fragte Fritz. Seine dichten Augenbrauen zogen sich zusammen. »Das ist auch eine Antwort.«

»Ich denke, wir sollten uns mal unterhalten.« Pascal legte seine Hand auf Fritz' Schulter. »Wie lange kennen wir uns schon?«

»Mindestens zehn Jahre zu lange«, war die launische Antwort.

Pascal verzog keine Miene. »Wir sind uns nie in die Quere gekommen. Du bist Mordermittler gewesen, und ich … na ja. Deine Kollegen aus den anderen Dezernaten hatten vermutlich wenig Freude an mir, aber du hast immer wieder von mir profitiert.«

»Was auch nicht dein Schaden war«, motzte Fritz. »Immerhin führte das dazu, dass ich meine Kollegen im Zaum halten konnte.«

»Die hätten mich eh nicht erwischt«, antwortete Pascal. »Hilfreich warst du natürlich trotzdem«, schob er schnell nach, als sich Fritz' Gesicht verdüsterte. »Worauf ich eigentlich hinauswill: Wir hatten keine Probleme miteinander, weil ich nie in deinen Zuständigkeitsbereich fiel. Mord ist nicht mein Ding.«

»Da gibt's aber anderslautende Gerüchte.«

»Seit wann gibst du was auf Gerüchte? Du weißt doch selbst, wie das Spiel läuft. Gerüchte sind ein wesentlicher Teil. Ein paar hab ich sogar selbst gestreut.«

»Um deine Leute einzuschüchtern?« Fritz winkte ab. »Kann sein, kann auch nicht sein. Bilde dir nicht ein, dass ich dir vertraue.«

»Tu ich gar nicht. Ich vertraue dir auch nur bis zu einem gewissen Punkt. Deshalb sollten dich meine Leute im Auge behalten. Ich hab keine Lust, in die Sache reingezogen zu werden.«

»Was für eine Sache?«

»Na, in was auch immer Timo und David verwickelt sind.«

Fritz nahm seine Brille ab und polierte die staubigen Gläser mit seinem Ärmel. »Du spielst auf den ausgeraubten Geldtransporter an?«

»Woher weißt du davon?«

»Tut nichts zur Sache.«

Pascals Miene verfinsterte sich. »Konnte Balthasar die Klappe nicht halten? Ich hatte schon immer das Gefühl, dass er …«

»Ich hab nicht gesagt, dass ich es von ihm weiß.«

»Spielt im Moment auch keine Rolle. Mit Timo und David hab ich eine Rechnung offen. Nur um vor dem Richter besser dazustehen, haben sie mich …«

»Hättest du diese Option denn nicht gezogen?« Fritz war ehrlich belustigt. »Immerhin hat es sich doch richtig für die beiden gelohnt.«

Pascal wirkte gekränkt. »Du kennst mich schlechter, als ich dachte. Aber in einem Punkt hast du recht: Die beiden müssen einen der wenigen guten Tage von diesem Arschlo … von diesem *Richter Erbarmungslos* erwischt haben. Ihr mieses Spiel hat sich damals wohl stärker ausgezahlt, als sie es selbst gehofft hatten. Worauf ich eben aber eigentlich hinaus wollte: Du würdest so einen Verrat genauso wenig auf dir sitzen lassen wie ich. Wer Timo allerdings auf dem Friedhof verscharrt hat, weiß ich nicht. Wir sind es nicht gewesen.«

Fritz ließ die Worte eine Weile in der Luft hängen. Es stimmte, er kannte Pascal schon lange. Der Mann hatte sich stets als zuverlässig erwiesen und Absprachen eingehalten. Außerdem war er nicht dumm. Es war keinem naiven Glauben an das Gute im Menschen geschuldet, dass Fritz eine Beteiligung an dem Mord für unwahrscheinlich gehalten hatte. Zu dem Pascal, den er kannte, passte die Tat nicht. Zumindest nicht unter den vorliegenden Rahmenbedingungen.

»Mal angenommen, ich glaube dir«, brach er schließlich das Schweigen. »Und weiter angenommen, keiner von deinen Leuten steckt hinter dem Anschlag auf mich.«

»Ich gebe dir beim Leben meiner Schwester mein Wort, dass ich in beiden Fällen nicht dahinterstecke«, beteuerte Pascal ernst.

Diese Aussage brachte Fritz kurz aus dem Konzept. Er wusste, dass Elena ihrem Bruder alles bedeutete. »Hm … ja. Lassen wir das mal so stehen. Du bist der am besten informierte Ganove, den ich kenne. Mit wem könnten sich Timo und David angelegt haben?«

»Wer sagt dir, dass sich beide mit jemandem angelegt haben? Vielleicht … nur Timo.«

Fritz dachte nach. Möglich war es. Wenn David von Pascals Männern verprügelt worden war, schwebte er vielleicht gar nicht in Lebensgefahr. Eine Beobachtung widersprach dieser These. »David hat aber Angst. Allerdings vor allem vor der Zeit, wenn er wieder draußen ist. Die Frage ist nur, ob er sich hier drinnen nicht in falscher Sicherheit wiegt – von deiner Vergeltung mal abgesehen. Außerdem muss es einen Grund geben, dass ich ausgeschaltet werden sollte. Irgendjemand möchte nicht, dass ich hier Nachforschungen anstelle.«

»Wenn das so ist, hab ich keine Ahnung, wer das sein kann.« Pascal sah ihm fest in die Augen. »Aber ich kann mich umhören. Obwohl du … gewieft bist, dürfte ich die Zungen leichter lockern können.«

Fritz nickte. »Keine Einwände.« Pascal schwieg, Fritz verdrehte die Augen. »Spuck's schon aus. Was stellst du dir als Gegenleistung vor?«

»Na, was wohl? Du hörst auf, wegen dem Überfall auf David irgendwelche Beweise zu sammeln. Simon lässt du auch in Ruhe. Er war nicht in dem Kühlraum. Und drittens …«

»Reicht's nicht langsam?«

»Und drittens erklärst du deinen Kollegen, dass sie auf der falschen Spur sind. Dass sie mich und meine Leute nicht weiter als Verdächtige behandeln sollen. Drinnen wie draußen.«

»Du überschätzt meinen Einfluss.«

»Das glaub ich nicht. Ist aber dein Problem. Vergiss dabei nur nicht, dass ich auch gegen dich was in der Hand hab.«

Empört richtete Fritz sich auf. »Willst du mir drohen?«

»Das ist eine Tatsache und keine Drohung.«

»Du kannst mich mal.« Fritz wollte sich schon abwenden, dann stahl sich ebenfalls ein Lächeln auf sein Gesicht. »Ich tue, was im Rahmen meiner Möglichkeiten drin ist. Versprechen kann ich aber nichts. Dafür hältst du das Maul über unser kleines Geheimnis und hilfst mir bei einer Sache.«

»Bei was?« Das Misstrauen war nicht zu überhören.

»Ich bin mir sicher, dass irgendjemand hier drinnen sowohl hinter mir als auch hinter David her ist. David versteckt sich, aber ich möchte dieses Phantom in eine Falle locken. Hab sogar schon eine Idee, wie ich das anstellen kann.«

Als er diese Idee präsentierte, beäugte Pascal ihn ungläubig. »Ich wusste, dass du verrückt bist. Aber das ist …«

»Bist du dabei?«

»Ja, verdammt!« Pascal lachte. »Das lass ich mir nicht entgehen.«

Als sie die Übereinkunft mit einem Händedruck besiegelten, war Fritz zufrieden. Mit Pascal Hinz auf der einen und Benjamin Lenzen als Anstaltsleiter auf der anderen Seite sollte nichts schiefgehen. Es waren die perfekten Verbündeten, jetzt musste nur noch die Falle scharf gestellt werden. Zuvor wollte er sich bei Lenzen über seine neue Bekanntschaft namens Mario informieren. Es war immer gut, seinen Gegner zu kennen, und sollte sich der Mann in der Nähe der Kühlkammer herumgetrieben haben, war er ein möglicher Kandidat. Die erfahrene Ermittlernase hielt dies für keine unrealistische Theorie. Allerdings warnte sie ihn auch davor, Pascal blind zu vertrauen. Vorsichtshalber hatte er die Information zurückgehalten, dass die Anstaltsleitung ebenfalls involviert sein würde. Der alte Fritz wollte eine doppelte Falle bauen, und es verursachte ihm dann doch ein Zwicken im Magen, dass er in beiden Fällen der Köder sein würde.

Federsens Laune war am Tiefpunkt. Was nicht zuletzt darauf zurückzuführen war, dass seine Frau sich wenig begeistert gezeigt hatte, ihn an diesem makellosen Frühlingstag mal wieder an eine Mordermittlung abtreten zu müssen. Gegenüber Hannes hatte er die Situation geschönt dargestellt, denn seine Frau besaß zwar tatsächlich eine große Toleranz bezüglich seiner ständigen Abwesenheiten, es gab aber Begebenheiten, bei denen die Grenze überschritten wurde.

Eigentlich war an diesem Sonntag ein Familientreffen im Hause Federsen angesetzt, und es fand auch statt – allerdings ohne den Hausherrn. Da es vermutlich der letzte Besuch war, zu dem sich seine Schwiegereltern aufraffen konnten, hatte ihm seine Frau schon frühzeitig einen Blocker in den Kalender gesetzt. Ihr Vater litt an fortschreitender Demenz, und ihre Mutter war mittlerweile so schlecht zu Fuß, dass sie nur noch in Ausnahmefällen eine Reise auf sich nahm. Der Kommissar war an sich nicht unglücklich, den beiden aus dem Weg gehen zu können, die Vorwürfe seiner Frau hallten aber in ihm nach.

Doch was hätte er tun sollen? Einer seiner Untergebenen bestritt einen Wettkampf, die andere hatte nach zwei Wochenendschichten unbestreitbar einen freien Tag verdient, und den blassen Kerl an seiner Seite sollte man besser nicht allein losschicken. Diese Erkenntnis führte dazu, dass er Per unverhältnismäßig rüde anraunzte – sogar für seine Verhältnisse.

»Weshalb man Sie nicht schon in der Polizeischule aussortiert hat, ist mir ein Rätsel.«

Einem verschreckten Reh nicht unähnlich, blickten die braunen Augen des Gescholtenen vom Beifahrersitz herüber. »Äh … wie?«

»Sie taugen nicht zum Einsatz auf der Straße«, verdeutlichte Federsen. Er hupte einen Mopedfahrer zur Seite, der daraufhin fast im Graben gelandet wäre. »Ihre ganze Vorgehensweise ist eine einzige Farce.«

»Aber … was … ich weiß nicht …« Mehr als ein Stammeln brachte Per nicht zustande.

»Ganz genau. Sie wissen es nicht. Sie wissen einfach nicht, wie man mit Verdächtigen umgeht. Herrgott nochmal, haben Sie keine Eier in der Hose?«

Per betrachtete das Armaturenbrett und schwieg. Es war nicht zu bestreiten, dass er sich ein paar Minuten zuvor nicht besonders geschickt angestellt hatte. Dass er sich die Heftigkeit des Rüffels trotzdem nicht erklären konnte, verriet sein versteinerter Gesichtsausdruck. Gemeinsam mit seinem Chef hatte er Sören Wächter aufgesucht und dabei keine glückliche Figur abgegeben. Federsen hatte schon auf dem Rückweg zum Wagen darüber geflucht, seinem Untergebenen zunächst die Gesprächsführung überlassen zu haben. Dem Kettenhund von Pascal sollte man nun mal keinen Dackel entgegenschicken.

Dass der Mann überhaupt aufgesucht worden war, hatten die Ermittler dem Hinweis eines Rentnerehepaares zu verdanken gehabt. Sie hatten die Polizei über einen Vorfall informiert, den sie am Freitag beobachtet hatten. Ein Mann sei von einer Frau mit einem gezielten Tritt von den Füßen geholt worden, nachdem er scheinbar ihre Tochter hatte entführen wollen. Glücklicherweise war das Paar im Gegensatz zu Federsens Schwiegervater aber nicht senil, sodass sie sich die Autokennzeichen gemerkt hatten. Die verzögerte Meldung begründeten sie damit, sich überfordert gefühlt zu haben. Für dieses Argument hatten sie eine harsche Ansage des Kommissars einstecken müssen.

Dummerweise hatte Per bei Sörens Verhör noch einen draufgesetzt. Erwartungsgemäß war von dem Mann bestritten worden, Sonja Krüger entführen zu wollen. Anstatt ihn in die Enge zu treiben, hatte Per eine unbedachte Äußerung fallen lassen, die weitreichende Folgen haben konnte.

»Wir wissen, dass Sie es nach Timo Reichel jetzt auf David Krüger abgesehen haben. Im Gefängnis ist er gerade noch so davongekommen. Jetzt wollen Sie den Druck erhöhen, indem Sie seine Familie angreifen. Dahinter kann nicht nur der Verrat an Ihrem Boss stecken. Wir kommen sowieso dahinter, passen Sie besser auf, dass Sie nicht mit dem sinkenden Schiff untergehen.« So weit war noch alles in Ordnung gewesen. Leider hatte es der Nachwuchsermittler dabei aber nicht belassen. »Wir haben jemanden im Gefängnis, der ganz dicht an Ihrem Chef dran ist. Und wenn der alte Fr …«

Fassungslos hatte sein Chef ihn angestarrt und war sofort eingeschritten. »Sämtliche Aufseher haben Ihren Clan und auch David Krüger im Auge. Und hier draußen behalten wir Sie im Blick.«

Der Schaden war aber nicht mehr gutzumachen gewesen. Zwar verspürte Federsen alles andere als Zuneigung zu dem alten Fritz, ihn aber in einer ohnehin gefährlichen Situation auch noch offen ins Fadenkreuz des Feindes zu legen, ging ihm dann doch zu weit. Zumal es die Ermittlung gefährdete. Dass Fritz sich gegenüber Pascal mittlerweile offenbart hatte, wusste er nicht, und so ergoss sich ein Schwall von Vorwürfen über den geknickten Per.

»Das nächste Mal bleiben Sie bei Ihrer bewährten Strategie und lassen mir den Vortritt«, beendete er seinen Wutausbruch. »Wenn ich Sie nachher vorm Präsidium absetze, hängen Sie sich an Vanessa Krüger dran.«

»Sie ist aber gerade nicht erreichbar«, traute sich Per einzuwenden.

»Das weiß ich, und das ist genau das Problem. Vermutlich ist sie aus Angst mit ihrer Tochter untergetaucht. Wir brauchen aber ihre Aussage. Außerdem hab ich starke Zweifel, dass sie nicht weiß, in welcher Klemme ihr Mann steckt. Vielleicht hat ihr die gescheiterte Entführung die Augen geöffnet, sodass man sie zum Reden bringen kann. Wobei, das Reden überlassen Sie besser mir!«

Per sparte sich wohlweislich eine Antwort, und Federsen ging dazu über, seinen eigenen Gedanken nachzuhängen. Wenigstens waren die Kollegen seines Beifahrers aus einem anderen Holz geschnitzt. Hannes hatte er auf dessen Rückfahrt von Duisburg erreicht und ihm berichtet, Timo und David hätten angeblich einen Überfall auf einen Geldtransporter durchgezogen. Der entsprechende Tipp war von Fritz gekommen, und widerwillig hatte Federsen seinem Widersacher gute Arbeit bescheinigen müssen. Hannes hatte verständlicherweise wenig Begeisterung gezeigt, dem Hinweis sofort nach seiner Ankunft nachzugehen, doch Federsen rechnete es ihm hoch an, dass er sich dennoch ohne zu murren gefügt hatte.

Sogar Clarissa hatte Pluspunkte gesammelt. Der Kommissar war durch den Zwist mit seiner Frau so stark abgelenkt, dass er sich nicht fragte, was die Polizistin an ihrem freien Tag in Ferdinands Fitnessstudio überhaupt zu suchen hatte. Ohne Hintergedanken nahm er an, dass der Fall sie bis in die Freizeit verfolgte – und das hätte er der jungen Frau nicht zugetraut. Dass sie dem Rocker darüber hinaus wertvolle Informationen aus den Rippen geleiert hatte, war aller Ehren wert und ließ Federsen großzügig über ihr unabgestimmtes Vorpreschen hinwegsehen. Ihre Erkenntnisse sorgten zugleich dafür, dass das nächste Fahrtziel gesetzt war.

»Wenn Elenas Freund ein Wärter in *unserem* Gefängnis ist, setzt das allem die Krone auf«, murmelte er. »Ist Ihnen beim letzten Besuch ein rothaariger Kerl aufgefallen?«

»Nein«, antwortete Per einsilbig.

Federsen schien die herausklingende Verbitterung nicht wahrzunehmen. »Neben der Suche nach Vanessa Krüger kümmern Sie sich um die Anschuldigung, dass Timo weitere Frauen angetatscht hat. Nach wie vor ist nicht auszuschließen, dass sich eine von denen an ihm gerächt hat.«

»In Ordnung.«

»Haben Sie nicht Kontaktleute, die dazu was wissen könnten?«

»Ja, aber die hab ich schon alle angezapft. Namen weiß angeblich keiner.«

»Dann denken Sie sich einen anderen Ansatz aus.« Federsen fühlte sich müde. Er hatte selbst keine Idee, wie so ein Ansatz aussehen könnte. Zugleich hatte er keine Lust, sich darüber im Moment den Kopf zu zerbrechen. Ob seine Frau mit einem großen Strauß roter Rosen wieder gnädig zu stimmen war? Am Bahnhof gab es einen Blumenladen, der am Sonntag geöffnet hatte. Am liebsten würde er die entsprechende Rechnung am Montag dem Polizeipräsidenten auf den Tisch knallen.

Abrupt bremste er den Wagen vor einem Mehrparteienhaus. »Wir sind da. Hoffentlich nutzt Elena das sonnige Wetter nicht für einen Ausflug mit ihrer Freundin Hanna … oder ihrem Freund. Ob er weiß, dass sie zweigleisig fährt?«

»Genauso spannend ist die Frage, ob Hanna Ferber weiß, dass ihre Freundin zweigleisig fährt. Aber es soll ja Leute geben, die mit offenen Beziehungen kein Problem haben.«

»Verrückte sterben nie aus.« Federsen war nicht erpicht, dieses Thema weiter zu vertiefen. Schon gar nicht mit einem Mann, der vermutlich mehr Gefühle für seinen Computer als für das weibliche – oder seinetwegen auch männliche – Geschlecht verspürte.

Wortlos verließ er das zivile Einsatzfahrzeug. Per blieb noch kurz sitzen, bevor er ebenfalls ausstieg. Sein Chef nutzte die Gelegenheit, als eine Frau aus der Haustür trat, um den Flur zu betreten. Eine Etage höher drückte er den Klingelknopf.

Schritte ertönten, und kurz darauf wurde die Wohnungstür geöffnet. Ein großgewachsener Mann mit roten Haaren stand den Ermittlern gegenüber, und Federsen konnte nicht verhindern, dass sich seine Mundwinkel hoben. Vielleicht hatte dieser Tag auch noch gute Entwicklungen zu bieten.

»Federsen, Kriminalpolizei«, schnaufte er zufrieden. »Und Sie sind?«

»Äh … was geht Sie das an? Worum geht's?«

»Um eine Mordermittlung. Wir haben ein paar Fragen an Sie und Ihre Freundin. Also nochmal: Wie ist Ihr Name?«

»Jannis Bergmann.«

»Sie arbeiten im Gefängnis?«

»Woher wissen Sie das?«

»In welchem?«

Die Antwort sorgte dafür, dass Henning Federsens schlechte Laune auf einen Schlag zugunsten von Genugtuung das Feld räumte.

Noch immer verspürte Hannes Erleichterung, dass er in Duisburg nicht zu den Auserwählten gehört hatte, die zur Dopingprobe hatten antreten müssen. Bis zum nächsten Weltcup würde das THC abgebaut sein, die Teilnahme an den Olympischen Spielen konnte somit nur noch eine Verletzung verhindern. Nachdem er Anna vor der gemeinsamen Wohnung abgesetzt hatte, war er weiter ins Präsidium gefahren. Da seine Freundin einen leichten Rückfall erlitten hatte und sich mit Fieber ins Bett legen wollte, hielt sich seine Verstimmung über den unerwarteten Arbeitseinsatz in Grenzen. Er wusste, dass Fritz mit seinen Nachforschungen ein hohes Risiko einging. Insofern war es Ehrensache, dem Hinweis auf den überfallenen Geldtransporter nachzugehen. Im Präsidium herrschte zwar keine gähnende Leere, der Unterschied zu den Wochentagen war aber spürbar – anders als auf den Polizeirevieren, die rund um die Uhr besetzt waren.

Als Hannes durch den Haupteingang trat, bemerkte er die Kantinenchefin, die vor dem gläsernen Portal zu ihrem Reich den Boden wischte. Frau Öztürk war für ihre unerschütterlich gute Laune bekannt, umso mehr überraschte Hannes jetzt ihr miesepetriger Gesichtsausdruck. Er lenkte seine Schritte vom Treppenhaus weg in ihre Richtung.

»Hallo, was machen Sie denn heute hier?« Sie zuckte zusammen, und bestürzt bemerkte er, dass ihre Wangen feucht waren. »Ist was passiert?«

»Kann man wohl sagen«, schniefte sie. »Gestern hatte ich ganz normal geöffnet. Samstags ist ja etwas mehr los. Heute Morgen bekam ich einen Anruf. Zwanzig Polizisten haben Magen-Darm-Probleme.«

»Aha?«

»Alle haben abends bei mir gegessen! Ist das nicht furchtbar? Das ist noch nie passiert!«

Hannes deutete auf den Fußboden. »Und was machen Sie da?«

Der Wischmopp fiel ihr aus der Hand, und sie brach in Tränen aus. »Der Polizeipräsident ... er hat ... auch den Nudelauflauf gegessen. Wollte mir sagen, dass ...«

»Er hat hier hingekotzt?«

Frau Öztürk konnte nur nicken.

»Kann immer mal passieren«, versuchte Hannes sie aufzumuntern. »Kommt in der besten Küche vor.«

»Aber nicht in meiner!« Sie richtete sich zu ihrer vollen Größe auf, reichte ihm aber trotzdem nur bis zur Brust. »Ich hab immer ... ständig bin ich am Putzen, und ich achte darauf, dass nichts ... jetzt hab ich wahrscheinlich die Gesundheitsinspektion am Hals.«

»Vielleicht liegt es nicht am Putzen«, meinte Hannes. »Woher haben Sie die Lebensmittel?«

»Frisch vom Markt, wie immer. Ihr sollt ja gut essen, und nicht ... hätte ich doch nur auf meinen Bruder gehört.«

»Inwiefern?«

»Dass ich nur konservierte Lebensmittel verwenden soll. Aber ...«

Erneut wurde sie von einem Schluchzen geschüttelt. Hannes legte den Arm um ihre schmalen Schultern.

»Jeder hier weiß, dass Sie sich die größte Mühe geben. Und ... das schmeckt man auch.« Er verließ nur kurz den Pfad der Wahrheit, bevor er sich wieder auf das Problem fokussierte. »Woher genau haben Sie die Lebensmittel?«

»Von ... dem Cousin einer Freundin. Er hat einen Stand auf dem Großmarkt.«

Nachdem sie ihm den Namen genannt hatte, stapfte Hannes die Treppe zu seinem Büro hinauf. Er kannte jemanden, der ihm noch einen Gefallen schuldete. Er benötigte fünf Minuten, bis er die Handynummer in einer Schublade gefunden hatte.

»Sven, hier ist Hannes. Wie geht's?«

»Hannes? Das ist 'ne Weile her. Hab erst letztens an dich gedacht. Weißt du noch, wie unser Ausbilder ...«

»Sag mal Sven, du bist doch von der Verkehrspolizei zum Gesundheitsamt versetzt worden«, unterbrach ihn Hannes.

Für einen Moment herrschte Schweigen in der Leitung. »Ja, aber das war nicht mein Fehler. Ich wollte nur ...«

»Ich weiß schon, du konntest nichts dafür. Im Moment interessiert mich, ob dir ein bestimmter Händler vom Großmarkt was sagt.« Er wiederholte den Namen, den ihm Frau Öztürk genannt hatte.

Sven räusperte sich. »Wie kommst du auf den? Ich bin schon seit Wochen an ihm dran. Angeblich etikettiert er Ware falsch. Konnte ihm bisher aber nichts nachweisen.«

Das wunderte Hannes nicht. Es hatte seine Gründe gehabt, dass man Sven einen Jobwechsel nahegelegt hatte. Um ihn loszuwerden hatte sein Chef sogar Kontakte spielen lassen und ihm ein Zeugnis ausgestellt, das man auch als Betrug oder zumindest Irreführung auslegen konnte.

»Das war alles, was ich wissen wollte«, erklärte Hannes. »Wenn du Glück hast, liefere ich dir den nötigen Beweis. Dann hab ich aber einen gut bei dir.«

»Äh ... was?«

Hannes legte auf und lief ins Erdgeschoss zurück. Frau Öztürk hatte die Eingangshalle verlassen und wischte mit verbissenem Gesicht über ihre Theke, auf der kein Staubkorn zu sehen war.

»Haben Sie noch was von den Zutaten, die Sie bei diesem Typen gekauft haben?«

»Na klar. Er hat nur erstklassige Ware. Meine Freundin hat mir versichert, dass ...«

»Hier.« Hannes schob ihr einen Zettel mit Svens Telefonnummer zu. »Ein früherer Kollege von mir. Ich hab ihn schon informiert. Rufen Sie ihn an und lassen Sie Proben nehmen. Es scheint so, dass Ihre Freundin keine gute Menschenkenntnis besitzt.«

»Du meinst ...?«

»Tun Sie's einfach. Und wenn mein Verdacht stimmt, darf ich einen Monat gratis essen. Einverstanden?«

»Einen Monat?« Angesichts seiner Euphorie ließ sich Frau Öztürks sonniges Gemüt vorsichtig wieder blicken. »Bei deinem Hunger ...«

»Okay. Zwei Wochen.«

Grinsend machte sich Hannes zurück an den Aufstieg zu seinem Büro. Für ihn lag auf der Hand, dass nur verdorbene Lebensmittel für den kollektiven Ausfall von Frau Öztürks

Kunden verantwortlich sein konnten. Wäre seine eigene Küche nur halb so sauber wie die Polizeikantine, hätte Anna einen Diskussionsgrund weniger. Ihm war bekannt, dass Frau Öztürk auf ein gut laufendes Geschäft angewiesen war, da ihr Mann nach einem Verkehrsunfall im Rollstuhl saß und intensive Pflege benötigte. Davon abgesehen war er aber auch froh, sich einmal für ihre Herzlichkeit revanchieren zu können.

Kniffliger als die Suche nach dem Verursacher der Übelkeitswelle war die Recherche zu einem möglichen Überfall auf einen Werttransporter. Zwar fand er rasch einen Hinweis, dass es einen derartigen Raub vor fast genau einem Jahr gegeben hatte, allerdings befand sich der zuständige Ermittlungsleiter gerade im Urlaub. Die Unterlagen zu dem Fall waren äußerst umfangreich, und Hannes verspürte wenig Lust, mehrere Stunden mit dem Durchsehen zu verbringen. Mangels Alternativen setzte er sich dann aber doch an den Schreibtisch, nachdem er sich die Akte hatte heraussuchen lassen und eine Rückrufbitte auf den Anrufbeantworter des Kollegen gesprochen hatte.

Nach einer Stunde hatte er schon einen guten Überblick, da sauber gearbeitet worden war. Dennoch war es bislang nicht gelungen, den Raubüberfall aufzuklären. Darüber war Hannes verwundert, schließlich hatte es zwei Zeugen, eine Schramme an dem Geldtransporter und Reifenspuren gegeben. Ein Querverweis in der Akte ließ ihn beim Lesen innehalten. Drei Monate vor dem Überfall war der Transport eines Konkurrenzunternehmens ausgeraubt worden. Laut Vermerk bestand aufgrund von Reifenspuren die Vermutung, dass es zwischen beiden Taten einen Zusammenhang gab. Verschiedene Fährten waren überprüft worden, und Hannes blieb der Mund offen stehen, als dabei ein bekannter Name auftauchte. Dahinter steckte ein lokaler Motorradclub, der auch wegen des Mordes an Timo ins Ermittlungsvisier geraten war. Warum eine Verwicklung der Rocker in beide Überfälle denkbar war, erfuhr Hannes wenige Minuten später, als ihn der zuständige Ermittlungsbeamte aus einer Ferienwohnung auf Ibiza zurückrief.

»Es sah alles sehr nach Insiderwissen aus. Und das besitzt diese Bande zweifellos, da sie seit Jahren selbst im Sicherheitsgewerbe aktiv ist und es zumindest zu der ersten Firma Kontakte gab. Bei beiden Überfällen waren Unternehmen betroffen, die nicht zu den großen der Branche gehören. Die Fahrer müssen vorher intensiv beobachtet worden sein, sodass die Täter zwei Regelmäßigkeiten erkennen konnten.«

»Von der Pinkelpause des Prostatageschädigten hab ich gelesen«, sagte Hannes. »Was war es in dem anderen Fall?«

»Ein Puffbesuch«, lautete die trockene Antwort.

»Wie bitte?«

»Die Männer nutzten ihre Tour an jedem Donnerstag, um einen Zwischenhalt einzulegen. Klingt unglaublich, ist aber wahr. Ihren Job haben sie infolgedessen natürlich verloren.«

»Aber … wie kann das nicht aufgefallen sein? Dadurch muss es doch eine Zeitverzögerung gegeben haben, außerdem werden diese Transporter sicher überwacht?«

»Sie stoppten nur für dreißig Minuten, und donnerstags überwachte ein Freund von ihnen das GPS-Signal.«

»Hätte nicht gedacht, dass in dieser Branche solche Dilettanten eingesetzt werden.«

»Deshalb wurden wohl kleine Unternehmen Ziel der Attacken. Im ersten Fall war die Beute noch vergleichsweise mager, gerade mal fünfzigtausend Euro. Beim zweiten Überfall wurden dagegen knapp über dreihunderttausend Euro erbeutet. Von dem einzigen Großkunden, den *Faber Werttransporte* hat. Beziehungsweise *hatte*, die Firma ist inzwischen pleite.

Hannes informierte den Kollegen über den Grund seines Interesses und den etwaigen Zusammenhang mit der aktuellen Mordermittlung.

»Interessant!« Die Stimme am anderen Ende der Leitung wirkte elektrisiert. »Einen Timo Reichel oder David Krüger hatten wir nicht auf der Liste. Wie zuverlässig ist das Gerücht?«

»So zuverlässig wie ein Gerücht aus dem Gefängnis eben ist«, erwiderte Hannes, und merkte selbst, dass er gerade altklug klang. »Allerdings hat es eine vertrauenswürdige Quelle aufgeschnappt, und es würde Sinn ergeben«, schob er rasch nach. »Dass Timo und David überraschend zu Wohlstand gekommen sind, wurde uns von verschiedenen Seiten zugetragen. Erwähnt wurde allerdings nur ein Überfall, nicht zwei.«

»Zu dumm, dass ich gerade im Urlaub bin.« Der Kollege klang aufrichtig enttäuscht.

»Timos Wagen haben wir noch, da er in der Nähe seines … Grabes abgestellt war. Ist ein Transporter, was ja schon mal passen würde. Ich kann den Reifenabdruck mit denen der Überfälle vergleichen lassen.«

Damit verlor Hannes keine Zeit. Nachdem er den Hörer aufgelegt hatte, informierte er die Spurensicherung und machte sich selbst auf den Weg in den Randbezirk der Stadt. Dort wohnte einer der Fahrer, die bei dem Überfall gefesselt in ein Klohäuschen gesperrt worden waren. Fast eine dreiviertel Stunde hatten sie auf dem schmutzigen Boden gelegen, bis die Verstärkung eingetroffen war. Dass die damaligen Ereignisse Blessuren hinterlassen hatten, gab der jüngere der beiden kurz darauf ohne Verlegenheit zu.

»Will ich nicht noch mal erleben, dass mir jemand eine Knarre an den Kopf hält! Danach hab ich sofort gekündigt und mir was Neues gesucht.«

»Was machen Sie jetzt?« Hannes sah sich in dem Zimmer um. Zwar war der Raum völlig überladen, die Habseligkeiten wirkten aber nicht so, als könne der Bewohner so ohne Weiteres auf ein Einkommen verzichten.

»Ich liefere Lebensmittel für eine Supermarktkette aus. Wegen ein paar Joghurts und Salatköpfen dürfte mich eigentlich niemand überfallen.« Er lächelte schief.

Hannes legte Fotografien auf den Tisch. Einer der abgebildeten Männer war tot, der andere saß im Gefängnis. »Erkennen Sie die beiden?«

»Moment.« Der Zeuge kniff die Augen zusammen und nestelte dann eine Brille aus der Brusttasche. »Nein, kann ich nicht sagen. Alles ging verdammt schnell, und der Angreifer trug eine Skimaske. Ich musste meine Uniform ausziehen, dann verband er mir die Augen und fesselte mich.«

»Die Klamotten nutzte er, um Ihren Kollegen zu täuschen. Vielleicht ist ihm im Gegensatz zu Ihnen mehr aufgefallen.«

»Glaub ich nicht, er hat ihn auch nur kurz gesehen, dann musste er sich wegdrehen. Wie kommen Sie auf die beiden? Dachte, die Ermittlungen seien längst abgeschlossen. Ergebnislos.«

»So schnell geben wir nicht auf.« Hannes nahm die Fotografien wieder an sich. »Ich fahre gleich zu Ihrem damaligen Kollegen weiter. Hat er auch den Job gewechselt?«

»Nein, er hat's besser weggesteckt. Da *Faber* aber pleitegegangen ist, fährt er jetzt für ein anderes Unternehmen. Meinte nur, dass jeder Beruf sein Risiko hat.« Er zuckte mit den Schultern. »Muss jeder selbst wissen, ich hänge aber an meinem Leben.«

Als Hannes das Haus verließ, dachte er über diese Aussage nach. Sie dürfte auch für David Gültigkeit besitzen, und insofern war es erstaunlich, dass er trotz der letzten Vorfälle und seiner offensichtlichen Angst nicht mit der Polizei kooperierte.

Wenn dies alles mit den Raubüberfällen zusammenhing, ergab es aber natürlich Sinn.

Dass zumindest Timo darin verwickelt gewesen sein dürfte, erfuhr Hannes, als er sich dem Wohnsitz des nächsten Zeugen näherte. Der Vergleich der Reifenprofile hatte einen eindeutigen Treffer geliefert, und die Spurensicherung hatte noch eine weitere Übereinstimmung gefunden. Dem Werttransporter war am Kotflügel eine Schramme zugefügt worden, und sowohl Farbe als auch Position sprachen dafür, dass sie von Timos Wagen verursacht worden war. Die betroffene Stelle war zwar überlackiert worden, in der Spurensicherung waren aber keine Amateure am Werk. Somit stand fest, dass bei beiden Überfällen Timos Transporter genutzt worden war, und man konnte davon ausgehen, dass er auch in seinem Fahrzeug gesessen hatte. Ob das ebenso für David galt, hoffte Hannes von dem zweiten Überfallopfer zu erfahren, dessen Türklingel er wenig später drückte.

KAPITEL 12

Im Grunde hätte Federsens alleinige Anwesenheit bei dem Gespräch genügt, denn Per ließ von Beginn an keinen Zweifel, dass er sich im Hintergrund zu halten gedachte. Ein zweites Mal wollte er seinem Chef an diesem Sonntag keine Angriffsfläche bieten, allerdings konnte Schweigen erfahrungsgemäß ebenfalls einen Rüffel nach sich ziehen. Im Moment sah Federsen jedoch nicht so aus, als ob er sich daran störte. Er war absolut in seinem Element. Gegenüber Zeugen oder Verdächtigen einen Wissensvorsprung zu haben und sie dann genussvoll vorzuführen, gehörte zu seinen Lieblingsbeschäftigungen.

Dass Elena Hinz und Jannis Bergmann ein Paar waren, war derart offensichtlich, dass die beiden nicht mal den Versuch des Leugnens unternahmen. Sie behaupteten, dafür ohnehin keinen Grund zu haben. Schließlich sei eine Beziehung zwischen einem Justizangestellten und der Schwester eines Kriminellen nicht verboten. Elenas spitze Bemerkung, ob sie etwa in Sippenhaft genommen werden sollte, ließ Federsen kommentarlos an sich abprallen. Per war ebenfalls der Meinung, dass sich Liebe nicht um rationale Argumente scherte, aber dass der Mann ausgerechnet in dem Gefängnis arbeitete, in dem gerade Pascal Hinz untergebracht war, stellte schon eine fragwürdige Konstellation dar. Insbesondere angesichts der aktuellen Umstände.

Noch etwas anderes war Per aufgefallen. Wenn er sich schon nicht aktiv in das Verhör einbrachte, wollte er zumindest mit seiner Beobachtungsgabe glänzen. Die Frau besaß eine Dreizimmerwohnung, die auffallend hochpreisig eingerichtet war. In der Tiefgarage stand ein roter Sportwagen, und obwohl sich Per im Imbissgeschäft nicht auskannte, konnte er sich nicht vorstellen, dass man mit dem Betrieb eines einzigen Kiosks vermögend wurde. Auch Federsen war der Wohlstand nicht entgangen.

»Sie behaupten also, mit den kriminellen Machenschaften Ihres Bruders nichts zu tun zu haben. Das mag ja sein, aber profitieren tun Sie dennoch gerne davon?«

»Wie kommen Sie darauf? Außerdem hab ich gar nicht gesagt, dass er kriminell ist.«

Federsen ließ seinen Blick vielsagend über die schicke Einrichtung gleiten. »Wir haben unsere Hausaufgaben gemacht. Vor zwei Jahren standen Sie finanziell am Abgrund. Wollten mit einer Freundin eine Bar betreiben, was ein Fehlschlag war. Jetzt sind Sie Eigentümerin dieser Wohnung, besitzen einen Kiosk und fahren Porsche. Haben Sie im Lotto gewonnen?«

»Seit wann ist es verboten, erfolgreich zu sein?«

»Das ist es nicht. Solange es auf legalem Weg passiert.«

»Meine Freundin hat nichts mit den Geschäften ihres Bruders zu tun«, ergriff Jannis das Wort. »Da hab ich drauf geachtet, das können Sie mir glauben.«

»Misch dich nicht ein, ich kann mich selbst verteidigen«, giftete sie ihn an.

Ihr Freund setzte zu einer Antwort an, hob dann aber ergeben die Hände. »Wie du willst. Aber ich versteh immer noch nicht, um was es hier überhaupt geht.«

»Dann sollten Sie besser zuhören.« Federsen erhob sich von seinem Stuhl und baute sich vor der Frau auf. »Es geht um den Mord an Timo Reichel. Und darum, einen weiteren Mord zu verhindern. Sie, Frau Hinz, hatten Kontakt zu Herrn Reichel. Sogar körperlich. Wir haben eindeutige Hinweise.« Federsen liebte es, zu bluffen.

»Was soll das heißen?« Jannis Bergmann sprang ebenfalls auf, sein Gesicht rötete sich.

»Halt dich zurück, Jannis.« Elena klang erschöpft. »Bevor du mir wieder eine Eifersuchtsszene machst: Timo hat versucht, mich zu vergewaltigen. Nicht nur einmal. Das zweite Mal kurz nachdem er aus dem Gefängnis kam.«

»Was … dieses Arschloch! Ich brech ihm alle Knochen!«

»Das dürfte aufgrund der Leichenstarre anstrengend werden«, kommentierte Federsen trocken. »Sie wussten nichts davon?«

»Nein!« Vorwurfsvoll sah er seine Freundin an.

Sie seufzte. »Weil ich verhindern wollte, dass du ihn dir schnappst und selbst in Schwierigkeiten kommst. Timo hat's nicht geschafft und dürfte eine Weile schmerzende Eier gehabt haben. Wie gesagt, ich kann selbst auf mich aufpassen.«

Per fragte sich, ob dies nur Selbstverteidigung oder auch Rache beinhaltete. Er hatte sie genau beobachtet. Trotz der Schilderung zweier versuchter Vergewaltigungen wirkte sie erstaunlich gelassen und unberührt. Weshalb? Er sah ihr nämlich an, dass es in ihrem Inneren tobte. Als sie eine Haarsträhne des braunen Bobs hinters Ohr schob, zitterten ihre Finger und sie mied Blickkontakt. Ihre Unruhe wurde sichtbarer, als Federsen den nächsten Pfeil abfeuerte.

»Es sollen weitere Frauen betroffen gewesen sein. Doreen Lind zum Beispiel.«

Er verstummte und ließ den Treffer wirken. Elenas Zusammenzucken übersah keiner der Polizisten, nur ihr Freund bemerkte es nicht. In seiner Empörung ging er auf und ab, seine Gesichtsfarbe näherte sich weiter der seiner Haare an. Als er erneut über Timos Charakter schimpfte, brachte ihn der Ermittlungsleiter mit einer energischen Armbewegung zum Schweigen. Düster sah Jannis ihn an, bevor er den Blick auf seine Armbanduhr senkte.

»Brauchen Sie mich noch? In zwanzig Minuten fängt mein Dienst an.«

Federsen war nicht nur ein Meister harter Verhöre, sondern auch falscher Freundlichkeit. »Dann machen Sie sich mal besser auf den Weg. Nicht, dass einem Gefangenen wegen Ihrer Abwesenheit noch was zustößt. Ich denke insbesondere an eine bestimmte Person.«

»Ach ja?«

»Wir behalten Sie im Auge«, war alles, was Federsen dazu noch zu sagen hatte, bevor er sich wieder Elena zuwandte.

Jannis stand noch einen Moment wie versteinert da, dann drehte er sich um und stürmte mit zusammengeballten Fäusten aus der Tür. Per verlagerte seine Aufmerksamkeit wieder auf die Frau. Ihr Gesicht war gerötet, und sie steckte sich die nächste Zigarette an. Dies schien auch in dem Körper des Kommissars das Verlangen nach Nikotin zu wecken, denn er kramte seine E-Zigarette hervor. Mehrmals stieß er genüsslich Dampf aus, dann sorgte er für einen Hustenanfall der Kettenraucherin.

»Vielleicht können wir jetzt offen reden. Ich habe eben Doreen Lind erwähnt. In diesem Zusammenhang dürfte Ihnen ein weiterer Name bekannt sein: Hanna Ferber.«

»Was … ich weiß nicht …«, krächzte Elena mit tränenden Augen.

»Soll mein Kollege Ihren Freund zurückholen?«, erkundigte sich Federsen gelassen. »Ihn dürfte dieses … sensible Thema ebenfalls interessieren.«

Ihre Resignation war mit Händen zu greifen. »Wenn Sie das tun, können Sie gleich die nächste Mordermittlung starten.«

»Was soll das heißen?« Federsens vorstehende Augen schienen noch ein weiteres Stück nach vorn zu rutschen.

»Ich hab jetzt übertrieben, aber Jannis ist extrem eifersüchtig. Hatte Timo sowieso auf dem Kieker, weil er um mich rumgeschlichen ist. Das gilt aber für alle Männer, die an mir interessiert sind.«

»Und für Frauen genauso?« Zum ersten Mal ergriff Per das Wort.

Ihr Blick fixierte die Tischkante, an der ein Finger in ständiger Wiederholung von links nach rechts strich. »Nein, da er …« Sie brach ab.

»… nicht weiß, dass Sie eigentlich lesbisch sind?«

»Das bin ich nicht. Aber bisexuell. Zumindest ab und zu. Hatte lange keine Frau mehr … bis … mir hat halt was gefehlt.«

»Was Ihnen Hanna Ferber geben kann?« Federsen war wieder zurück im Spiel.

»Wenn Sie es schon wissen, weshalb fragen Sie dann?«

»Weil ich es von Ihnen hören will. Sie hatten beide einen starken Grund, Timo Reichel zu hassen. Erschwerend kommt hinzu, dass Sie beide für die Mordnacht kein Alibi haben – beziehungsweise, es uns nicht sagen wollen.«

»Verdammt noch mal«, fluchte sie los. »Weil Jannis nichts mitbekommen darf. Hanna und ich haben die Nacht zusammen verbracht. Bei ihr. Das ist die Wahrheit. Wollen Sie jetzt mein Leben ins Chaos stürzen? Ich liebe Jannis. Selbst wenn das für Sie vielleicht nicht zusammenpasst.«

»Sie waren also die ganze Nacht zusammen? Keine von Ihnen hat das Haus verlassen?«

»Nein. Wollen Sie jetzt Details hören? Törnt es Sie an, Geschichten von Frauen zu hören, die …«

Klatschend knallte Federsens Hand auf die Tischplatte. »Sparen Sie sich derartige Unverschämtheiten! Es ist Ihr eigenes Verschulden, dass die Situation so ist, wie sie ist. Hätten Sie keine Geheimniskrämerei um diese Nacht gemacht ...«

»Sie haben recht, entschuldigen Sie.« Sie nahm ihm den Wind aus den Segeln. »Ich kann Ihnen versichern, dass keine von uns Timo umgebracht hat.«

»Dummerweise können Sie sich das nur gegenseitig bestätigen«, knurrte er. »Oder hat jemand Sie gesehen?«

Sie schüttelte den Kopf.

»Was ist mit David Krüger?«, wechselte er überraschend das Thema.

Erneut registrierte Per, dass die Frau verspannt reagierte. Dies verstärkte sich, als Federsen die Situation des Mannes und die versuchte Entführung von dessen Tochter erwähnte.

»Dazu kann ich Ihnen nichts sagen. Ich kenne ihn kaum. Weiß nur, dass er ein Freund von Timo war und beide ...«

»... hin und wieder für Ihren Bruder gearbeitet haben«, vollendete Federsen den Satz. »Daneben haben die beiden ihn aber auch ins Gefängnis gebracht.«

»Und?« Sie sah ihn trotzig an.

»Das frage ich Sie. So was lässt ein Pascal Hinz doch nicht auf sich sitzen.«

»Sprechen Sie mit ihm. Ich hab nichts mit seinen Sachen zu tun und lass mich da nicht von Ihnen reinziehen. Als seine Schwester hab ich das Recht, eine Aussage zu verweigern.«

Der Kommissar nagte an seiner Lippe. »Sie kennen sich gut aus. Allerdings sind Sie mit Schweigen schon mal nicht gut gefahren. Es wäre doch zu dumm, wenn Ihr Freund von Ihrer Parallelbeziehung erfahren würde.«

Fassungslos sah sie ihn an. »Sie erpressen mich?«

»Hab ich das gesagt? Natürlich nicht!« Federsen knallte seine Visitenkarte auf den Tisch. »Denken Sie in Ruhe nach.

Und richten Sie Ihrem Bruder aus, dass wir ihn und seine Leute im Visier haben. Sollte David, dessen Frau oder gar dem Kind etwas zustoßen, werde ich ihm dermaßen die Hölle heiß machen, dass er keinen Fuß mehr auf den Boden bekommt.«

Zum zweiten Mal in Folge ignorierte er das Vibrieren seines Mobiltelefons. Daraufhin erklang in Pers Hosentasche ein kosmisches Geräusch, das an den Opener eines Science-Fiction-Films erinnerte. Da Federsen zur Tür marschierte und damit das Ende der Befragung einläutete, nahm Per das Gespräch an. Er warf noch einen Blick auf Elena Hinz, die regungslos am Tisch sitzen geblieben war und mit erstarrtem Gesicht zum Fenster sah. Seinen Versuch, sich höflich zu verabschieden, ignorierte sie. Auf der Straße angekommen, wartete sein Vorgesetzter auf ihn.

»Wer war das?«

»Hannes.« Per steckte das Telefon weg.

»Hat's auch bei mir versucht. Was wollte er?«

Per informierte ihn über die Erkenntnisse der Spurensicherung. »Hannes hat schon die Fahrer der Transporte aufgesucht. Mit Timos Foto konnte keiner was anfangen, bei David war sich einer der Männer von *Fabers Werttransporten* aber unsicher. Allerdings sei die Augenfarbe falsch und die Haare waren unter einer Mütze verborgen.«

Federsen schnaubte. »Gefärbte Kontaktlinsen. Der billigste aller Tricks. Wo ist Herr Niehaus jetzt?«

»Am Ort des zweiten Raubs.«

»Spuren wird er kaum noch finden. Macht trotzdem Sinn, sich einen Eindruck zu verschaffen.« Federsen nickte nachsichtig, und Per fragte sich zum wiederholten Mal, womit Hannes die neue Milde eigentlich verdient hatte. Zumal diese wieder vollständig aus dem Gesicht des Kommissars verschwunden war, als der seine Aufmerksamkeit zurück auf den Kollegen richtete.

»Endlich haben wir etwas, womit wir David ernsthaft konfrontieren können. Was zugleich bedeutet, dass wir den Sonntag endgültig vergessen können. Meine Frau wird ... ach, verdammter Mist!«

»Was ist?«

»Was glauben Sie wohl? Wir fahren jetzt ins Gefängnis und knöpfen uns David vor. Außerdem will ich in die Personalakte von Jannis Bergmann sehen, und wenn wir schon da sind, sollten wir auch mit Fritz sprechen. Oder haben Sie was Besseres vor?«

Per schwieg und trottete hinter ihm her. Eine kleine Boshaftigkeit konnte er sich aber nicht verkneifen. Er schickte Hannes eine SMS, dass er sich im Anschluss an die Tatortbesichtigung ebenfalls zum Gefängnis aufmachen möge. Weshalb sollte nur sein eigenes Wochenende im Eimer sein?

Die Abendbrotausgabe war vorüber, und damit näherte sich wieder der Zeitpunkt des Zelleinschlusses. Während Fritz mit weiteren Gefangenen in der Küche aufräumte, nutzten andere die verbliebene Zeit zur sportlichen Betätigung, für Telefonate oder einfach nur zum Quatschen. Daneben gab es natürlich auch weniger harmlose Zeitvertreibe. Wie Fritz wusste, war eine neue Drogenlieferung eingetroffen, und er wunderte sich schon lange nicht mehr darüber, auf welch kreativen Wegen derartige Mittel hereingeschmuggelt wurden. Es war davon auszugehen, dass gerade wieder einige Geldscheine den Besitzer wechselten – im schlechteren Fall auch Schuldscheine. In diesem Zusammenhang würde manch säumiger Zahler die Konsequenzen für seine Unzuverlässigkeit am eigenen Körper zu spüren bekommen. Bei Pascal Hinz war sonntags Zahltag, und wer nicht rechtzeitig mit Geld bei ihm auftauchte, musste auf andere Weise für seine Schulden geradestehen.

In dieser Hinsicht war Fritz schon immer auf der Hut gewesen. Zwar nutzte auch er den Schwarzmarkt, um sich Wünsche zu erfüllen, aber er wusste, dass es Großzügigkeit im Knast nicht gab. Jede Gefälligkeit hatte ihren Preis, und insbesondere das Gewähren von Kredit war ein beliebtes Mittel, um Macht zu erlangen. Von wenigen Ausnahmen abgesehen, hätte Fritz auf die Charakterstärke von Gefängnisinsassen keinen Cent gesetzt. Das lag gar nicht mal daran, dass er alle als unverbesserliche Kriminelle und Taugenichtse einstufte. Das tat er nicht. Aus eigener Erfahrung wusste er, wie schnell man vom Weg des Gesetzes abkommen konnte. Vielmehr war es den Rahmenbedingungen geschuldet, dass sich fast jeder im Gefängnis selbst der Nächste war.

Bei dieser Überlegung kam Fritz der Häftling in den Sinn, mit dem er sich am Vormittag kurz unterhalten hatte. Er hatte sich schon allein dadurch von den meisten Gefangenen unterschieden, dass er belesen war und sich gewählt ausdrücken konnte. Zur Mittagszeit hatte Fritz den Anstaltsleiter abfangen können, aber sein Misstrauen schien nicht gerechtfertigt zu sein. Benjamin Lenzen hatte sich umgehend noch einmal die Aufnahmen der Videoüberwachung angesehen und Fritz eine Stunde später Entwarnung gegeben.

»Mario Schäfer kann es nicht gewesen sein. Er befand sich in der Wäscherei, daran gibt es keinen Zweifel. Er war auf den Aufnahmen deutlich zu erkennen.«

»Hm, schade eigentlich.« Fritz hatte sich gefragt, ob er inzwischen hinter jedem Busch einen Mörder vermutete. Vielleicht hatte der Mann tatsächlich nur Anschluss gesucht und freundlich sein wollen. »Ein Irrtum ist ausgeschlossen?«

»Absolut. Weshalb kam er dir verdächtig vor? Hast du das Parfum aus dem Kühlraum an ihm gerochen?«

»Nein. Hat mich nur gewundert, dass er mich ange-sprochen hat. Wieso sitzt er überhaupt ein? Hat was von Beamtenbeleidigung erzählt und dass er die Tagessätze aus Prinzip nicht zahlen wollte. Klang so absurd, dass ich miss-trauisch wurde.«

»Entspricht aber den Tatsachen. Er war als Zeuge in einem Prozess geladen. Ging eigentlich um eine Lappalie, irgendein Verkehrsdelikt. Der Staatsanwalt hatte ihn im Verdacht, eine Gefälligkeitsaussage zu machen. Da hat er sich gewehrt. Mit einer grenzwertigen Aussage!«

»Die wie lautete?«

»*Ihnen hat die Sonne wohl das Hirn verbrannt.* Der Staatsanwalt ist vermutlich Solariumgänger und entsprechend tiefgebräunt. Aber weder er noch der Richter fanden es witzig.«

»Dabei ist es gar nicht mal ein schlechter Spruch. Hab schon weniger kreative Beleidigungen an den Kopf geknallt bekommen – ohne Anzeige zu erstatten.«

Die Schilderung von Mario Schäfers Hintergrund hatte zumindest dazu geführt, dass er weitere Pluspunkte auf der Sympathieskala von Fritz zugeteilt bekam. Insbesondere als er erfuhr, dass es der berüchtigte *Richter Erbarmungslos* gewesen war, der Schäfer diese Lektion erteilt hatte. Stromlinienförmige Menschen fand er langweilig, das galt im besonderen Ausmaß für dünnhäutige und humorlose Juristen mit einem Stock im Arsch. Momentan hatte er allerdings Wichtigeres zu tun, als sich um potenzielle Knastfreundschaften Gedanken zu machen. Zumal Mario Schäfer nur ein kurzes Gastspiel geben würde.

Wie lange sein eigener Aufenthalt noch dauern würde, fragte sich der alte Fritz immer häufiger. Diese Grübeleien gefie-len ihm nicht, er konnte sie aber nicht abstellen. Er ahnte, dass es ihm am nächsten Tag um diese Uhrzeit hundsmiserabel gehen würde. Bei der letzten Sitzung hatten die Nebenwirkungen der Therapie exakt nach einer Stunde eingesetzt, und er musste zugeben, schon jetzt Angst davor zu haben. Er hasste es, Dingen ohne echte Einflussmöglichkeit ausgesetzt zu sein und lediglich die Wahl zwischen Pest und Cholera zu haben. Gedankenverloren blieb er an einem Schrank hängen, woraufhin der Tellerstapel seinen Händen entglitt und mit ohrenbetäubendem Lärm auf dem Boden in unzählige Teile zerbrach.

»Was ist mit dir los? Siehst schon die ganze Zeit wie ein Gespenst aus.«

Balthasar Seeburgs pummelige Gestalt erschien in seinem Sichtfeld, das an den Rändern verschwommen war. Mit zitternden Armen musste sich Fritz an einer Küchenplatte abstützen. Er blinzelte heftig und atmete tief ein und aus. Links und rechts fassten ihm Hände unter die Achseln und führten ihn zu einem Stuhl auf der anderen Seite des Raumes. Im Vorbeigehen streifte Fritz' Blick die Tür zur Kühlkammer, und unwillkürlich versteifte er sich. Mit sanftem Druck wurde er weitergeschoben, und dann bemerkte er, dass er von Balthasar Seeburg auf den Stuhl gedrückt wurde. Er füllte sogar ein Glas mit kaltem Wasser, und behutsam schlürfte Fritz an dem Gefäß, bis es leer war. Die Nebel in seinem Kopf lichteten sich nur zögerlich.

»Seit wann bist du so fürsorglich?«, fragte er mit matter Stimme.

Schweigend füllte Balthasar das Glas wieder auf und stellte es vor Fritz ab. Dann zog er sich ebenfalls einen Stuhl heran. Ein paar Meter entfernt fegten Mitgefangene die Scherben zusammen, nachdem der Koch seinen Jähzorn wieder in den Griff bekommen hatte. Balthasar senkte die Stimme.

»Ich hab nachgedacht. Über das, was du gesagt hast. War sogar noch mal bei Pascal. Du hast recht: Der Anwalt wird nichts für mich tun. Mir ist klar geworden, dass sich Pascal die ganze Zeit hinter uns versteckt. Wir sind immer die … wie heißt das?«

»Bauernopfer«, sagte Fritz müde. Ihm stand gerade überhaupt nicht der Sinn danach, Empfänger eines Seelenstriptease zu sein. Entsprechend mürrisch fiel seine Erwiderung aus. »Spricht nicht für deinen Intellekt, dass erst ich dich auf diese Erkenntnis bringen musste.«

»Bild dir nix ein. Das war mir schon länger klar. Hat mich nur nicht gestört, da er immer gut für seine Leute gesorgt hat.«

»Jetzt nicht mehr?«

»Seit Timos und Davids Verrat ist er komisch. Hat sogar zugegeben, dass er keinem mehr traut.«

»Und dementsprechend setzt er sich auch nicht mehr für euch ein?«

»Scheint so. Als ich ihn fragte, ob der Anwalt auch für mich was durchsetzen kann, wurde er sauer. Und … er will mich schon wieder in einer Sache vorschicken.« Seine Stimme war nur noch ein Flüstern. Fritz beugte sich ihm schwankend entgegen. Trotz seines Zustands war der Ermittlertrieb weiter aktiv.

»Was sollst du tun?«

Balthasar kniff die Lippen zusammen. »Das kann ich dir nicht sagen.«

»Weshalb erzählst du mir dann den ganzen Kram?«

»Weil ich nicht weiß, was ich tun soll. Wenn ich nicht mache, was er verlangt, … dann wird er aussagen, dass ich David zusammengeschlagen habe.«

»Wär ja nicht mal gelogen.«

Der lauernde Blick verwandelte sich in einen gehetzten. »Er hat's aber angeordnet. Simon und ich haben's nur ausgeführt. Lief so, wie es immer läuft. Ich will … kann nicht noch 'ne weitere Strafe kriegen! Kannst du nicht mal mit Pascal reden?«

»Ich?« Fritz glaubte, sich verhört zu haben.

»Er mag dich. Außerdem hab ich gesehen, wie ihr heute miteinander gesprochen habt. Er hat dich sogar vor Simon beschützt.«

In Fritz blitzte ein Gedanke auf. War die Szene auf dem Gefängnishof vielleicht nur inszeniert worden, um ihn einzuwickeln? Er spürte Übelkeit in sich aufsteigen und wusste, dass er sich nicht mehr lange zusammenreißen konnte. Seine Zunge fühlte sich schwer an, und es kostete ihn Kraft, Worte zu formen.

»Du überschätzt meinen Einfluss. Aber ich denke drüber nach. Obwohl es nicht nett war, was du mit David …«

»Ach, der ist hart im Nehmen.« Balthasars Gesicht verdüsterte sich. »Die Prügel hat er bald vergessen, und wenn er draußen ist, hat er ausgesorgt. Anders als ich, obwohl ich immer loyal war.«

»Spielst du auf den ausgeraubten Geldtransporter an? Weißt du noch mehr darüber? Wie haben sie es gemacht?«

»Keine Ahnung. Ich weiß nicht mal, wo das war und wie viel sie erbeutet haben. Timo hat zwar damit angegeben, aber keine Details erzählt. Ging wohl grade so glatt, fast hätte jemand was mitbekommen.«

»Wieso?«

»Sie haben den Transporter auf irgendeiner einsamen Landstraße ausgeraubt. Ein Porsche kam dort lang, raste aber vorbei. Hat wohl nicht gecheckt, was da los war.«

Nur kurz war Fritz in der Lage, über diesen Hinweis nachzudenken. Konnte das relevant sein? Vermutlich nicht. Es sei denn … Erneut setzte Schwindel ein und zerschoss seine Konzentration. Er musste feststellen, dass es mit seinem Gesundheitszustand eindeutig weiter bergab ging. Bisher hatte er die Angst vor dem Sterben meist noch erfolgreich zurückdrängen können, indem er sich über seine Krebserkrankung lustig gemacht und sie so weit wie möglich ignoriert hatte. Nun war er kurz davor, in Panik auszubrechen. Diese neue Verzagtheit setzte ihm genauso zu wie die körperliche Schwäche. Am liebsten hätte er geweint und sich jemandem in die Arme geworfen. Doch wer kam dafür im Knast schon infrage? Verbittert beugte er sich nach vorn und kämpfte nicht länger gegen den Brechreiz an.

Erstaunlicherweise hatte sich die Nervosität mit jeder Minute, die das Treffen näher rückte, verringert. Clarissa hatte zwar einige Zeit vorm Spiegel zugebracht, sah aber im Vergleich zu ihrem beruflichen Outfit kaum verändert aus. Jeans und Lederjacke trug sie auch im Job, so wie sie auch selten auf ihre Wildlederstiefel verzichtete. Für ungeübte Augen hatte sie nur dezent Make-up aufgetragen, obwohl genau das Gegenteil der Fall war. Noch immer war sie einer Freundin dankbar, ihr die entsprechenden Tipps gegeben zu haben. Ihre grünen Augen wurden hervorgehoben und wirkten farbintensiver, als es eigentlich der Fall war. Die für gewöhnlich scharfen Gesichtszüge fielen dagegen weicher aus, während der matte Nagellack ihren langen Fingernägeln etwas von deren Bedrohlichkeit nahm. Die Ohrringe hatte sie ebenfalls gewechselt, es waren auf jeder Seite drei winzige schwarze Perlen, die an Silberfäden hingen.

Clarissa kannte die Lästereien, dass sie keinen Ohrschmuck ein zweites Mal trug. So ganz stimmte das nicht, allerdings hatte sie über zweihundert Exemplare angesammelt. Sie hatte nie darüber nachgedacht, ob es für diesen Tick einen tieferen Grund gab. Die Vermutung eines verflossenen Liebhabers, sie wolle damit vom Rest ihres eher maskulinen Gesichts ablenken, hatte sie harsch zurückgewiesen. Sie war nie der Meinung gewesen, hässlich zu sein. Das Einzige, was sie störte, war die Falte zwischen den Augen, die sich im Angriffsmodus noch vertiefte. Da Clarissa häufig auf dem Kriegspfad war, kam dies nicht selten vor.

Ferdinand war pünktlich. Clarissa saß auf einer Steinmauer und ließ die Beine herunterbaumeln, als er mit dem Motorrad wenige Meter entfernt anhielt. Sie erkannte ihn erst, als er den Helm abnahm und grüßend den Arm hob. Ein Kribbeln breitete sich in ihr aus. Sie stand auf Leder, und seine Motorradkluft ließ diesbezüglich keine Wünsche offen. Dass dies für eine Veganerin eigentlich ein untragbarer Fetisch war, sorgte zwar immer wieder für Gewissensbisse, aber kein Mensch war frei von Sünde.

Verwundert registrierte sie, dass Ferdinand keine Anstalten machte, abzusteigen. Sie sprang von der Mauer und schlenderte ihm entgegen. Die lärmende Horde eines Junggesellinnenabschieds kreuzte ihren Weg, um den alten Marktplatz zu betreten. Glücklicherweise wollten sie Clarissa entgegen ihrer Befürchtung nichts andrehen oder sie in ein albernes Spiel einbinden. Sie begrüßte ihre Verabredung und zwang sich dabei zu einem entspannten Gesicht, um die Falte zwischen den Augen zu glätten.

»Pünktlich auf die Minute. Hätt ich Ihnen gar nicht zugetraut.«

»Und ich hab nicht erwartet, dass Sie tatsächlich hier sind.« Sein Lächeln wirkte zufrieden.

»Weshalb nicht?« Ihre Verwunderung war nicht vorgetäuscht.

»Weil … Sie Polizistin sind und ich … na ja, Sie waren ziemlich abweisend.«

»War ich das?« Sie zuckte mit den Schultern. »Ist halt mein Job. Aber jetzt … bin ich privat hier.«

»Eben. Das … damit hab ich nicht wirklich gerechnet. Würden Sie … ach, das ist doch blöd! Können wir uns nicht duzen? Was ist das sonst für ein komisches Date?«

231

»Von einem Date hab ich nichts gesagt.« Zu einfach wollte Clarissa es ihm nicht machen. »Ich hab von einem Treffen gesprochen.«

»Und wo ist der Unterschied?«

Clarissa ließ ihre Hand über den stählernen Rahmen gleiten. »Sieht teuer aus.«

»Sieht nicht nur so aus. Du hast keine Ahnung von Motorrädern, stimmt's?«

»Nee. Erspar mir aber einen Vortrag, was diese Kiste alles drauf hat. So ein Männlichkeitsgehabe finde ich abtörnend.«

Er griff nach hinten, löste einen festgeschnallten Helm ab und warf ihn ihr zu. »Dafür ist eine Spritztour alles andere als abtörnend. Steig auf!«

Überrumpelt drehte sie den Helm zwischen den Händen. Sie war davon ausgegangen, irgendwo in der Nähe einen Drink zu nehmen und dann … tja, je nachdem, als was für ein Typ Mann er sich in diesen dreißig bis sechzig Minuten herausstellen würde, gab es nur zwei Optionen. Mitgehen oder ihn sitzen lassen. Er deutete ihre Zurückhaltung richtig.

»Ganz die misstrauische Polizistin. Kannst nicht aus deiner Haut, oder?«

»Das hat nichts mit meinem Beruf zu tun«, stellte Clarissa heftiger als beabsichtigt fest. »Jede Frau wäre bescheuert, wenn sie zu einem Fremden aufs Motorrad klettert.«

Sein belustigter Gesichtsausdruck verflüchtigte sich. »Verstehe. Aber ich bin nicht so ein Arschloch wie Timo.«

»Das sagen sie alle. Vorher. Aber mal angenommen, ich würde meine Vorsicht über Bord werfen: Wohin willst du mich entführen?«

»Rüber zum Hafen. Ich hab einen Tisch auf einem Restaurantboot reserviert.«

»Du hast … im Ernst?«

Sein Grinsen kehrte zurück. »Denkst du, ich kann nur Bier aus der Flasche saufen? Nicht alle Rocker rülpsen und stinken nach Schweiß …«

»Schon gut, überzeugt.« Clarissa stülpte sich unbeholfen den Helm über. Genauso linkisch kletterte sie hinter ihn, und fast schon überfürsorglich war er ihr behilflich.

»Leg deine Arme um mich und halt dich fest.«

Kaum hatte sie den Rat beherzigt, warf er schon den Motor an und gab Gas. Fuhr er die ersten Minuten noch vorbildlich, änderte sich dies, als eine längere ampelfreie Strecke vor ihnen lag. In den ersten Sekunden klammerte sich Clarissa noch erschrocken an ihn und presste den Kopf an seinen Rücken. Auf was hatte sie sich da nur eingelassen! Dann begann sie, die rasante Fahrt zu genießen. Es war zu spüren, dass er wusste, was er tat, und mit der schweren Maschine umgehen konnte. Von der massiven Überschreitung der erlaubten Geschwindigkeit mal abgesehen.

Vor einem hell erleuchteten Schiff ließ er das Motorrad ausrollen und drehte den Schlüssel um. Geschickter als noch beim Aufsteigen sprang Clarissa auf den Bürgersteig. Er sah zerknirscht aus, als er ebenfalls den Helm abzog.

»Sorry, wenn das etwas … schnell war. Sollte keine Angeberei sein, ich kann mich nur schlecht beherrschen. Diese Maschine hat hundertdreißig PS, und …«

»Wie gesagt, erspar mir technische Details.« Clarissa schüttelte ihre Haare zurecht. »Hat Spaß gemacht, und zu deinem Glück fallen Verkehrsdelikte nicht in meine Zuständigkeit.«

Die Wahl des Restaurants stand im völligen Gegensatz zum Auftakt des Treffens. Die Atmosphäre war gediegen, ein Pianist sorgte für die passende musikalische Umrahmung, und das Essen war jeden Euro wert. Davon musste Ferdinand einige springen lassen, als er ohne mit der Wimper zu zucken drei

Stunden später die Rechnung beglich. Clarissa fragte sich, was er ihr mit diesem besonderen Abend zu beweisen versuchte. Dass er in der Lage war, sich zivilisiert zu verhalten? Dabei war es gerade das Wilde, was sie anzog. Wäre es nach ihr gegangen, hätte es auch ein irischer Pub getan, aber das behielt sie für sich.

»Und?« Als sie wieder vor dem Motorrad standen, sah er sie fragend an. »Ist mir jetzt endgültig verziehen?«

»Wie meinst du das?«

»Das war der zweite Teil der Wiedergutmachung. Schon vergessen?«

Clarissa wiegte im gespielten Zweifel den Kopf hin und her. »Der Abend ist ja noch nicht zu Ende. Aber du bist auf keinem schlechten Weg. Ein solches Edelrestaurant wäre dafür gar nicht mal nötig gewesen.«

»Also doch lieber Bier aus der Pulle?« Er machte eine entsprechende Handbewegung. »Kannst du natürlich auch bekommen. Als Absacker. Ich hab eine Dachterrasse und einen vollen Kühlschrank. Hast du Lust?«

Ihr war klar, dass diese Frage doppeldeutig gemeint war. Der Moment der Entscheidung war gekommen. Kurz blitzte Federsens Gesicht in ihren Gedanken auf, der sie vermutlich ohne zu zögern aus seinem Team werfen würde, wenn er von dieser Situation wüsste. Aber ihrer Meinung nach stellte Ferdinand keine relevante Figur in der Ermittlung mehr dar, und außerdem wusste sie, wie sie sich im Zweifel verteidigen konnte. Sogar gegen einen Muskelprotz wie ihn. Inzwischen war allerdings ein Verlangen gereift, das derartige Überlegungen ohnehin unrealistisch erscheinen ließ. Diese Erkenntnis sorgte dafür, dass sie den Blick von den Lichtern des Hafens abwendete und nach dem Helm griff.

»Worauf warten wir?«

Ob sie sich einem gefährlichen Impuls wehrlos ergeben hatte, fragte sie sich, als sie wenig später hinter Ferdinand eine schmale Treppe hinaufstieg. Der Gegensatz zum vorherigen Ambiente hätte größer nicht sein können. Das Haus sah von außen abbruchreif aus, und innen versprühte es den Charme eines Fabrikgebäudes. Die rohen Backsteinwände waren teilweise mit Graffiti beschmiert, und es roch staubig. Sein Hinweis, der letzte Bewohner dieses Gebäudes zu sein, war wenig überraschend, aber genauso wenig beruhigend. Als er auf der letzten Etage eine schwere Eisentür aufschloss, hatte sie sich schon so stark verunsichern lassen, dass sie fast eine Folterkammer erwartete.

Alle Befürchtungen stellten sich als grundlos heraus. Zwar war die Wohnung durchaus herb eingerichtet, aber wenn Ferdinand nach dem galanten Auftakt auch noch Designermöbel besessen hätte, wäre ihre Faszination für ihn wohl endgültig ins Wanken geraten. Dass er sich ihr gegenüber auch nach dem Schließen der Wohnungstür weiter anständig verhielt, brachte ihm einen dicken Pluspunkt ein. Wobei – ein bisschen aufdringlicher hätte er nach ihrem Geschmack sogar sein können. Er öffnete den Kühlschrank, nahm für jeden eine Bierflasche heraus und führte Clarissa auf die Dachterrasse. Es war eher eine schmale Plattform, die aber eine beeindruckende Aussicht bot. Als sie neben ihm an dem Geländer lehnte, spürte sie schmerzhaft das Verlangen, ihn endlich zu berühren – und trat einen Schritt näher.

Er zeigte über die hell beleuchtete Stadt, die den Sternenhimmel verblassen ließ. »Hab ich zu viel versprochen?«

»Nein, das Bier schmeckt«, frotzelte Clarissa.

Er drehte ihr den Kopf zu. »Tust du nur so spröde, oder bist du wirklich so?«

»Spröde? So hat mich noch niemand genannt. Komplimente sind nicht so dein Ding, hm?«

»Äh … so hab ich das nicht gemeint. Kühl und distanziert, trifft's besser. Man weiß nicht, wo man bei dir dran ist.«

»Dann musst du das wohl herausfinden.« Sie warf ihm einen Blick aus ihren grünen Augen zu, den nur wenige Männer falsch gedeutet hätten.

Ferdinand gehörte nicht dazu. Sie sah das Weiß seiner Zähne aufleuchten, dann aber – als er sie küsste – sah sie nur noch seine dunklen Augen. Stürmisch erwiderte sie die Berührung und spürte seine Hände auf ihrem Rücken. Er war kein Anfänger, aber das hatte sie ohnehin nicht erwartet. Das galt auch für sie, und an seiner Reaktion bemerkte sie, dass ihm das nicht entging. Als sie kurz darauf sein Bettlaken unter sich spürte, musste sie kurz grinsen. Leder. Ihr fiel ein, was die Überprüfung seines Computers ergeben hatte und welche Neigungen er offenbar hatte. Eine Gemeinsamkeit gab es also schon mal.

Dass es sich dabei nicht nur um seine Vorlieben beim Besuch von Pornoseiten handelte, wusste sie anderthalb Stunden später. Verschwitzt und abgekämpft lagen sie nebeneinander, ihr Kopf ruhte auf seiner behaarten Brust. Einer seiner Finger fuhr an ihrem Ohr auf und ab, und sie genoss die sanfte Berührung. Das war es, was sie mochte. Kraft und Härte, die aber nahtlos in sanfte Zärtlichkeit übergehen konnte. Je nach Situation.

»Und?«, flüsterte er.

»Was?«

»Dein Urteil?«

Sie richtete sich auf und funkelte ihn an. »Willst du jetzt hören, wie toll du warst?«

»Die Wiedergutmachung«, erinnerte er sie. »Oder ist der Abend immer noch nicht vorbei?«

»Das bleibt abzuwarten.« Sie kicherte. »Denn … ja, es war toll!«

Erst eine weitere halbe Stunde später hatte sie wieder Luft, um ihr Urteil auszusprechen. »Okay. Die Wiedergutmachung ist geglückt. Du bist kein Perverser. Wobei …« Sie zwickte ihn in den Bauch.

»Ich meinte es ernst, was ich über Timo gesagt habe.« Seine Stimme klang aufrichtig, so als wären ihm diese Worte sehr wichtig. »Es ist erbärmlich, wenn sich jemand so gegenüber Frauen verhält, wie er es getan hat.«

»Hmhm. Wieso hast du dich dann überhaupt mit ihm abgegeben?«

»Kommt jetzt die Rückverwandlung in die Polizistin?«

»Nein, es interessiert mich einfach.«

»Weil es sich so ergeben hat. Er … war ein Fachmann – anders als ich. Dealte schon länger. Meistens für Pascal. David war auch beteiligt. Die beiden waren Profis, allerdings im kleinen Stil. Und dabei hätten sie es belassen sollen.«

»Weshalb?«

»Weil … Sie wurden gierig und nahmen einen großen Auftrag an. Das weiß ich übrigens von David und nicht von Timo. Pascal war wohl erst skeptisch, ob die beiden dafür geeignet sind.«

»Weshalb?«, wiederholte Clarissa, als er nicht weitersprach.

»Ihnen ist eine große Drogenlieferung abhandengekommen. Besser gesagt Timo, der eben ein dämlicher Trottel war. David hing aber trotzdem mit drin. Verkaufswert fast eine halbe Million Euro.«

»Was?!« Clarissa saß kerzengerade im Bett.

»Na ja, der Einkaufswert war natürlich deutlich niedriger. Dennoch schuldeten sie Pascal einen Batzen Geld. Eigentlich war er noch großzügig. Verlangte nur zweihunderttausend von den beiden.«

»Wie sollten sie diese Summe auftreiben?«

Sie spürte, wie er mit den Schultern zuckte. »Irgendwie sind sie auf jeden Fall zu Kohle gekommen. Das bekam Pascal spitz, da Timo wie gesagt ziemlich dämlich war und rumprotzte. David ist eingeschritten, aber da war es schon zu spät. Danach war mir klar, dass ich nie mehr mit Timo zusammenarbeiten werde. Der hätte seine eigene Mutter verkaufen können und damit später auch noch angegeben.«

Clarissa ließ diese Neuigkeit sacken. Das stellte natürlich alles noch mal in einem anderen Licht dar. Es war nachvollziehbar, dass Pascal unter diesen Umständen mehr als angefressen war. Aus seiner Sicht war er den beiden wohlwollend entgegengekommen, und zum Dank hatten sie ihn nicht nur hintergangen, sondern sogar für seine Verhaftung gesorgt. Es lag auf der Hand, dass Federsen an dieser Information großes Interesse haben dürfte. Sie sah auf die Digitalanzeige des Weckers. Vermutlich lag der Ermittlungsleiter schon längst in den Federn, und darüber hinaus trug sie ihr Diensthandy nicht bei sich. Wohlweislich hatte sie es ausgeschaltet zu Hause gelassen. So konnte sie bei Bedarf glaubhaft versichern, keinen Empfang gehabt zu haben. Sie ließ sich wieder zurücksinken und kuschelte sich an Ferdinand. Auf eine Nacht kam es auch nicht mehr an, zumal sie sich noch eine harmlose Geschichte ausdenken musste, wie sie an diesen brisanten Hinweis gekommen war.

In der Zwischenzeit hatten sich wenige Kilometer Luftlinie entfernt die Ereignisse überschlagen. Wie David erfahren hatte, war Fritz Janssen mit einem Kreislaufzusammenbruch auf die Krankenstation gebracht worden, und wenn man den Angaben Glauben schenken konnte, sah es nicht gut für ihn aus. Für David kam der Ausfall des früheren Kommissars zu einem denkbar schlechten Zeitpunkt. Dessen mahnende Worte hatten ihre Wirkung in ihm entfaltet, und in der Abgeschiedenheit seiner Einzelzelle hatte das Gedankenkarussell schließlich zu einem Fazit geführt.

Es war nicht zu bestreiten, dass sein Leben eine vollkommen andere Richtung eingeschlagen hatte, als er es sich ursprünglich vorgestellt hatte. Er sah sogar ein, dass dafür nicht nur Dritte oder die Umstände verantwortlich waren und dass er seiner Frau und Tochter einiges zumutete. Er hatte sich verrannt, und es war an der Zeit, einen Weg aus der Sackgasse zu suchen. Eine Möglichkeit hatte Fritz ihm aufgezeigt, und je länger David darüber nachdachte, umso mehr fand er Gefallen an der Idee, Pascal als Kronzeuge zu Fall zu bringen. Wie man das am besten einfädeln konnte, damit es vor Gericht Bestand hatte, war ihm allerdings noch ein Rätsel. Genau darüber hatte er mit Fritz sprechen wollen, bevor er sich offiziell an die Polizei wandte.

Außerdem drohte ihm noch aus einer anderen Richtung Gefahr. Ihm war immer klarer geworden, dass er sich gemeinsam mit Timo einen Gegner geschaffen hatte, den sie fundamental unterschätzt hatten. Vermutlich ging sogar eine ernstere Gefahr von ihm aus als von Pascal. Daher war es David ein großes Anliegen, auch bei dieser Geschichte reinen Tisch zu machen. Es erschien ihm sogar um ein Vielfaches einfacher, da er bereits über die entsprechenden Beweise verfügte. Besser gesagt besaß nun seine Frau das Material, sofern sie sich an seine Anweisungen gehalten hatte.

Ihm fiel auf, dass er seit Vanessas letztem Besuch nichts mehr von ihr gehört hatte. Das Treffen lag mehrere Tage zurück, und alle Versuche, sie telefonisch zu erreichen, waren fehlgeschlagen. Auch hierzu hatte er Fritz fragen wollen, ob er die Polizei einschalten und nach ihr suchen lassen sollte. Da es unklar war, wann ein Gespräch mit ihm wieder möglich sein würde, hatte er kurzentschlossen den Anstaltsleiter gebeten, mit dem Kriminalhauptkommissar Henning Federsen sprechen zu dürfen. Er plane eine umfassende Aussage und könne wichtige Informationen liefern.

Benjamin Lenzen hatte ihn prüfend gemustert, als frage er sich, ob es bloß ein leeres Versprechen war oder ob es sich lohnte, Federsen an einem Sonntag zu stören. Er selbst war am Wochenende öfter im Dienst und störte sich offensichtlich nicht daran, aber das konnte man natürlich nicht auf alle Beamten übertragen. Schließlich hatte er geseufzt und genickt.

»Trifft sich ohnehin gut, denn er hat sich schon angekündigt, um mit Ihnen zu sprechen. Offenbar ist er auf etwas gestoßen, bei dem Sie Ihre Hände im Spiel hatten.«

Mehr hatte Lenzen dazu nicht sagen wollen, und seitdem grübelte David darüber nach, in welcher Sache man ihm wohl auf die Schliche gekommen war. Es gab einige Möglichkeiten, und letztlich spielte es keine Rolle, da er sowieso die Karten auf den Tisch legen wollte. Nur den bewaffneten Überfall auf den Geldtransporter wollte er dabei nicht erwähnen, denn an einer empfindlichen Strafe war er nicht interessiert – und das Geld wollte er erst recht nicht abgeben. Für die Zukunft seiner Familie war es unverzichtbar und zugleich die Chance, der kriminellen Welt endlich den Rücken zuzukehren.

Bevor er wie alle anderen Gefangenen wieder in die Zelle zurückgehen musste, um dort auf Henning Federsen zu warten, wollte sich David noch frisch machen. Zwar dürfte der Kommissar mehr an seiner Aussage als an seinem Äußeren interessiert sein, ein gepflegtes Aussehen würde aber nicht schaden. Zumal er sich aus Angst vor weiteren Angriffen schon länger nicht mehr unter die Dusche gestellt hatte. Das Ergebnis konnte er mittlerweile selbst riechen, und sogar Benjamin Lenzen hatte ihm mit gerümpfter Nase empfohlen, sich entweder ein Deo zu besorgen oder endlich mal wieder Wasser an sich zu lassen.

Der Aufseher trieb David zur Eile an. »In fünf Minuten muss ich die Waschräume abschließen. Hättest du dir das nicht früher überlegen können?«

»Ich brauch nicht lang.«

Aufgrund der zu schützenden Intimsphäre waren die Duschen abgetrennt und sichtgeschützt. Die Aufseher betraten den Bereich nur, wenn auffällige Geräusche zu vernehmen waren. Doch das einzige Geräusch, das David hörte, war das Knistern des Funkgerätes. Dabei streifte er die Kleidung ab. Offenbar war irgendwo eine Massenschlägerei ausgebrochen, es wurde dringend nach Verstärkung gerufen. Dankbar, sich außerhalb des Trubels zu befinden, schob er den Vorhang zur Seite und trat unter den Duschkopf.

Wie immer dauerte es eine Weile, bis das Wasser warm wurde. Dass er sich eigentlich beeilen sollte, war ihm egal. Es war wohltuend, die warmen Tropfen auf sich herabprasseln zu lassen, und mit geschlossenen Augen legte er den Kopf in den Nacken. Eine gefühlte Ewigkeit verharrte er regungslos. Zu seinen Füßen sammelte sich Wasser, das der Abfluss nur schlückchenweise akzeptierte. Das Geräusch des Vorhangs drang an sein Ohr.

»Schon gut, bin gleich fertig«, rief er, ohne sich umzudrehen.

Es kam keine Antwort. Stattdessen wurde er von einem Stoß überrascht, der ihn gegen die gekachelte Wand krachen ließ. Bevor er richtig nachvollziehen konnte, was mit ihm passierte, spürte er fremde Haut an seinem Körper. Kräftige Arme drückten ihn auf den Boden, und verzweifelt wehrte er sich. Er wusste, dass Vergewaltigungen unter der Dusche nicht nur Schauermärchen waren, sondern immer wieder vorkamen. Dass er zumindest diesbezüglich keine Bedenken haben musste, brachte keine Erleichterung. Nase und Mund wurden unbarmherzig in eine Pfütze gedrückt, und das Verlangen nach Luft nahm zu. Genauso stark waren aber die Muskeln des Angreifers, gegen die er keine Chance hatte. David spürte, dass der Moment näher rückte, in dem er dem Drang zum Luftholen nicht mehr widerstehen konnte. Verzweifelt wehrte er sich noch ein letztes Mal mit aller Kraft – vergeblich. Das seifige Wasser drang in seine Lungen ein, und die Abwehrversuche wurden immer schwächer, bis sie schließlich ganz aufhörten.

Während sich Federsen und Per über Jannis Bergmanns Akte beugten, lief Benjamin Lenzen immer wieder nervös zum Fenster, um einen Blick auf den Innenhof zu werfen. Dem abebbenden Geräuschpegel nach zu urteilen, bekamen seine Mitarbeiter die Prügelei allmählich in den Griff. Was der Auslöser gewesen war, wusste Federsen nicht, es war ihm auch völlig egal. Angesichts von Jannis' Personalakte wunderte er sich aber nicht darüber, dass es in letzter Zeit immer wieder zu Übergriffen in diesem Gefängnis hatte kommen können. Sein dicker Zeigefinger tippte auf die Mappe, als sich Lenzen mal wieder auf dem Rückweg vom Fenster befand.

»Sehen die Akten der anderen Angestellten genauso aus? Wie kann ein Mann mit so vielen Verfehlungen weiter hier arbeiten?«

»Sie haben leicht reden«, erregte sich Lenzen und zündete die erloschene Pfeife neu an. »Die Bewerber stehen nicht gerade Schlange. Wir haben schon jetzt chronische Personalknappheit. Würde ich jeden rausschmeißen, der sich mal was zuschulden kommen ließ, dann ...«

»Jannis Bergmann hat sich aber jede Menge Fehltritte geleistet«, unterbrach ihn Federsen und saugte an der Elektrozigarette. »Mehrere Gefangene beschwerten sich über Schikane, sogar Gewaltanwendung wurde ihm vorgeworfen. Und Erpressung und ...«

Nun war es Lenzen, der ihm ins Wort fiel. »Ich kenne seine Akte. Wenn Sie sich die Daten ansehen, werden Sie aber erkennen, dass seit über einem Jahr nichts mehr vorgefallen ist. Ich habe ihm damals den Ernst der Lage vor Augen geführt, und seitdem hat er sich zusammengerissen. Er weiß, dass er beim nächsten Vorfall draußen ist. Davon abgesehen ist Ihr Verdacht sowieso abwegig.«

»Ist er das?« Federsens Gesicht verdunkelte sich. »Seien Sie nicht naiv! Der Kerl steigt mit Pascals Schwester ins Bett, da kann man durchaus eine gewisse Nähe vermuten. Wir sollten Fritz danach fragen, vielleicht hat er etwas beobachtet oder gehört.«

»Wie geht es ihm überhaupt?«, meldete sich Per zu Wort.

Lenzens Gesicht wirkte sorgenvoll, als er sich über den Schnauzbart strich. »Der Schwächeanfall selbst war nicht gefährlich, obwohl es zuerst dramatisch aussah. Die Ärzte sind aber wegen seines generellen Zustandes beunruhigt. Er baut zusehends ab. Leider ist es fraglich, ob er morgen die nächste Therapieeinheit absolvieren kann.«

»Können wir ihn sprechen?«

»Er schläft jetzt, und das soll aus medizinischer Sicht so bleiben. Wenigstens kann er so erst mal keine Dummheiten machen.«

Federsen biss sofort an. »Spielen Sie auf eine konkrete Dummheit an?«

»Hat er Ihnen davon gar nichts gesagt? Er ist überzeugt, von demjenigen überfallen worden zu sein, der es auch auf David Krüger abgesehen hat. Sofern es diese Person überhaupt gibt. Er möchte eine Falle stellen und sich selbst als Köder reinlegen.«

»Nein, davon wissen wir nichts.« Federsens Gesicht war knallrot. »Dieser dämliche ... was hat er genau vor?«

»Keine Ahnung. Wir waren für heute Abend verabredet, dann wollte er mir den Plan vorstellen. Leider ist er vorher zusammengeklappt.«

»Was auch immer es ist: Dieser Plan wird jedenfalls nicht in die Tat umgesetzt, bevor ich ihn nicht kenne. Ist das klar?«

Der Anstaltsleiter nickte. »Ich habe es von Anfang an für eine Schnapsidee gehalten. Aber Sie kennen Fritz. Es besteht die Gefahr, dass er es dann allein durchzieht. Ohne, dass wir ihn unterstützen könnten.«

»Halten Sie ihn eben notfalls weiter auf der Krankenstation fest. Ich hab ihm klipp und klar befohlen, keine Alleingänge zu machen. Wo bleiben eigentlich Ihre Leute mit David Krüger? Irgendwann möchte ich auch mal nach Hause.«

»Moment, ich frag noch mal nach. Es musste aber natürlich erst mal die Schlägerei unter Kontrolle gebracht werden.«

»Hier müsste so einiges unter Kontrolle gebracht werden«, konterte Federsen. »Wobei ging es bei diesem Kampf überhaupt? Hat es mal wieder einen Sexualstraftäter oder gar einen Pädophilen erwischt?«

Lenzen lief rot an. »Sie selbstgerechter ... wie kommen Sie jetzt überhaupt auf so was?«

»Weil es diese Typen im Knast immer wieder trifft. Stehen in der Hackordnung ganz unten. Ich kann aber nicht sagen, dass es mich stört, wenn dieser Abschaum hier die Hölle erlebt.« Federsen sah aus, als wollte er seine Einstellung noch nachdrücklicher untermauern, brach aber ab, als Lenzen sich einfach umdrehte und wortlos zu seinem Schreibtisch ging.

›Weichei‹, dachte Federsen, dem der indignierte Gesichtsausdruck nicht entgangen war. Wenn dieser Mann sogar Verständnis für derartige Abartigkeiten aufbrachte, war es kein Wunder, dass in seinem Laden die Mäuse auf den Tischen tanzten. Von Fritz wusste Federsen, dass Lenzen sich seit Jahren ehrenamtlich der Jugendarbeit widmete. Von so jemandem hätte er erwartet, dass seine eigene harte Einstellung auf Zustimmung stieße. Stattdessen wäre der Kerl vor Studenten der Sozialpädagogik deutlich besser aufgehoben als auf dem Chefsessel einer Haftanstalt!

Während Lenzen ein weiteres Mal durchs Fenster die Situation auf dem Hof kontrollierte und dabei über Funk mit einem seiner Angestellten sprach, konzentrierte sich der Kommissar wieder auf das Wesentliche. Kopfschüttelnd blätterte er durch Bergmanns Personalakte. Die Irritation verstärkte sich, als Lenzen sich wieder näherte und eine ernüchternde Botschaft übermittelte.

»David Krüger ist verschwunden.«

Federsen verschluckte sich an seinem Nikotindampf. »Verschwunden?«, krächzte er. »Wie kann denn so was passieren? Ich dachte, wir befinden uns hier im Knast und nicht in einem Freizeitheim. Was sind das eigentlich für Zustände?«

»Er war duschen, dann kam es zu der Prügelei. Kurz vor Zelleneinschluss. Der Aufseher kam seinen Kollegen zur Hilfe, und als er wieder zu den Duschen zurückkehrte, war Krüger schon verschwunden. Wir wissen nicht, wo er sich gerade aufhält.«

Federsen musste sich setzen, Müdigkeit und Erschöpfung waren ihm anzusehen. Die roten Adern in seinen Augen waren noch ausgeprägter als gewöhnlich, und der stoppelige Bartwuchs wies darauf hin, dass er gerade andere Prioritäten als Körperpflege hatte. »Wie lange kann das jetzt dauern?«

»Gerade werden alle anderen Häftlinge eingeschlossen, ein Teil meiner Leute sucht aber nach ihm und schaut sich die Aufnahmen der Überwachungskameras an. Keine Sorge, er wird schon nicht ausgebrochen sein.«

Damit lag er nicht falsch. Dass die Situation aber noch viel ernster war, ahnte Federsen sofort, als ein Justizbeamter eine Viertelstunde später mit betretener Miene den Raum betrat.

Fast wäre dem Kommissar die Kaffeetasse aus der Hand gefallen, als er die schockierende Nachricht hörte.

»Wir haben ihn gefunden. Tot. In der Putzkammer neben den Duschen.«

Eine Stunde später war nicht nur Hannes im Gefängnis eingetroffen, auch Kollegen der Spurensicherung und die Rechtsmedizinerin Maria hatten ihren Sonntagabend opfern müssen. Nachdem Federsen dem Anstaltsleiter mithilfe eines schon jetzt legendären Wutausbruchs sein Unverständnis über die Verhältnisse in der Hafteinrichtung mitgeteilt hatte, waren die meisten Kollegen bemüht, ihm so weit wie möglich aus dem Weg zu gehen. Allen war bekannt, dass der Ermittlungsleiter in derartigen Situationen an irgendjemandem seinen Frust abladen musste, und jeder wollte dem anderen den Vortritt lassen. Doch scheinbar hatte Benjamin Lenzen dem Kommissar als Zielscheibe schon genügt, denn Federsen zeigte sich wortkarg und verfolgte das Geschehen mit verschränkten Armen aus dem Hintergrund. Dass es für diese Zurückhaltung einen weiteren Grund gab, vertraute er Hannes an, als dieser sich neben ihn in den Gang vor den Duschen stellte.

»Ein weiteres Opfer, das wir nicht beschützen konnten. Obwohl wir ahnten, dass er in Gefahr schwebt.«

Hannes wusste, worauf sein Chef anspielte. Auch bei ihrem letzten Fall hatten sie den Täter erst spät stoppen können. Allerdings erkannte er eine Gemeinsamkeit, die ihm zumindest einen Teil der Schuldgefühle nahm.

»David wollte sich nicht von uns helfen lassen, sondern sein eigenes Ding durchziehen. Obwohl er erst vor Tagen knapp am Tod vorbeigeschrammt ist. Wir hätten ganz andere Möglichkeiten gehabt, wenn …«

»Trotzdem ist er tot«, kürzte Federsen den Relativierungsversuch ab. »Also … haben wir versagt.«

Sein sonst gerötetes Gesicht war jetzt blass und wirkte trotz der fleischigen Wangen eingefallen. Wie er dieses visuelle Kunststück zustande brachte, verstand Hannes nicht, und genauso wunderte er sich über die sensible Reaktion. Federsen brachte normalerweise nichts so schnell aus dem Gleichgewicht, dafür hatte er während seiner Laufbahn schon zu viele Tote und mehr als genug Grausamkeiten ertragen müssen. Offenbar war das sprichwörtliche Fass inzwischen randvoll, und jeder weitere Tropfen, der in Form eines neuen Mordopfers hineinfiel, drohte es zum Überlaufen zu bringen.

»Zumindest sollte hier drinnen der Kreis möglicher Täter schnell einzugrenzen sein.« Hannes versuchte, seinen Vorgesetzten wieder auf die Sachebene zurückzubefördern. »Einen Großteil der Gefangenen dürften wir schnell ausschließen können.«

»Täuschen Sie sich nicht«, wehrte Federsen verfrühten Optimismus ab. Dann explodierte er unvermittelt noch ein weiteres Mal und ließ damit sowohl Hannes als auch Maria, die sich gerade vorsichtig nähern wollte, zusammenzucken. »Verdammte Scheiße! Wer hätte auch damit gerechnet, dass er in einem Gefängnis mit Wachleuten und Videokameras ein zweites Mal angegriffen werden kann? Das hier ist das reinste Irrenhaus! Auszeichnungen für Resozialisierung und Integration einheimsen, darüber aber die Sicherheit vernachlässigen. Es ist zum Kotzen, welche Prioritäten unsere Gesellschaft ... Frau Stern, bleiben Sie hier!«

Die Rechtsmedizinerin hatte sich unauffällig entfernen wollen und kehrte jetzt widerstrebend um.

»Ich weiß, dass Sie noch nichts Endgültiges sagen können und sich um klare Aussagen drücken wollen«, blaffte Federsen sie an, »aber was ist Ihr erster Eindruck?«

Maria warf ihre schwarzen Haare über die Schultern und zog die Gummihandschuhe ab. Den weißen Overall hatte sie ebenfalls schon abgelegt, sodass sie sich in figurbetonter Jeans und Bluse präsentierte. Erleichtert stellte Hannes fest, dass ihre Reize mittlerweile weitgehend wirkungslos an ihm abprallten. Irgendein Schalter war in ihm umgelegt worden und sorgte dafür, dass er seine bestehende Beziehung mehr zu würdigen wusste. Vielleicht war es sogar Federsen gewesen, der diesen Hebel vor ein paar Tagen mit seiner Ansprache betätigt hatte. Bei Maria schien er dagegen nur die gewohnten Reflexe auszulösen.

»Mein erster Eindruck ist, dass Sie immer noch der gewohnte Rüpel sind«, schleuderte sie dem Kommissar entgegen. Nicht nur Federsen, auch Hannes blieb der Mund offen stehen. »Sollte sich Ihre Frage allerdings auf das Mordopfer bezogen haben«, fuhr sie unbeeindruckt fort, »dann sollten Sie mal Ihren sicheren Beobachtungsposten verlassen und mit mir in die Rumpelkammer gehen.«

Amüsiert registrierte Hannes, dass Federsen keine Erwiderung einfiel. Wie ein Fisch auf dem Trockenen bewegten sich seine Lippen auf und zu, ohne dass ein Laut heraustrat. Wenigstens gewann sein Gesicht wieder an Farbe, als er Maria die wenigen Schritte folgte. Auch Hannes begab sich zu dem kleinen Raum, der durchdringend nach Putzmitteln roch, was nicht zu dem leblosen Körper passte, der dort hinter einem Reinigungswagen lag. Äußerlich wirkte der nackte Mann bis auf das bläuliche Gesicht unversehrt, sodass Hannes nur ein paar Mal schlucken musste, um die aufsteigende Übelkeit zu verbannen. Dass es sich bei der Leiche um David Krüger handelte, stand außer Frage, genauso wie die Todesursache.

»Er ist ertrunken«, stellte Maria fest und ging neben dem Opfer in die Hocke.

»Ertrunken?« Federsen fand die Sprache wieder und beäugte das Allerweltsgesicht des Opfers. »Worin denn?«

»In Wasser?« Sie sparte sich einen Blick nach oben. »Ganz unberechtigt ist die Frage aber nicht. In seinem Mund fanden wir Spuren, die auf Seife oder Ähnliches hindeuten. Wir werden den Inhalt seiner Lunge analysieren, dann können wir den Tatort genauer bestimmen. Vermutlich geschah es in der Dusche oder in einem Waschbecken. Könnte aber natürlich auch das Wasser in diesem Bottich gewesen sein.«

Sie tippte gegen den Wischwagen, in dessen Eimer daraufhin braunes Wasser leicht hin und herschwappte.

Angewidert sah Federsen auf die Brühe. »Passt zu dem Zustand des Hauses. Auf welche Variante tippen Sie?«

»Dusche oder Waschbecken. Die Abflüsse in den Duschen sind teilweise nicht richtig frei, sodass sich das Wasser dort staut. Außerdem hat die Spurensicherung Schlieren auf dem kurzen Weg vom Duschraum bis hierher gefunden. Ist inzwischen getrocknet, aber es sieht so aus, als ob der Mann hierher geschleift wurde.«

Hannes deutete zurück in Richtung Flur. »Der Täter hat diesen Ort bewusst gewählt. Keine Kameras an den Decken.«

»Weil hier eigentlich Wachleute für Ordnung sorgen sollen«, fluchte der Kommissar. »Der zuständige Aufseher hat seinen Platz aber verlassen, weil auf dem Hof eine wilde Schlägerei ausbrach. Perfekte Inszenierung!«

»Trotzdem hätte er seinen Platz nicht verlassen dürfen«, meinte Hannes. »Was für ein Idiot war das denn?«

»Ein bekannter Name.« Federsen zeigte erstmals an diesem Abend ein zufriedenes Gesicht. »Jannis Bergmann. Elena Hinz' Freund, den wir uns sowieso näher ansehen wollten. Hätten wir wohl besser schon früher getan.«

»Was sagt er?«

»Dass er hätte abwägen müssen, wo die Gefahr größer war. Entschied sich für die Prügelorgie, da David nicht als suizidgefährdet galt und er niemand anderen gesehen habe.«

»Ein Suizid kann ausgeschlossen werden«, meldete sich Maria. »Sehen Sie mal her.« Ihre Finger steckten wieder in

Gummihandschuhen, und sie drehte den Oberkörper des Mannes ein Stück herum. »Jemand hat ihn nach unten gedrückt. Die Abdrücke sind eindeutig. Am Hals hab ich auch welche entdeckt, sogar mit kleinen Abschürfungen.«

»Von Fingernägeln?«, fragte Hannes. »Dann sollten wir die Hände aller Häftlinge untersuchen. Vielleicht finden wir unter einem Nagel Davids DNA.«

Federsen winkte ab. »Der Täter wird sich die Finger gründlich gereinigt haben.«

»Für eine DNA-Analyse gibt es sowieso ein besseres Fundstück.« Maria erhob sich und präsentierte eine Plastiktüte.

»Und?«, fragte Federsen. »Wollen Sie uns Luft zeigen?«

»Die Tüte ist nicht leer.« Sie hielt ihm den Beutel näher vor die Augen. »Wir haben drei Haare entdeckt. Blond und mittellang. Das Mordopfer war frisch geduscht und hat selbst dunkle Haare.«

»Na endlich!« Federsens schlechte Laune verflüchtigte sich auf einen Schlag. »Frau Stern, diesmal überraschen Sie mich. Das ist die wichtigste Spur, die wir in diesem Fall haben. Gab es sonst noch Funde?«

»Duschraum und Flur werden noch abgesucht. Aber natürlich wimmelt es dort von Spuren. Saubergemacht wird erst nach Zelleneinschluss, insofern …«

»Wo sind eigentlich seine Sachen?«, fiel ihr Hannes ins Wort. »Er wird ja nicht nackt zu den Duschen gelaufen sein.«

»Weg.«

»Der Täter wollte Zeit gewinnen.« Federsen schickte sich an, die Kammer zu verlassen. »Das Wasser der Duschen war ebenfalls abgestellt, deshalb dachte jeder, dass David Krüger den Duschbereich wieder verlassen hatte. Sämtliche Zellen und der Rest des Gebäudes müssen durchsucht werden. Wo steckt der Anstaltsleiter schon wieder?«

»Er ist mit Per bei den Überwachungsmonitoren.« Hannes verließ den Raum ebenfalls, nachdem er Maria anerkennend zugenickt hatte. »Zwar gibt es hier keine Kamera, dafür aber weiter vorn am Anfang des Flures. Sollte es keinen Geheimgang geben, muss der Mörder darunter durchgelaufen sein.«

Federsen legte seine Stirn in Falten. »Ein Geheimgang würde mich bei den Zuständen hier nicht überraschen. Für den Fall, dass der Täter nicht klar erkennbar ist, müssen wir aber sämtliche Kameras auswerten. Um so schnell wie möglich so viele Leute wie möglich ausschließen zu können. Von denen, die übrig bleiben, nehmen wir DNA-Proben. Und ich gebe meine Dienstmarke ab, wenn der Treffer nicht im Umfeld von Pascal Hinz landet.«

»Klingt logisch. Dass Jannis Bergmann hier postiert war und dann weggelaufen ist, spricht für ein abgekartetes Spiel. Wobei …« Hannes kratzte sich nachdenklich am Kopf. »Vielleicht hat er den Mann sogar selbst erledigt?«

»Ausgeschlossen.« Federsen schüttelte den Kopf. »Zumindest, wenn die blonden Haare tatsächlich dem Täter gehören. Ach so, Sie waren vorhin ja nicht dabei. Jannis Bergmann hat rote Haare. Aber sollte auf den Videoaufnahmen sonst niemand zu sehen sein, dann muss er sich trotzdem noch unangenehmere Fragen gefallen lassen als ohnehin schon.«

Per sorgte dafür, dass dies dem Mann erspart blieb. Gerade als Hannes und Federsen den Duschraum betreten wollten, um sich ein Bild von den Begebenheiten zu machen, kam er den Gang entlanggerannt.

»Volltreffer«, keuchte er. »Um zwei Minuten vor acht lief Jannis Bergmann unter der Kamera durch. Mit dem Funkgerät am Ohr. Elf Minuten später erfasste die Kamera aber einen weiteren Mann.«

»Wen?«, fragten Hannes und Federsen gleichzeitig.

»An die Aufnahmen müssen Spezialisten ran, weil man das Gesicht nicht richtig erkennt.«

»Typisch«, stöhnte Hannes. »Wär ja auch zu schön gewesen.«

»Ein Volltreffer sieht in der Tat anders aus«, stimmte ihm Federsen ärgerlich zu. »Immerhin können wir anhand der Statur den Kreis eingrenzen.«

»Und anhand der Kleidung.« Ausnahmsweise ließ sich Per nicht verunsichern. »Der Mann trug einen dunklen Kapuzenpulli und eine Trainingshose. Vermutlich beige. In den Händen hielt er ein Bündel Klamotten. Leider sind es Schwarz-Weiß-Aufnahmen, aber eins steht trotzdem fest: Er hatte helle Haare. Die Kapuze war leicht verrutscht.«

Seine Kollegen blickten sich mit hochgezogenen Augenbrauen an. Per hatte nicht übertrieben, sie schienen einen Volltreffer gelandet zu haben. Sofort ordnete Federsen an, dass sämtliche Videoaufzeichnungen beschlagnahmt und ins Präsidium gebracht werden sollten. Anschließend verlangte er nach einer Liste sämtlicher Gefängnisinsassen und Angestellter, die sich zur Tatzeit im Gebäude aufgehalten hatten. Für die Polizisten versprach es eine lange Nacht zu werden.

KAPITEL 13

Die Nacht war schon weit fortgeschritten, als der Mann den letzten Schluck Whiskey herunterkippte. Die erhoffte Erleichterung blieb aus, obwohl es das vierte Glas gewesen war. In seinem Magen rumorte es sogar, und das torfige Aroma des Alkohols vermischte sich im Mund mit dem Tabakdunst zu einem unangenehmen Geschmack. Der Druck hinter den Schläfen war ein untrüglicher Vorbote, dass er am nächsten Morgen mit hämmernden Kopfschmerzen aufwachen würde. Prophylaktisch spülte er eine Kopfschmerztablette herunter, dem Unausweichlichen würde er trotzdem nicht entrinnen können. Es war keineswegs ausgeschlossen, dass ihn bald eine Migräneattacke außer Gefecht setzen würde, und es war ein denkbar schlechter Zeitpunkt für Schwäche.

In seiner Nachttischschublade hatte er ein stärkeres Mittel, das er nur in Ausnahmefällen zu sich nahm, da es ihn leicht benebelte. Wenn es allerdings eine Ausnahmesituation gab, dann gewiss nach den Geschehnissen dieses Tages. Doch bevor er sich einen weiteren Whiskey genehmigte und die stärkeren Tabletten schluckte, musste er noch ein wichtiges Telefonat hinter sich bringen. Solange er bei einigermaßen klarem Verstand war.

Seine Hände zitterten, als er die Nummer in das Telefon auf dem Schreibtisch eintippte. Der Freiton ertönte, dem Anrufer brach der Schweiß aus. Gerade als er auflegen wollte, ertönte ein Knacken, und die bekannte Stimme drang an sein Ohr.

»Wieso rufst du hier an? Wir haben vereinbart ...«

»Es ist erledigt.« Verärgert bemerkte er, dass seine Stimme belegt klang. »Heute Abend wurde David ...«

»Halt den Mund!«, fuhr ihn die Stimme an. »Bist du wahnsinnig, übers Telefon ...?«

»Wer soll uns abhören?« Er erhob sich aus seinem Drehstuhl. Ärger und Verzweiflung brachen sich Bahn. »Du hockst in deinem Elfenbeinturm, während ich den Dreck erledigt habe. Gerade noch rechtzeitig übrigens.«

Atemzüge klangen durch den Hörer, dann antwortete die Stimme. Diesmal ruhiger. »Also gut, lass uns reden. Was ist passiert?«

»Er wollte auspacken. Die Polizei war schon auf dem Weg. Es war keine Zeit zu verlieren ...«

»Erspar mir Einzelheiten! Hat unser Mann ... das sauber erledigt?«

»Ich denke schon. Aber ... die Situation hat es erfordert, dass ... ein Angestellter musste eingebunden werden.«

Schweigen. Dann legte die Stimme los. »Bist du noch bei Sinnen? Das Ziel war es, Mitwisser auszuschalten und nicht, neue zu schaffen. Wer ist der Mann?«

»Er ... kennt die Hintergründe nicht. Vielleicht hat er noch nicht mal kapiert, welche Rolle er tatsächlich gespielt hat. Von dir weiß er erst recht nichts. Er ist mein Problem, nicht deins.«

»Deine Probleme sind auch meine. Jetzt haben wir nicht nur Fritz Janssen an den Hacken, sondern eine weitere Person, die unberechenbar ist. Erledige das! Unser Mann soll sich darum kümmern, ich bezahle den Mehraufwand.«

»Mehraufwand?« Er musste sich den nächsten Whiskey einschenken. »Willst du ein Blutbad anrichten? Die Dinge verselbstständigen sich. Du bist ja fein raus. Hast es geschickt eingefädelt, dass nichts zu dir zurückverfolgt werden kann. Für mich wird es immer enger. Heute …«

»Erspar mir das Lamentieren. Hättest du nicht so lange gezögert, wäre alles sauber abgelaufen. Ich sag es nur noch ein letztes Mal: Ich möchte keinen einzigen Mitwisser haben. Und ruf mich nicht wieder an.«

Die Verbindung wurde unterbrochen. Minutenlang hielt der Mann den Hörer in der Hand und blickte zur Wand. Seine Gedanken rasten. Zwei weitere Morde könnten ihn endgültig ins Verderben schicken. Doch hatte er eine Wahl? Er steckte schon so tief drin, dass es kein Zurück mehr gab. Hätte er sich bloß nie darauf eingelassen! Tränen stiegen ihm in die Augen, als er sich das sechste Glas genehmigte. Ja, er hatte Schuld auf sich geladen, aber im Vergleich zu der Schuld, die er jetzt tragen musste, war es fast schon eine Lappalie.

Zugleich wurde ihm bewusst, dass ihm nicht nur von einer Seite Gefahr drohte. *Ich möchte keinen einzigen Mitwisser haben.* Die Worte hallten in seinem Kopf nach. Auch er selbst war ein Mitwisser. Was würde passieren, wenn alle Dritten beseitigt waren? Würde es dann ihn selbst treffen? Das war nicht auszuschließen, vermutlich sogar wahrscheinlich. Um es zu verhindern, gab es nur einen Weg: Er benötigte eine Absicherung und musste zugleich Gegenmaßnahmen ergreifen. Wer als Erster schoss, war im Vorteil. Nur einer konnte übrig bleiben, und er wollte alles daransetzen, dass es sich dabei um ihn selbst handelte. Die Überlegungen, wie das einzufädeln war, verschob er auf den nächsten Tag. Genauso die weiteren Planungen zu Fritz Janssen und dem Angestellten. Er brauchte einen klaren Kopf und hoffte, dass ihn die Medikamente nicht zu stark einschränkten. Denn dass diese beiden Männer ein zu lösendes Problem darstellten, war nicht von der Hand zu weisen.

KAPITEL 14

Nach einem Wettkampf war der Montag trainingsfrei, sodass Hannes um sieben Uhr zu seinen Kollegen stieß. Aufgrund der aktuellen Ereignisse hätte er sich aber generell schlecht drücken können, der Sonderstatus als Sportpolizist hatte seine Grenzen. Die zurückliegende Nacht war lang geworden, was man den Ermittlern deutlich ansehen konnte. Als Hannes weit nach Mitternacht in seiner Wohnung eingetroffen war, hatte Anna längst geschlafen, und dann hatte er das Bett auch vor ihr wieder verlassen. Am Abend waren sie mit Ben und Elke verabredet, aber wie die Dinge lagen, würde das Treffen wohl ohne Hannes stattfinden.

Federsen wirkte als Einziger einigermaßen ausgeruht, er gehörte zu den Menschen, die mit fünf bis sechs Stunden Schlaf pro Nacht auskamen. Zum Rasieren hatte die Zeit allerdings nicht gereicht, die grauen Bartstoppeln zeichneten einen Flickenteppich, der sich über die rot geäderten Wangen bis zum Doppelkinn erstreckte. Er schlürfte an dem schwarzen Kaffee und zog dann mehrmals an seinem neuen Lieblingsspielzeug. Versonnen blickte er der letzten Dampfwolke auf ihrem Weg zur Decke des Konferenzraumes nach, dann steckte er die

Elektrozigarette weg und war bereit, den Tag in Angriff zu nehmen.

»Wir müssen Struktur reinbringen«, verkündete er und erhob sich, um zum Whiteboard zu schlurfen. Seine Mitarbeiter warfen sich überraschte Blicke zu, normalerweise wurde einer von ihnen zur Tafel geschickt, um den Fall zu illustrieren. Neben das Foto von Timo Reichel heftete der Kommissar eine Aufnahme von David Krüger. Ohne sich umzudrehen oder nach Anmerkungen zu fragen, ließ er einen Stift quietschend über die Tafel wandern. Schweigend folgten drei Augenpaare seinen Bewegungen. Als er sich umdrehte, war die Tafel von Namen übersät.

»Sie haben jemanden vergessen.« Clarissa hatte das Muster aus gestrichelten Linien, Kreisen und Namen als Erste entschlüsselt.

»Und zwar?«

»Die Firmen, deren Geldtransporter überfallen wurden. Zumindest bei der zweiten Firma hat der Überfall indirekt in den Bankrott geführt, und die traumatisierten Fahrer sollten wir auch nicht übersehen.«

»Meinetwegen.« Federsen griff wieder zum Stift, wodurch das Bild noch unübersichtlicher wurde. Von der angekündigten Struktur war nicht viel zu erkennen. Er deutete Hannes' skeptisches Stirnrunzeln richtig und setzte zu einer Erklärung an.

»Sieht erst mal wirr aus, was aber kein Zufall ist. Wir haben ein chaotisches und komplexes Konstrukt vor uns, das wir jetzt in ein sinnvolles Raster verwandeln müssen. Lassen Sie es auf sich wirken, bevor Sie einen Schnellschuss abgeben. In fünf Minuten reden wir darüber.«

Er ging zur Kaffeemaschine und setzte den Mechanismus in Gang. Gurgelnd strömte die schwarze Flüssigkeit heraus, während er mehrere Zuckerstücke in die Tasse warf. Clarissa beugte sich zu Hannes.

»Was ist denn mit dem los?«, flüsterte sie. »Neue Ermittlungsmethoden?«

Hannes senkte ebenfalls die Stimme. »Letztens ist er auf einer Fortbildung gewesen. Vielleicht hat er das dort aufgeschnappt.«

Sie verstummten, als Federsen zum Tisch zurückkehrte und sich ächzend neben Per auf den Stuhl sinken ließ. Hannes fand den Ansatz seines Chefs zwar ungewöhnlich, aber gar nicht schlecht. Er saugte die Skizze in sich auf, und mit jeder verstrichenen Minute wirkte es weniger chaotisch. Seinen Kollegen schien es nicht anders zu gehen, wie er aus ihren Aktivitäten herauslas. Beide machten sich Notizen und hatten einen konzentrierten Gesichtsausdruck. Er selbst und Federsen beließen es bei Gedankenakrobatik. Als der Ermittlungsleiter auffordernd in die Runde blickte, ergriff Clarissa die Initiative. Sie stand auf und rollte ein zweites Whiteboard heran.

»Vorschlag: Wir lassen diese … Zeichnung so wie sie ist und erstellen eine zweite. Darauf kommen nur die vielversprechendsten Ansätze, auf die wir uns zunächst konzentrieren sollten.«

»Legen Sie los.« Federsen lehnte sich zurück und nuckelte an seiner Nikotinquelle.

»Die zentrale Frage ist, ob Timo und David aus demselben Grund ermordet wurden«, begann die Polizistin. »Wenn das so ist, rückt automatisch die Gruppe um Pascal Hinz in den Vordergrund.«

»Klares Motiv«, bestätigte Per. »Schulden und Verrat. Das reicht in diesen Kreisen für eine finale Abrechnung allemal aus.«

»Zumal dieser Kreis sowohl innerhalb als auch außerhalb des Gefängnisses aktiv sein konnte«, warf Hannes ein. »Das spricht dafür, dass die Täter gesteuert wurden und die eigentliche Person im Hintergrund blieb. Muss nicht automatisch Pascal sein.«

»Ist aber eine der vielversprechendsten Spuren«, entgegnete Clarissa. »Es gibt eine Überschneidung zu beiden Opfern, die früher sogar für ihn gearbeitet haben.«

»Es gibt noch einen zweiten potenziellen Täterkreis, auf den das zutrifft: die Rockerbande. Zwar liegt hier das Motiv nicht so klar auf der Hand, aber wer weiß, welche Verbindungen es tatsächlich gab. Vielleicht waren sie sogar in die Überfälle auf die Werttransporter involviert. Dass wir Ferdinands DNA in Timos Wagen gefunden haben, begründete er mit dem Anabolikahandel. Vielleicht saß der Kerl aber auch während der Überfälle mit im Wagen.«

»Timo und David prellten ihn dann um seinen Anteil, wofür er sich rächte«, führte Per den Gedanken fort.

Clarissas Gesicht hatte sich gerötet. »Für die Nacht, in der Timo beerdigt wurde, hat er aber ein Alibi, das einigermaßen glaubwürdig erscheint.«

»Die Rockerbande ist groß genug und hat mit Sicherheit gute Kontakte in die Unterwelt. Wenn diese Jungs als Gruppe beteiligt waren und nicht nur Ferdinand als Einzelperson, dann kommen sie trotzdem infrage. Denk zum Beispiel an Rainer Breitner, der wegen den beiden sogar ein Auge verloren hat.«

»Keiner aus dieser Clique sitzt aber im Gefängnis.« Clarissas Tonfall war scharf. Erstaunt sah Hannes sie an.

»Woher wollen wir das wissen? Es kann im Knast durchaus jemanden geben, der zu ihnen gehört oder zumindest mit ihnen zu tun hat.«

»Wir stufen es zumindest weiter als sinnvolle Spur ein«, beendete Federsen die Diskussion. »Je nachdem, welche Ergebnisse wir nachher von der Spurensicherung und der Rechtsmedizin erhalten, können wir das noch überdenken. Jetzt machen wir erst mal mit den anderen weiter.«

Die Debatte wurde wieder sachlicher, als die nächsten Personen nacheinander bewertet wurden. Es herrschte Einigkeit, dass die Mitarbeiter der überfallenen Firmen zunächst vernachlässigt werden sollten. Gleiches galt für die Frauen, an denen sich Timo vergriffen hatte und deren Identitäten unbekannt waren. Denn weshalb auch David für die Übergriffe seines Komplizen hätte bestraft werden sollen, erschloss sich niemandem. Und dass die Morde nicht im Zusammenhang miteinander standen, schien unwahrscheinlich. Lediglich Elena Hinz verblieb auf der Liste, da sie ein persönliches Motiv hatte, um ihrem Bruder außerhalb des Gefängnisses zur Hand zu gehen. Ihr Alibi war nur von der ebenfalls persönlich betroffenen Hanna Ferber bestätigt worden, weshalb auch deren Name auf dem zweiten Whiteboard landete.

Zu guter Letzt widmeten sich die Ermittler dem Justizangestellten Jannis Bergmann. Per hatte sich in der vergangenen Nacht ausgiebig mit ihm beschäftigt und war dabei auf ein interessantes Detail gestoßen. Der Mann war sowohl beim Überfall auf David und Fritz als auch während des Mordes an David im Dienst gewesen. Die Aufnahmen der Überwachungskameras hatten ergeben, dass er sich stets in der Nähe des Geschehens aufgehalten hatte.

»Komischer Zufall. Vielleicht war es seine Aufgabe, dem Täter die Bahn freizuhalten.«

Federsen nickte. »Was wieder auf Pascal hindeutet. Genauso wie die Aufnahmen von gestern Abend.«

Die Aufzeichnungen waren in einem ersten Schnelldurchgang, dem allerdings noch eine gründliche Untersuchung folgen musste, ausgewertet worden. Demnach hätten lediglich acht Häftlinge theoretisch die Möglichkeit gehabt, sich bei den Duschräumen herumzutreiben. Drei davon gehörten zu Pascals Gefolge. Er selbst war nachweislich nicht in der Nähe gewesen, aber das überraschte niemanden. Von allen betroffenen Häftlingen war eine Speichelprobe entnommen worden, und Federsen hatte den Experten Dampf gemacht, sofort mit der Auswertung loszulegen. Nun machte er seine Kollegen noch auf eine weitere Auffälligkeit aufmerksam.

»Ich wollte Vanessa Krüger über den Tod ihres Mannes informieren, erreiche sie aber nicht. Niemand weiß, wo sie stecken könnte. Wegen der Anzeige dieses Rentnerehepaares vom Strand suchen wir ja schon länger nach ihr. Wenn es stimmt, dass sie dort mit Sören Wächter aneinandergeraten ist, führt die Spur schon wieder zu Pascal. Ihr Verschwinden besorgt mich, weshalb ich sie zur Fahndung ausgeschrieben habe.«

»Wenn Pascals Männer hinter ihr her sind, spricht das außerdem dafür, dass sie mehr über die Hintergründe wissen könnte.« Aus zusammengekniffenen Augen musterte Hannes das Whiteboard. Wirklich ausgedünnt hatte sich die Aufstellung der Personen zwar nicht, Clarissa hatte es aber geschafft, das Bild klarer und weniger chaotisch wirken zu lassen. Als sich die Tür öffnete und Maria Stern erschien, hoffte er auf eine zusätzliche Verfeinerung. Die Augen der Rechtsmedizinerin streiften die Tafeln nur kurz, dann baute sie sich vor dem Ermittlerteam auf.

»Die Ergebnisse sprechen eine klare Sprache, steht alles hier drin.« Sie warf eine Mappe auf den Tisch. »Das Wichtigste zusammengefasst: Die Todesursache war Ertrinken, und dem Wasser in der Lunge nach zu urteilen passierte es in einer Duschkabine. Und zwar in der dritten von vorn. Dort gibt es nämlich Rost, und feine Rückstände davon haben wir in dem Wasser entdeckt. Genauso wie Spuren von Shampoo. Die Druckstellen an der Leiche zeigen, dass er mit größter Gewalt nach unten gedrückt wurde.«

»Wurden die Fingernägel der infrage kommenden Männer untersucht?«, fragte Per.

»Klar, es gab aber keine Spuren vom Opfer. Ich hab dafür was für euch, das genauso hilfreich ist.« Vielsagend verstummte sie, und für einen Moment war nur das Trommeln von Federsens

Fingern zu hören. »Der DNA-Vergleich zwischen den gefundenen Haaren am Opfer und den acht Männern, die sich im Waschraum aufgehalten haben können, ist abgeschlossen. Nur zwei von denen haben blonde Haare, und bei einem gab es den entscheidenden Treffer. Die Haare stammen von Simon Sand. Das Blond ist übrigens nicht echt, sondern gefärbt.«

»Pascal Hinz werde ich die Eier zerquetschen«, kündigte Federsen gepresst an. »Ich bin nicht bereit, nur sein Bauernopfer zu schlucken!«

»Auch die Aufnahmen der Videokamera belasten Simon Sand«, ignorierte Maria den Zwischenruf. »Die Statur passt zu ihm.«

»Okay.« Klatschend landete Federsens Hand auf der Tischplatte. Mit einem Ruck hievte er sich nach oben. »Ich informiere unseren Präsidenten und beantrage außerdem die Genehmigung, Sören Wächter überwachen zu dürfen. Das Verschwinden von Frau Krüger und ihrer Tochter lässt mir keine Ruhe. Anschließend fahren wir zum Gefängnis und zerlegen diese Bande.«

Nachdem die Tür hinter ihm ins Schloss gefallen war, trat Maria zu Hannes.

»Nur schade, dass wir an Timo keine fremde DNA gefunden haben. Aber dieser Simon kann es ja eh nicht gewesen sein.«

»Nein, der saß zu dem Zeitpunkt im Knast. Sören Wächter war aber schon draußen. Irgendwie ... bin ich trotzdem skeptisch.«

»Merke ich. Euphorie sieht anders aus. Was ist los?«

»David hatte zwar Angst, allerdings weniger vor Pascals Rache. Da muss es noch irgendwas anderes geben. Oder besser gesagt, jemand anderen. Der sich aber der Dienste von Pascal bedient haben könnte. Oder direkt mit dessen Männern Kontakt aufgenommen hat.«

Maria zuckte mit den Schultern. »Das ist das Gute an meinem Job. Diese Gedanken muss ich mir nicht machen.«

»Ich bin trotzdem nicht neidisch, schließlich hast du in toten Körpern rumzuwühlen.«

»Man gewöhnt sich an alles. Eigentlich ist es ganz spannend. Du glaubst nicht …«

Die Tür öffnete sich, und der Leiter der Mordkommission, Steffen Lauer, betrat den Raum. Neben Hannes war er vermutlich der Sportbegeistertste im Präsidium und nahm regelmäßig an Triathlonveranstaltungen teil. Obwohl er fast genauso alt wie Federsen war, hätte die körperliche Verfassung kaum unterschiedlicher sein können. Lässig grüßte er in die Runde, dann winkte er Hannes zu sich.

»Gut, dass Sie noch hier sind. Henning hat mich eben schnell ins Bild gesetzt. Kommen Sie mal kurz mit vor die Tür?«

Verwundert und beklommen zugleich folgte ihm Hannes nach draußen. Es war länger her, dass er mit Lauer gesprochen hatte, obwohl er es nur dem Leiter der Mordkommission zu verdanken hatte, dass er von der allgemeinen Verwaltung hatte herüberwechseln können. Damals hatte sich Fritz mit Händen und Füßen gegen den jungen Kollegen gewehrt, doch Lauer hatte sich durchgesetzt. Ob das Gespräch unter vier Augen etwa mit Fritz zu tun hatte? Hannes' Ohren röteten sich. »Was ist denn los?«

Lauer schloss die Tür hinter ihm. »Tut mir leid, dass dies jetzt zwischen Tür und Angel passiert. Nach den Olympischen Spielen legen Sie Ihr Kanu aufs Trockene?«

»Das stimmt.« Hannes war erleichtert, wunderte sich aber über das Thema. »Zumindest ist das momentan mein Plan«, schob er vorsichtshalber nach.

Steffen Lauer lächelte milde. »Wobei Sie zweifeln, ob Sie in Vollzeit hier arbeiten wollen. Sprechen Sie es ruhig aus. Erst mit Fritz … es war ja schon ein schwieriger Auftakt für Sie, und dann Henning … na ja, ich weiß, wie er ist. Was halten Sie denn von Marcel Bartel?«

Hannes' Verwirrung wuchs. Worauf wollte der Mann eigentlich hinaus? »Ich komme gut mit ihm klar. Hatte aber erst ein Mal enger mit ihm zu tun. Als wir den religiösen Feldzug stoppen mussten.« Er erinnerte sich, dass er Marcel als wohltuenden Gegenpol zu Federsen erlebt hatte.

»Genau.« Steffen Lauer nickte. »Damals stand er eine Stufe unter Henning, das wird sich allerdings im Sommer ändern. Behandeln Sie das noch vertraulich, wird nämlich erst im Laufe der Woche bekanntgegeben. Wie fänden Sie es, nach Olympia in sein Team zu wechseln?«

»Äh …?« Mit einer derartigen Wendung hatte Hannes nicht gerechnet.

»Hören Sie zu.« Eine Hand landete auf seiner Schulter, und Lauers Blick war fast schon fürsorglich. »Sie haben sich durchgebissen und richtig reingefuchst. Obwohl es anfangs Stimmen gab, die … na ja, ich wurde für verrückt erklärt, einen Sportpolizisten halbtags bei Mordermittlungen einzusetzen. Heute ist Ihr Ruf ein ganz anderer, und ich möchte Sie nicht verlieren. Mir ist bekannt, dass Sie wenig Spaß mit Henning haben.«

Hannes nagte an der Unterlippe. Was sollte er dazu sagen? Die Entscheidung fiel ihm nicht leichter, als am Ende des Korridors der rundliche Körperumriss seines Chefs auftauchte und rasch näher kam. Lauer bemerkte ihn ebenfalls.

»Sie müssen sich nicht sofort entscheiden, kommt ja auch überraschend. Bis Mittwoch brauche ich aber Ihre Antwort.« Noch einmal schlug er ihm auf die Schulter, dann entfernte er sich.

»Was wollte der denn?« Schnaufend kam Federsen zum Stehen und betrachtete Hannes aus seinen hervorstehenden Augen.

»Ähm … noch ein paar Details wissen zu …«

»Hatte ihm doch schon alles gesagt. Na ja, zumindest das, was er im Moment wissen muss.« Verschwörerisch blinzelte er Hannes zu. Überfordert ließ es der Sportpolizist über sich ergehen, dass ihm erneut eine Hand auf die Schulter gelegt wurde. »Herr Niehaus, wir sind kurz vorm Durchbruch. Wir haben uns zu einem guten Team zusammengerauft, und ich freu mich schon, Sie ab Sommer den ganzen Tag um mich zu haben. Die Mörder unserer Stadt müssen sich dann warm anziehen.« Er präsentierte das freundlichste Lächeln, zu dem er fähig war. »Jetzt hole ich Ihre Kollegen, und dann geht's los.«

Hannes sah auf seinen jetzigen Vorgesetzten herunter, der schon bald sein ehemaliger Vorgesetzter sein könnte. Die Entscheidung lag allein bei ihm, aber anstelle von Erleichterung verspürte er Beklommenheit. Federsen würde es als Verrat betrachten, wenn er Marcel den Vorzug gab, so viel stand fest. Ausgerechnet jetzt, da sich ihr Verhältnis in unerwarteter Weise entspannt hatte, war ihm von Lauer eine Nadel in die Hand gedrückt worden, die den rosafarbenen Ballon mit einem Knall zerplatzen lassen konnte. Zustechen oder nicht – das war die entscheidende Frage.

Das Scheppern von Geschirr ließ Fritz zusammenzucken. Zaghaft öffnete er erst das eine, dann das andere Auge. Durch die vergitterte Scheibe fielen Sonnenstrahlen auf sein Krankenbett, neben dem soeben ein Tablett mit dem Frühstück abgestellt wurde. Der Geruch nach Rührei breitete sich im Zimmer aus. Eine Frau musterte ihn prüfend, als er nach seiner Brille tastete.

»Ah, Sie sind wach. Dann hole ich den Arzt.«

Fritz gab keine Antwort, sondern sah weiter aus dem Fenster, durch das nur der Himmel zu sehen war. Gleichzeitig horchte er in sich hinein. Er fühlte sich gut – zumindest besser als am Vortag. Was aber nicht viel heißen musste. Vermutlich schwappte ein Cocktail aus Medikamenten durch sein Inneres. Dunkel meinte er sich zu erinnern, dass am späten Abend Hannes an seinem Bett gestanden hatte. David sei tot, ertränkt. Oder war es nur ein wirrer Traum gewesen, der ihm eine Tragödie vorgegaukelt hatte? Für den Moment war Fritz erst mal froh, selbst noch am Leben zu sein. Das sah der Arzt, der wenig später am Fußende seines Bettes stand, genauso.

»Ihre Therapie ist nicht ohne. Sie sollten es mal ruhiger angehen lassen.«

»Haben Sie mich mit Medikamenten zugeballert?«

»Geht so. Im Moment bekommen Sie nur Schmerzmittel.« Der Arzt deutete auf die Infusionsflasche.

»Das ist gut. Ich fühle mich nämlich schon viel besser.« Fritz richtete sich auf.

Mit schnellen Schritten war der Arzt an seiner Seite und drückte ihn ins Kissen zurück. »Haben Sie mir nicht zugehört? Der Schwächeanfall war ein Warnschuss. Bis zum Mittag bleiben Sie im Bett!«

»Und dann? Um fünfzehn Uhr soll mir das nächste Gift injiziert werden. Oder ist das abgeblasen?«

»Medizinisch gesehen gibt es dagegen keine Einwände. Im Gegenteil. Die Therapie sollte nicht unterbrochen werden. Wenn Sie sich aber … seelisch nicht in der Lage sehen …«

»Für einen Arzt haben Sie ein erstaunliches Einfühlungsvermögen.« Fritz streckte sich vergeblich nach dem Kaffeebecher aus. »Sie überlassen die Entscheidung also mir?«

Der Mann setzte sich auf die Bettkante und reichte ihm das dampfende Getränk. »Letztlich ist es immer Ihre Entscheidung. Mein Rat ist aber: Ziehen Sie es durch.«

»Hm.« Fritz nahm einen ersten Schluck. Rasch wog er das Für und Wider gegeneinander ab. Allerdings fehlte eine wichtige Information. »Sagen Sie mal, hatte ich gestern Abend noch Besuch?«

»Ja. Einer Ihrer ehemaligen Kollegen war hier. Es gab einen Toten.«

»David Krüger?«

»Stimmt, das war der Name.«

»Hm«, wiederholte Fritz und nahm den zweiten Schluck. Also hatte er nicht halluziniert. Diese Erkenntnis führte dazu, dass er sich Stück für Stück an Hannes' Besuch erinnerte. Mit jeder weiteren Information, die wieder das Licht seines Bewusstseins erblickte, wurde das Verlangen stärker, aus dem Bett zu springen. Andererseits war David sowieso schon tot, das nahm Druck aus dem Kessel. An diesem Ort konnte sich niemand absetzen, sodass es letztlich keine Rolle spielte, ob er die geplante Falle einen Tag früher oder später aufbaute. Zumal dies ohnehin noch Vorbereitungen und Absprachen erforderte. Und das konnte er zum Teil auch vom Bett aus erledigen.

»Dann beuge ich mich Ihrem ärztlichen Urteil und lasse mich heute Nachmittag wieder andocken«, verkündete Fritz. »Was ist denn Ihre Meinung zu diesem Hokuspokus?«

»Das ist nicht mein Fachgebiet«, wehrte der Arzt umgehend ab. »Aber ich weiß, dass Sie in den besten Händen sind. Wenn meine Kollegen die Therapie als vielversprechend einstufen, würde ich an Ihrer Stelle darauf hören.«

Er stand auf und schickte sich schon an, das Zimmer zu verlassen, als Fritz ihn zurückrief. »Könnten Sie Herrn Lenzen informieren, dass ich ihn sprechen will?«

»Soweit ich weiß, ist er noch nicht im Haus. Wurde gestern für alle spät. Aber Ihre früheren Kollegen sollen gleich eintreffen.«

»Wär nett, wenn Sie dafür sorgen könnten, dass mich Hannes Niehaus aufsucht. Falls er nicht dabei ist, notfalls einer seiner Kollegen. Nur nicht Henning Federsen!«

»Ich werde es ausrichten lassen. Aber wie gesagt …«

»Ich weiß schon, Doc. Ich soll mich ausruhen. Hab auch nichts anderes vor. Dummerweise kann ich aber mein Gehirn nicht abschalten.« Er tippte sich gegen den Schädel.

»Dagegen könnte ich was tun«, war der trockene Kommentar, bevor die Tür endgültig ins Schloss fiel.

Beim Betreten der Haftanstalt wurden die Ermittler von Benjamin Lenzen abgefangen, der selbst erst wenige Minuten zuvor eingetroffen war. Er wirkte zerknittert und alles andere als selbstbewusst. Hannes konnte sich gut vorstellen, dass sich der Mann schon einige unbequeme Fragen hatte gefallen lassen müssen – die Anraunzer von Federsen dürften dabei das geringste Problem sein.

Lenzen räusperte sich. »Ich muss Ihnen etwas Wichtiges mitteilen, bevor Sie es von anderen hören.«

»Noch ein Toter?«, fragte Federsen launisch.

»Äh was? Nein, davon weiß ich nichts.«

»Das muss nichts heißen«, raunte Federsen Hannes zu, der darauf nur pflichtschuldig die Mundwinkel hob. Bei den nächsten Worten des Anstaltsleiters fielen sie wieder herunter.

»David Krügers Kleidung wurde von einer Angestellten gefunden.«

»Da muss sofort die Spurensicherung ran«, rief Per.

Der ohnehin schon rote Farbton von Benjamin Lenzens Gesicht wurde noch intensiver. Er rieb so heftig an seinem Schnauzbart herum, dass sich Hannes nicht gewundert hätte, wenn dadurch ein Haarbüschel herausgezogen worden wäre. »Die Spurensicherung wird kaum noch was ausrichten können. Die Kleidung lag in der Waschmaschine. Das Programm war auf Kochwäsche eingestellt.«

»Das darf nicht wahr sein!«, erregte sich Clarissa. »Können die Gefangenen bei Ihnen eigentlich rumlaufen, wie sie gerade Lust haben? Hängen Überwachungskameras bei …«

»Leider kommt es noch schlimmer.« Lenzen schien sie gar nicht wahrzunehmen. Er sah auf den Boden, und seine Stimme verlor weiter an Kraft. »Es war keine der großen Waschmaschinen im Wäschebereich, sondern ... sie ... es war ein Gerät im Trakt der Bediensteten. Dort kommt kein Gefangener hin. Und ... natürlich gibt es in diesem Bereich keine Überwachungskameras.«

Federsens Augen wirkten, als wollten sie ihre Höhlen endgültig verlassen. »Das fasse ich jetzt nicht! Damit steht fest, was ich längst vermutet habe. Einer ihrer Angestellten hängt mit drin, und ich hab einen konkreten Verdacht, wer das gewesen ist. Nur so ergibt alles einen Sinn. Ohne Hilfe wäre das gar nicht möglich gewesen.«

»Vermutlich haben sie recht.« Lenzen war sichtlich am Boden zerstört. »Ich weiß, dass manche nicht besonders zuverlässig sind, mit einer solchen Entwicklung hätte ich allerdings nie gerechnet. Aber wer soll es gewesen sein?«

»Na, wer wohl?«, bellte ihn Federsen an. »Ist Jannis Bergmann schon im Dienst?«

»Nein, er hat Spätschicht.«

»Herr Hoffmann und Frau Held, Sie fahren zu seiner Wohnung und nehmen ihn in U-Haft. Sofort!« Die Angesprochenen machten sich mit einem Nicken auf den Weg. »Und Sie, Herr Lenzen, führen uns jetzt zu Simon Sand. Alles deutet darauf hin, dass er David ertränkt hat. Weil ihm Ihr Angestellter freie Bahn gelassen hat.«

Mit hängenden Schultern trottete der Anstaltsleiter vor ihnen her. Hannes setzte schnell noch Kollegen im Präsidium darauf an, ein weiteres Mal die Aufnahmen der Überwachungskameras durchzugehen. Diesmal sollte der Fokus auf die Aufenthaltsorte von Jannis Bergmann, wie sie sich ab dem Tatzeitpunkt dokumentierten, gelegt werden. Als sie anschließend durch die Gänge des Gefängnisses liefen, sprach keiner ein Wort. Hannes dachte an Clarissas Worte zurück. Die vergitterten Fenster in Verbindung mit den verschlossenen Türen strahlten eine beklemmende Atmosphäre aus, und es wirkte nicht so, als könnten sich die Insassen mal eben unbemerkt von einem Ort zum anderen begeben. Allerdings befanden sich momentan alle in ihren Zellen, was sich aufgrund der Ereignisse vermutlich den gesamten Tag über nicht ändern würde. Obwohl er von Fritz wusste, dass es im Gefängnis immer eine Möglichkeit gab, jemanden zu bestrafen oder zum Schweigen zu bringen, dürfte es mit der Hilfe von Aufsehern deutlich einfacher sein. Was wohl der Antrieb von Jannis Bergmann gewesen war? Geld? Familienehre? Oder war er am Ende selbst unter Druck gesetzt worden? Aber mit was?

Lenzen öffnete eine weitere Sicherheitstür, und krachend fiel sie kurz darauf hinter Hannes zurück ins Schloss. Das unangenehme Gefühl verstärkte sich. Ein Entkommen aus eigener Kraft war nicht möglich. Wie es sich wohl anfühlte, Tag für Tag diese Erfahrung machen zu müssen? Vermutlich stumpfte man irgendwann ab. Das war zumindest laut Fritz der Fall, der sich ein paar Stockwerke höher auf der Krankenstation befand. Bevor Hannes weiter über ihn nachdenken konnte, deutete der Anstaltsleiter auf eine gelb gestrichene Metalltür, die sich nicht von den anderen in dem tristen Gang unterschied.

»Das ist Simon Sands Zelle. Er teilt sie sich mit Balthasar Seeburg.«

»Machen Sie auf, und bringen Sie Seeburg woanders hin«, forderte Federsen.

Hannes sah sich in der Zelle um, während die Anweisung umgesetzt wurde. Simon saß auf einer Pritsche und blickte misstrauisch zu ihm herüber. Die Zelle war kaum größer als zehn Quadratmeter und beherbergte zwei Schlafplätze in Form eines Stockbettes, einen Schreibtisch, zwei Stühle, einen Schrank und – eine Toilette. Hannes wollte sich nicht vorstellen, wie es sein musste, sein Geschäft vor den Augen und Ohren eines Mitbewohners zu verrichten, von den entsprechenden Gerüchen ganz zu schweigen. Das vergitterte Fenster befand sich so weit oben, dass sich jemand, der kleiner war als Hannes, auf die Zehenspitzen stellen musste, um hinauszuschauen. Für Simon dürfte dies also zutreffen. Er war zwar kräftig, reichte dem Sportpolizisten aber nur bis zum Kinn.

Federsen begann ein Spiel, das er zwar nicht besonders gut beherrschte, das aber zum Standardrepertoire gehörte: Vertrauen gewinnen, nach der Version des Verdächtigen fragen, seine Widersprüche festhalten und ihn erst im Anschluss mit den vorliegenden Fakten konfrontieren. Da sich im vorliegenden Fall schnell zeigte, dass Simon gar nicht daran dachte, sich unvorsichtig zu äußern oder kooperativ zu zeigen, startete der Kommissar schon nach wenigen Minuten die entscheidende Attacke.

»Sie behaupten also, mit David Krüger überhaupt nichts zu tun gehabt zu haben und weder an dem Überfall auf ihn beteiligt gewesen zu sein noch ihn ermordet zu haben?«

»So ist es.«

Federsen zog ein Schriftstück hervor und hielt es ihm hin. »Sehen Sie sich das mal an.«

Simon ließ den Blick nur kurz über das Papier gleiten. »Was soll das sein? Versteh kein Wort davon.«

»Das ist ein Bericht, der das Ergebnis eines DNA-Vergleichs beschreibt. Und dieses Ergebnis ist eindeutig. Drei Ihrer blondierten Haare wurden an Krügers Leiche gefunden. Zweifel ausgeschlossen.«

»Was? Das kann nicht sein!« Der Häftling sprang auf. »Vielleicht … wir sind uns natürlich mal über den Weg gelaufen. Vielleicht ist da …«

»Blödsinn!«, brüllte ihn Federsen an. »Der Mann war frisch geduscht, die Haare können also erst danach auf ihm gelandet sein. Sie haben ihn in der Kabine Wasser atmen lassen, bis er sich nicht mehr gerührt hat. Dann haben Sie die Brause abgestellt, ihn in die Putzkammer geschleift, sich seine Klamotten geschnappt und sind abgehauen. Hier sieht man, wie Sie den Gang verlassen.« Er zog ein Foto mit der entsprechenden Aufnahme einer Kamera hervor.

»Was? Das … ich bin das nicht!«

Hannes deutete auf den Schrank. »Sind die Trainingshose und der Kapuzenpullover da drin?« Er wusste, dass dies nicht der Fall war, da noch in der vergangenen Nacht die Zellen der acht verdächtigen Männer durchsucht worden waren. Die Kleidung des Täters blieb verschwunden, und er machte sich gar nicht erst die Mühe, ein weiteres Mal in den Schrank zu sehen. Dennoch war es nicht unwichtig, auch die Trainingshose und den Pullover zu finden, da der Fall auf einen Indizienprozess hinauszulaufen schien. Simon stritt weiterhin vehement ab, Davids Mörder zu sein, und obwohl die Haare am Opfer schon ein extrem starkes Indiz waren, reichten sie vielleicht nicht aus. Schließlich konnte nie ausgeschlossen werden, dass ein Täter absichtlich falsche Spuren legte. Aus diesem Grund würde man sich auch nicht allein auf die Bilder der Überwachungskameras verlassen können. Vermutlich dauerten die Verhöre im Gefängnis den ganzen Tag an – und eine Frage blieb weiter ungelöst: Wer war verantwortlich für den Mord an David? Für Federsen lag zumindest auf der Hand, wer im Hintergrund an den Fäden zog.

»Für Ihren Chef würden Sie wohl auch aus dem Fenster springen? Er selbst hält mal wieder seine Weste sauber, während Sie dran glauben müssen. Überlegen Sie sich in Ihrem eigenen Interesse, wie weit Ihre Loyalität geht.«

»Pascal hat mit der Sache genauso wenig zu tun wie ich. Irgendjemand will mir das unterschieben!«

»Das musste ja kommen«, höhnte der Kommissar. »Wer soll das denn sein? Wurden Sie in den letzten Tagen von jemandem an den Haaren gezogen?«

»Ich hab keine Ahnung, wer dahinter steckt. Aber wenn ich es rauskriege ...« Er ballte die Fäuste. »Sie fallen auf eine Täuschung rein, verstehen Sie das doch endlich! Schon den alten Fritz haben Sie verpulvert. Völlig sinnlos auf Pascal angesetzt. Offenbar ist er aber heller als Sie.«

»Unverschämtheiten helfen Ihnen nicht weiter.«

»Ist aber die Wahrheit. Er hat kapiert, dass Pascal nicht hinter den Morden steckt. Genauso wenig wie hinter der Abreibung in der Kühlkammer.«

»Ist das so?«, fragte Hannes. »Wie kommen Sie darauf, dass Fritz dieser Meinung ist?«

»Hat mir Pascal erzählt. Die beiden hatten ein ... offenes Gespräch. Außerdem ist Fritz für uns sowieso tabu.«

»Warum?«, schnauzte Federsen. Eine Ader an seinem Hals pulsierte heftig.

Zum ersten Mal hatte der Gefangene Oberwasser. Er verschränkte die Arme vor der muskulösen Brust und schickte einen überheblichen Blick auf Reisen. »Weil Fritz selbst Geschäfte mit Pascal macht.«

Hannes und Federsen sahen sich verständnislos an. Doch Simon weigerte sich, dazu näher ins Detail zu gehen.

Nachdem sie seit mittlerweile zwei Tagen untergetaucht war, hatte Vanessa beim Aufwachen noch ein positives Fazit dieser Flucht gezogen. Zwar hatte sie schnell erkannt, dass die Beziehung zu ihrer früheren Freundin eine andere geworden war, denn von der ersten Minute an hatte sie sich wie ein Eindringling gefühlt und sich gefragt, weshalb sie überhaupt hatte kommen dürfen. Dessen ungeachtet hatten die Ruhe und Sicherheit dieses Unterschlupfes dafür gesorgt, dass sie die

Verzagtheit Stück für Stück hatte abschütteln können. Endlich hatte sie gemeint, sich selbst wieder zu spüren und nicht mehr nur Spielball krimineller Subjekte zu sein. Dass sie sich noch nicht einmal bei ihrem Mann gemeldet hatte, bereitete ihr keine Schuldgefühle. Auch zu ihm brauchte sie Abstand – vielleicht sogar endgültig? Sie hatte zwar noch keinen Plan, wie es weitergehen sollte, doch hätte sie ihn gehabt, wäre der mittlerweile ohnehin schon wieder über den Haufen geworfen worden.

Der Grund, weshalb sie sich seit einer halben Stunde in der Toilette eingeschlossen und hemmungslos geweint hatte, war eine Nachricht auf Ihrer Mailbox gewesen. Sie hatte das Handy nur kurz eingeschaltet, um Sonja in der Förderschule krank zu melden, und dabei bemerkt, dass sie mehrere Anrufe verpasst hatte. Der Kriminalhauptkommissar Henning Federsen hatte wiederholt um Rückruf gebeten und beim letzten Anruf schließlich mitgeteilt, dass er ihr eine traurige Nachricht zu überbringen habe. Was der Inhalt dieser Nachricht sein würde, war nicht schwer zu erraten. Vanessas Eltern waren schon lange verstorben, und Geschwister hatte sie keine.

David war schließlich doch erwischt worden, und sie meinte, ihre Welt zerbrechen zu sehen. Ungeachtet dessen, dass sie ihn kurz zuvor noch verflucht hatte. Schließlich war nicht nur ihr Mann ermordet worden, sondern auch Sonjas Vater! Es lag auf der Hand, wer für seinen Tod verantwortlich war. Wie mochte es passiert sein? Darüber wollte sie nicht weiter nachdenken. Es war ein Fehler gewesen, Elena Hinz zu vertrauen und die Polizei nicht einzuschalten. Jetzt lag alles in Trümmern. Das Geld war weg, David tot, und ihr blieb nur dieser mysteriöse USB-Stick. Konnte er ihr jetzt noch von Nutzen sein? Sie zweifelte daran, denn ein entscheidendes Detail war ihr unbekannt. Zudem fehlte ihr im Gegensatz zu David die kriminelle Energie und Kaltschnäuzigkeit, um die darauf festgehaltene Information zu Geld zu machen. Zumindest in ihrem derzeitigen Zustand. Der mentale Stabilisierungsprozess der letzten Tage fiel in sich zusammen.

Eine Vielzahl von Gedanken und Emotionen schüttelte sie durch, als stünde sie mitten in einem Tornado. Verzweiflung und Wut vermischten sich mit der Angst, dass als Nächstes ihre Tochter Schaden nehmen könnte. Erinnerungen an David blitzten auf, und das Gefühl der Einsamkeit schnürte ihr die Kehle zu. Sie war auf sich allein gestellt und fühlte sich von dieser Erkenntnis völlig überfordert. In ihrem verwirrten Zustand wurde ein Verlangen immer stärker: Rache. Rache an dem Mörder und an Elena. An der Frau, die ihr vorgegaukelt hatte, es könnte eine friedliche Lösung geben. In ihrem Fall war Vanessas Zorn so schmerzhaft, dass sie sich zu einer Gewalttat in der Lage sah.

Wie David wohl in einer derartigen Situation vorgegangen wäre? Energisch biss sie die Zähne aufeinander. Er hätte jeden erbarmungslos zur Rechenschaft gezogen, der seiner Frau oder Tochter ein Haar gekrümmt hätte. Bei all seiner Friedfertigkeit – dies wäre die Grenze gewesen. Sie war es ihm schuldig, seinen Tod zu rächen. Auch wenn er sich letztlich selbst in die Bredouille gebracht hatte und es nicht wirklich überraschend war, dass alles ein böses Ende genommen hatte. Ein letztes Mal schnäuzte sie in das dünne Klopapier, dann spritzte sie sich am Waschbecken kaltes Wasser ins Gesicht. Das Ergebnis war vernachlässigbar. Ihre Augen waren gerötet und das Gesicht geschwollen. Egal, sie musste jetzt funktionieren und sich konzentrieren und – irgendwas tun. Andernfalls würde sie durchdrehen.

Resolut verließ sie das Bad und ging ins Wohnzimmer zurück. Ihre frühere Freundin saß neben Sonja auf dem Boden und blickte ihr bestürzt entgegen. Das wiederholte Hämmern gegen die Badezimmertür hatte Vanessa zuvor jedes Mal ignoriert.

»Was ist passiert?«, wurde sie gefragt.

»Mein ... ein Unfall in der Familie.«

»Ein Unfall? Du hast doch gar keine Familie mehr. Vanessa, was ist eigentlich los? Du tauchst hier in Panik mit deiner Tochter auf, weil irgendwer hinter dir her ist und ... Steckt David dahinter? Verprügelt er dich? Ich hab dich immer vor ihm gewarnt. Alle haben dich gewarnt, dass er ...«

»David war ein guter Mann«, antwortete Vanessa. Ihr war gar nicht bewusst, dass sie bereits in der Vergangenheitsform von ihm sprach. Ihrer Freundin entging es nicht.

»War? Habt ihr euch getrennt? Stalkt er dich? Ich kann die Polizei ...«

»Lass mich in Ruhe«, schrie Vanessa. »So ist es nicht! Er hat ... er ist ... tot, verstehst du? Wurde umgebracht! Obwohl er alles nur für uns getan hat.«

Angesichts ihres Ausbruchs hob Sonja zum ersten Mal den Blick vom Boden. Ihr Mund stand offen und brachte undefinierbare Laute hervor. Vanessa bückte sich und zog sie ungewohnt heftig nach oben. Das Flugzeug glitt aus den Händen ihrer Tochter. Als die Albatros D.II auf dem Boden aufprallte, brach ein Flügel ab. Sonja sah nach unten und schrie. Für Verständnis hatte Vanessa in diesem Augenblick weder Zeit noch Nerven. Sie bückte sich, hob den Doppeldecker auf und zog ihre Tochter in den Flur. Hektisch raffte sie ihre Tasche an sich und stürmte zur Tür. Die tobende Tochter schleifte sie hinter sich her.

»Wo willst du hin?«, rief ihr die Gastgeberin der letzten Tage schockiert hinterher.

»Ich muss zurück. Davids Tod ... die werden dafür bezahlen!«

Glasklar stand ihr vor Augen, was zu tun war. Nur kurz fragte sie sich, ob sie einem hysterischen Antrieb nachgab. Doch sie wollte keinen Rückzieher machen. Der Druck in ihrem

Inneren brauchte ein Ventil, und ihr war klar, wer dafür das erstbeste, schnellstmögliche und hochverdiente Ziel war. Ob es danach weitere Ziele geben würde, wollte sie später entscheiden. Rasch versicherte sie sich, dass Davids Waffe noch immer in der Reisetasche lag. Dann steuerte sie den Wagen auf direktem Weg zur Autobahn, während sie bereits an einem Plan feilte.

Da Per mal wieder schweigsam neben ihr im Wagen saß, konnte Clarissa ungestört ihren Gedanken nachhängen. Sie war erleichtert über die Spur in Pascals Umfeld, denn so würde die vergangene Nacht mit Ferdinand keinen bitteren Nachgeschmack hinterlassen. Zumindest hatte sie schon mal nicht mit einem Mörder das Bett geteilt. Stattdessen mit jemandem, der in einen Raubüberfall verwickelt gewesen war? Darauf deutete bislang nur seine DNA in Timos Wagen hin, die er aber genauso bei Drogentransporten hinterlassen haben konnte. Allerdings sprach etwas dafür, dass eine Beteiligung an den Überfällen nicht abwegig war: Die Rocker kannten sich im Sicherheitsgewerbe aus, immerhin waren sie in der Branche selbst aktiv, wenn auch nicht in Bezug auf Werttransporte. Dass Timo und David allein gehandelt hatten, wirkte zudem wenig überzeugend. Sie waren mehr oder weniger Amateure gewesen, die dennoch über ein genaues Hintergrundwissen verfügten.

Per riss sie aus den Gedanken. »Da vorn musst du rechts abbiegen. Jannis Bergmann wohnt zwar auf der anderen Kanalseite, aber es ist eine Einbahnstraße. Wir können weiter hinten über eine Brücke die Seite wechseln.«

»Okay.« Clarissa setzte den Blinker und bog ab. »Hoffentlich ist er überhaupt zu Hause. Könnte ja bei seiner Freundin übernachtet haben.«

»Glaub ich nicht. Es wurde gestern spät für ihn, und Elena öffnet ihren Kiosk sehr zeitig. Außerdem seh ich ihn gerade.«

Er deutete nach links durch das Fahrerfenster auf die andere Seite des Kanals. Aus der weißen Tür einer geklinkerten Stadtvilla lief der Gesuchte dort ins Freie. Er hielt ein Smartphone ans Ohr gepresst und schien in großer Eile zu sein. Als er die Tür eines weißen BMW öffnete, fluchte Clarissa und beschleunigte.

»Verdammt, wo ist diese bescheuerte Brücke? Ich will ihn nicht verlieren!«

»Noch zweihundert Meter.« Per deutete auf den Bildschirm des Bordcomputers.

»Setz das Blaulicht aufs Dach!« Die Polizistin musste einmal scharf bremsen, um eine Gruppe von Schulkindern auf ihren Fahrrädern vor einem unsanften Zusammenprall zu bewahren. Per hatte sich gerade nach hinten umgedreht, um das Blaulicht aus dem Fußraum der Rückbank zu fischen. Ächzend hing er in seinem Gurt und blinzelte vorwurfsvoll zu seiner Kollegin hoch.

»Ob er gewarnt wurde?«, überspielte Clarissa das gewagte Manöver.

»Von wem denn?«

»Einem seiner Kollegen. Kann durchaus sein, dass noch jemand mit drin steckt.«

»Glaub ich nicht. Du klingst ja schon wie unser Chef.«

»Und du bist wie immer viel zu gutgläubig.«

Mit quietschenden Reifen bog sie auf eine schmale Brücke ein, um den Wasserlauf zu überqueren.

»Äh … das ist eigentlich nur eine Brücke für Fußgänger und Radfahrer. Die andere Brücke kommt erst noch.«

Clarissa warf ihm nur einen kurzen Blick zu und verdrehte die Augen. Sie hatte bereits die andere Seite des Kanals erreicht und näherte sich Bergmanns Adresse. Der weiße BMW war schon außer Sichtweite, und sofort gab die Polizistin wieder Gas.

»Hast du das Haus gesehen? Richtig schick, so wie die ganze Gegend hier.«

»Er hat aber nur eine Zweizimmerwohnung gemietet«, erklärte Per.

»Wie auch immer. Was machen wir jetzt?« Clarissa stoppte an der Querstraße, von der sie kurz zuvor abgebogen war. Weder linker- noch rechterhand war ein weißes Auto zu entdecken. »Fifty-fifty? Ich tippe auf rechts, und du?«

»Das ergibt keinen Sinn. Lass uns eine Fahndung herausgeben.«

Ohne eine Erwiderung drückte Clarissa das Gaspedal durch und bog rechts ab. Beherzt schraubte sie die Nadel des Tachos nach oben und verließ sich darauf, dass ihnen das rotierende Blaulicht den Weg freiräumte. Fünf Minuten später sah sie ein, dass ihr Kollege recht hatte. Kurz informierte sie die Zentrale über den entwischten Verdächtigen. Anschließend folgte sie der Straße weiter, allerdings mit vorschriftsmäßigem Tempo.

»Kannst das Blaulicht wieder runternehmen. Wir haben ihn verloren. So ein Mist, wären wir nur ein paar Minuten früher losgefahren!«

»Vielleicht fährt er bloß einkaufen.«

»Ach was, der Typ wurde gewarnt. Aber für den Fall, dass er trotzdem zurückkommt, wird ihn eine Streife erwarten.«

Per musterte die Umgebung. Die Straße führte weder zum Präsidium noch zum Gefängnis. Die Wohnhäuser wurden weniger und machten erst Bürogebäuden und dann Gewerbebetrieben Platz. »Wo fährst du eigentlich hin?«

»Wenn wir Jannis Bergmann schon nicht schnappen konnten, dann wenigstens seine Freundin. Dort hinten ist Elenas Kiosk.«

»Ach so.« Per rutschte auf seinem Sitz herum. »Sollten wir das nicht mit Federsen abstimmen?«

»Wozu? Liegt doch nahe, sie zu befragen.«

»Sie könnte ihren Freund warnen.«

»Mensch, Per!« Entnervt schlug sie mit der Hand aufs Lenkrad. »Der wurde längst gewarnt, da leg ich mich fest!« Sie ließ den Wagen ausrollen und hielt schließlich am Straßenrand. Ihr Zeigefinger deutete nach vorn. »Hat sich gelohnt. Sieh mal, wer da am Kiosk steht. Wir können die Fahndung wieder abblasen.«

Per gab ein Geräusch von sich, eine Art Pfeifen. In zwanzig Metern Entfernung beugte sich Jannis gerade über den Tresen und drückte Elena einen Kuss auf den Mund.

KAPITEL 15

Ein Schmunzeln hatte sich Hannes nicht verkneifen können, als sein Chef das Versprechen, ihn im Falle eines erfolgreichen Weltcupauftakts zum Mittagessen einzuladen, einlöste. Statt sich in einem Restaurant gegenüberzusitzen, lehnten sie aber an einem Stehtisch vor einem Dönerladen, der sich in der Nähe des Gefängnisses befand. Allerdings fehlte für eine gemütliche Mittagspause die Zeit. Die Befragungen der Häftlinge und Mitarbeiter waren langwierig und die Ergebnisse bislang unbefriedigend. Weder in Bezug auf Simon Sand noch auf Jannis Bergmann hatte es belastende Aussagen gegeben, obwohl Letzterer alles andere als gut wegkam.

Der Justizangestellte wurde zwar von seinen Kollegen geschätzt, war bei den Gefängnisinsassen jedoch wenig beliebt. Lediglich eine kleine exklusive Gruppe machte eine Ausnahme – dabei handelte es sich um den Bruder seiner Freundin samt Anhang. Die Befragung von Pascal Hinz hatte Federsen dermaßen angestrengt, dass er Hannes im Anschluss direkt zum Mittagessen gelotst hatte. Eigentlich war es vorhersehbar gewesen, dass der Mann alle Angriffe an sich abprallen ließ. In diesem Geschäft war er ein alter Hase. Abgeklärt hatte er Beweise dafür gefordert, die Ermordungen angeordnet zu haben.

Derartige Beweise gab es nicht, weshalb sich Federsen auf das Motiv konzentriert hatte. Dass die Mordopfer aufgrund einer verlorengegangenen Drogenlieferung hohe Schulden bei ihm gehabt hätten, war von Pascal nur mit einem Kopfschütteln beantwortet worden. Es lag auf der Hand, dass man zuverlässige Zeugenaussagen benötigte, bisher hatte allerdings niemand signalisiert, offen gegen den Mann aussagen zu wollen. Das Kunststück schien zu sein, einen wackligen Dominostein ausfindig zu machen, der in der Lage war, das gesamte System zum Einsturz zu bringen. Pascal selbst besaß dagegen offenbar wenig Skrupel, andere hängen zu lassen. Selbst wenn es eine Person aus seinem engsten Umfeld betraf.

»Ist schon auffällig, wie schnell er sich von Simon distanziert hat«, erklärte Federsen und wischte sich mit dem Handrücken einen Klecks Knoblauchsoße vom Kinn. »Der Kerl soll schwer kontrollierbar sein und würde auch auf eigene Faust handeln.«

»Pascal war natürlich sofort klar, dass der DNA-Beweis eine echte Durchschlagskraft hat.« Nachdenklich nahm Hannes einen Schluck aus der Limoflasche. »Trotzdem wundert mich seine Bereitschaft, uns Simon so kaltblütig auszuliefern.«

»Wieso? Passt doch zu ihm. Die Drecksarbeit und alle damit einhergehenden Konsequenzen delegieren.«

»Ihm muss aber klar sein, dass Simon ihn mit runterziehen kann. Weshalb sollte der sich ohne Gegenwehr opfern lassen?«

»Weil der Knast besser ist als ein Grab.« Federsen stopfte sich den Rest der Dönerrolle in den Mund und kaute schweigend. »Wir sollten darüber nachdenken«, fuhr er schließlich fort, »ob wir Simon nicht dasselbe anbieten, was wir bei David vorhatten: Kronzeugenregelung.«

»Es gibt nur einen entscheidenden Unterschied«, wandte Hannes ein. »Simon hat vermutlich einen Menschen umgebracht, Straffreiheit ist also ausgeschlossen.«

»Ja, zu dumm.« Federsen grinste sarkastisch. Angesichts der Essensreste zwischen seinen Zähnen wandte Hannes schnell den Blick ab.

»Weshalb versuchen wir es nicht lieber bei einer anderen Person?«, schlug er vor. »Zum Beispiel bei Balthasar Seeburg. Laut Fritz ist der gerade nicht so gut auf Pascal zu sprechen.«

Federsens Miene verdüsterte sich. »Wär eine Option. Wo Sie gerade Fritz erwähnen, fällt mir noch was ein. Angeblich soll er mit Pascal verbandelt sein.« Er berichtete von Simons Anspielung. Andere Häftlinge hatten mittlerweile bestätigt, dass es zwischen den beiden einen auffällig vertrauensvollen Umgang gab. Hannes schüttelte den Kopf.

»Kann ich mir beim besten Willen nicht vorstellen. Das müssen Blendgranaten sein.«

»Sie kennen Fritz nicht so gut wie ich«, sagte Federsen im Brustton der Überzeugung. »Er war schon immer mit Begeisterung abseits der vorgeschriebenen Wege unterwegs. Konfrontieren Sie ihn nachher mit diesem Vorwurf. Oder soll ich das lieber machen?«

»Nein, nein«, wehrte Hannes sofort ab. »Kein Problem. Vielleicht kann ich seine Schuldgefühle mir gegenüber ausnutzen.«

Inzwischen war er routiniert darin, sein tatsächliches Verhältnis zu Fritz zu verschleiern. Wohlwollend sah Federsen ihn an. Dann räusperte er sich und nahm einen großen Schluck aus dem Kaffeebecher. Die Kombination dieses Getränks mit einer Dönerrolle hatte Hannes schon beim Bestellvorgang schnell an etwas anderes denken lassen. Federsens Magen war allerdings fragwürdige Kombinationen gewöhnt, der betretene Gesichtsausdruck des Kommissars hatte einen anderen Hintergrund.

»Was ich noch sagen wollte … Sie … also am Anfang hatten wir beide ja unsere Schwierigkeiten miteinander.«

›Was du nicht sagst‹, dachte Hannes.

»Die Konstellation … und … na ja, damals waren Sie noch unerfahren. Und ich wusste auch nicht, was Ihnen Fritz so über mich erzählt hat.«

Verwundert sah Hannes ihn an. Auf was wollte sein Chef eigentlich hinaus? Ihm kam keine passende Antwort in den Sinn, weshalb er abwartete, dass Federsen endlich den roten Faden fand. Der gab sich schließlich einen Ruck.

»In letzter Zeit … oder besser gesagt seit dem letzten Fall … ich schätze Sie jetzt anders ein. Sie sind härter und professioneller, als ich dachte. Und wir geben ein gutes Team ab. Was denken Sie?«

»Sicher«, beeilte sich Hannes zu sagen. Mehr fiel ihm nicht ein.

»Was ich Ihnen jetzt sage, muss unter uns bleiben.« Federsen senkte die Stimme, als würden sich die Bauarbeiter am Nachbartisch für die Strukturen des Polizeiapparates interessieren. »Zum Sommer wird Marcel Bartel befördert, er soll ein eigenes Team bekommen. Ich hab nichts gegen ihn, das wissen Sie ja.«

»Absolut.«

»Von Steffen Lauer kenne ich ein paar Gedankenspiele. Vor allem jüngere Kollegen kommen dafür infrage, Marcel zugeteilt zu werden. Das könnte auch Sie betreffen.«

»Ach ja?« Hannes' Ohren röteten sich.

»Allerdings soll nicht über die Köpfe der Betroffenen hinweggeschieden werden.« Federsen klang, als müsse er Hannes beruhigen. »Ich hab Steffen schon gesagt, dass wir uns … zusammengerauft haben und gut miteinander auskommen. Könnte trotzdem sein, dass er demnächst auf Sie zukommt.«

»Okay, ich verstehe.«

Zum ersten Mal während seiner stockenden Ansprache hob Federsen den Blick von der Tischkante. »Ich möchte Sie gern in meinem Team behalten. Das war es, was ich Ihnen sagen wollte. Oder fühlen Sie sich mit mir als Chef unwohl?«

Hannes' Ohren glühten mittlerweile. Da saß er schneller in der Falle, als noch vor ein paar Stunden gedacht. Dass Steffen Lauer ihn schon angesprochen hatte, verschwieg er lieber. Genauso, dass er noch überhaupt keine Idee hatte, wie er sich positionieren würde. Zunächst musste er entscheiden, ob er überhaupt weiter als Mordermittler tätig sein wollte und was es für Alternativen gab. Ihm wurde bewusst, dass Federsen seit mittlerweile mehreren Sekunden auf eine Antwort wartete.

»Das … kommt … überraschend«, begann er langsam. »Wir haben uns ganz gut eingespielt, das stimmt. Es wäre natürlich …«

Das Klingeln eines Handys verschaffte ihm eine Atempause. Federsen sah auf das Display. »Hab doch gewusst, dass Sie es ähnlich sehen. Ich muss drangehen, das ist Lenzen. Mal sehen, was es für eine neue Hiobsbotschaft aus seinem Chaosladen gibt.«

Doch diesmal lieferte der Anstaltsleiter keinen neuen Anlass für Zweifel an seiner inneren Organisation. Im Gegenteil. Federsen hatte Hannes zur Seite gezogen und den Lautsprecher seines Smartphones aktiviert, sodass beide Lenzens Erleichterung heraushören konnten, als er das Ergebnis einer erneuten Auswertung der Überwachungskameras mitteilte. Da Kollegen aus dem Präsidium diese Auswertung begleitet hatten, musste das Ergebnis als glaubwürdig eingestuft werden.

»Jannis Bergmann kann die Kleidung von David Krüger nicht weggeschafft haben«, verkündete Lenzen. »Seine Aufenthaltsorte sind vollständig nachvollziehbar, bis er das Gebäude gestern Abend verlassen hat. Es gab nur zwei Momente, in denen er längere Zeit nicht auf den Aufnahmen erkennbar war. Im ersten Fall können aber sowohl Kollegen als auch Häftlinge bezeugen, dass er sich auf dem Hof befand. Im zweiten Fall kann ich bestätigen, dass er keine Kleidung ent-sorgte. Er hat lediglich seine Tasche aus dem Spind geholt und dann das Gefängnis verlassen.«

»Und Sie sind sicher, dass Sie ihn die ganze Zeit im Blick hatten?«, bohrte Federsen nach.

»Natürlich, sonst würde ich es ja nicht bezeugen.«

»Vielleicht wollen Sie lediglich Ihren Laden sauber halten«, knurrte Federsen.

»Wie bitte? Das kann jetzt nicht Ihr Ernst sein!«

»Wer soll das Zeug denn sonst weggeschafft haben?«

»Vermutlich jemand vom Reinigungspersonal. Das kommt aber von einer externen Firma. Bei denen haben wir natürlich nicht jeden Schritt im Blick, und …«

Federsen unterbrach die Verbindung. »Verdammter Mist. Aber eins sag ich Ihnen: Wenn uns dieser Mann an der Nase herumführt, nur um sich kein Missmanagement vorwerfen zu lassen, dann wird er das bereuen.«

»Trotzdem müssen wir wohl alle Personen, die Zugang zum Personalbereich haben, intensiv durchleuchten«, erkannte Hannes. »Inklusive der externen Dienstleister. Ist ja gar nicht so abwegig, dass sich bei denen ein schwarzes Schaf eingeschlichen hat. Das heißt, wir werden noch x-mal die Überwachungs-aufnahmen durchgehen, Verhöre ansetzen, Zeugen befragen und …«

»Ich weiß.« Mit verkniffenem Gesicht steckte Federsen das Handy ein. »Eine Arbeit, die Tage dauern wird. Vielleicht soll-ten wir doch noch mal über Fritz' Idee nachdenken und eine Falle konstruieren.«

Wie diese Falle aussehen könnte, wusste er allerdings auch nicht. Hannes fiel ebenfalls kein Ansatz ein, er setzte aber auf die Fantasie von Fritz, mit dem er in einer halben Stunde ver-abredet war.

Nicht nur Clarissa dachte im Lauf des Montags immer wieder an die vergangene Nacht zurück, auch Ferdinand Sichel konnte sich nur schwer konzentrieren. Wenigstens gab es niemanden, dem er Rechenschaft dafür ablegen musste, weshalb er den Vormittag größtenteils auf der Dachterrasse seines Fitnessstudios verbracht hatte. Das war einer der entscheidenden Vorteile, wenn man sein eigener Chef war – und wenn man über ein Team verfügte, das den Betrieb ohne ständige Anweisungen am Laufen hielt.

Er war überrascht, welches Gefühlschaos die junge Polizistin in ihm ausgelöst hatte. Auch wenn er sexuelle Übergriffe tatsächlich verabscheute, hatte er Frauen bislang meist nur als netten Zeitvertreib betrachtet. Ein Spielzeug, das man austauschen konnte, sobald es langweilig wurde. Clarissa wirkte nicht so, als würde man ihrer schnell überdrüssig werden. Allein, dass er über derartige Dinge nachdachte, gab Ferdinand zu denken. Was war es eigentlich, das ihn so heftig anzog? Unattraktiv war sie nicht, aber auch keine Granate. Anders als die Frauen, die ihn normalerweise für eine Weile begleiteten.

Die Erkenntnis lag auf der Hand und kam doch unerwartet: Clarissa war selbstbewusst, alles andere als anhänglich und wirkte reifer als jede Frau, die bislang sein Bett geteilt hatte. Eine gleichberechtigte Partnerin, kein Spielzeug. Unwillkürlich schmunzelte er. War es das, was er wollte? Wurde er allmählich alt und weise? Dass eine selbstsichere Frau keine sexuelle Langeweile bedeuten musste, hatte die Mordermittlerin in der vergangenen Nacht bewiesen. Mit ihr hatte er sogar so viel Spaß gehabt, wie schon lange nicht mehr. Wenn er allein daran dachte, wie sie …

»Bist du stoned oder was?«

Ferdinand zuckte zusammen und sah auf. Unbemerkt hatte sich Sören Wächter genähert und war an den Tisch am Rande der Dachterrasse getreten. »Wie kommst du darauf?«

»Weil du so fröhlich ins Nichts starrst.« Pascal Hinz'
Vertrauter setzte sich ungefragt.

»Was willst du hier?«

»Mit dir reden. Gibt's was zu trinken?«

»Geh zur Bar und hol dir selbst was.«

»Der Service war schon mal besser.«

Ferdinand zuckte mit den Schultern. Er sah dem breiten
Kreuz nach, als Sören begriffen hatte, dass er sich tatsächlich
selbst auf den Weg machen musste. Wie gewohnt steckte er in
einem Trainingsanzug, der die wuchtige Erscheinung unterstrich. Ferdinand überlegte, wann er oder einer seiner Kumpel
aus dem Motorradclub zuletzt mit jemandem aus Pascals
Umgebung zu tun gehabt hatten. Es war länger her. Eigentlich
hatte es keinen Kontakt mehr gegeben, seit … ja, seit sie vor
über einem Jahr das letzte große Ding durchgezogen hatten.
Was konnte Sören hier wollen? Man hatte nicht ohne Grund
Wert darauf gelegt, sich eine Zeit lang nicht zusammen blicken
zu lassen. Gewisse, bereits etablierte gemeinsame Projekte liefen
im Hintergrund weiter, ohne dass hierfür regelmäßige Treffen
oder Absprachen nötig waren. Wenn Sören hier auftauchte,
musste es einen wichtigen Grund geben. Denn ohne Pascals
Anweisung ging dieser Mann nirgendwohin.

Diesen Umstand versuchte der Besucher auch gar nicht
zu verbergen, als er sich kurz darauf mit einer Bierflasche auf
einen der geflochtenen Stühle fallen ließ. Es wirkte, als hätte
sich ein Riese auf einem Puppenstuhl niedergelassen. Mit dem
Zeigefinger zog er seinen scharfen Seitenscheitel nach, dann
stützte er sich auf seine tätowierten Arme, die man aufgrund
der hochgekrempelten Ärmel ausgiebig bewundern konnte.

»Pascal ist verhindert, aber das weißt du ja. Deshalb soll ich
mit dir reden.«

»Worüber?«

»Kannste dir doch denken. David wurde gestern Abend ermordet.«

»Was? Das … im Gefängnis?«

Sören ließ ihn nicht aus den Augen. »Du wusstest noch nichts davon?«

»Woher denn? Hat Pascal es also knallhart durchgezogen?«

Blitzschnell schoss eine der Pranken über den Tisch und packte Ferdinand am Hals. »Wie kommst du darauf, dass es Pascals Schuld ist? Er hat nichts damit zu tun.«

Ferdinand spürte, wie ihm die Luft knapp wurde. Mit einer schnellen Bewegung machte er sich frei. Sören war nicht der Einzige an diesem Tisch, der über Bärenkräfte verfügte. »Spinnst du? Pack mich noch einmal so an, und du siehst die Sterne tanzen.«

Besänftigend hob der Mann die Hände. »Schon gut. Pass du aber auf, was du sagst.«

»Ist es denn so abwegig? Pascal hatte allen Grund, Timo und David auszuschalten. Ich war schon bei Timos Ermordung sicher, dass er das angeordnet hat. Und ich muss zugeben, dass ich dabei als Erstes an dich als Werkzeug gedacht habe.«

Sören schien dies nicht als Beleidigung aufzufassen. Im Gegenteil. Er entblößte seine Zähne und ließ die Fingerknöchel knacken. »Hätte Pascal auf mich gehört, wär's auch so gekommen. Wenn du so was durchgehen lässt, verlierst du jeden Respekt. Er wollte aber nichts davon wissen. Selbst schuld. Wenn demnächst wieder irgendwer mehr Angst vor diesem *Richter Erbarmungslos* als vor Pascal hat, braucht er sich nicht zu wundern.«

Ferdinand blickte über die Schulter. Noch immer waren keine Gäste auf der Terrasse. In wenigen Minuten, sobald der Zumba-Kurs beendet war, konnte sich dies aber ändern. »Mir ist immer noch nicht klar, weshalb du hier bist.«

»Ich will dich warnen und eine klare Aussage bekommen.«

Ferdinand beugte sich neugierig nach vorn. »Warnen?«

»Jemand hat Pascal gezwitschert, dass die Polizei eine Verbindung zwischen den beiden Raubüberfällen vermutet.«

»Die einzige Verbindung war, dass wir Timo als Fahrer eingesetzt hatten. Die zweite Nummer hat er mit David allein durchgezogen. Wundert mich bis heute, dass sie unerkannt geblieben sind. Wenn sich Timo gegenüber anderen auch so gebrüstet hat wie bei uns …«

»Inzwischen ist der Polizei aber klar, dass sie es waren. Und sie werden rausfinden wollen, wer noch beteiligt war. Sei also vorsichtig. Wer weiß, mit wem Timo sonst so gequatscht hat. Und bei David … ich bin mir sicher, dass seine Frau zumindest über den zweiten Überfall Bescheid weiß. Dummerweise ist sie verschwunden.«

»Mit dem ersten Überfall hatte David ja auch nichts zu tun, keine Ahnung, ob Timo ihm was erzählt hat. Wieso bist du dir so sicher, dass er seine Frau eingeweiht hat?«

»Weil … ich weiß es einfach. Sie wusste, wo das Geld versteckt ist.«

»Aha.« Ferdinand schnaubte aus. »Ich ahne, was das bedeutet. Das Geld ist sie inzwischen losgeworden, stimmt's? Weißt du eigentlich, wie armselig das ist? Sie kann es bestimmt besser gebrauchen als Pascal. Vor allem jetzt – ohne David.«

»Ist nicht unsere Schuld, dass er bei Pascal dick in der Kreide stand. Bei euch hatte er aber auch Schulden, genau wie Timo. Ich will jetzt eine ehrliche Antwort von dir: Habt ihr mit den Morden was zu tun?«

Entgeistert erwiderte Ferdinand den angriffslustigen Blick. »Du glaubst nicht wirklich, dass ich dir ein Geständnis liefern würde, wenn es so wäre?«

»Nein. Aber ich erkenne, wenn du mich anlügst. Also?«

»Ich hab schon mal nichts damit zu tun.«

»Das glaub ich sogar. Mord passt nicht zu dir.«

»Es sei denn, jemand stellt mir dämliche Fragen«, parierte Ferdinand.

»Was ist mit den anderen?«

»Das hätte ich mitbekommen. Wenn, dann war es auf keinen Fall eine geplante Aktion. Aber ich weiß natürlich nicht, wer mit den beiden …«

»Was ist mit Rainer? Ihm haben sie ein Auge kaputtgeschlagen.«

»Rainer ist dazu nicht in der Lage. Große Klappe, aber … du kennst ihn ja. Allerdings hat er natürlich super Verbindungen ins Puffviertel.«

»Ich werde mich dort umhören.« Sören stand auf, aber Ferdinand hielt ihn zurück.

»Weshalb seid ihr eigentlich hinter dem Mörder her? Bist du jetzt Hilfssheriff?«

»Weil wir im Visier sind. Von Simon wurden Haare an Davids Leiche gefunden. Dabei war er in letzter Zeit nur einmal in Davids Nähe. Da hat's ordentlich Dresche gegeben. Aber Pascal wollte nicht …«

»… dass er stirbt. Hattest du schon gesagt. Vielleicht hat's Simon nicht kapiert? Er ist ja nicht der Hellste, dafür aber aggressiv ohne Ende.«

»So blöd ist er nicht, sich nicht an Pascals Anweisung zu halten. Von uns war's keiner, und damit Punkt. Irgendjemand will es uns aber anhängen.«

»Und da dachtest du, wir wären das? Warum sollten wir das tun? Wir sind uns nie in die Quere gekommen. Im Gegenteil. Außerdem sitzt niemand von uns im Gefängnis.«

»Pascal wollte nur sichergehen.« Sören wandte sich endgültig zum Gehen. Aus der Schiebetür traten zwei Frauen mit einem Gurkencocktail. »Wenn es doch jemand von euch war, gibt's harte Konsequenzen. Dann würde ich Pascal überzeugen, dass erneute Zurückhaltung ein falsches Signal ist.« Mit einem Knall stellte er die leere Bierflasche ab und entfernte sich.

»Geht auf's Haus«, murmelte Ferdinand ihm hinterher.

Seine Gedanken überschlugen sich. Er war sich so gut wie sicher, dass keiner aus seiner Gruppe in die Morde involviert war. Auch Rainer traute er es nicht zu, einen Killer engagiert zu haben. Dass es David erwischt hatte, war tragisch. Anders als Timo war er ein zuverlässiger und eigentlich sogar anständiger Kerl gewesen. Sörens Auftreten hatte Ferdinand überzeugt, dass er mit seiner ersten, naheliegenden Vermutung falschgelegen hatte. Die Polizei schien somit auf der falschen Spur zu sein, wenn er sich die letzten Tage in Erinnerung rief.

Clarissas Bild tauchte vor ihm auf. Timos Tod hatte ihn nicht weiter berührt, aber David hatte dieses Ende nicht verdient. Seine Frau und Tochter schon gar nicht. Gab es eine Möglichkeit, die Polizistin davon zu überzeugen, dass sie und ihre Kollegen sich an den falschen Leuten festbissen? Für den Abend waren sie wieder verabredet, und er zermarterte sich das Hirn, wie er seinen Hinweis auf harmlose Weise begründen könnte. Seine Verbindungen zu Pascal wollte er ungern offenlegen und den gemeinsamen Raubüberfall schon gar nicht. Sollte Clarissa dahinterkommen, wäre die Romanze sofort beendet. Und das wollte Ferdinand auf keinen Fall riskieren.

Mittlerweile kannte Hannes den Weg zur Krankenstation. Er folgte einem Justizbeamten durch die Gänge, ohne sich über dessen Schweigsamkeit zu wundern. Seit bekannt war, dass vermutlich einer der Angestellten in Davids Tod verwickelt war, wurde den Polizisten mit unverhohlenem Misstrauen begegnet. Hannes konnte das zwar nachvollziehen, andererseits war er der Meinung, dass man – sofern nichts zu verbergen war – in einer derartigen Situation besser mit offenen Karten spielen sollte.

Doch auch das Misstrauen innerhalb der Belegschaft mochte das Betriebsklima belasten. Ohne Hilfe hätte die Kleidung des Toten nicht in der Waschmaschine landen können. Oder sollte dies eine falsche Spur sein? Auch dann blieb die Frage, wie ein Häftling überhaupt dorthin hätte gelangen sollen.

Jannis Bergmann hatte seinen Kopf zumindest vorerst aus der Schlinge gezogen, auch gegenüber Clarissa und Per hatte er standhaft behauptet, keine Rolle bei dem Mord gespielt zu haben. Dass er sich von den Duschräumen zum Hof begeben habe, sei dem verzweifelten Hilferuf seiner Kollegen geschuldet gewesen – wer hätte denn in seiner Situation anders gehandelt? Auf Hannes' Hinweis, dass diese Aussage durch die Überwachungskameras und Zeugenaussagen bestätigt worden war, hatte Clarissa dennoch ihre Skepsis zum Ausdruck gebracht.

»Er ist kein guter Schauspieler. War so was von nervös, wie man es nur sein kann, wenn man Dreck am Stecken hat. Wenn er die Klamotten nicht selbst weggebracht hat, hängt er vielleicht anders mit drin. Irgendwas verbirgt er.«

Diese Einschätzung nahm Hannes nicht auf die leichte Schulter. Clarissa verfügte trotz ihres vergleichsweise jungen Alters über gute Menschenkenntnis. Vielleicht hatte der jahrelange Einsatz bei der Sitte ihre Sinne geschärft, oder sie besaß generell feine Antennen. Es dürfte daher keine Zeitverschwendung sein, Jannis Bergmann weiter im Blick zu behalten. Das galt genauso für eine andere Person. Kurz nach Verlassen der Dönerbude war Federsen darüber informiert worden, dass eine frühere Freundin von Vanessa Krüger den Notruf gewählt hatte. Seit Samstag sei Vanessa bei ihr untergekrochen gewesen, habe aber am Morgen überstürzt die Wohnung verlassen. Eine Nachricht auf der Mailbox hätte sie in den Glauben versetzt, dass David ermordet worden war.

Am alarmierendsten war aber die Information, dass sie Rache angekündigt hatte. Das konnte nur eines bedeuten: Vanessa wusste mehr, als sie bisher zugegeben hatte, oder sie hatte zumindest eine starke Vermutung, wer ihren Mann beseitigt hatte. Damit war sie für die Mordermittler eine Person, die man schnellstmöglich in die Finger bekommen sollte. Die Peilung ihres Mobiltelefons hatte sich als Flop herausgestellt, da sie es bei dem überstürzten Aufbruch in dem Apartment ihrer Freundin zurückgelassen hatte. Vor ihrer eigenen Wohnung war eine Zivilstreife postiert und ihr Auto zur Fahndung ausgeschrieben worden.

Federsen hatte darüber hinaus schon am Vormittag eine weitere Überwachung angestoßen. Sören Wächter war Vanessa schon einmal nahe gekommen, und der Kommissar wollte sichergehen, dass er sie nicht samt Tochter in seiner Gewalt hatte. Auch das unverhoffte Lebenszeichen der Frau führte nicht dazu, dass er die Beschattung wieder abblasen ließ. Immerhin hatte sie schon zu einer interessanten Beobachtung geführt: Sören hatte Ferdinand aufgesucht, und die beiden hatten sich fast eine halbe Stunde intensiv ausgetauscht. Hing die Rockerbande doch in diesem schmutzigen Spiel mit drin? Clarissa hatte etwas verklemmt reagiert, als sie von diesem Gespräch erfahren hatte, aber über merkwürdige Verhaltensweisen wunderte sich Hannes bei ihr längst nicht mehr.

Als er das Krankenzimmer betrat, wirkte Fritz im Vergleich zum Vorabend deutlich vorzeigbarer. Er saß aufrecht im Bett und kritzelte auf einem Notizblock herum. Nachdem er Hannes erblickt hatte, kehrte sogar der berüchtigte Glanz in seine blauen Augen zurück. Er war ein untrügliches Zeichen dafür, dass ihn das Jagdfieber fest im Griff hatte.

»Na endlich! Wieso hast du dir so lange Zeit gelassen? In zwanzig Minuten werd ich abgeholt.«

»Wo soll's denn hingehen?«

»Ins Krankenhaus. Den nächsten Giftcocktail in mich rein-
laufen lassen.«

»Ach ja.« Verlegen setzte sich Hannes. Er hatte ganz ver-
gessen, dass Fritz gerade an zwei Fronten gleichzeitig kämpfte.
Eine war so lebensgefährlich wie die andere. »Ist das in deinem
Zustand überhaupt …?«

»Was für ein Zustand? Mir geht's wieder blendend. Pass
auf. Ich hab mir den ganzen Vormittag Gedanken gemacht.« Er
deutete mit einem Finger auf das vollgeschriebene Papier.

»Immer langsam«, bremste Hannes. Zuerst wollte er den
Auftrag seines Chefs möglichst schnell hinter sich bringen. Er
berichtete von Simon Sands Verhör und dessen Anschuldigung.
Ernüchtert musste er feststellen, dass Fritz dessen Behauptungen
nicht weit von sich wies.

»Irgendwann musste es ja rauskommen.«

»Jetzt sag bloß, da ist was dran?« Konsterniert stand Hannes
vom Bettrahmen auf. Sollte ihn Fritz ein weiteres Mal hintergangen haben? Wie viel kriminelle Energie steckte eigentlich in
diesem alten Kerl?

»Es ist nicht so, wie es aussieht!«, entrüstete sich Fritz. »Was
denkst du von mir?«

»Dann erklär's mir!«

Fritz atmete tief durch. »Ich kenne Pascal seit einigen
Jahren. Hab ihn mal aus einer Sache rausgehauen, in der er der
Mordverdächtige Nummer eins war. Keiner glaubte ihm, bis
auf mich.«

»Klingt bekannt. Er behauptet auch diesmal, nichts mit
den Morden zu tun zu haben.«

»Und ich bin stark geneigt, ihm zu glauben. Obwohl ich bei
ihm immer vorsichtig bin. War ich früher schon. Aber Mord …
nein, das ist eigentlich nicht sein Stil.«

»Wie gut kennst du ihn?«

Fritz zeigte sein typisches Grinsen. »So gut man einen Gangsterboss eben kennen kann. Ein Restrisiko bleibt immer. Aber er hat eine große Stärke: Er weiß es zu schätzen, wenn ihm jemand aus der Patsche hilft. Da ich das getan habe, hat er mir immer wieder geholfen. Einen Tipp hier, einen Hinweis da – bestimmt drei Mordfälle habe ich nur dank seiner Mithilfe aufgeklärt.«

»Das ist ja noch nicht verwerflich.«

»Na ja, ich … hab ihm natürlich auch ab und zu einen rechtzeitigen Tipp gegeben.«

Hannes stöhnte. »Also ist es deine Schuld, dass man ihm fast nie ans Leder konnte? Obwohl es ein offenes Geheimnis ist, dass er hinter vielen Schweinereien in der Stadt steckt?«

»Schweinereien wird es immer geben. Da ist es immer noch besser, sie werden von jemandem begangen, den man einigermaßen im Blick hat und der kein völlig amoralisches Arschloch ist.«

»Klingt fast so, als würdest du ihn bewundern.«

»In gewisser Weise tu ich das vielleicht sogar.« Fritz wiegte bedächtig den Kopf. »Ist schon eine Leistung, so ein verschachteltes System aufzubauen und damit weitestgehend unbehelligt durchzukommen. Es lag also nicht nur an mir, dass sich die Kollegen aus den anderen Dezernaten an ihm die Zähne ausgebissen haben. Zumal ich ihm nur bei Kleinkram mal einen dezenten Wink gegeben habe.«

»Du bist wie immer gut darin, dir die Dinge schön zurechtzubiegen. War das alles, oder sollte ich noch was wissen?«

»Ähm …« Das heisere Räuspern verriet, dass es durchaus noch etwas gab. Etwas, das dem alten Fritz unangenehm war. »Er … das ist keine große Sache, aber … er versorgt mich hier drinnen mit Haschisch.«

Hannes verschluckte sich. »Du …? … nimmst Haschisch?«, krächzte er.

»Seit wann hast du damit Probleme?«, kam die angriffslustige Erwiderung. »Dein bester Kumpel kifft sich jeden Abend die Rübe weg.«

»Der ist aber Anfang dreißig, trägt Dreadlocks und …«

»Was soll das denn heißen? Muss ich mir erst eine Rasta-Perücke aufsetzen, um Marihuana konsumieren zu dürfen? Außerdem geht es mir gar nicht um den Rausch. Es ist eins der besten Schmerzmittel. Hätten wir nicht so eine verlogene Drogenpolitik, könnten viel mehr Krebspatienten davon profitieren.«

»Verstehe.« Hannes konnte es tatsächlich nachvollziehen. Letztlich war es ihm aber egal, wer was in sich reinstopfte. Es galt, ein anderes Problem zu lösen. »Was soll ich Federsen sagen? Dass Simon gelogen hat?«

»Damit wird sich Henning nicht abspeisen lassen.« Fritz dachte kurz nach. »Erzähl ihm meinetwegen das mit dem Haschisch. Darf ich während der Therapie eh nicht mehr nehmen. Wenn du den Rest hinten runterfallen lassen könntest, wäre das aber nicht schlecht.«

»Manchmal treibst du mich echt in den Wahnsinn.« Hannes seufzte und betrachtete das vertraute Gesicht. »Na gut – dafür bist du mir aber auch einen Gefallen schuldig. Oder machst du solche Deals nur mit Kriminellen?«

»Keineswegs«, lachte Fritz sichtlich zufrieden. Erneut deutete er auf den Block. »Das hier tue ich nur für dich, oder dachtest du etwa, dass mir was an Hennings Karriere liegt?«

Müde winkte Hannes ab. Er wusste, dass dies nicht die ganze Wahrheit war. Fritz konnte schlicht und ergreifend nicht anders. Starb jemand einen gewaltsamen Tod, sprangen seine Reflexe sofort an. Nach einem Blick auf die Uhr beeilte er sich, seinen ehemaligen Chef über die letzten Details in Kenntnis zu setzen.

»Passt«, verkündete Fritz anschließend und sah dabei sehr selbstgefällig aus.

»Da bin ich gespannt. Leg los.«

Fritz setzte seine randlose Brille auf, überflog sein Papier und wirkte wie ein zerstreuter Professor vor einer Vorlesung. »Hier sind jede Menge falscher Fährten im Spiel. Pascal Hinz, Jannis Bergmann, die Rockerclique – irgendjemand nutzt die günstige Situation schamlos aus.«

»Wie kommst du darauf? Selbst wenn du von Pascals Unschuld überzeugt bist: Simon könnte auch aus eigenem Antrieb aktiv geworden sein.«

»Niemals!« Kein Zweifel lag in der Stimme. »Der gehorcht Pascal aufs Wort. Hab ich erst letztens wieder am eigenen Leib erlebt. Überhaupt ist mir das alles viel zu offensichtlich. Der Verrat an Pascal, das zerstörte Auge des Rockers, Schulden, Haare am Opfer, die Klamotten in der Waschmaschine. Macht dich das nicht misstrauisch?«

»Na ja.« Hannes versuchte, seine Gedanken zu sortieren. »Ist ja nicht ungewöhnlich, dass es Indizien gibt. Gehört zu unserem Tagesgeschäft.«

»Im Prinzip schon. Wenn es um einen 08/15-Mörder geht.«

»Aber wir haben es mit einem Profi zu tun.« Hannes ahnte, worauf sein Mentor hinauswollte.

»Ganz genau. Beide Morde tragen die Handschrift von jemandem, der nichts dem Zufall überlässt. Und das gilt dann logischerweise auch für die Indizien.«

»Da ist was dran. Wir haben von Anfang an gedacht, dass die Rocker oder Pascal erstaunlich dämlich wären, wenn sie …«

»So dämlich sind die nicht«, kürzte Fritz den Gedankengang ab. »Die Frage ist eher, wer besonders clever ist. Es muss jemand sein, der sowohl außerhalb als auch innerhalb des Gefängnisses seine Möglichkeiten hat.«

»Wer fällt dir dazu ein?«

»Leider hab ich keine Ahnung!«

»Na super«, entrüstete sich Hannes. »Hast du dich nicht eben noch damit gebrüstet, mir weiterhelfen zu können?«

»Hab ich das nicht schon getan?« Listig linste der alte Fritz über die Brille. »Ändert die Ermittlungsstrategie. Sofort! Da du inzwischen mit Henning richtig dicke bist, wirst du ihn schon überzeugen können.«

Hannes wägte kurz ab, ob er mit Fritz über seine Wahl zwischen Marcel und Federsen diskutieren sollte. Angesichts der fortgeschrittenen Zeit entschied er sich dagegen. »An deiner These ist was dran, trotzdem können wir nicht einfach über die Beweise hinwegsehen. Wir werden auch in die bisherigen Richtungen weiter ermitteln müssen.«

»Ist mir klar. Aber das müssen ja nicht alle von euch tun. Außerdem kann ich euch helfen.«

Sofort wurde Hannes misstrauisch. »Was schwebt dir vor?«

»Zumindest dem Täter hier im Gefängnis können wir eine Falle stellen. Über ihn kommen wir dann an den Hintermann dran. Außerdem bin ich mir sicher, dass er es war, der mich im Kühlraum ausschalten wollte. Also hält er mich für eine Gefahr.«

»Und das willst du ausnutzen?«

Der halbkahle Schädel bewegte sich bestätigend von oben nach unten. »Heute werde ich wohl außer Gefecht gesetzt sein, aber ab morgen kann ich wieder eingreifen.«

»Wie?«

»Indem ich mit offenen Karten spiele.«

Verständnislos sah Hannes ihn an. »Du willst rumerzählen, dass du für uns arbeitest?«

»Nicht nur das.« Fritz klang regelrecht vergnügt. »Ich werde bekanntmachen, dass ich den Täter durchschaut habe. Und dass ich eine starke Vermutung habe, wer er ist.«

»Hast du die?«

Die Pause dauerte zu lange, um Hannes' Misstrauen nicht weiter anwachsen zu lassen. »Vermutung ist zu viel gesagt. Aber vielleicht eine Idee. Spielt letztlich keine Rolle, ob ich richtigliege, und ich will dich nicht auf die nächste falsche Fährte locken. Entscheidend ist, dass der Täter – von dem wir beide annehmen, dass er ein Profi ist – diese Gefahr nicht ignorieren wird. Er wird mich ausschalten wollen. Diesmal endgültig.«

»Klingt vielversprechend«, entgegnete Hannes sarkastisch. »Vor allem, wenn es wirklich ein Profi ist.«

»Das bin ich auch! Die Falle muss perfekt sein, aber die Wärter sollten mich im Auge behalten. Allerdings müssen wir eine Situation schaffen, in der ich vermeintlich ungeschützt bin.«

»Du hast meine volle Aufmerksamkeit.«

Die Tür öffnete sich, und ein Justizbeamter trat herein. »Herr Janssen? Wir müssten los!«

Fritz zwinkerte Hannes zu. »Der Plan steht schon zu neunzig Prozent. Den Rest überlege ich mir, wenn ich gleich am Schlauch hänge. Lass uns morgen weiterreden.«

Hannes nickte. Er hoffte, dass der Chemiecocktail die Sinne des alten Fritz nicht so durcheinanderwirbelte, dass die fehlenden zehn Prozent schnurgerade in den Abgrund führten.

Die Dämmerung setzte gerade ein, als Clarissa auf die Dachterrasse trat. Sie hatte eine dünne Decke um ihren verschwitzten Körper gewickelt und Ferdinands Einladung, ihm unter die Dusche zu folgen, abgelehnt. Sie brauchte ein paar Minuten für sich, und während sie dem Rauschen des Wassers lauschte, blickte sie über die abendliche Stadt. Ein milder Wind wehte von der Seite und umspielte ihr Gesicht.

Längst hatte sich die Natur wieder in ein grünes Kleid gehüllt, das von bunten Farbtupfern geschmückt wurde. Clarissa liebte den Mai. Endlich waren die Tage wieder länger und die Abende heller. Jetzt, in der Mitte des Monats, spürte man an manchen Tagen schon zarte Anzeichen des Sommers, und sie fragte sich, ob es sich seit vielen Jahren wieder um eine Zeit handelte, die sie nicht allein verbringen musste. Ein Sommer der Liebe?

Bei diesem Gedanken musste sie über sich selbst lächeln. Das klang wie der Titel eines Groschenromans, und weder neigte sie selbst zu kitschigen Gefühlen noch nahm sie an, dass Ferdinand zu dieser Sorte Mensch gehörte. Auch die letzte Stunde war eher wild und aufregend, statt kuschlig und zärtlich gewesen. Eigentlich hatte sie das renovierungsbedürftige Haus mit der Absicht betreten, nicht sofort im Schlafzimmer zu landen. Diesen Vorsatz hatte sie dann schon auf der Schwelle der Eingangstür verworfen. Erst als sie erschöpft nebeneinander gelegen hatten und er seine Finger über ihren Körper hatte wandern lassen, waren die lästigen Zweifel zurückgekehrt. Ferdinand hatte ihr geschworen, außer dem Anabolikahandel in keine verwerflichen Dinge mehr verwickelt zu sein. Früher mochte das anders gewesen sein, aber jetzt sei er geläutert. Wie passte es dann ins Bild, dass er weiter Kontakt zu Pascals Bande hatte? Und das ausgerechnet zu einem Zeitpunkt, an dem diese Leute so heftig im Kreuzfeuer standen wie nie zuvor?

Dass es Verbindungen zwischen den Rockern und Pascal gab, war an sich keine neue Information. Allerdings hatte Clarissa gehofft, dass diese Beziehungen zumindest nichts mit der aktuellen Mordermittlung zu tun hatten. Inzwischen war sie diesbezüglich allerdings unsicherer geworden. Zumal Ferdinand ihr im Bett auf ungeschickte und stockende Weise zu erklären versucht hatte, dass sich die Polizei gerade an den falschen Verdächtigen festbiss. Sie dachte an Hannes, der nach einem Gespräch mit Fritz ähnliche Zweifel geäußert hatte. Konnte da also etwas dran sein oder war Ferdinand auf sie angesetzt worden, um die Ermittlungsarbeit zu beeinflussen? Sollte sich diese Befürchtung als wahr herausstellen, würde sich der Kerl warm anziehen müssen.

»Wieso guckst du so grimmig?« Unbemerkt war Ferdinand aus der Balkontür getreten. »War der Sex so schlecht?«

»Anders als du, denke ich nicht die ganze Zeit an Sex«, erwiderte sie.

»Das tu ich gar nicht. Zumindest nicht die ganze Zeit.« Er rückte das Handtuch an seiner Hüfte zurecht und stellte sich neben sie.

Clarissa spürte ein leichtes Frösteln und zog die Decke enger um sich. Ferdinand bemerkte es, sagte aber nichts. Stattdessen trat er einen Schritt zur Seite, als wolle er ihr einen Wohlfühlabstand zugestehen. Er lehnte sich gegen das Geländer und blickte in die Ferne. Von der Seite begutachtete sie sein Profil. Sie wünschte sich so sehr, ihm vertrauen zu können, dass es schmerzte. Denn natürlich war ihr bewusst, dass sie damit einen großen Fehler beginge. Doch was war das für eine Basis für eine Affäre – oder gar Beziehung? War der Spaß, den sie mit diesem Mann hatte, überhaupt das ganze Risiko wert? Ihr Chef würde im besten Fall die Hände über dem Kopf zusammenschlagen, wenn er von dieser Verbindung wüsste. Im schlechtesten – und vermutlich realistischeren – Fall würde er sie in ein Disziplinarverfahren treiben.

Erneut musste sie an Hannes denken. Am Nachmittag hatten die Ermittler weitere Befragungen durchgeführt und unter Zuhilfenahme der Videoaufnahmen Bewegungsprofile angelegt. Bis dies für alle Personen, die sich am Sonntagabend im Gefängnis aufgehalten hatten, abgeschlossen war, dürften noch einige Tage ins Land gehen. Es war eine ermüdende Tätigkeit, und in einer kurzen Pause hatte Per das Gespräch mit ihr gesucht. Nun wusste sie, weshalb er sich in den letzten Tagen noch kauziger als gewöhnlich verhalten hatte. Ihr Kollege hatte Wind davon bekommen, dass sich Hannes in den zurückliegenden Monaten immer wieder mit Fritz getroffen hatte, und es war zu vermuten, dass er bei diesen Besuchen Ratschläge für die Ermittlungsarbeit eingeholt hatte. Clarissa fand dies zwar überhaupt nicht verwerflich, wusste aber, dass Per von einem fast schon krankhaften Pflichtgefühl besessen war. Sie hatte ihm empfohlen, das persönliche Gespräch mit Hannes zu suchen, bisher hatte es dafür aber offenbar keine Gelegenheit gegeben.

Kurz darauf hatte Hannes nämlich mit Federsen das Gefängnis verlassen, da Vanessa Krüger wieder aufgetaucht war. Die vor ihrer Wohnung platzierte Streife hatte sofort Alarm geschlagen und damit für eine neue Priorisierung gesorgt. Allerdings war es weder Federsen noch Hannes gelungen, die Frau zum Reden zu bringen. Sie stritt vehement ab, von den Raubüberfällen auf die Werttransporter zu wissen und habe keine Ahnung, weshalb ihr Mann ertränkt worden war. Auffällig war gewesen, dass sie nach Meinung der Ermittler keine Angst mehr ausstrahlte. Da sich Federsen an ihre Ankündigung erinnerte, ihren Mann rächen zu wollen, hatte er dafür gesorgt, dass Vanessa ab sofort permanent überwacht wurde. Es war nicht auszuschließen, dass sie die Ermittler auf eine heiße Spur führte.

Ob auch die Überwachung von Sören Wächter eine solche Spur hervorgebracht hatte, fragte sich Clarissa zum wiederholten Mal an diesem Tag. Die Ungewissheit nagte an ihr und ließ sie das Schweigen brechen.

»Weshalb hast du dich heute mit Sören Wächter getroffen?«
Sie sah, dass er leicht zusammenzuckte. Als er sich langsam
umdrehte, hatte er einen Ausdruck in den Augen, der sie einen
Schritt zurücktreten ließ. Die Konstellation war aber auch zu
dämlich. Da stand sie nackt unter einer dünnen Decke auf der
Dachterrasse eines Mannes, mit dem sie kurz zuvor ein sexuel-
les Abenteuer erlebt hatte, der ganz allein in einem herunter-
gekommenen Haus wohnte und vielleicht eine entscheidende
Rolle in einer Mordermittlung spielte, die sie aufzuklären hatte.
Und dennoch meinte sie, in dieser Situation ein Verhör führen
zu können? Innerlich schüttelte sie über sich selbst den Kopf.
Sie warf einen schnellen Blick zur Seite. Die Terrassentür war
nur einen Satz entfernt, und von dort waren es noch drei Meter
bis zum Sofa, wo ihre Lederjacke mit der Pistole lag.

»Lässt du mich überwachen?« Ferdinands Stimme wirkte
ernüchtert.

»Nein, aber vielleicht wäre das schlau? Trotzdem wurdet ihr
gesehen.«

Ferdinand nickte. »Also überwacht ihr Sören. Ich hatte
früher ... mehr mit ihm zu tun. In letzter Zeit aber gar nichts
mehr. Er wollte wissen, was ich über die Morde weiß.«

»Über die Mordermittlung, meinst du wohl.« Clarissa
hörte selbst, dass sie verbittert klang. »Ist das dein Auftrag?
Mich auszuhorchen?«

Seine Augen wurden groß. »Nein, das musst du mir glauben! Das mit uns ... hat damit gar nichts zu tun.«

»Und vorhin? Als du mich überzeugen wolltest, die Fährte
zu wechseln und Pascal samt seiner Leute in Ruhe zu lassen?«

»Das war ein gutgemeinter Rat. Sören ... Ich kenne Pascal
schon lange. Mir erscheint glaubwürdig, dass er da nicht drin-
steckt. Deshalb ist er genauso an der Aufklärung interessiert wie
ihr.«

»Dann sollte er sich kooperativer verhalten.«

»Es ist halt alles nicht so einfach. Du kannst ja nicht erwarten, dass er euch hilft, sich dafür aber wegen anderer Dinge in Schwierigkeiten bringt. Wie sollte er bei … seinem Hintergrund offen zu euch sein?«

Clarissa setzte sich auf eine Holzkiste und sah zu ihm hinauf. »Gilt das für dich genauso? Was sind deine Geheimnisse, Ferdinand?«

Mehrmals setzte er zum Sprechen an, dann ging er vor ihr in die Knie. »Es stimmt, ich hab eine bewegte Vergangenheit, und auf einiges bin ich nicht stolz. Umgebracht hab ich aber nie jemanden. Können wir es dabei nicht belassen?«

»Du bist gut! Ich bin Polizistin, schon vergessen? Wie soll ich denn … ein krimineller Freund … das ist völlig absurd!«

»Freund?« Sein Lächeln wirkte jetzt belustigt. »Mir war gar nicht klar, dass es dir so ernst mit mir ist.«

»Hab ich auch nicht behauptet. Aber, es wäre ja eine Möglichkeit. Vielleicht. Irgendwann mal.«

Er nahm ihre Hand und sah sie ernst an. »Du hast aber gewusst, auf wen du dich einlässt. Meine Vergangenheit ist, wie sie ist. Wie wäre es, wenn wir einfach nach vorne sehen?«

Sie schnaufte aus. »Klingt schön einfach. Aber wer sagt mir, dass die Vergangenheit nicht immer noch lebendig ist?«

»Ich versteh deine Zweifel. Aber mit dem Fitnessstudio hab ich mir was Ordentliches aufgebaut. Ja, das mit den Anabolika war dämlich, aber sonst lebe ich fast schon bürgerlich.«

Nun musste Clarissa doch lachen. Sie deutete auf das heruntergekommene Haus. »Extrem bürgerlich. Genauso wie deine Aktivitäten im Bett.«

Er brachte sein Gesicht nahe an ihres heran und küsste sie. »Einen Rest von Rebellentum kann ich eben nicht abstreifen. Oder hättest du das etwa gern?«

»Natürlich nicht.« Sie biss ihn in die Lippe und spürte, wie ihr Widerstand dahinschmolz. Vielleicht befand sie sich auf dem direkten Weg in den Abgrund, aber sie beschloss, sich weiter auf ihn einzulassen. Ob das daran lag, dass sie ihm glaubte oder dass sie ihm einfach nicht widerstehen konnte, war eigentlich nebensächlich. Sie wusste nur, dass sie sich mit ihm so glücklich wie schon lange nicht mehr fühlte – und dachte, dass sie ein solches Glück endlich mal wieder verdient hatte. Auch Polizisten waren nur Menschen.

Als Hannes bei Elke eintraf, hatte die Uhr der nahegelegenen Kirche gerade zehn Mal geschlagen. Damit hatte er den Hauptprogrammpunkt des Abends verpasst, aber da Federsen an diesem Tag einen ungewöhnlichen Arbeitseifer gezeigt hatte, war es Hannes schwergefallen, sich loszureißen. Zu seinem Erstaunen hatte sein Chef die Theorie, dass irgendjemand geschickt Pascal in die Schusslinie geschoben hatte, nicht sofort als Blödsinn zur Seite gewischt, obwohl er seine Skepsis kaum hatte verbergen können.

Wirkliche Auswirkungen auf die Ermittlungsstrategie hatte dieser Verzicht auf Scheuklappen aber ohnehin nicht, denn die Aufgabe blieb dieselbe: Alle Personen mussten durchleuchtet und ihre möglichen Aufenthaltsorte rund um den Tatzeitpunkt minutiös nachverfolgt werden. Die Erkenntnisse der bereits erfolgten Schnellauswertung der Videoaufnahmen mussten durch eine gründliche Recherche verifiziert werden. Bei rund zweihundertfünfzig Gefangenen und einer beachtlichen Zahl an Angestellten oder Dienstleistern war dies nicht im Handumdrehen zu erledigen. Dennoch war bis zum Abend die Hälfte der Personen abgearbeitet worden, darunter natürlich auch die vielversprechenderen Kandidaten wie Simon Sand. Dabei war eine Unstimmigkeit aufgefallen, die Federsen noch ein Stück wohlwollender gegenüber der neuen Theorie stimmte.

Simon hatte angegeben, sich zum Tatzeitpunkt »seit einer ganzen Weile« in seiner Zelle befunden zu haben. Dass dies gelogen war, bewies eine gestochen scharfe Aufnahme aus dem Gefängnishof, wo er sich bis fünf Minuten vor Ausbruch der Schlägerei aufgehalten hatte. Dann folgte zwar eine Lücke sowohl bei den Videoaufnahmen als auch bei den Zeugenaussagen, allerdings endete diese bereits drei Minuten, nachdem die Kamera im Gang zu den Waschräumen den davoneilenden Mörder gefilmt hatte. Und eines war sofort aufgefallen: Simon trug weder vorher noch nachher eine Jogginghose oder einen Kapuzenpullover. Genauso wenig wäre es ihm möglich gewesen, die Kleidung des Opfers wegzuschaffen. Der DNA-Beweis konnte zwar nicht gänzlich verworfen werden, hatte aber an Durchschlagskraft verloren. Wenn er überhaupt der Mörder war, musste er einen Helfer gehabt haben. Das galt allerdings für jeden anderen Häftling genauso, denn es war ausgeschlossen, dass ein Insasse den Sicherheitsbereich verlassen konnte.

Diese Erkenntnis hatte dazu geführt, dass Hannes Fritz' Theorie leicht abgeändert hatte. War es möglich, dass überhaupt kein Häftling involviert war, sondern der Täter ausschließlich im Kreis der Angestellten oder Dienstleister zu suchen war? Das würde einiges erklären. In diesem Zusammenhang hatte man sich bislang auf Jannis Bergmann konzentriert. Vielleicht war das ein Fehler gewesen, den es in den nächsten Tagen zu korrigieren galt.

Müde drückte Hannes seiner Freundin einen Kuss auf die Lippen, als er sich nun auf Elkes Sofa niederließ. Dem zugeklappten Laptop nach zu urteilen war die Präsentation der Urlaubsfotos abgeschlossen, worüber Hannes nicht traurig war. Elke hatte sich zwei Wochen lang auf den Kanaren erholt, und wie er den Gesprächsfetzen beim Betreten des Raumes entnommen hatte, einen intensiven Urlaubsflirt gehabt. Noch immer zeigten sich hektische Flecken auf ihren Wangen, und die blauen Augen funkelten lebendig, als sie sich Hannes zuwendete.

»Du hättest dich bestimmt sofort mit ihr angefreundet. Sie spielt nämlich Basketball in der ersten Liga. Dummerweise in Wasserburg bei München.«

Hannes nickte nur. Ihm war schon oft aufgefallen, dass viele wie selbstverständlich davon ausgingen, dass sich Sportler untereinander ausgezeichnet verstanden. Das wäre so, als müsste Elke, die als Erzieherin in einer städtischen Kinderkrippe arbeitete, mit allen Kindergärtnerinnen automatisch gut klarkommen.

»Willst du jetzt also Ines und Kalle nach Bayern folgen?«, fragte er. »Die beiden würden sich über norddeutsche Unterstützung bestimmt freuen.«

Ihre Armreifen klirrten, als sie abwehrend die Hände hob. »Kommt nicht infrage. Obwohl es ein günstiger Moment wäre.«

»Elke hat nämlich gekündigt«, setzte Ben seinen Kumpel ins Bild.

»Was? Wann denn?«

»Heute«, erklärte Elke trocken.

»Und wo gehst du hin?«

»Weiß ich noch nicht.«

»Wieso hast du dann gekündigt? Ist dir im Urlaub die plötzliche Erkenntnis gekommen, dass es so nicht weitergehen kann?«

»In der Tat.« Sie warf ihre blonden Haare nach hinten, die durch den Aufenthalt auf den Kanaren noch heller geworden waren. »Meine neue Chefin triezt mich, wo sie nur kann. Als Lesbe passe ich nicht in ihr erzieherisches Weltbild. Als würde ich dafür sorgen, dass die Kinder alle homosexuell werden.«

»Erzieherinnen werden händeringend gesucht«, meinte Anna. »Dauert bestimmt nicht lange, bis du eine neue Stelle findest.«

»Vermutlich nicht. Allerdings werde ich mir die Chefs ganz genau ansehen, bevor ich irgendwo unterschreibe. Die können dir das Leben echt zur Hölle machen. Na ja, Hannes weiß ja am besten, wovon ich rede.«

»In letzter Zeit kann ich mich nicht mehr beklagen«, berichtigte Hannes und erzählte von der Verwandlung Federsens in einen wohlwollenden Vorgesetzten. Als er die unverhofft aufgetauchte Option eines Wechsels in Marcels Team erwähnte, verschluckte sich Anna fast an ihrem Bier. Hastig stellte sie die Flasche hin und tupfte den überlaufenden Schaum ab.

»Das ist fantastisch! Damit ist dein Problem gelöst.«

»Na ja …«

»Was denn? Mit Marcel kommst du doch gut klar.«

»Trotzdem ist die Situation verzwickt. Federsen will mich unbedingt behalten … und jetzt, wo er sich endlich menschlich verhält, soll ich ihm einen Korb geben? Irgendwie fühlt sich das unanständig an.«

»Meine Güte!«, stöhnte Ben und raufte sich in gespielter Verzweiflung die Dreadlocks. »Du bist manchmal echt kompliziert. Nur weil er dich ein paar Tage lang gut behandelt, fühlst du dich ihm gleich verpflichtet? Denk mal an die Zeit davor!«

»Außerdem kann er sich jederzeit wieder zurückverwandeln«, stimmte Anna zu. »Mit Marcel bist du auf der sicheren Seite.«

Eine Weile diskutierten sie das Für und Wider, bis Hannes seinen Job mal wieder generell infrage stellte. Bens Finger begannen mit dem Zusammenbau eines Joints, dann deutete er auf Hannes, der gedankenverloren das weiche Fell von Socke durchwühlte.

309

»Du solltest endlich mal erkennen, was du eigentlich hast! Dein Job ist weit davon entfernt, langweilig oder unwichtig zu sein. Du hast 'ne sichere Anstellung und kein ganz schlechtes Gehalt. Zumindest, wenn du erst mal in Vollzeit arbeitest. Was zur Hölle ist also das Problem?«

Irritiert sah Hannes auf. »Seit wann faselst ausgerechnet du von Sicherheit und geregeltem Einkommen?«

»In erster Linie hab ich von Spannung und Relevanz gesprochen. Sicherheit und Geld sind die Kirsche auf deinem Job.«

»Was meinst du mit Relevanz?«

Ben richtete sich auf. »Ein Prof hat es vor Kurzem ganz gut auf den Punkt gebracht, als es um die Jobmöglichkeiten von uns Geschichtsstudenten ging. Die Perspektiven sind bescheiden, trotzdem sollten wir uns eine zentrale Frage stellen: Würde dieser Job fehlen, wenn es ihn gar nicht gäbe? Sofern man diese Frage nicht mit einem klaren Ja beantworten kann, rutscht man nach seiner Meinung irgendwann in eine Sinnkrise. Außer man gehört zu dem Teil der Menschheit, der schon völlig abgestumpft ist.«

»Dass ausgerechnet du die Polizei für unverzichtbar hältst, ist mein Highlight des Abends«, erwiderte Hannes ungläubig.

»Na ja, zumindest in Teilen.« Ben musste selbst schmunzeln. »Auf deinen Job trifft das aber definitiv zu, denn er sorgt für Gerechtigkeit. Ist doch nicht schlecht, oder?«

»Es ist halt ... es gibt unerfreuliche Begleitumstände. Psychopathen, aufgeschlitzte Leichen, verzweifelte Angehörige und so. An Federsen kann man sehen, zu was für einem Menschen es einen machen kann, wenn man ein Leben lang damit zu tun hat. Oder nehmt Fritz. So gern ich ihn mag, aber wirklich richtig im Kopf ist der auch nicht.«

»Das hängt aber auch vom Charakter ab«, mischte sich Elke ein. »Ich sehe es wie Ben. Es gibt so viele Bullshitjobs mit null Relevanz. Ich hab letztens gelesen, dass ein Drittel der

Deutschen ihren Job für sinnlos hält. Krass, oder? Was für eine Verschwendung von Lebenszeit.«

»Also erspar uns deine Luxusprobleme«, stimmte Ben grinsend zu. »Es gibt genug Jobs, bei denen der Sinn der Arbeit allein darin liegt, dass sie erledigt wird. Wenn sie neben Geld auch noch Spaß bringt, ist das ja okay, aber die Gesichter morgens in den Bussen sprechen eine andere Sprache.«

»Vielleicht habt ihr recht.« Hannes dachte nach. »Könnte gut sein, dass mir die Arbeit vor allem wegen Federsen Bauchschmerzen bereitet hat. Seit er sich verändert hat, macht es mir eigentlich schon Spaß. Von den Überstunden mal abgesehen. Spricht aber trotzdem dafür, dass ich mich für Marcel entscheiden sollte.«

Kaum hatte er diese Meinung ausgesprochen, spürte er, dass die Entscheidung gefallen war. Das Bauchgefühl konnte man nicht betrügen, und das hatte soeben Klartext gesprochen. Dass er nach den Olympischen Spielen eine radikal andere Richtung einschlagen könnte, wollte er aber trotz Bens Standpauke ebenfalls nicht ausschließen. Nur sprach er das nicht laut aus. Während Hannes seine gute Laune wiedergefunden hatte, war Anna zusehends nachdenklicher geworden.

»Toll, Ben. Jetzt hast du Hannes gerettet, dafür mich runtergezogen. Ich hab zwar einen wunderbaren Chef, aber eigentlich einen dieser Jobs, die sinnlos sind. Hab mich grade gefragt, was passieren würde, wenn er wegfiele. Im Grunde nix. Frustrierend, wenn man überlegt, wie viel Zeit man in etwas Sinnloses steckt.«

Diesmal war es an Hannes, motivierend einzuschreiten. »Red dir nicht selbst diesen Blödsinn ein. Menschen brauchen Sachen zum Anziehen. Vielleicht nicht die zehnte Hose, die nach dem dritten Waschen auseinanderfällt – aber genau da kommst du ins Spiel! Ihr produziert Klamotten unter fairen Bedingungen und dazu auch noch ressourcenschonend. Im

Gegensatz zum Großteil der Modebranche ist dein Job also alles andere als sinnlos.«

Ben sprang auf, um sich ein neues Bier zu holen. Da er den Joint in der Hand hielt, plante er vermutlich einen Umweg über den Balkon. »Wie schön, dass man mit euch über so was philosophieren kann«, meinte er. »Dazu haben nur noch wenige Leute Lust. Denn in letzter Konsequenz stellt man damit das ganze System infrage.«

»Und jetzt willst du eine Diskussion anzetteln, wie die Alternative aussehen könnte«, vermutete Elke und erhob sich von einem Sitzsack. »Dann hol ich mir besser noch 'ne Flasche Bier.«

Ihre Vermutung erwies sich als richtig, was dazu führte, dass sie erst um ein Uhr nachts auseinandergingen. Eine überzeugende Alternative hatten sie zwar nicht zustande gebracht, trotzdem war Hannes der Meinung, dass dieser Abend äußerst sinnvoll gewesen und an Relevanz kaum zu überbieten war.

KAPITEL 16

Zwei Tage später ging Hannes allmählich die Energie aus. Obwohl er schweren Herzens einige Trainingseinheiten hatte ausfallen lassen, war er an keinem der zurückliegenden Abende vor Mitternacht ins Bett gefallen. Die Befragungen sämtlicher Personen, die sich am Abend des Mordes im Gefängnis aufgehalten hatten, sowie die sich daran anschließende Kartierung und Aufbereitung war eine Mammutaufgabe gewesen. Durch die Auswertung sämtlicher Aufnahmen der zahlreichen Überwachungskameras hatte sich der Aufwand weiter erhöht. Zumal ergänzend auf gleiche Weise die nicht-tödlichen Überfälle auf David und Fritz ausgewertet worden waren.

Das Bild, das dabei entstanden war, hatte zwar endlich mehr Details gezeigt, blieb aber frustrierend komplex. Federsen hatte einen passenden Vergleich geäußert: Die Ermittler hatten eine Schwarz-Weiß-Aufnahme in ein Farbbild verwandelt, dennoch stellte es weiterhin ein Wimmelbild dar, wie es der Kinderbuchautor Ali Mitgutsch nicht besser hätte zeichnen können. Mit dem Unterschied, dass sich den Ermittlern ein wesentlich düstereres Bild bot. Durch die Farbgebung konnten aber wenigstens einige Zusammenhänge klarer erkannt werden. Da man jedoch irgendwann den Wald vor lauter Bäumen nicht mehr sieht und vermehrt wilde Spekulationen abgefeuert worden waren, hatten sich die Kollegen in der vergangenen Nacht auf den mittlerweile angebrochenen Mittwoch vertagt.

An diesem Tag musste Hannes zudem seine Entscheidung mitteilen, unter welchem Vorgesetzten er vom Spätsommer an seinen Dienst verrichten wollte. Als er die Eingangshalle des Präsidiums betrat, fragte er sich, ob seine Meinung am Ende tatsächlich Berücksichtigung finden würde. Das Gespräch mit Steffen Lauer gedachte er als Erstes hinter sich zu bringen, um nicht den halben Tag weiter Gedanken hin und her zu wälzen – zumindest keine, die nichts mit der aktuellen Mordermittlung zu tun hatten.

Gerade hatte er die erste Treppenstufe betreten, als sein Name gerufen wurde. Er drehte sich um und erblickte Frau Öztürk, die ihm mit strahlendem Gesicht hinterherlief. Überschwänglich drückte sie ihm die Hand, Tränen standen ihr in den Augen. Hannes ahnte, was sie in einen derart euphorischen Zustand versetzte.

»Ist die Ursache der Magen-Darm-Attacke gefunden worden?«

»Ja, dank deines Freundes!«

»Er ist nur ein Exkollege, der …«

»Hat sofort Proben bei mir nehmen lassen. Das war der Beweis, auf den er schon gewartet hat.« Sie schüttelte den Kopf und wirkte fassungslos. »Meine Freundin hat ein ganz schlechtes Gewissen und konnte kaum glauben, dass ihr Cousin … Auf dem Markt verkauft er nur frische Lebensmittel. Aber wenn er ausliefert, schiebt er den Leuten abgelaufene Ware unter. Wenn ich daran denke, dass ich seit einem halben Jahr bei ihm einkaufe …«

»Dann sind auch die Krankheitswellen im Winter rückblickend erklärbar.«

Sie erbleichte. »Meinst du?«

Hannes schmunzelte. »War nur Spaß.«

»Kriegt man hier irgendwann auch mal einen Kaffee?« Ein älterer Kollege trat halb aus der Kantinentür und stierte missmutig zur Treppe. Um kurz vor sieben Uhr hatten noch nicht alle im Präsidium gute Laune. Frau Öztürk eilte ihm entgegen, und Hannes setzte seinen Weg durchs Treppenhaus fort. Seine Annahme, dass Steffen Lauer bereits hinter seinem Schreibtisch säße, traf zu. Der Leiter der Mordkommission war ein Frühaufsteher und schien erfreut, den Nachwuchsermittler zu sehen.

»Wie läuft denn eigentlich die Olympiavorbereitung? Ich habe von Ihrem dritten Platz beim Weltcup gehört. Sogar mit persönlicher Bestleistung? Beim letzten Mal hatten wir ja kaum Zeit, uns auszutauschen!«

Diese Zeit hatte Hannes im Moment eigentlich auch nicht, da Federsen alle für Punkt sieben Uhr einbestellt hatte. Dennoch gelang es ihm erst nach fünf Minuten, das Gespräch vom Sport auf den Polizeidienst zu lenken. Er wollte es so schnell wie möglich hinter sich bringen und hatte beschlossen, mit offenen Karten zu spielen. Taktieren konnte er nur im Wettkampf gut, im zwischenmenschlichen Bereich fiel es ihm schwerer. Im beruflichen erst recht.

»Ich möchte ungern, dass jetzt ein Schatten auf unsere Zusammenarbeit fällt«, beendete er die etwas umständliche Beschreibung des neuen Miteinanders zwischen ihm und Federsen.

Steffen Lauer beobachtete ihn aufmerksam. »Freut mich zu hören. Das spricht natürlich eigentlich dafür, Sie in Hennings Team zu lassen. Es gibt nicht viele, die es ... also, es ist gut, wenn ihn jemand zu nehmen weiß.«

Hannes schluckte, und seine Ohren röteten sich. Das Gespräch schlug eine Richtung ein, die er nicht beabsichtigt hatte. »Wie stark zählt denn überhaupt mein persönlicher Wunsch?«

»Ich hätte Sie nicht gefragt, wenn Ihre Meinung irrelevant wäre«, stellte Lauer mit Nachdruck klar. »Aber ich mag Sie nicht anlügen: übergeordnete Gründe und andere Meinungen spielen natürlich auch eine Rolle. In diesem Fall dürfte das aber gut zueinander passen.«

Hannes blinzelte verwirrt. »Inwiefern?«

»Henning hat mir mitgeteilt, dass Sie miteinander gesprochen haben. Und dass Sie gerne in seinem Team arbeiten. Jetzt und in Zukunft.«

Diese unerwartete Entwicklung musste Hannes erst verdauen. Er erinnerte sich an das Gespräch vor der Dönerbude und räusperte sich. Lauer sah ihn fragend an.

»Hat Henning das etwa falsch dargestellt?«

»Nein, na ja, also zumindest nicht ganz vollständig. Ich hatte nur über die Gegenwart gesprochen, aber nicht damit gerechnet ...« Er brach ab und entschied, den Schlingerkurs endlich zu beenden. »Eines sollten Sie bei Ihrer Planung berücksichtigen. Da ich bald keinen Leistungssport mehr betreibe, denke ich über einen generellen Neustart nach. Das mit der Polizei war ... wegen der Planstelle für Spitzensportler ganz praktisch. Also in Teilzeit. Ob ich aber ausschließlich Mörder jagen möchte, weiß ich jetzt ehrlich gesagt noch nicht.«

Für einen Moment herrschte Schweigen. Eine derartige Aussage schien wiederum Steffen Lauer nicht erwartet zu haben. Er zwirbelte an seinem Schnurrbart herum, ließ seinen Mitarbeiter dabei aber nicht aus den Augen. Dann gab er sich einen Ruck und stand auf, um die Tür zu schließen, obwohl das Vorzimmer noch immer verwaist war.

»Vielleicht muss ich dichter an den jungen Mitarbeitern dran sein«, meinte er selbstkritisch, während er wieder mit federnden Schritten zum Schreibtisch zurückging. »Aber glauben Sie nicht, dass ich die Entwicklung nicht im Blick habe. Wenn ich mir Ihre Karriere, die ja erst ein knappes Jahr alt ist, ansehe, kann ich nur sagen: Ich bin beeindruckt!«

Hannes fuhr sich unsicher durch das zerzauste Haar. »Öhm … danke.«

»Eigentlich sollten solche Rückmeldungen durch die direkten Vorgesetzten erfolgen.« Lauer war die Verärgerung anzusehen. »Sie sind ein vielversprechendes Talent oder mehr noch: Eigentlich agieren Sie schon jetzt besser als manch alter Hase. Auch wenn Sie sich gelegentlich vielleicht zu sehr am alten Fritz orientieren.«

Hannes stockte der Atem, aber Lauer vertiefte das Thema nicht. Allerdings war kaum zu übersehen gewesen, dass er unmerklich gezwinkert hatte. Wusste er etwa von den Besuchen im Gefängnis? Tolerierte er sie gar? Natürlich dürfte er sie niemals offiziell gutheißen, sodass er auch sein Wissen nicht würde preisgeben können. Allein aus Selbstschutz. Hannes meinte, die Botschaft verstanden zu haben, war sich andererseits aber nicht sicher, ob er die Zeichen nicht doch falsch gedeutet hatte. Aufgrund seiner abgeschweiften Gedanken hatte er Lauers letzte Sätze kaum wahrgenommen.

»Wie meinen Sie das? Mein Wort hat jetzt noch mal an Gewicht gewonnen?«

»Wie ich eben sagte: Die Polizei braucht Leute wie Sie. Deshalb möchte ich Ihnen eine Perspektive bieten, damit Sie sich nach der Sportlerkarriere für uns entscheiden.« Er lehnte sich über den Tisch und sah Hannes eindringlich an. »Ich sorge für meine Leute, das hab ich immer getan. Was Karriereentwicklung mit einschließt. Dazu sollten wir uns zu gegebener Zeit näher austauschen. Jetzt geht es erst mal um die Rahmenbedingungen. Und bevor Sie wegen Henning das Weite suchen …«

»So ist es nicht«, wehrte Hannes sofort ab.

»Aber er wäre auch kein Argument für die Habenseite. Wie ist das bei Marcel?«

Hannes atmete tief ein. »Ich glaube, dass Marcel ein toller Teamleiter sein wird. Wenn ich hierbleibe, würde ich gern unter ihm arbeiten.«

»Eine klare Aussage.« Steffen Lauer war nicht anzusehen, was er von dieser Entscheidung tatsächlich hielt. »Allerdings kann ich Ihnen den Platz nicht ewig reservieren. Obwohl es nicht schwer sein dürfte, einen Ersatz zu finden. Marcel ist nicht gerade unbeliebt. Außerdem bin ich ja selbst Sportler und kann nachvollziehen, dass Sie sich erst mal orientieren müssen, wenn das alles vorbei ist.«

Als keine Fortsetzung kam, hatte Hannes noch immer keine Ahnung, wo er stand. Was zum Teil natürlich seinem eigenen Wankelmut geschuldet war. »Was bedeutet das konkret? Ich möchte niemandem den Platz wegnehmen, nur weil ich noch nicht sicher bin, was ...«

»Konkret bedeutet das: Ich teile Sie Marcel zu, reiße Ihnen aber den Kopf nicht ab, wenn Sie mir nach Olympia mitteilen, künftig Brunnen in Afrika graben zu wollen. Allerdings bleibt das zwischen uns. Offiziell sind Sie ein Teil von Marcels künftigem Team. Bekanntgegeben wird dies, sobald wir seine Beförderung verkünden.«

Hannes konnte ein Strahlen nicht unterdrücken. Nach dem anfänglichen Geholper war dieses Gespräch besser verlaufen als erwartet. Damit hatte er alle Asse im Ärmel, und mal wieder zeigte sich, dass Steffen Lauer einen Narren an ihm gefressen haben musste.

»Muss nicht Marcel noch zustimmen?«, fragte er. »Ich möchte ihm nicht aufgedrängt werden.«

Einen Moment lang sah Lauer ihn an, dann brach er in schallendes Gelächter aus. »Das ist längst passiert! Marcel wird begeistert sein, dass Sie sich für ihn entschieden haben.«

Erleichterung durchflutete Hannes. Sie hatte nur einen leichten schalen Beigeschmack. Marcel würde von nun an fest mit ihm planen, sodass er unter Druck stand, sich entweder für die Fortführung der Polizeikarriere zu entscheiden oder zumindest frühzeitig seinen Ausstieg bekanntzugeben. Ganz so viele Asse, wie er gedacht hatte, waren es dann also doch nicht. Dem Leiter der Mordkommission dürfte bekannt sein, dass Hannes in dieser Hinsicht pflichtbewusst und fair war. Marcel vor den Kopf zu stoßen, kam absolut nicht infrage. Steffen Lauer war eben ein geschickter Taktiker.

Seit ihrer Rückkehr hatte sich Vanessa mit ihrer Vergeltung beschäftigt. Andere Grübeleien versagte sie sich standhaft. In einem lichten Moment hatte sie selbst gespürt, dass sie blind vor Wut und fast schon wie in einem Wahn handelte, doch zugleich war sie überzeugt gewesen, andernfalls zu zerbrechen. Sie wollte nicht länger die Getriebene sein! Die wichtigste Aufgabe war zugleich die schwerste gewesen: Herauszufinden, wo Elena Hinz wohnte. Im Telefonbuch war sie nicht verzeichnet, und in Vanessas persönlicher Umgebung gab es keine Überschneidungen mit ihr. Erst ein Bekannter von David hatte ihr weiterhelfen können, auch wenn er nur den Standort des Kiosks hatte mitteilen können. Diese Information war jedoch völlig ausreichend gewesen.

Vanessa trug eine dunkle Sonnenbrille, ihre lockigen Haare hatte sie hochgesteckt. Es war unwahrscheinlich, dass Elena sie erkannte, zumal sie auf ausreichend Distanz zum Tresen achtete. Allerdings hatte die Geschäftsfrau ohnehin genug mit der Versorgung von Kundschaft zu tun, als dass sie ihren Blick gelangweilt durch die Gegend hätte schweifen lassen können. Noch befanden sich Arbeiter und Angestellte auf dem Weg zum Job, und die Kaffeemaschine brodelte im Dauerbetrieb.

Ein kleines Schild informierte über die Öffnungszeiten und deutete an, dass zwischen Frühstück und Mittagszeit Flaute herrschte. Von halb zehn bis halb zwölf war der Kiosk geschlossen, vermutlich gab es in diesem Zeitfenster so gut wie keine Laufkundschaft.

Eine Weile beobachtete Vanessa noch das Treiben, und beim Anblick Elenas verkrampfte sich ihr Magen. Natürlich war ihr klar, dass eigentlich Pascal der Kern allen Übels war, und dass es einer seiner Männer gewesen sein musste, der sie um die Beute des Raubüberfalls gebracht hatte. Sich an einem von ihnen zu rächen, traute sie sich allerdings nicht zu – und an Pascal kam sie nicht heran. Davon abgesehen war ihr Zorn auf Elena ohnehin am größten. Der Verrat schmerzte und hatte sich tief in ihr festgefressen. Zudem rechnete sie damit, auch Pascal mitten ins Herz zu treffen, wenn seiner Schwester etwas zustieß. Allerdings war sich Vanessa noch nicht im Klaren darüber, ob sie überhaupt zu einer Gewalttat fähig sein würde und welches Ausmaß diese Gewalt annehmen sollte. Könnte sie am Ende sogar morden? In ihrer Fantasie durchaus, aber in der Realität?

Das Entscheidende war, dass man nichts zu ihr zurückverfolgen konnte. Sonja durfte nach ihrem Vater auf keinen Fall auch noch die Mutter verlieren. Kurz überlegte Vanessa, ob sie nicht alles abblasen sollte – aber es ging nicht. Sie hatte lange genug alles geschluckt, was ihr das Leben an Zumutungen hingeworfen hatte. Wenigstens diesmal wollte sie zurückschlagen. In ihrem Handschuhfach lag die Waffe, die David im Keller versteckt hatte. Ursprünglich nur zur Selbstverteidigung gedacht, eröffnete sie nun völlig neue – ihr bis vor Kurzem noch undenkbare – Optionen.

Zwar war die Planung unausgereift, enthielt aber drei zentrale Elemente: Sie musste eine Gelegenheit abwarten, bei der es keine Zeugen gab. Sie musste nahe an Elena herankommen,

da sie noch nie den Abzug einer Waffe betätigt hatte und kein
Luftloch schießen wollte. Sie musste die Waffe an einem Ort
entsorgen, wo sie niemand finden konnte.

Für die dritte Voraussetzung hatte sie bereits eine Lösung.
Wann sie aber Elena an einem günstigen Ort antreffen würde,
lag nicht in Vanessas Hand. Insbesondere da sie nur einen
begrenzten zeitlichen Spielraum hatte. Um ein Uhr musste sie
Sonja von der Schule abholen, weshalb ihr nur die Vormittage
zur Verfügung standen. Doch an den Vormittagen stand Elena
dummerweise in ihrem Kiosk – bis auf die zwei Stunden, für
die sie den Imbiss abschloss. Vermutlich bereitete sie dann aber
das Mittagessen vor, räumte auf oder machte sauber. Vanessa
setzte trotzdem darauf, irgendwann in diesem Zeitfenster eine
Gelegenheit zu erhalten oder auf das Wochenende zu hoffen.
Etwas anderes blieb ihr gar nicht übrig. Sie setzte sich auf den
Beifahrersitz, schob ihn zurück, streckte die Beine aus und
wartete.

Abwesend verfolgte Hannes die Ausführungen seines Chefs,
der die Ergebnisse der letzten Tage gerade langatmig präsentierte. Steffen Lauer hatte den Sportpolizisten begleitet, um
sich auf den aktuellen Stand bringen zu lassen. Wann Lauer
den Ermittlungsleiter über Hannes' Entscheidung in Kenntnis
zu setzen gedachte, wusste Hannes nicht. Zugleich überlegte
er, ob er es nicht ohnehin besser selbst tun sollte. Federsen
konnte schnell etwas in den falschen Hals bekommen, und ob
Lauer sich die Zeit für ausgeprägtes Fingerspitzengefühl nehmen würde, war ungewiss. Hannes nahm sich vor, im Lauf
des Tages einen günstigen Moment abzupassen, in dem er mit
seinem Vorgesetzten allein war. Seine Aufmerksamkeit kehrte
gerade noch rechtzeitig zu Federsens Vortrag zurück, um dessen
Resümee zu hören.

»Nachdem wir also dieses ganze Chaos aus Zeugenaussagen und Videoaufnahmen so weit wie möglich geordnet haben, stehen im Mordfall David Krüger fünfzehn Personen als mögliche Täter auf der Liste. Zunächst sind wir von acht Personen ausgegangen, weil wir da noch die Angestellten und Dienstleister vernachlässigt hatten.«

Hannes' Handy vibrierte, und hastig überflog er eine SMS. Am Morgen war ihm unter der Dusche ein Gedanke gekommen, der eine Nachfrage bei einer anderen Abteilung ausgelöst hatte. Die Rückmeldung war soeben eingetroffen und wurde in drei weiteren Nachrichten konkretisiert. Federsens Stirn runzelte sich angesichts des entstehenden Geräuschs. Hannes wollte den Hintergrund der Störung erläutern, aber Federsen sprach bereits weiter.

»Sofern auch die tätlichen Angriffe auf David und Fritz vom späteren Mörder verübt wurden, würde das die Liste auf sieben Personen reduzieren. Zwei davon sind uns näher bekannt: Simon Sand und Jannis Bergmann. Beides Männer, die Pascal Hinz zuzuordnen sind, obwohl einer von ihnen für die Justiz arbeitet.«

»Wie wahrscheinlich ist es, dass ein einzelner Mann hinter diesen drei Taten steckt?«, fragte Steffen Lauer.

Federsen saugte kurz an seiner E-Zigarette. »Sollte Pascal dahinterstecken, kann man stark davon ausgehen. Dann gibt es ein Motiv, das zu allen Taten passt.«

»Allerdings könnten diese Motive auch nur für die Abreibung verantwortlich sein.« Hannes erhob sich und deutete auf das Handy. »Ich habe gerade eine wichtige Info bekommen. Heute früh dachte ich darüber nach, warum Timo und David gerade jetzt ermordet wurden. Der Verrat an Pascal liegt ja schon länger zurück. Wenn es zwischen den Morden an David und Timo einen Zusammenhang gibt – was durchaus auf der Hand liegt –, dann sind wir bisher davon ausgegangen, dass es zwei Täter geben muss. Einer agierte drinnen und einer draußen.«

»Pascal hat genügend Leute in beiden Welten«, warf Per ein.

»Stimmt. Deshalb ist er eine der Spuren, die wir am intensivsten verfolgen. Nehmen wir aber mal an, seine Jungs stecken nur hinter der ... Lektion, die David erteilt wurde.«

»Er ist vor seiner Zelle halbtot geprügelt worden«, protestierte Per.

»Aber eben nicht ganz tot«, entgegnete Hannes, ohne sich aus dem Konzept bringen zu lassen. »Und auch Fritz ist mit dem Leben davongekommen. Ihm könnte es Pascal übelgenommen haben, dass er rumschnüffelte. Nehmen wir weiter an, dass es sich doch um ein und denselben Mörder handelt, der aber nicht zwangsläufig etwas mit den Körperverletzungen zu tun hatte. Dann käme nur eine Person auf unserer Liste infrage.« Er ging zum Whiteboard und kreiste einen Namen ein. »Mario Schäfer könnte David ertränkt haben, denn von ihm gibt es keine Videoaufnahmen an einem anderen Ort, und keiner der anderen Gefangenen war mit ihm zusammen. Während der Attacke auf Fritz befand er sich dagegen in der Wäscherei, und als David zusammengeschlagen wurde, war er noch nicht im Gefängnis. Er trat erst tags darauf seine Strafe an. Das bedeutet aber zugleich, dass er zum Zeitpunkt von Timos Ermordung noch in Freiheit war.«

»Er muss sofort verhört werden!« Clarissa sprang auf.

»Oder auch nicht.« Hannes erinnerte seine Kollegen an Fritz' Bereitschaft, sich als Köder zur Verfügung zu stellen. »Vielleicht sollten wir uns also erst mal über Schäfers Hintergrund informieren. Abhauen kann er im Knast ja nicht. Wenn wir diese Variante dann für wahrscheinlich halten, könnten wir die Falle gezielt auf Schäfer ausrichten.«

»Diese Idee behagt mir nicht.« Steffen Lauer bearbeitete seinen Schnurrbart intensiv mit Daumen und Zeigefinger. »Es ist schon grenzwertig, dass wir Fritz als verdeckten Ermittler eingesetzt haben. Ihn zusätzlich als lebenden Köder zu verwenden, geht mir zu weit.«

»So kann der Kerl wenigstens wieder was gutmachen«, konterte Federsen. »Was wissen wir über Mario Schäfer?«

»Er lag bisher nicht im Fokus«, erklärte Clarissa. »Ich werde mich zu ihm schlau machen.«

»Etwas weiß ich schon.« Erneut deutete Hannes auf sein Smartphone. »Er wurde wegen Beamtenbeleidigung bestraft, verweigerte aber die Zahlung einer Geldstrafe. Allein das kommt mir merkwürdig vor.«

»Merkwürdige Leute gibt es genug. Vielleicht ist er ein renitenter Prinzipienreiter und hat sich im Recht gesehen.«

»Trotzdem ist er ein vielversprechender Kandidat.« Steffen Lauer stand auf. »Neben der Gruppe um Pascal Hinz sollten wir uns auf ihn konzentrieren. Besitzt er für die Mordnacht von Timo Reichel ein Alibi? Was hat er für einen persönlichen Hintergrund? Welche Verbindungen gab es zu den Opfern? Und so weiter. Ach ja, und noch was: Gibt es eine Beziehung zu einem der Angestellten oder Dienstleister? Denn wenn ich es richtig verstanden habe, muss von denen eigentlich jemand involviert sein?«

»Anders ist es kaum vorstellbar«, bestätigte Federsen. »Wir müssen auch überprüfen, ob er mit den Rockern zusammenhängt. Vielleicht ist das ja deren Mann im Knast, ohne dass uns dies bislang klar war.«

»Wir könnten auch mit dem Richter sprechen, der ihm die Strafe aufgebrummt hat«, schlug Hannes vor. »Gut möglich, dass Schäfer bewusst seine Inhaftierung provoziert hat. Es würde sowieso Sinn ergeben, mal beim Gericht vorbeizusehen. Derselbe Richter hat auch das Urteil von Timo und David gesprochen. Damals gab es einen Deal, da die beiden gegen Pascal aussagten. Vielleicht gibt es ein paar Hintergrundinfos, die uns weiterhelfen.«

»Welcher Richter ist es?«, erkundigte sich Lauer.

»Richard von Behrens. Das ist dieser ... *Richter Erbarmungslos*.«

»Ein guter Mann«, sagte Steffen Lauer. »Er wird schon länger als Kandidat für den Bundesgerichtshof gehandelt. Hat seinen Spitznamen nicht ohne Grund, er ist ein scharfer Hund. Kein Wunder, dass er Schäfer die Beamtenbeleidigung nicht durchgehen ließ.«

»Dafür fielen die Haftstrafen für Timo und David ziemlich mild aus.«

»Klar. Weil sie Pascal Hinz ins Netz gelegt haben. So was stimmt sogar einen harten Knochen wie von Behrens weich.« Lauer lächelte. »Erwarten Sie keinen gemütlichen Plausch, wenn Sie ihn aufsuchen. Er vertritt eine strenge Linie, die selbst vor Polizisten nicht haltmacht. Drei Kollegen hat er schon wegen Amtsmissbrauchs verurteilt.«

Das machte Hannes keine Sorgen, denn es war unwahrscheinlich, dass Richard von Behrens jemals von seiner Zusammenarbeit mit Fritz Wind bekäme. Vermutlich hätte man den Mann schon viel früher aufsuchen müssen, denn wenn entgegen seines Gefühls am Ende doch Pascal Hinz hinter den Morden steckte, dann konnten die Akten vielleicht entscheidende Hinweise liefern. Während er selbst zum Gericht aufbrach, wurde Clarissa ein weiteres Mal auf die Rocker angesetzt. Er sollte im Anschluss zu ihr dazustoßen, aber er zweifelte daran, dass dort eine Verbindung zu Mario Schäfer zu finden war. Per wurde beauftragt, zum allgemeinen Hintergrund des Mannes zu recherchieren, während sich Federsen um die restlichen Personen im Kreis der Verdächtigen kümmern wollte. Zuvor wurde er allerdings von Steffen Lauer beiseite genommen, wie Hannes aus den Augenwinkeln beobachtete, als er das Konferenzzimmer verließ. Er hatte eine starke Vermutung, um was es bei diesem Vieraugengespräch gehen dürfte.

In Gedanken versunken saß Fritz auf einer Steinmauer und blickte zum wolkenlosen Himmel hinauf. Früher einmal war der Frühling seine bevorzugte Zeit des Jahres gewesen, an diesem Tag löste er lediglich eine nicht zu befriedigende Sehnsucht in ihm aus. Er konnte sich in diesem Augenblick nichts Schöneres vorstellen, als ans Meer zu fahren, den Anker zu lichten und mit der *Lena* den Hafen zu verlassen. Oder einfach nur am Strand zu sitzen, in einem Café die Zeit zu vertrödeln und anschließend einen Spaziergang durch die farbenfrohe Landschaft zu unternehmen. Stattdessen blickte er auf graue Wände, rostige Gitter und einen staubigen Boden, während hinter den Mauern Licht und Farbe die Herrschaft übernommen hatten. Seine Gefühlslage passte sich dem Zustand seines Körpers an, allerdings war sie am Vortag noch erheblich schlechter gewesen.

Diesmal hatten ihn die Nebenwirkungen der Krebstherapie mit Verzögerung überrollt – dafür heftiger und länger als zuvor. Der einzige Lichtblick war der Besuch seiner Jugendfreundin Ursula gewesen, die ihm einfühlsam zugeredet und ihn zum Durchhalten ermuntert hatte. Fritz war froh, sich nicht länger gegen ihren Besuch gewehrt zu haben. Obwohl er es nicht ausgesprochen hatte, war er sich zunehmend sicher, dass er dem Ende entgegenschritt. Was wussten schon die Ärzte? Er selbst kannte seinen Körper am besten, und die Signale waren niederschmetternd. Zwar war dies angeblich Teil der Therapie und somit zu erwarten gewesen, doch Fritz schwor sich, das letzte Stück selbstbestimmt zurückzulegen. Sollte der Augenblick kommen, an dem auch der ärztliche Befund nur noch wenig Hoffnung ließ, wollte er bis auf Schmerzmittel gar nichts mehr in sich hineinpumpen lassen. Bedauerlicherweise würde die Inhaftierung verhindern, dass er die letzte Phase des Lebens noch so intensiv wie möglich auskostete, aber zumindest könnte er sich unnötige Qualen ersparen.

»Wie sieht's aus?«

Fritz benötigte einen Moment, bis er begriff, dass die Frage an ihn gerichtet war. Langsam drehte er den Kopf zur Seite. Pascal nickte ihm zu und setzte sich ebenfalls auf die Mauer.

»Vielleicht wäre es besser gewesen, der Kerl im Kühlraum hätte sein Werk beendet«, meinte Fritz.

»Verliert der Kommissar etwa seinen Kampfeswillen? Du enttäuschst mich.«

Müde winkte Fritz ab. »Steck du mal einen Tag in meinem Körper, dann reden wir weiter. Aber keine Sorge, auf einem anderen Gebiet ist mein Wille ungebrochen.«

»Da haben wir was gemeinsam.« Ein grimmiger Blick von Seiten Pascals genügte, um eine Gruppe sich nähernder Häftlinge wieder auf Abstand zu bringen. Dennoch senkte er die Stimme. »Vielleicht war ich zuletzt zu lasch, und das rächt sich jetzt.«

»Wie kommst du darauf?«

»Erst der Verrat durch Timo und David, jetzt der Versuch, mir und meinen Jungs die Morde unterzuschieben. Früher hätte sich das niemand getraut.«

»Du klingst wie ein abgehalfterter Mafioso«, erwiderte Fritz amüsiert. »Dabei bist du grad mal zweiundvierzig.«

»Umso wichtiger, dass ich ein Zeichen setze. Deshalb hab ich mich entschieden, mit der Polizei zu kooperieren.«

»Das sind ja ganz neue Töne aus deinem Mund«, sagte Fritz überrascht.

»Na ja … hab ich früher mit dir auch schon gemacht.«

»Das war aber … etwas anderes. Versteh mich nicht falsch: Ich finde richtig, was du vorhast. Könnte aber sein, dass du dir selbst ins Knie schießt, weil manche Dinge ans Licht kommen könnten. Außerdem würdest du diesmal im Gegenzug nichts bekommen.«

»Und ob: Mein Ruf wäre wiederhergestellt. Außerdem hab ich gar nicht vor, offiziell mit deinen Kollegen zu kooperieren und alle Karten auf den Tisch zu legen. Ist auch nicht nötig. Ich will ihnen lediglich den Täter aushändigen.«

»Weißt du etwa, wer es gewesen ist?« Fritz vergaß den Schmerz und die Übelkeit. Kerzengerade richtete er sich auf.

»Nein. Aber ich hab angefangen, mich umzuhören. Sag, was du willst, aber hier drinnen kann man niemanden umbringen, ohne dass es nicht irgendjemand mitbekäme. Egal ob Knasti oder Aufpasser.«

Fritz nickte bedächtig. »Seh ich genauso. Es kann kein Einzeltäter gewesen sein. Deshalb bist du ja auch nicht zufällig ins Visier geraten.«

»Ich hoffte eigentlich, dass du mir glaubst. Mich vielleicht sogar unterstützen würdest.« Pascal erhob sich, wurde aber von Fritz' Hand aufgehalten.

»Ich hab nicht gesagt, dass ich dir nicht glaube. Das Gegenteil aber auch nicht. Ich bin immer auf der Hut, das weißt du. Und ich wäre ein naiver Blödmann, würde ich dir hundertprozentig vertrauen.«

Pascal grinste und setzte sich wieder. »Da hast du recht, ich seh es als Kompliment. Wenigstens einer, der noch Respekt vor mir hat. Aber in diesem Fall bin ich dir gegenüber so offen wie noch nie. Stimmt, ich hab dafür gesorgt, dass David verprügelt wurde. Mehr aber nicht.«

»Mehr nicht?« Fritz' Augenbrauen wanderten nach oben.

»Mehr nicht.«

»Das heißt, seine Frau habt ihr in Ruhe gelassen? Ich hab von meinen Kollegen was anderes gehört.«

Pascal sah zum Boden, auf dem er mit den Schuhen ein Muster in den Staub zeichnete. Dann holte er tief Luft. »Timo war im vorletzten Winter an einem Raubüberfall auf einen Geldtransporter beteiligt. Zusammen mit ein paar Rockern, die selbst im Sicherheitsgewerbe tätig sind und dadurch … ganz gute Infos hatten. Da ist er wohl auf den Geschmack gekommen und hat David motiviert, zu zweit ein ähnliches Ding abzuziehen. Was nicht dumm war, denn allein hätte er es sicher in den Sand gesetzt. Zusätzliche Motivation dürften die Schulden gewesen sein, die sie bei mir hatten.«

»Woher kamen die Schulden?«

»Das tut nichts zur Sache. Es war aber ein ordentlicher Batzen. Sie haben den Raub also durchgezogen, und wäre Timo nicht so ein Angeber gewesen, hätte ich wahrscheinlich nie davon Wind bekommen. Trotzdem spielten sie weiter auf Zeit, statt ihr Konto bei mir auszugleichen. Und als sie dann wegen Körperverletzung verurteilt wurden, reduzierten sie die Strafe, indem sie der Polizei einen Insidertipp zu mir gaben.«

»Ich weiß das alles. Worauf willst du eigentlich hinaus?«

»Dass ich die Kohle haben wollte, die sie mir schuldeten. Also setzte ich Sören auf Davids Frau an, um den Druck zu erhöhen. Timo war ja schon aus dem Spiel genommen worden, bevor Sören an ihn rankam. Entweder wusste Davids Frau damals noch nichts oder sie ist härter, als ich dachte. Ich bat meine Schwester, mit ihr zu sprechen – im Gegensatz zu Sören … na ja, es war der Versuch, eine andere Taktik anzuwenden.«

»Ebenfalls erfolglos?«

»So könnte man es sagen.« Pascal kratzte sich an der Schläfe und wirkte verlegen. »Kennst du meine Schwester?«

»Nein.«

»Elena war hier und hat mir die Leviten gelesen. David hat ein behindertes Kind, seine Frau muss hart kämpfen und so weiter. Um es kurz zu machen: Sie schlug mir vor, mich mit einem Teil der Beute zufriedenzugeben und den Rest der Familie zu lassen.«

»Und darauf hast *du* dich eingelassen?« Fritz war alles andere als überzeugt.

»Kann verstehen, dass dir das komisch vorkommt, aber … meine Schwester kann sehr überzeugend sein. Dummerweise konnte ich Sören nicht rechtzeitig stoppen. Er fand raus, wo das Geld versteckt war und schnappte zu. Aber … jetzt nach Davids Tod … Ich werde das wieder geradebiegen. Vorausgesetzt, du hältst über diese Geschichte die Klappe.«

Fritz dachte nach. Sein Gefühl strafte seine vorherige Aussage Lügen. Pascals ungewohnte Offenheit hatte dafür gesorgt, dass sämtliche Restzweifel verflogen waren. Angesichts seines Zustands hätte er es sich nicht mehr zugetraut, allein auf Mörderjagd zu gehen, aber mit Pascals Truppe an der Seite war die Ausgangslage besser als je zuvor. Er entschied sich, die günstige Gelegenheit zu nutzen. Federsen musste davon ja nichts mitbekommen.

»Was weißt du über Mario Schäfer?«, tastete er sich vor.

Pascal zeigte ein ahnungsloses Gesicht. »Nur, dass er vor Kurzem hier eingezogen ist. Er hat mein Interesse bisher nicht geweckt.«

»Meins schon.« Fritz beschrieb den merkwürdigen Grund der Inhaftierung. »Allerdings weiß ich sonst so gut wie nichts über ihn. Außerdem kann er mich im Kühlraum nicht überfallen haben, da er zu dem Zeitpunkt in der Wäscherei war. Ich bin aber überzeugt, dass es Davids Mörder war, der mich beseitigen wollte. Mir fällt kein anderer überzeugender Grund ein.«

Pascals Stirn lag in Falten. »Wann war noch mal die Attacke auf dich?«

»Am Freitag um ungefähr halb fünf.«

»Dann kann da was nicht stimmen. Ich bin nämlich genau zu der Zeit in der Wäscherei gewesen, und von Mario Schäfer war nichts zu sehen. Woher stammt diese Info?«

»Überwachungskameras. Deshalb weiß ich auch, dass du es nicht gewesen sein kannst.« Fritz stieß ihm kumpelhaft in die Seite, war zugleich aber elektrisiert. »Dann muss das unbedingt noch mal überprüft werden. Könnte eine Verwechslung gewesen sein, die Bilder sind ja meist nicht besonders scharf.«

»Ich werd mich mal über ihn informieren.«

»Und ich spreche mit Lenzen. Muss ich sowieso, weil ich heute Nachmittag seine Rückendeckung benötige.«

»Ach ja?«

Fritz nickte zufrieden und erzählte von seinem Plan, den er mittlerweile feingeschliffen hatte, kurz zuvor aber schon wieder hatte verwerfen wollen. Die Falle sollte noch am selben Tag zuschnappen, und Pascal konnte seinen Teil dazu beitragen, dass sie am Ende auch funktionierte. Ein Restrisiko würde trotzdem bleiben.

Das Zusammentreffen mit dem berüchtigten *Richter Erbarmungslos* hätte für Hannes nicht unglücklicher beginnen können. Obwohl er den Blinker gesetzt hatte, war ihm in unmittelbarer Nähe des Gerichtsgebäudes von dem Fahrer eines dunkelroten Sportwagens eine Parklücke vor der Nase weggeschnappt worden. Angesichts dieser Dreistigkeit hatte er impulsiv den Mittelfinger ausgestreckt, bevor er einige Straßen entfernt sein Auto hatte abstellen können. Auf dem Fußweg zurück zum Gerichtsgebäude war er erneut an dem Fahrzeug vorbeigekommen und hatte feststellen müssen, dass es auf einem für ihn reservierten Parkplatz abgestellt war. Das entsprechende Schild hatte Hannes zuvor übersehen.

Umso größer war seine Verlegenheit, als er schließlich in das Büro von Richard von Behrens geführt wurde und sich dem Fahrer des Porsches gegenübersah. Sein Gesicht verfärbte sich, und er hoffte, dass sein Mittelfinger unbemerkt geblieben war. Entweder war dies so, oder der Richter hatte sich das Gesicht des Polizisten nicht gemerkt. Zumindest erwähnte er den Vorfall mit keinem Wort, sondern senkte noch einmal den Blick, um weitere Dokumente zu unterschreiben. Abwartend folgte Hannes der Einladung des ausgestreckten Arms und nahm auf einem Polstersessel Platz.

Richard von Behrens war hager, hatte das Kreuz durchgedrückt und besaß ein aristokratisches Gesicht – zumindest fiel Hannes kein passenderer Begriff ein. Von Steffen Lauer wusste er, dass der Mann aus einer angesehenen Juristenfamilie stammte und es Gerüchten zufolge nur noch Formsache war, dass er in wenigen Monaten an den Bundesgerichtshof wechselte. Dieser Schritt mochte für den Einundfünfzigjährigen die Krönung seiner Karriere sein. Er strahlte Strenge und Humorlosigkeit aus, obwohl er bislang kein einziges Wort gesprochen hatte. Als er schließlich das letzte Papier zur Seite legte und Hannes aus graublauen Augen abschätzend musterte, meinte der Polizist, dass dieser durchdringende Blick noch das letzte Geheimnis in seinem Inneren entdecken konnte. Dass dem nicht so war, zeigten jedoch die nächsten Worte.

»Sie kommen von der Mordkommission? Wie kann ich Ihnen helfen?« Die Stimme war pointiert und selbstbewusst.

»Ich dachte, Ihre Assistentin hätte bereits …«

»Hat sie. Ich will es aber von Ihnen hören. Berufskrankheit.« Sollte es eine scherzhafte oder selbstironische Aussage sein, gab er darauf keinen Hinweis. Weder veränderte sich seine Stimme noch seine Mimik. Selbst als Hannes ihm den Grund seines Auftauchens erläuterte, führte dies nicht zu einer sichtbaren Reaktion. Unverwandt sah ihn der Mann an, ohne dass er die ungewöhnliche Farbgebung von Hannes' Augen zu beachten schien.

»Natürlich erinnere ich mich an Timo Reichel und David Krüger«, meinte er, als Hannes geendet hatte. »Normalerweise neige ich nicht zur Nachsicht, insbesondere nicht bei solchen Subjekten. Aber nachdem Ihre Kollegen Pascal Hinz seit Jahren beklagenswert hilflos gegenüberstanden, musste die Gelegenheit beim Schopf gepackt werden. Selbst wenn dadurch nur ein kleiner Teil von dessen Geschäften zum Erliegen gekommen ist. Besser als nichts. Wir müssen den Druck aufrechterhalten, sonst ist der Rechtsstaat bald nichts mehr wert.«

»Das gilt auch für Mörder«, nutzte Hannes eine Atempause.

»Selbstverständlich. Und ohne Ihnen vorgreifen zu wollen: Das dürfte der nächste Schlag gegen Pascal Hinz werden.«

»Weshalb?«

»Weil Sie ihn hoffentlich überführen werden? Oder zweifeln Sie etwa daran, dass er sich für den Verrat gerächt hat?« Er betrachtete Hannes, als wäre der ein Grundschüler.

»Ist zwar naheliegend, aber wir ermitteln natürlich in sämtliche Richtungen.« Der Mann ging Hannes schon jetzt auf die Nerven. »Eine Richtung führt zu einem … Mario Schäfer.«

Von Behrens sah ihn fragend an. »Muss mir der Name etwas sagen?«

»Äh … im Grunde ja. Wegen Ihnen sitzt er im selben Gefängnis, in dem David Krüger ermordet wurde. Also … beziehungsweise wegen der Strafe, die Sie ihm während einer Gerichtsverhandlung auferlegt hatten. Beamtenbeleidigung. Er trat als Zeuge auf.«

»Ach, dieser unverschämte Mensch!« Der Richter legte einen Finger an seine spitze Nase. »Lassen Sie mich nachdenken. *Die Sonne muss Ihnen das Gehirn verbrannt haben.* Also nicht Ihnen. Etwas in der Art hat Herr Schäfer dem Staatsanwalt an den Kopf geknallt. Derartige Geschmacklosigkeiten lasse ich in meinem Gerichtssaal nicht durchgehen.«

Das konnte sich Hannes vorstellen. »Hatten Sie den Eindruck, dass er es darauf angelegt hat, ins Gefängnis zu kommen?«

»Wer will schon ins Gefängnis? Normalerweise bezahlen solche Leute ihre Geldstrafe, und damit ist die Angelegenheit erledigt.«

»Genau das macht uns misstrauisch. Er ist durch die Weigerung als Einziger in der Lage gewesen, sowohl Timo Reichel als auch David Krüger zu ermorden. Den einen in Freiheit, den anderen im Gefängnis.«

»Hm.« Richard von Behrens sah ihn abwartend an. »Und was wollen Sie jetzt von mir? Wenn Sie Beweise haben, schalten Sie den Staatsanwalt ein.«

»Deswegen bin ich nicht hier. Ich wollte erfahren, ob Ihnen etwas in Erinnerung geblieben ist, das uns weiterhelfen könnte. Zum Beispiel, ob es eine Verbindung zwischen ihm und den Mordopfern gibt.«

»Dazu ist mir nichts bekannt. Er war als Zeuge in einem Verkehrsdelikt geladen. Normalerweise verhandle ich so einen Kleinkram gar nicht mehr. Aber wie auch immer: Die Verhandlung hatte keinerlei Bezug zu den Opfern. Zumindest weiß ich davon nichts. Und er selbst stand in keiner Beziehung zu den Beteiligten. Er war ein zufälliger Zeuge. Wenn Sie Genaueres wissen wollen, müssen Sie in die Gerichtsakte sehen. Es liegt zwar erst ein paar Wochen zurück, aber für mich war es ein unspektakulärer Fall. Nichts, was sich in meinem Gedächtnis festgesetzt hätte.«

Die Tür öffnete sich, und die Assistentin trat herein. »Benjamin Lenzen ist am Telefon. Er hat es schon mehrfach versucht, scheint dringend zu sein.«

Sowohl Hannes als auch der Richter wurden aufmerksam. »Na, wie passend«, kommentierte Richard von Behrens. »Will er mich oder den Mordermittler sprechen?«

»Äh … Sie natürlich«, war die verwirrte Reaktion.

»Dann stellen Sie ihn durch. Herr Lenzen und ich, wir kennen uns von früher«, erklärte er dem Polizisten, nachdem die Sekretärin wieder die Tür geschlossen hatte. »Allerdings hab ich länger nichts mehr von ihm gehört.« Das Telefon auf dem wuchtigen Schreibtisch klingelte, und er schnappte nach dem Hörer. Dass er auch jovial auftreten konnte, stellte er nun unter Beweis. »Benjamin«, rief er aufgeräumt. »Das ist lange her. Passender geht's aber kaum. Bei mir sitzt gerade Johannes Niehaus von der Mordkommission. Fragte nach Mario Schäfer. Aber wahrscheinlich kannst du mehr über ihn berichten als ich.«

Er hörte ein paar Sekunden zu, dann legte er die Hand auf die Hörermuschel. »Er schlägt vor, dass Sie sich später bei ihm melden. Sein Anruf ist privater Natur, Sie entschuldigen mich?«

»Ähm … natürlich.« Missmutig nahm Hannes den unverhohlenen Rauswurf hin.

Aber der Besuch im Gericht hatte sich ohnehin als Zeitverschwendung herausgestellt. Zumindest zum Teil. Denn dass Mario Schäfers Verhalten ungewöhnlich war, hatte auch Richard von Behrens so gesehen. Hannes hoffte, dass Per inzwischen mehr über den Hintergrund des Mannes herausgefunden hatte und eventuell sogar auf eine Verbindung zu Timo und David gestoßen war. Vielleicht war es aber lediglich eine weitere Sackgasse.

In der Zwischenzeit hatte sich Per ausschließlich mit der Recherche zu Mario Schäfer beschäftigt. Das war allerdings ein mühsames Unterfangen. Gegenüber der Polizei war der Vierzigjährige noch nie auffällig geworden, seit er in Rosenheim das Licht der Welt erblickt hatte. Auch die zivile Faktenlage erwies sich als äußerst dünn. Der Mann besaß einen Führerschein, hatte verschiedene Wohnorte gehabt, war unverheiratet und kinderlos. Als Per mangels Alternativen beim letzten Arbeitgeber anrief, konnte dort niemand etwas mit dem Namen anfangen. Nachdem sich auch die Meldeadresse als Fehlschlag herausstellte, steigerte sich sein Misstrauen noch. Alles roch geradezu danach, dass der Mann unter einer falschen Identität unterwegs war.

Vergeblich versuchte Per, seinen Chef zu erreichen, um das weitere Vorgehen zu besprechen. Federsen hatte mittlerweile seine Strategie geändert. Anstatt sich im Präsidium durch den Hintergrund weiterer Verdächtiger zu wühlen, war er erneut zum Gefängnis gefahren. Er war überzeugt, dass einer der Angestellten in den Mord an David involviert gewesen sein musste, anders ließen sich die Begleitumstände nicht erklären. Indem er das Pferd von hinten aufzäumen wollte, hoffte er auf neue Spuren. War erst der Helfer enttarnt, kam man leichter an den Kern des Übels heran.

Nach dem vierten vergeblichen Versuch der Kontaktaufnahme verließ auch Per das Präsidium. Dafür gab es einen konkreten Anlass. Die Kollegen, die Vanessa Krüger im Auge behalten sollten, hatten eine unerwartete Wendung gemeldet. Die Frau hatte am frühen Morgen ihre Tochter vor der Schule abgesetzt und war dann weiter in ein Gewerbegebiet gefahren. Dort hatte sie nur kurz den Wagen verlassen, um anschließend stoisch hinter dem Lenkrad sitzen zu bleiben und auf Elena Hinz' Imbiss zu starren. Als diese um Viertel vor zehn den Kiosk abgeschlossen hatte und zum nahegelegenen See geschlendert war, hatte sich Vanessa an ihre Fersen geheftet. Per konnte sich keinen Reim auf dieses Verhalten machen, und es war merkwürdig genug, um es sich mit eigenen Augen anzusehen. Zumal das Gelände vom Präsidium nur zehn Minuten entfernt lag.

Bislang war er davon ausgegangen, dass die Überwachung der Frau eher ihrem eigenen Schutz diente, als dass dadurch neue Erkenntnisse zu erwarten waren. Als ihm seine Kollegen vor Ort die Situation erklärten, änderte er seine Meinung.

»Es ist ganz offensichtlich, dass sie nicht gesehen werden will«, erklärte der eine. »Als würde sie hoffen, dass Frau Hinz sie irgendwohin führt.«

»Wo sind die Frauen jetzt?«, fragte Per.

»Elena Hinz sitzt da hinten auf der Parkbank. Die Frau mit der Kippe in der Hand, die aufs Wasser sieht.«

Per spähte um einen Busch herum in die angezeigte Richtung. So genau hätte die Beschreibung gar nicht ausfallen müssen, denn außer Elena war weit und breit niemand zu sehen. »Alles klar. Und wo ist Vanessa Krüger?«

»Die ist zu dem weißen Pavillon gegangen. Von dort dürfte sie einen guten Blick auf die Bank haben.«

Das lag in der Tat auf der Hand, denn das Rondell befand sich nur wenige Meter von der Sitzgelegenheit entfernt. »Frau Hinz hat nicht mitbekommen, dass sie verfolgt wird?«, vergewisserte sich Per.

»Vermutlich nicht.«

»Okay. Ich geh mal näher ran und seh' mir das an. Ihr wartet hier, sonst fällt das auf.«

Achtsam wählte er eine Route aus, über die er sich unauffällig dem Pavillon nähern konnte. Erst als er den Sichtschutz einer großen Eiche verließ, konnte er Vanessa zum ersten Mal sehen. Ihr Verhalten war zweifellos auffällig. Sie verbarg sich hinter einer Seitenwand und linste nur ab und zu durch ein Fenster in Elenas Richtung, bevor sie den Kopf schnell wieder zurückzog. Ihr Rücken war Per zugewandt, sodass er weitere Meter gutmachen konnte. Dann ging er ein paar schnelle Schritte zur Seite und duckte sich hinter einem Gebüsch.

Über einen Kiesweg näherte sich eine weitere Person, und Per schirmte die Augen mit der Hand ab. Das Wasser des kleinen Sees reflektierte das Sonnenlicht und verhinderte, dass er mehr als Konturen erkennen konnte. Erst als die Frau an der Parkbank anhielt, sich herunterbeugte und Elena auf den Mund küsste, wurde sie von Per erkannt: Hanna Ferber. Die Freundin eines von Timos Vergewaltigungsopfer. War sie das Ziel von Vanessas Spionageeinsatz? Das hielt er für unwahrscheinlich. Irgendwie ergab die gesamte Situation keinen Sinn.

Als sich Hanna Ferber ebenfalls auf der Bank niederließ, ließ Per alle Rücksicht fallen. Mit ausgreifenden Schritten eilte er über die Rasenfläche auf den Pavillon zu. Eine knappe Minute später hatte er die rechte Außenwand erreicht. Gebückt schlich er ein Stück weiter, gelangte zu einer Aussparung und streckte den Kopf über die Kante. Ihm schoss Adrenalin ins Blut. Mit ausgestrecktem Arm zielte Vanessa auf die Parkbank, in ihrer Hand hielt sie eine Pistole.

Ohne lange nachzudenken überließ sich Per seinen Reflexen. Mit wenigen Schritten erreichte er den Eingang des Pavillons, und drei weitere Schritte waren nötig, um hinter die bewaffnete Frau zu treten. Er erkannte, dass ihre Hand zitterte und ihr Gesicht schweißüberströmt war. Sein Kommen hatte sie nicht bemerkt.

»Das sollten Sie nicht tun«, sagte er und ließ gleichzeitig seinen Arm vorschnellen, um ihre Hand nach oben zu schlagen.

Sie zuckte zusammen – und krümmte den Zeigefinger. Ein Schuss ertönte, gefolgt von hellen Schreien. Einer kam von Vanessa, die anderen von außen. Schnell sprang Per ans Fenster und sah zur Parkbank. Zwei vor Schrecken geweitete Augenpaare blickten ihm entgegen.

»Alles in Ordnung?«, schrie er. »Ich bin Polizist. Keine Angst, alles ist unter Kontrolle.«

»Was … war das?«, rief Elena zurück.

Per wandte sich wieder Vanessa zu, die er fest umklammert hielt. Der Schuss hatte sein Ziel verfehlt, das war offensichtlich. »Das würde ich auch gern wissen«, herrschte er die Frau an, die ihn stumm anstarrte. Jegliche Körperspannung war aus ihr gewichen.

»Was … tun Sie hier?«

»Nein, die Frage ist, was *Sie* hier tun!«

»Ich …« Die Beine knickten ihr weg, und während er ihr gleichzeitig die Waffe aus der kalten Hand zog, ließ Per sie vorsichtig auf den Boden gleiten. Dort blieb sie stumm sitzen, bis am Eingang Elena auftauchte. Mit einem Energieschub kam Vanessa wieder auf die Beine und versuchte, sich nach vorn zu stürzen. Per bekam sie gerade noch zu fassen.

»Dieses Miststück!«, schäumte sie. »Hat mich eingewickelt, dabei … ihr Bruder hat meinen Mann ermorden lassen!«

»Was redest du da?«, rief Elena empört. »Hast du auf uns geschossen? Du tickst wohl nicht richtig!«

»Du hast gesagt, dass du uns hilfst! Aber … das Geld wurde gestohlen, und …«

»Ich hab dir tatsächlich geholfen, und mit Pascal … Welches Geld?«

»Das vom Überfall! David wollte damit Sonjas Zukunft absichern. Aber jetzt … ist alles weg. Dieser Sören hat es geklaut und … David ist tot.« Hemmungslos schluchzte sie.

Atemlos trafen Pers Kollegen ein. Mit einer unmissverständlichen Geste wies er sie an, Elena und ihre Freundin auf Abstand zu bringen. Dann begann er, Vanessas Zusammenbruch auszunutzen. Er war selbst überrascht, wie kaltschnäuzig er sein konnte, obwohl sie ihm leidtat.

»Sören Wächter hat also das Geld geklaut. War das irgendwo am Meer? Laut Zeugen haben Sie ihm in die … den Unterleib getreten. Sie haben das aber abgestritten, als wir danach fragten.«

»Er wollte Sonja entführen. Hat mich wahrscheinlich am Leuchtturm beobachtet. Und dann das Geld genommen.«

»Das Geld vom Überfall auf den Werttransporter? Das Timo und David erbeutet hatten?«

Sie schniefte nur, nickte aber. Per sah kurz auf und registrierte zufrieden, dass einer der Kollegen in Hörweite geblieben war. Es war wichtig, dass es einen Zeugen dieses Gesprächs gab. »Das Geld stammte von zwei Überfällen?«

»Wie? Nein, es gab nur einen. David hat … den Fahrer bestochen.«

Per kramte in seinem Gedächtnis. Der Name fiel ihm nicht ein. »Wie hieß der Mann?«

»Keine Ahnung.«

»Wer war noch beteiligt?«

»Nur Timo. Dieser …« Wieder schluchzte sie. »Wäre dieses Arschloch nicht gewesen, wäre das alles nicht passiert. Kein Überfall, keine Schlägerei, kein Gefängnis, kein … Tod.«

Per war zufrieden, aber leider war die ergiebige Quelle damit auch schon erschöpft. »Wieso glauben Sie, dass Pascal Hinz hinter der Ermordung Ihres Mannes steckt?«

Vanessa war zu keiner Antwort mehr fähig. Sie wurde von Schluchzern geschüttelt, und Per fragte sich, ob er nicht vorsichtshalber einen Notarzt verständigen sollte. Als sie die Beine heranzog und mit leerem Blick zu wimmern begann, setzte er dieses Vorhaben in die Tat um. In der Zwischenzeit hatte einer seiner Kollegen ihre Taschen durchsucht, und er präsentierte einen USB-Stick, als Per wieder dazu trat.

»Den hatte sie in der Hosentasche. Keine Ahnung, ob das Ding wichtig ist.«

»Nehme ich auf jeden Fall mit ins Präsidium.« Per steckte ihn ein und ging dann nach draußen, um das Gespräch mit Elena Hinz zu suchen.

Nachdem Hannes wieder an seinem Wagen angekommen war, überlegte er, ob es überhaupt sinnvoll war, sich nun Clarissa anzuschließen. Sie hatte vorgeschlagen, mit der Überprüfung der Motorradclique bei Ferdinand Sichel zu beginnen, aber Hannes hielt dies für Zeitverschwendung. Zwar musste allen Spuren nachgegangen werden, dabei war aber eine Priorisierung unerlässlich. Und nach seiner Meinung lautete die vielversprechendste Spur im Moment: Mario Schäfer.

Da er Federsen nicht erreichte, folgte er zunächst der vorgegebenen Marschroute. Eine Viertelstunde später kam er vor dem Fitnessstudio an und verzichtete angesichts des halbleeren Parkplatzes darauf, in die Tiefgarage zu fahren. Einen kurzen Augenblick verharrte er, nachdem er die Fahrertür zugeschlagen hatte. Die Sonne schien warm auf ihn herab, und er überlegte, dass es eigentlich mal wieder Zeit für einen Urlaub war. Zumindest für eine Ausfahrt mit der *Lena*. Vielleicht am Wochenende? Sein Blick glitt zu den Palmen, die auf der Dachterrasse standen. Dann runzelte er die Stirn. Zwei Personen standen engumschlungen unter einem Sonnenschirm, und beide Silhouetten kamen ihm bekannt vor.

Als sich die Frau löste und nach einem Blick auf den Parkplatz wie versteinert innehielt, hatte er Gewissheit.

Clarissas Mund stand genauso offen wie sein eigener, während sich Ferdinand durchs Haar fuhr und dann abwandte. Ermattet ließ sich Hannes nach hinten gegen das Wagenblech fallen. Was zur Hölle ging bloß in seiner Kollegin vor? Sicher, auch er selbst hatte einmal privat und beruflich nicht ganz sauber getrennt. Anna war damals aber eine lupenreine Zeugin und über jeden Verdacht erhaben gewesen. Das konnte man von Ferdinand beim besten Willen nicht behaupten. Anstatt ins Gebäude zu stürmen, wartete er, dass sich Clarissa zu ihm traute. Es dauerte fünf Minuten.

Dieser Zeitraum hatte ihr gereicht, das Selbstbewusstsein wiederzufinden. Mit großen Schritten stürmte sie ihm entgegen, ihre Augen blitzten angriffslustig, während ihre Tonlage alles andere als schuldbewusst war.

»Was machst du hier?«

»Äh ...? Das war so verabredet?«

»Hättest du dich nicht vorher melden können?«

»Seit wann ... woher hätte ich denn wissen sollen ...«

»Wenn du ein Wort zu Federsen oder sonst wem sagst, treibst du morgen tot in der Ostsee!« Mit hochrotem Gesicht ging sie an ihm vorbei zu ihrem eigenen Einsatzfahrzeug. Hannes folgte ihr und sprang schnell auf den Beifahrersitz, bevor sie die Türen von innen verriegeln konnte. Aufrecht saß sie da und blickte durch die Windschutzscheibe. Hannes schwieg ebenfalls. Dann ließ sie die Stirn stöhnend gegen das Lenkrad sinken.

»Spar dir die Vorhaltungen. Ich weiß selbst, dass das gar nicht geht.«

»Wieso hast du dann ...?«

»Verdammt!« Sie drehte ihm den Kopf zu, und kurz blitzte die Angriffslust wieder auf. »Denkst du etwa ... aus Langeweile? Ist so passiert, hat sich entwickelt – such dir was aus.«

»Du weißt schon, dass er immer noch ein Verdächtiger ist«, setzte Hannes sanft an. »Nicht hochverdächtig, aber sauber ist er definitiv nicht. Vielleicht kein Mörder, aber …«

»Na und? Ich bin auch nur ein Mensch. Und du bist selbst nicht besser!«

»Moment mal. Das mit Anna war nicht vergleichbar. Sie und ich …«

»Ich rede nicht von Anna«, fuhr sie ihn an. »Sondern davon, dass du dich in all den Monaten heimlich mit Fritz getroffen hast. Während du angeblich im Training warst. Hat er dir wertvolle Tipps zu den Fällen gegeben? Wie regelkonform ist es, einem verurteilten …«

»Woher weißt du das?« Hannes' Ohren hätten röter nicht sein können.

»Per hat's rausgefunden. Als er die Besucherlisten durchgegangen ist.«

»Scheiße.« Hannes' Hinterkopf knallte gegen die Stütze. Sein Verdacht war berechtigt gewesen.

Clarissa musterte ihn. »Spiel also nicht den Heiligen. Aber wenn du die Klappe hältst, sag ich auch nichts. Und ich sorge dafür, dass Per ebenfalls dichthält.«

»Das könnte niemand besser als du«, bestätigte Hannes. Dann sah er sie finster an. »Du brauchst hier keine Erpressung abzuziehen. Ich hätte sowieso mit niemandem darüber geredet. Für was für ein Arschloch hältst du mich?«

Clarissa nagte an ihrer Unterlippe. »Hm. Hab mich schon öfter in Leuten getäuscht.«

Das ergab Sinn. Denn nach Hannes' Meinung galt es auch für Ferdinand Sichel. Aber es war die Sache seiner Kollegin, von wem sie sich ins Unglück stürzen lassen wollte. Sofern dieser jemand keine Rolle in der Mordermittlung spielte. »Dann ist das ja geklärt«, sagte er ernüchtert und deutete zur Terrasse.

Ferdinand stand noch immer am Geländer und blickte zu ihnen herunter. »Ist wenigstens was rumgekommen?«

»Ja. Von Mario Schäfer hat er noch nie was gehört. Und weißt du was: Ich glaub ihm. Mag sein, dass er in der Vergangenheit ein paar krumme Dinger gedreht hat, aber ...« Das Klingeln von Hannes' Handy ließ sie verstummen. »Federsen?«

»Nein, Per. Vielleicht ist er der Nächste, der mich erpressen will.« Hannes nahm das Gespräch an. »Was gibt's?«

Pers Stimme überschlug sich. »Ich erreiche Federsen nicht. Aber ihr ... ihr müsst sofort ins Präsidium kommen und euch was ansehen!«

Kapitel 17

Als Fritz den Hof der Haftanstalt überquerte und auf ein graues Gebäude zuhinkte, ließ sich das mulmige Gefühl nicht vertreiben. Vielleicht war es Benjamin Lenzens Gesichtsausdruck geschuldet, der angesichts des Plans gequält ausgefallen war. Immerhin hatte der Anstaltsleiter seinen Widerstand nur kurz aufrechterhalten und sich dann dem Drängen gebeugt. Ein kontrolliertes Vorgehen sei ihm immer noch lieber als ein gefährlicher Alleingang, hatte er geknurrt. Allerdings traute Fritz dem Frieden nicht. Sehr wahrscheinlich hatte sich Lenzen sofort ans Telefon gehängt, um Federsen ins Bild zu setzen.

Natürlich gab es Grund zur Besorgnis. Bei einem derartigen Vorhaben konnte immer etwas schiefgehen – Fritz war weder naiv noch scharf darauf, sich sein Gesicht mit weiteren Narben verunstalten zu lassen. Doch er war überzeugt, die Situation so weit im Griff zu haben, dass sein Risiko überschaubar blieb. Dass die Falle scharf gestellt worden war, hatte er insbesondere Pascal Hinz zu verdanken. Der hatte seine Männer das Gerücht streuen lassen, der alte Fritz sei Davids Mörder dicht auf den Fersen und wisse, dass keiner aus Pascals Gang darin verwickelt war. Noch am Abend wolle er die Mordkommission informieren und Beweise präsentieren.

Die Realisierung des weiteren Plans hatte Lenzen ermöglicht. Außerplanmäßig erhielt Fritz Zugang zum Fitnessbereich, der vor Jahren in einem schmuddeligen Kellertrakt untergebracht worden war. Angeblich würde er dort anderthalb Stunden mit Reha-Übungen verbringen, auch diese Information hatten Pascals Männer verbreitet. Ging man geschickt vor, konnte man die Überwachungskameras umgehen und sich dem Fitnessbereich unauffällig nähern. Und dass der Täter geschickt vorzugehen wusste, davon war Fritz überzeugt. Vehement hatte er die Installation zusätzlicher Kameras abgelehnt. Schließlich sollte ein Abschreckungseffekt vermieden werden – und darüber hinaus hatte er keine weitere Zeit zu verlieren.

Stattdessen hatte er Lenzen um eine andere Lebensversicherung gebeten. Einer seiner Mitarbeiter sollte sich in dem verwinkelten Bereich in Bereitschaft halten, um rechtzeitig einschreiten zu können. Voraussetzung war natürlich, dass der Täter nicht nur kurz die Tür öffnete und Fritz aus dem Hinterhalt erschoss. Dies war das Restrisiko, denn trotz aller Kontrollen konnte so gut wie jede Waffe in das Gefängnis hineingeschmuggelt werden. Dennoch hatte Fritz gegen eine stärkere Präsenz von Wachleuten protestiert, um die Operation nicht zu gefährden. Lenzen wusste nicht, dass er sich ohnehin immer doppelt absicherte. Er war ja nicht verrückt und hielt grundsätzlich alles für möglich. Verstärkt wurde diese Einstellung durch einen Hinweis, den ihm Pascal erst vor wenigen Minuten gegeben hatte. Es hatte abstrus geklungen, aber umso ernster nahm Fritz die Information.

Zumal sie eine plausible Erklärung lieferte, weshalb es Mario Schäfer gelungen sein könnte, bislang außerhalb des Sichtbaren zu agieren. Sofern er überhaupt dahintersteckte und nicht nur ein harmloser Prinzipienreiter war, der aufgrund seines Dickschädels die Erfahrung eines kurzen Gefängnisaufenthaltes machte. Fritz hatte Lenzen schon vor Pascals Hinweis gebeten, sich noch einmal rückzuversichern, dass der Mann tatsächlich in der Wäscherei gewesen war und keine Verwechslung vorlag. Diese Frage war von zentraler Bedeutung, doch bislang hatte Fritz noch keine Bestätigung erhalten. Weder in die eine noch in die andere Richtung. Letztlich machte es keinen Unterschied. Fritz war es eigentlich egal, wer am Ende die Maske fallen ließ, sofern die Maske überhaupt fiel. Denn die zweite zentrale Frage war, ob sich der Täter überhaupt anlocken ließ.

Einen weiteren Versuch der Überführung würde es nicht geben, darüber war sich Fritz im Klaren. Er spürte, wie sich die Schwäche in seinem Körper ausbreitete und seinen Geist zunehmend anknabberte. Als er die andere Seite des Hofes erreicht hatte, musste er sich kurz an der Wand abstützen und durchatmen. Erschöpft wischte er sich Schweiß von der Stirn und spürte, dass er eiskalt war. Mit gerunzelter Stirn musterte ihn ein Justizbeamter, an dessen Namen sich Fritz nicht erinnern konnte.

»Sicher, dass eine Sporteinheit das ist, was Sie gerade brauchen?«

Fritz hatte darauf Wert gelegt, dass keiner der Angestellten über den wahren Hintergrund informiert wurde. Es gab immer ein Leck, ausstehende Gefälligkeiten oder einfach nur Geschwätzigkeit. Außerdem konnte nicht ausgeschlossen werden, dass sich am Ende jemand aus dem Kreis der Aufseher als Täter entpuppte. Lediglich ein Mitarbeiter war informiert worden – der Mann, der Fritz' körperliche Unversehrtheit gewährleisten sollte. Lenzen hatte versprochen, einen besonders zuverlässigen und erfahrenen Kollegen auszuwählen. Fritz zwang sich zu einem Lächeln.

»Mein Arzt ist eben Sadist. Aber keine Sorge, ich hab nicht vor, mich im Folterkeller zu verausgaben.« Er tippte auf sein steifes Knie. »Mein Bewegungsspielraum ist stark eingeschränkt.«

»Müssen Sie selber wissen.« Der Mann zuckte mit den Schultern und stieß die Tür auf. Fritz hinkte ihm durch eine Halle, über eine Treppe ins Untergeschoss und schließlich durch einen Gang hinterher. Nach einer letzten Biegung schloss der Beamte eine Flügeltür auf.

»Sicher, dass Sie hier allein …?«

»Fühl mich schon wieder in Topform.«

»Trotzdem. Ich werde in einer halben Stunde mal nach Ihnen sehen.«

»Auf keinen Fall!« Fritz spürte sofort, dass seine Reaktion zu heftig ausgefallen war. »Ich werde vor allem Entspannungsübungen machen«, fuhr er ruhiger fort. »Herr Lenzen hat mir zugesichert, dass ich hier ungestört bin.«

»Merkwürdige Sitten sind das neuerdings«, murrte der Mann.

»Wieso?«

»Seit wann dürfen Häftlinge hier unbeaufsichtigt trainieren? Nichts für ungut, ich weiß ja, dass Sie ein Spezialfall sind, aber Regeln sind Regeln.«

Fritz hatte wenig Lust und noch weniger Zeit für eine Grundsatzdiskussion. Er nickte nur, öffnete eine der Flügeltüren, knipste das Licht an und gewöhnte seine Nase an den muffigen Geruch nach Schweiß und Staub. Dann blieb er stehen und hörte erleichtert, wie sich Schritte entfernten. Er ließ seinen Blick durch den fensterlosen Raum gleiten, der in mehrere Bereiche unterteilt und dadurch unübersichtlich war. Ein Großteil der Geräte war erstaunlich modern, erst im Winter waren umfangreiche Neuanschaffungen getätigt worden. Hinter einer Säule befanden sich die alten Übungsmaschinen, an denen sich seitdem kaum noch jemand betätigte. Es gab aber auch Tischtennisplatten, ein Badmintonfeld und sogar einen Bereich mit Gymnastikmatten. Der Schrank daneben beherbergte diverse Utensilien, wie große Bälle, Gummibänder,

Massagerollen und ähnliches Kleinzeug, das – wie Fritz amüsiert überlegte – eher in einen Kurs für Hausfrauen gepasst hätte und dementsprechend fast nie benutzt wurde.

Er ging einmal den gesamten Sportbereich ab, sah in die Duschen und Umkleiden und hinter jede Säule. Dieser Rundgang, den er zugleich zum Wechseln seiner Kleidung nutzte, führte dazu, dass er sich ächzend auf die Bank einer betagten Kraftstation setzen musste. An dem wuchtigen Gerät konnten verschiedenste Übungen an diversen Anbauten durchgeführt werden. Seine Sinne waren geschärft, soweit der erschöpfte Zustand dies überhaupt zuließ. Er schien allein zu sein, der Täter stammte also wohl nicht aus dem Kreis der Angestellten, denn nur diese hätten sich bereits Zutritt verschaffen können. Wer neben dem Mörder ebenfalls fehlte, war die Absicherung. Oder hatte sich jemand außerhalb des Raumes postiert?

Ermattet zupfte Fritz an dem ungewohnten Trainingsanzug herum, dann ließ er sich nach hinten sinken und starrte zu den Neonröhren hinauf. Seine Finger lösten sich von der Narbe auf seiner Wange, die sich im erschöpften Zustand mit einem Jucken meldete. In letzter Zeit war dies fast ständig der Fall. Probeweise griff er nach einem Zugseil, doch seine Muskeln waren noch verkümmerter, als er gedacht hatte. Als er den Kopf nach rechts drehte, erkannte er den wahren Grund. »Defekt – Außer Betrieb.« Das Schild war handgeschrieben und klebte an den Drahtseilen. Mehrere Minuten verharrte Fritz auf dem Rücken liegend, dann zog er sich an dem blockierten Seilzug wieder in eine sitzende Position.

Hatte er den falschen Ort ausgewählt? Doch was hätte es für Alternativen gegeben? Es gab nur wenige Bereiche, wo man vor einer Beobachtung einigermaßen geschützt war. Und wo man sich, ohne Verwunderung auszulösen, eine Zeit lang aufhalten konnte. Natürlich boten sich genügend Möglichkeiten, jemanden niederzuschlagen oder einem Konkurrenten im Vorbeigehen ein Messer in den Bauch zu rammen. Das waren aber alles keine Varianten, auf die Fritz scharf war. Sollte die Falle nicht zuschnappen, könnten derartige Szenarien aber noch zu einer realen Gefahr werden. Das Gerücht war in die Welt gesetzt worden und nicht mehr einzufangen.

Er bemerkte, dass er von der Kraftstation aus die Eingangstür nicht im Blick hatte. Vielleicht war das aber sogar gut so. Er sollte sich mit irgendetwas beschäftigen, um einen unbemerkten Zutritt zu ermöglichen. Da er keine Sekunde mit dem Gedanken spielte, sich tatsächlich an Leibesertüchtigung zu versuchen, rüttelte er prüfend an dem Gehäuse, das sich in der Mitte des Trainingsgerätes befand. Herumtüfteln und Dinge reparieren hatte ihm schon immer Freude bereitet. Anstatt nutzlos die Zeit abzusitzen und sich in düsteren Gedanken zu verlieren, konnte er auch den Seilzug wieder in Gang setzen. Mit den Augen folgte er den Schnüren bis zu der Stelle, an der sie im Kasten verschwanden. Ein weiteres Mal rüttelte er prüfend am Griff. Das Seil bewegte sich ein Stück, bevor es wieder stockte. Vermutlich war es nur eingeklemmt und leicht zu lösen.

Fritz ging in die Knie und fingerte an dem Gehäuse herum. Einige Schrauben fehlten, und einen eingerissenen Fingernagel später hielt er die Abdeckung in den Händen. Überrascht schnaufte er aus. Irgendjemand hatte die ausgemusterte Trainingsmaschine als Versteck zweckentfremdet. Fritz sah ein zusammengeknäultes Bündel, das sich bei näherer Betrachtung als Trainingshose, Kapuzenpulli und Schuhe herausstellte. Auch noch ein vierter Gegenstand war vor neugierigen Augen verborgen worden: eine blonde Perücke. Simon Sands Beteuerungen, das Leben von David nicht abgekürzt zu haben, wirkten glaubwürdiger als je zuvor. Ein Geräusch drang an Fritz' Ohren, und er zuckte zusammen. Jemand hatte den

Trainingsbereich betreten und schien bemüht, sich so leise wie möglich vorwärtszubewegen.

Das angespannte Verhältnis zwischen seinen Kollegen fiel Per überhaupt nicht auf. Als Clarissa und Hannes in sein Büro traten, unterbrach er das Auf- und-ab-Gehen und winkte sie mit rotem Kopf zu sich. Wie und weshalb er an den unscheinbaren USB-Stick gekommen war, hatte er schon am Telefon erläutert. Nun ging es um den Inhalt. Wie gewohnt ließ er die Katze nicht sofort aus dem Sack.

»Auf dem Stick gibt es drei Filmsequenzen, die bei schlechtem Wetter entstanden sind. David soll sie aufgenommen haben. Vermutlich mit einem Smartphone, ganz sicher letztes Jahr am achtundzwanzigsten April. Wo, ist noch offen, aber ich hab 'ne starke Vermutung. Angeblich weiß Frau Krüger nichts dazu.«

»Und was weiß sie?«, fragte Hannes.

»Kann ich nicht genau sagen, da sie mir zusammengeklappt ist. Sie stammelte aber von einer Absicherung, die ihr Mann zurückgelassen habe. Er hat diese Absicherung wohl schon mal erfolgreich eingesetzt.«

»Inwiefern?«

»Weiß ich noch nicht. Die Filme legen aber nahe, dass …«

»Kannst du sie nicht endlich abspielen?«, fuhr ihn Clarissa an. »Wir würden gern mitreden können.«

Wie immer zeigten ihre Worte unmittelbare Wirkung bei dem Kollegen, und Hannes schob alle Bedenken beiseite, die er in Bezug auf die kurz zuvor getroffene Übereinkunft hatte. Per fraß Clarissa aus der Hand, das bewies der startende Mediaplayer auf seinem Laptop. Ansonsten zeigte das Video aber erst mal nicht besonders viel.

Hannes erkannte eine Landschaft, die im Dauerregen versank. Den Geräuschen nach zu urteilen, war es windig gewesen.

Verzerrt hörte er eine Männerstimme. »Zoom näher ran! Man erkennt sonst nichts!« Das Bild wackelte, dann tauchten verschwommen die Silhouetten zweier Fahrzeuge auf. Ein rotes und ein grünes. Das grüne lag auf dem Dach im Straßengraben, die Räder rotierten noch. Dann fuhr der rote Wagen langsam rückwärts, bis er neben dem verunglückten Fahrzeug zum Stehen kam. Die Fahrertür öffnete sich, und eine Person sprang heraus. Hastig rannte sie zum Straßengraben, dann endete der Film.

»David hat einen Unfall gefilmt«, stellte Hannes fest. »Besser gesagt, die ersten zwei Minuten nach dem Unfall. Was ist daran so besonders?«

»Das Besondere ist, dass Fahrerflucht vorliegt«, erklärte Per. »Was der nächste Film glasklar belegt.« Er klickte die Wiedergabe-Funktion an. »Gleich wird sich der Porsche vom Acker machen. Dieser Film wurde drei Minuten nach dem ersten aufgenommen.«

Tatsächlich schien sich die Person nur einen kurzen Überblick verschafft zu haben. Die Gestalt hastete zum Wagen zurück, blickte links und rechts die Straße entlang und öffnete dann die Tür. Verzerrt war Davids Stimme zu hören. »Der will abhauen! Wie armselig ist das denn?« Timos Antwort klang zurückhaltender. »Wahrscheinlich ist eh nix mehr zu machen. Jetzt kann er nur noch seine eigene Haut retten. Ob das derselbe Porsche ist wie vorhin, der, der am Parkplatz vorbeifuhr?« Die Szene wurde ruckartig näher herangezoomt, sodass der Wagen in Großaufnahme zu sehen war. Dann gab der Fahrer Gas und verschwand aus dem Bildausschnitt. Zurück blieb das grüne Auto, die Räder hatten aufgehört zu rotieren. Nach exakt vierundsiebzig Sekunden endete die Sequenz.

»Auf dem dritten Video ist eigentlich nichts Besonderes mehr«, erklärte Per. »Nur noch mal der verunglückte Wagen.«

»Was ist zu dem Unfall bekannt?«, fragte Clarissa.

»Eine vierköpfige Familie kam von der Straße ab, allerdings wohl nicht aus eigenem Verschulden. Überhöhte Geschwindigkeit kann ausgeschlossen werden, und es gab eine leichte Berührung mit einem roten Fahrzeug. Vermutlich hat der Familienvater noch versucht auszuweichen.«

»Wo passierte das?«

Per präsentierte einen Kartenausschnitt und tippte auf den Bildschirm. »Genau hier. Die Bundesstraße führt dicht an der Küste entlang, ganz in der Nähe steht ein aufgegebener Leuchtturm. Alles deutet daraufhin, dass die Aufnahmen von dort aus gemacht wurden. Kurz vor dieser Stelle hat der Porsche eine Kurve nehmen müssen – vermutlich hat er das zu großzügig gemacht. Die Filme stützen die Vermutungen, die damals zum Unfallhergang angestellt wurden.«

»Was ist mit der Familie passiert?«

Per räusperte sich. »Es gab einen anonymen Notruf, aber die Rettungskräfte kamen zu spät. Beide Eltern und der sechsjährige Sohn waren schon tot, die dreijährige Tochter kam mit schweren Verletzungen ins Krankenhaus. Sie hat überlebt, wird aber ihr Leben lang behindert sein.«

»Furchtbar.« Fassungslos schüttelte Hannes den Kopf. »Nur verstehe ich nicht, was das mit unserem Fall zu tun haben könnte. Timo und David scheiden als Unfallverursacher ja aus.«

»Dafür wussten sie, wer an dem Drama schuld war. Und das könnten sie sich zunutze gemacht haben.«

»Erpressung?«

»Würde zumindest zu Frau Krügers Gestammel passen. Der Unfallverursacher wurde bisher nicht identifiziert.«

»Elena Hinz besitzt einen roten Porsche«, sagte Hannes nachdenklich. »Vielleicht ist das der Link.«

»Du hast die Kommentare von Timo und David gehört«, widersprach Clarissa. »Das klang nach einem männlichen Fahrer und nicht nach einer Frau.«

»Die Sicht war aber extrem schlecht, und auch auf den Videos lässt sich die Person nicht erkennen.«

»Wir können das nicht, unsere Spezialisten aber hoffentlich doch.« Per richtete sich auf. »Sie arbeiten schon daran. Vielleicht können sie das Gesicht und mit Glück sogar das Nummernschild herausfiltern.«

»Was haben Timo und David überhaupt in dieser abgeschiedenen Gegend gemacht?«, überlegte Clarissa.

Hannes hatte eine Ahnung. »Per, an welchem Tag war noch mal der Unfall?«

»Letztes Jahr am achtundzwanzigsten April. Die Videos wurden kurz nach fünfzehn Uhr gedreht.«

»Passt ausgezeichnet! Eine knappe Stunde vorher wurde der Werttransporter ausgeraubt. Ungefähr zwanzig Kilometer entfernt. Diesen Leuchtturm sollten wir uns genauer ansehen.«

»Hab schon jemanden hingeschickt.« Per klang zufrieden. »Trotzdem könnten wir uns gerade verrennen und Zeit verplempern.« Das Telefon auf seinem Schreibtisch klingelte, parallel meldete ein Symbol auf dem Bildschirm den Eingang einer E-Mail. »Per Hoffmann. Ach ja? Super! … Hm … Alles klar, ich seh's mir an.« Seine Hand legte den Hörer zurück und griff dann nach der Computermaus.

»Es war ein Mann, der den roten Wagen fuhr. Leider konnten die Kollegen sein Profil nicht richtig rausarbeiten, da er nie direkt in Davids Richtung blickte. Dafür haben wir das Kennzeichen. Die Überprüfung läuft, wir sollen gleich das Ergebnis bekommen.«

Aus zusammengekniffenen Augen musterte Hannes das verschwommene Bild des vermeintlichen Unfallverursachers. Das Gesicht war nicht in Gänze zu sehen, dennoch kam ihm der Mann vage bekannt vor – genauso wie der Wagen. Der Groschen fiel, als Per das nächste Telefongespräch annahm und einen Namen auf ein Stück Papier kritzelte.

»Der Halter wurde identifiziert«, rief er triumphierend. »Richard von Behrens. Ob er auch der Fahrer war, müssen wir ...«

»Er war der Fahrer. Ich hab ihn erkannt.« Hannes zog sich Pers Drehstuhl heran und sank auf das zerschlissene Polster.

»Wie ... du hast ihn erkannt?«

Hannes berichtete von dem zurückliegenden Besuch beim *Richter Erbarmungslos*. Beiden Kollegen fehlten daraufhin zunächst die Worte. Unerwartet fand Per noch vor Clarissa die Sprache wieder.

»Ist ja ein Ding! Der Typ spielt sich als starke und gnadenlose Hand des Gesetzes auf, drängt dann aber eine Familie in den Straßengraben und macht sich vom Acker!«

»Wollte wohl keinen Flecken auf seiner weißen Weste«, vermutete Hannes düster. »Er soll demnächst an den Bundesgerichtshof wechseln.«

»Das werden wir hiermit wohl verhindern!« Auch in Clarissa kam wieder Leben. »Was für ein Scheißkerl. Wie mich so eine Doppelmoral ankotzt! Timo und David hatten also ein starkes Druckmittel in der Hand gehabt. Kein Wunder, dass der Richter sie so milde hat wegkommen lassen. Zur Tarnung haben sie über Pascal ausgepackt, allerdings ja eigentlich nur Kleinkram, wenn man mal ehrlich ist.«

»Bleibt die Frage, ob das alles überhaupt mit den Morden zu tun hat«, bemühte sich Hannes um eine Versachlichung.

»Wir müssen seine Alibis checken«, stimmte Per zu. »Wobei ... den Mord an David im Gefängnis kann er ja schon mal nicht begangen haben.«

Hannes stöhnte, und überrascht sahen ihn die beiden an. »Natürlich nicht! Äh ... also, das Alibi für den Mord an Timo müssen wir vorsichtshalber natürlich checken. Aber so jemand wie von Behrens wird doch nicht selbst aktiv! Er wird einen Profi engagiert haben, und ich denke, wir kennen ihn sogar. Mario

Schäfer! Richard von Behrens hat ihn wegen Beamtenbeleidigung verurteilt. Das war alles inszeniert! Vielleicht sind Timo und David zu gierig geworden. Aber selbst wenn nicht: Von Behrens dürfte kein Interesse gehabt haben, ihnen wehrlos ausgeliefert zu sein. Vor allem nicht als Bundesrichter.«

»So weit würde alles Sinn ergeben«, bestätigte Clarissa. »Fehlt nur noch ein Puzzlestück: Wenn es Schäfer war, musste er einen Helfer haben. Vermutlich aus dem Kreis der Gefängnisangestellten.«

»Auch dazu hab ich eine Vermutung«, kündigte Hannes mit matter Stimme an. »Als ich im Gerichtsgebäude war, rief Benjamin Lenzen gerade bei dem Richter an. Die beiden scheinen sich seit vielen Jahren zu kennen. Muss nichts bedeuten, aber ein Verdacht drängt sich natürlich auf.«

»Weshalb sollte er bei so was mitmachen?«

»Kann sein, dass er selbst unter Druck gesetzt wurde. Oder aus anderen Gründen ein Problem mit den Opfern hatte.«

»Wenn der auch noch mit drinhängt, wächst sich das zu einem richtigen Justizskandal aus!« Per nahm das Mobiltelefon ans Ohr und legte es kurz darauf fluchend wieder zur Seite. »Kann jemand unserem Chef mal erklären, wozu ein Handy da ist? Was machen wir jetzt?«

»Ihr fahrt zum Richter und vernehmt ihn«, schlug Hannes vor. »Konfrontiert ihn mit den Videos und unserer Theorie. Dann nehmt ihr ihn in U-Haft.«

Per sah nicht begeistert aus. »Er ist eine angesehene Person. Was, wenn sich alles als harmlos herausstellt?«

»Seit wann behandeln wir Verdächtige je nach Herkunft unterschiedlich?«, konterte Clarissa.

»Trotzdem möchte ich Rückendeckung ...«

»Ich fahre ins Gefängnis zu Federsen«, kürzte Hannes die Diskussion ab. »Er dürfte dir die Rückendeckung im

Nullkommanichts geben. Stellt unbedingt sicher, dass Lenzen nicht gewarnt werden kann!«

Trotz erfolgter medizinischer Versorgung fühlte sich Vanessa Krüger kraftlos, als sie das Krankenhaus verließ. Der vereitelte Mordanschlag auf Elena würde Konsequenzen haben, obwohl sie nicht mal sicher war, ob sie überhaupt hätte abdrücken können. Als der Polizist sie überrumpelt hatte, war der Schuss ein Reflex gewesen. Glücklicherweise hatte er ihren Arm nach oben geschlagen, sodass die Kugel ihr Ziel verfehlt hatte. Ob Elena an dem See die Wahrheit gesagt hatte? Vielleicht setzte sie lediglich ihre Lügengeschichten fort, um sich schützend vor ihren Bruder zu stellen. Vanessa wusste es nicht, und für den Augenblick war es ihr auch egal.

Schweigend sah sie zu dem Polizisten hinüber, der den Wagen lenkte. Er würde sie zuerst zur Schule bringen, damit sie Sonja abholen konnte. Anschließend sollte er sie zu ihrer Wohnung fahren, wo sie auf die Fortsetzung des Verhörs zu warten hatte. Eine Flucht war aussichtslos, aber sie hätte Sonja ohnehin nicht im Stich lassen können. Wenn sie das nicht längst getan hatte. Was wohl die Strafe für versuchten Mord war? Ob sie sich rausreden konnte? Zumindest wollte sie den Ermittlern später alles erzählen, was sie wusste. Kooperatives Verhalten konnte sich strafmildernd auswirken – zumindest hatte sie das so gehört, und David hatte es bei seiner Verurteilung bewiesen.

Zu verlieren hatte sie jedenfalls nichts mehr. Das Geld war weg, und jetzt auch noch der USB-Stick. Ihr Mann hatte zu dessen Inhalt nur vage Andeutungen gemacht, sie kannte noch nicht mal den Namen des Unfallflüchtigen. David hatte ihr lediglich empfohlen, ihn der Polizei zu übergeben, sollte ihm etwas zustoßen. Auf ihrer Prioritätenliste hatte dies nicht ganz oben gestanden – ob das ein Fehler gewesen war? Zumindest hatte es sich nun von selbst erledigt, doch Vanessa grübelte, ob der Unbekannte vielleicht in den Mord verwickelt sein könnte. Dann schüttelte sie ärgerlich den Kopf, sodass der Polizist sie prüfend ansah. Ließ sie sich schon wieder von Elena einwickeln? David hatte lediglich behauptet, dem Mann zwei oder drei Gefallen abgetrotzt zu haben. Dafür brachte man aber niemanden um! Oder etwa doch? David war schon immer geschickt darin gewesen, Dinge herunterzuspielen. Weniger Talent hatte er gezeigt, sein Leben in den Griff zu bekommen.

Aber war sie selbst denn besser? Sie hatte an diesem Tag nicht nur ihr Leben, sondern auch das ihrer Tochter in eine Schieflage versetzt. Die Folgen würden erst zeitverzögert einsetzen, der Einsatzwagen bot nur einen Vorgeschmack. Sonja reagierte irritiert, dass ihre Mutter sie nicht nur mit einem Polizeiauto, sondern in Begleitung eines uniformierten Mannes von der Schule abholte. Stumm nahm sie auf der Rückbank Platz und strich mit dem Zeigefinger über die Tragflächen des mittlerweile reparierten Modellflugzeuges. Vanessa hatte mit ihr noch immer nicht über den Tod des Vaters gesprochen. Zum einen brachte sie es nicht übers Herz, und zum anderen wusste sie nicht, wie sie es anpacken sollte. Sonja hatte ihren Zusammenbruch mitbekommen, und auch, dass sie ihrer Freundin von dem Mord erzählt hatte. Verstand sie aber überhaupt, was das bedeutete? Und wie erst sollte sie ihrer Tochter klarmachen, dass sie die Mutter vermutlich nur noch im Gefängnis sehen konnte?

Erneut rollten Vanessa Tränen über die Wangen. Sie konnte sich nur mühsam beherrschen, nicht in lautes Schluchzen auszubrechen. Der Polizist bemerkte ihr Gefühlschaos dennoch. Er war ein junger Mann, der vermutlich noch nicht völlig abgestumpft war. Als er vor dem Mietshaus anhielt, räusperte er sich.

»Brauchen Sie ein paar Minuten für sich? Dann können Sie mit Ihrer Tochter vorgehen.«

Dankbar sah sie ihn an. Worte brachte sie nicht heraus – sie konnte nur stumm nicken.

»Sie machen keine Dummheiten?«, vergewisserte er sich. Unverkennbar bereute er bereits sein Mitgefühl. »Mehr als ein paar Minuten kann ich Ihnen nicht geben.«

»Nein.« Sie schluckte mehrmals. »Keine … Dummheiten mehr«, flüsterte sie und öffnete die Tür.

Richtig überzeugt wirkte er nicht, schlenderte aber nur gemächlich hinter ihr her, als sie Sonja zur Haustür zog. Im Treppenhaus brachte sie mehr Abstand zwischen sich und ihren Aufpasser, und als sie vor der Wohnung ankam, befand er sich noch mehrere Stockwerke unter ihr. Sie wollte schon nach dem Schlüssel kramen, dann stutzte sie. Die Eingangstür war angelehnt, obwohl sie sicher war, sie zugezogen und abgeschlossen zu haben. Vielleicht war es doch gut, dass sie von einem Polizisten begleitet wurde! Sie wollte sich schon umdrehen, um ihm eine Warnung zuzurufen, als Sonja sich an ihr vorbeizwängte, die Tür aufstieß und in den Flur lief.

»Sonja … warte!« Ihre Stimme war nur ein heißeres Krächzen.

Schnell lief sie hinter ihrer Tochter her, die schon am Durchgang zur Küche angekommen war. Dort blieb sie wie angewurzelt stehen und zeigte nach vorn. »Mama!« Sie drehte sich um. »Sieh mal!«

Mit wenigen Schritten war Vanessa bei ihr. Der muskelbepackte Körper von Sören Wächter blitzte in ihrer Vorstellung auf und wurde von Elenas Gesicht abgelöst. Doch als sie in die Küche spähte, bot sich ihr ein gänzlich anderes, unerwartetes Bild. Auf dem Esstisch lagen mehrere Plastiktüten, deren Herkunft sie sich nicht erklären konnte. Erst als sie einen vorsichtigen Blick in einen der Beutel warf, überkam sie eine Ahnung, wer sich Zugang zu der Wohnung verschafft haben dürfte.

Offenbar hatte Elena nicht gelogen, sondern ihren Bruder tatsächlich bearbeitet. Alle Plastiktüten waren mit Bündeln von Geldscheinen vollgepackt, und die Menge deutete darauf hin, dass sie zuvor ein Jahr lang in einem alten Leuchtturm gelegen hatten. Letzte Zweifel verflogen, als sie einen Zettel entdeckte. Nur drei Worte standen darauf: »Sorry! Viel Glück!«

Hektisch spitzte sie die Ohren. Aus dem Treppenhaus klangen Schritte, noch waren sie etwas entfernt. Sie glaubte, sich noch nie so schnell bewegt zu haben. Innerhalb von einer Minute hatte sie sämtliche Tüten in einen der Schränke gestopft, der sich daraufhin nicht mehr richtig schließen ließ. Ein Geräusch aus dem Flur verdeutlichte ihr aber, dass keine Zeit mehr blieb. Sie griff nach Sonjas Hand, die sie aufmerksam beobachtet hatte.

»Das ist unser Geheimnis«, beschwor sie das Mädchen mit zitternder Stimme und hoffte mehr als je zuvor, dass die Kleine verstand, was sie ihr mitteilen wollte.

Dann richtete sie sich auf und trat in den Flur. Der Polizist sah sie prüfend an. »Geht's Ihnen besser?«

»Ja ... ja, alles in Ordnung. Lassen Sie uns ins Wohnzimmer gehen.«

Ihr Entschluss, der Polizei alles zu sagen, was sie wusste, war in sich zusammengefallen. Indirekt war es dem Mitleid des jungen Mannes geschuldet, aber das konnte der natürlich nicht wissen.

Auf der Fahrt zum Gefängnis hatte sich Hannes den Kopf zerbrochen, wie er dort möglichst unauffällig auftreten könnte. Die wiederholten Versuche, seinen Chef zu erreichen, waren allesamt fehlgeschlagen. Als er von der Pforte zum Büro des Anstaltsleiters geführt wurde, bekam er eine SMS von Clarissa. Sie sei mit Per am Gerichtsgebäude eingetroffen und würde in Kürze auf Richard von Behrens treffen. Hannes bat um sofortige Mitteilung, sollte sich der Verdacht gegen Benjamin Lenzen erhärten. Einen Vorwand, um Federsen aus dessen Büro zu lotsen, hatte er sich unterwegs ausgedacht, er war aber gar nicht nötig.

Der Ermittlungsleiter warf ihm schon beim Öffnen der Tür einen grimmigen Blick zu und kam ihm entgegen. »Das trifft sich ja gut! Wir müssen unter vier Augen reden.« Er schob den überraschten Kollegen zurück in den Flur, verscheuchte den Justizbeamten mit einer knappen Kopfbewegung in das Büro des Anstaltsleiters und knallte die Tür mit Nachdruck hinter ihm zu. »Ich hab spannende Neuigkeiten erfahren«, knurrte er, als die Luft rein war.

Hannes kam sofort zur Sache. Vermutlich war es Per oder Clarissa endlich gelungen, Kontakt zum Chef herzustellen. »Das ist wirklich ein dickes Ding! Und wenn der Verdacht stimmt ...«

»Ein dickes Ding ist das in der Tat!« Federsen klopfte ihm mit der E-Zigarette gegen die Brust. »Wann wollten Sie mir davon erzählen?«

»Äh ... Sie waren nicht erreichbar.« Hannes war angesichts der rüden Umgangsformen verwundert. Federsen verhielt sich, als hätte es die letzten Tage und Wochen nicht gegeben.

»Es gab genug Gelegenheiten«, wurde er angeherrscht.

»Aber ... ich weiß es erst seit eben.«

»So? Sie wussten also nicht, dass Sie Fritz Janssen in den letzten Monaten regelmäßig besucht haben? Obwohl sie mir vorgespielt haben, ihn seit letztem Sommer nicht gesprochen zu haben? Um was ging es denn bei diesen Treffen, die zeitgleich zu intensiven Ermittlungen stattfanden, denen sie sich angeblich durch Kanutraining entzogen haben?«

Mit offenem Mund sah Hannes ihn an, und er spürte das Blut in seine Ohren strömen. »Dieser verdammte Per! Wieso hat er nicht die Klappe gehalten!«

361

»Ach, Herr Hoffmann wusste davon? Wird ja immer besser. Ich hab es allerdings von Benjamin Lenzen gesteckt bekommen. Und von Simon Sand erfuhr ich, dass Fritz sich von Pascal nicht nur mit Haschisch versorgen ließ, sondern ihn jahrelang als Informanten benutzte. Sie sollten Fritz nach seinen Verbindungen fragen! Erzählen Sie mir jetzt nicht, dass er damit nicht herausgerückt ist.«

Hannes wusste, wann er verloren hatte. »Nein ... das hat er nicht. Also ich meine, er hat's mir erzählt. Aber im Vertrauen.«

»Im Vertrauen?!« Federsen sah ihn ungläubig an. »Er ist befangen, das muss Ihnen doch klar sein! Kein Wunder, dass er uns von Pascal fernhalten wollte!«

»Dafür hatte er aber einen guten Grund! Wir haben nämlich ...«

»Sie haben sich von ihm einwickeln lassen«, polterte Federsen. »Und mich haben Sie hintergangen! Obwohl ich ... Sie gefördert und wie einen Partner behandelt habe. Zum Dank ... lassen Sie sich von Marcel anheuern und mich wie einen unerträglichen Chef wirken. Wie steh ich jetzt vor der Polizeiführung da?«

Hannes schluckte. Dieser Moment hatte ja kommen müssen – nur nicht ausgerechnet jetzt und nicht in diesem Ausmaß. Es gab nur einen Weg, Federsens Standpauke zu beenden. Er nutzte eine Atempause, als der Kommissar an der E-Zigarette saugte.

»Wir wissen, wer für die Morde an Timo und David verantwortlich ist.«

»Nicht nur, dass Sie ... was? Was haben Sie gesagt?«

Hannes wiederholte die Worte und ergänzte sie mit den Details, die der Fund des USB-Sticks ans Licht befördert hatte. Federsens Gesichtsausdruck hellte sich dadurch nicht auf, aber erwartungsgemäß siegte das Pflichtbewusstsein über die persönliche Kränkung. Schweigend verfolgte er den hastig vorgetragenen Bericht. Als Hannes geendet hatte, drehte er sich ohne einen Kommentar um, riss die Tür wieder auf und war mit wenigen Schritten bei Benjamin Lenzen, der hinter seinem Schreibtisch stand.

»Weshalb haben Sie sich von Ihrem Freund Richard von Behrens einspannen lassen?« Seine Stimme klang ruhig, bebte aber hörbar.

»Wie? Was meinen Sie damit?«

»Er hat dafür gesorgt, dass mit Mario Schäfer jemand die Schmutzarbeit übernahm. Weil Timo und David Beweise für seine Fahrerflucht hatten. Die Flucht von einem Unfall, bei dem eine junge Familie nahezu ausgelöscht wurde. Warum haben Sie dabei mitgemacht?«

»Richard? Fahrerflucht?« Die Überraschung klang aufrichtig, wie Hannes feststellte. Auch der anwesende Justizbeamte schüttelte angesichts der unerwarteten Wendung fassungslos den Kopf. »Ich kann Ihnen nicht folgen!«

Federsens Stimme gewann an Lautstärke. »Unsere Kollegen nehmen Herrn von Behrens gerade fest. Timo und David hatten ihn in der Hand, drohten vermutlich, seine Karriere zu zerstören. Das wollte er sich nicht bieten lassen. Weshalb haben Sie bei diesem schmutzigen Spiel mitgemacht?«

»Aber … das ist völlig absurd!«

»Streiten Sie es nicht ab. Wird sowieso alles rauskommen.«

Lenzen wischte sich Schweiß von der Stirn und sank in seinen Bürostuhl. »Das ist … Sie müssen sich irren. Richard würde niemals …«

»Aber es ergibt alles Sinn«, brüllte Federsen. »Er schleuste Mario Schäfer wegen einer lächerlichen Lappalie hier ein. Ist der Kerl ein Auftragskiller? Die Vermutung liegt nahe, wenn man sich die Durchführung der Morde betrachtet. Ohne Hilfe konnte er hier drinnen aber nicht agieren. Wir hatten erst Jannis

Bergmann im Verdacht, aber in Wahrheit waren Sie der Helfer. Sie haben uns an der Nase herumgeführt!«

»Das ist völliger Wahnsinn! Haben Sie Beweise für diese absurde ...«

»Es gibt Videos«, schaltete sich Hannes ein. »Aufgenommen von David. Herr von Behrens wird sich nicht mehr herauswinden können.«

»Ich fass es nicht! Er ... wir sind Freunde seit dem Studium! Waren beide an der Fachhochschule für Rechtspflege ... bis er ... er wechselte dann an die Uni, studierte Jura. Wir hatten ... er ist einer meiner besten Freunde!«

»Dem Sie etwas schuldeten?«

»Nein! Aber ... oh mein Gott, es ergibt wohl wirklich Sinn.«

»Was denn?«, bellte Federsen.

Lenzen schien ihn nicht zu bemerken. Sein Blick war starr auf die Tischkante gerichtet, seine Stimme klang monoton. »Er hat sich immer wieder nach Timo Reichel und David Krüger erkundigt. Ich dachte mir nichts dabei, er hatte ja ihr Urteil gesprochen. Wollte wissen, was sie tun, mit wem sie reden, ob sie sich komisch verhalten. Und mit Mario Schäfer ... mein Gott, wie naiv war ich nur!«

»Was ist mit Herrn Schäfer?«

»Ich sollte ihn ... nachsichtig behandeln. So hat Richard sich ausgedrückt. Er sei mit der Strafe ein wenig übers Ziel hinausgeschossen. Dabei passte es zu ihm, dass er ... hart ist.«

»Spielen Sie uns nichts vor«, donnerte Federsen. »Es muss hier einen aktiven Helfer gegeben haben, anders ist das nicht zu erklären.«

Lenzen hob den Blick, in seinen Augen standen Tränen. »Das ... war dann wohl ich. Ich hätte nie gedacht ...« Seine Augen wurden groß. »Stefan Kleinfeld! Ich fasse es nicht!«

»Können Sie konkreter werden?«

»Stefan ist mit Richards Tochter verheiratet. Bekam nie richtig einen Fuß auf die Erde. Richard bearbeitete mich, dass ich ihm eine Chance geben sollte. Momentan ist er noch in der Probezeit.«

Federsen ballte die Fäuste. »Sie sind an Naivität nicht zu überbieten! Wundert mich aber nicht, wenn ich auf die letzten Tage zurückblicke. Wo steckt Stefan Kleinfeld im Moment?«

Lenzen stöhnte und verbarg das Gesicht in den Händen. »Er soll auf Fritz aufpassen.«

»Wieso das?«

»Fritz ist überzeugt, dass Pascal Hinz nichts mit den Morden zu tun hat.«

»Das wissen wir.«

»Er fragte mich erst heute wieder über Mario Schäfer aus. Hat halt … er weiß eben, was er tut.«

»Das ist bei mir nicht anders«, stellte Federsen lautstark klar. »Nochmal: Weshalb soll Stefan Kleinfeld ihn beschützen?«

»Weil Fritz … er hat es sich nicht ausreden lassen!« Bittend sah Lenzen auf.

Hannes schwante Übles. »Etwa diese Falle, über die er schwadroniert hat?«

»Genau. Ich sollte ihm einen zuverlässigen Mann abstellen … und hab mich für Stefan entschieden. Woher hätte ich wissen sollen …«

»Was hat Fritz vor?«

»Er hat es nicht nur vor, er zieht es gerade durch. Unten im Fitnessbereich. Wenn Mario Schäfer und Stefan wirklich zusammenarbeiten, dann … das werde ich mir nie verzeihen!«

Federsen verlor keine Zeit. »Führen Sie uns dorthin!«, schrie er den wie versteinert dastehenden Justizbeamten an. »Und Sie«, er deutete auf Benjamin Lenzen, »rufen sofort Verstärkung. Machen Sie *einmal* etwas richtig!«

Hannes warf einen letzten Blick auf den Anstaltsleiter, der wie ein Häufchen Elend alleine hinter seinem Schreibtisch zurückblieb. Er konnte nicht verhindern, dass er Mitleid verspürte. Von einer nahestehenden Person so schamlos missbraucht zu werden, stellte mehr als einen Schlag in die Magengrube dar. Es erschütterte das Weltbild. Das hatte der Sportpolizist schon bei seinem letzten Fall erkennen müssen, und er war schockiert, welche Ausmaße die menschlichen Abgründe annehmen konnten. Dann verdrängte die Sorge um Fritz das Mitgefühl für den gebrochenen Mann, und er beeilte sich, seinem Chef und dem Justizmitarbeiter zu folgen. Unterwegs malte er sich aus, wie sich sein früherer Chef entkräftet und verzweifelt gleich gegen zwei Angreifer zur Wehr setzen musste, worauf er den kurzatmigen Federsen mit einem Rempler im Gang überholte und zu einem höheren Tempo antrieb.

Fritz wurde von einer Mischung aus Genugtuung und Adrenalin durchströmt. Er hatte sich in den hinteren Teil des Fitnessbereichs zurückgezogen und sich auf einer Isomatte niedergelassen. Vom Eingang aus war dieser Bereich nicht einsehbar, was den Vorteil hatte, dass man ihn nicht einfach über den Haufen schießen konnte. Der Täter musste sich schon nähern, und genau das tat Mario Schäfer in diesem Moment. Aufmerksam sah Fritz ihm entgegen und war sogar noch zu einer scherzhaften Bemerkung in der Lage.

»Also doch kein Einzeltraining? Soll ich Ihnen eine Matte aus dem Schrank holen?«

»Das ist nicht nötig.« Der Mann blieb vor ihm stehen und blickte aus dunklen Augen zu ihm herunter. Seine Hände hatte er hinter dem Rücken verborgen, was Fritz in erhöhte Alarmbereitschaft versetzte. Von dem Justizangestellten, den Lenzen ihm versprochen hatte, war noch immer nichts zu sehen.

»Woher wussten Sie, dass ich hier bin?«, gab er sich betont arglos.

»Weil ich Sie seit Tagen im Auge behalte. Und weil Sie mich offensichtlich treffen wollten. Nur präsentiert sich die Situation jetzt wohl anders, als von Ihnen erwartet.« Er deutete durch den Raum. »Kein Aufpasser in Sicht. Dumm gelaufen, oder? Sie haben mich unterschätzt.«

Fritz verabschiedete sich nun ebenfalls von dem Geplänkel. »Das habe ich sicher nicht, denn mir war klar, dass Sie einen Helfer haben müssen. Nur wusste ich nicht, wer das ist. Jetzt bekomme ich eine Ahnung.«

»Dummerweise zu spät.« Schäfers Stimme klang emotionslos. »Ich habe auch Sie nicht unterschätzt. Man hat mich gewarnt, dass der alte Fritz gefährlich ist und einen guten Spürsinn hat. Deshalb ist mir nicht entgangen, dass Ihr Interesse an mir zugenommen hat.«

Erneut registrierte Fritz erstaunt, wie gewählt sich der Mann ausdrückte. Das kam in solchen Kreisen selten vor. »Sie sind also Profi?«

»Ich nenne mich eher Problemlöser. Aber Sie liegen nicht falsch: Ich weiß, was ich tue und überlasse nichts dem Zufall. Jahrelange Berufserfahrung. Wenn es die Umstände erfordern, lasse ich mich sogar inhaftieren.«

Fritz nickte langsam. »Wie im Fall von David Krüger. Ist aber ziemlich riskant.«

»Nicht, wenn die Rahmenbedingungen stimmen. Und das tun sie. Zudem kostet es natürlich einen Aufschlag.«

»Wer hat Sie beauftragt?«

Zum ersten Mal zeigte sich ein Lächeln in Schäfers Gesicht. »Darauf erwarten Sie nicht ernsthaft eine Antwort?« Er nahm seine Arme nach vorn, und Fritz erkannte, dass er ein aufgerolltes Drahtseil bei sich trug. Er schluckte, als er die behaarten

Hände sah und erinnerte sich an den Kühlraum. »Wieso haben Sie es nicht schon beim letzten Mal zu Ende gebracht?«

»Sicherheit geht vor. Der Alarm hatte die Situation unkalkulierbar gemacht. Mir war ohnehin klar, dass ich wieder an Sie herankomme. Dass Sie sich allerdings selbst anbieten …« Er schüttelte den Kopf, als wäre er enttäuscht. »Nehmen Sie es nicht persönlich, aber damit haben Sie sich in die Schusslinie gebracht. Das wäre nicht nötig gewesen.«

»Alte Gewohnheit.« Fritz zwang sich zur Gelassenheit, während er sich mühsam in eine stehende Position aufrappelte.

»Brauchen Sie Hilfe?« Diesmal klang die Stimme amüsiert und nicht nüchtern.

»Die kann mir selbst mein Arzt nicht mehr geben. Eigentlich könnten Sie sich die Mühe sparen, mir dieses Drahtseil um den Hals zu legen.«

»Davon hab ich gehört. Sie werden aber sicher verstehen, dass ich kein Risiko eingehen kann. Bevor Ihre Theorie doch noch in falsche Ohren dringt, erlöse ich Sie lieber. Betrachten Sie es als Freundschaftsdienst. Ich werde Ihnen schmerzvolle Tage ersparen.«

»Äußerst großzügig. Wer profitiert denn noch von meinem Ableben?«

Schäfers Hände spielten mit dem Drahtseil und spannten es, bevor der Zug wieder nachließ. »Ich mag Sie. Das kommt selten vor. Sonst wären Sie schon seit drei Minuten tot. Trotzdem werde ich nicht mit meinen Grundsätzen brechen. Mein Auftraggeber bleibt anonym, obwohl Sie es nicht mehr ausplaudern können.«

»Sie wollen mich dumm sterben lassen?«

Erneut schien er sich zu amüsieren. »Ist doch nicht schlecht. So haben Sie auf Ihrer Wolke wenigstens etwas zum Nachdenken.«

Er trat einen Schritt nach vorn, das Drahtseil spannte sich wieder. Unbeholfen stakste Fritz nach hinten zu einem Wandschrank. Ihm war nicht entgangen, dass Schäfer über ein großes Ego verfügte. Um Zeit und weitere Informationen herauszuschinden, konnte Fritz es entweder streicheln oder versuchen, es ins Wanken zu bringen. Er entschied sich für die zweite, riskantere Variante.

»Worüber ich sicher lange nachdenken werde: Wie konnte Ihnen als Profi der Anfängerfehler unterlaufen, Timo Reichel so zu verscharren, dass er schon kurz darauf gefunden wird?«

Die Schritte des Auftragsmörders gerieten ins Stocken. Kurz schien es so, als überlege er, ob er die Frage nicht einfach ignorieren sollte. Dann zeigte er ein gezwungenes Grinsen. »Sie sind wirklich nicht schlecht. Bei meiner Vorgehensweise gab es nur einen Fehler, und Sie schmieren ihn mir sofort aufs Brot.«

»Weil es ein dämlicher Fehler war.«

Schäfer schüttelte den Kopf. »Dämlich war lediglich Timo, der sich – naiv und gierig wie er war – ganz leicht hat einlullen lassen. Mein Plan war an sich gut. Ich bin am Tag zuvor die Reihen abgegangen und habe mir die Inschriften angesehen. Das Grab der Bormanns schien mir ideal. Niemals hätte ich damit gerechnet, dass die Beerdigung noch gar nicht stattgefunden hat. Sie etwa?«

»Zumindest hätte ich mich nicht auf die Information eines Grabsteins verlassen«, behauptete Fritz altklug. »Ich habe mich schon immer doppelt abgesichert.«

»Da haben wir etwas gemeinsam. Aber manchmal … und unter Zeitdruck …« Schäfer hielt inne, seine Schultern strafften sich. Als wäre ihm klar geworden, dass er diesem inhaftierten Exkommissar nun wirklich keine Rechenschaft schuldig war. Dennoch schien ihn sein Fehler zu beschäftigen.

»Mag sein, dass ich bei Timo nicht ganz sauber gearbeitet habe, das kann ich bei David aber nicht behaupten. Und in

Ihrem Fall wird es nicht anders sein.« Gemächlich näherte er sich wieder, sein Blick taxierte Fritz, der sich dabei wie eine Maus vorkam, die von einem Tiger ins Visier genommen wurde. Hastig sah er zur Seite. Keine Hilfe in Sicht.

»Apropos Davids Ermordung«, fiel ihm als erstbeste Reaktion ein. »Wieso haben Sie ausgerechnet Simon Sand den schwarzen Peter zugeschoben?«

Jetzt klang der Mann wieder selbstzufrieden. »Ein perfekter Kandidat. Glücklicherweise konnte ich ihm ein paar Haare entwenden, während er in der Sonne döste.«

»Die passenderweise dieselbe Farbe hatten wie die Perücke, die Sie beim Mord getragen haben. Trotzdem war es riskant. Simon hätte von einer Überwachungskamera an einem ganz anderen Ort erfasst werden können. Dann wäre der Schwindel sofort aufgeflogen.«

»Ich hatte meine Möglichkeiten, dafür zu sorgen, dass er auf keinem Video zu sehen war, beziehungsweise dass derartige Aufnahmen verschwanden. Wie kommen Sie auf die Perücke?«

»Weil Ihnen noch ein Fehler unterlaufen ist. Ihr Versteck war zwar gut, aber nicht gut genug.« Fritz deutete auf die gegenüberliegende Raumseite. »In dieser Maschine stecken auch die Klamotten, die Sie getragen haben. Zwar war es Zufall, dass ich darauf gestoßen bin, aber ...«

»... es spielt keine Rolle mehr«, vollendete Schäfer. »Auch an Ihrem Körper wird man später Spuren finden. Diesmal nicht von Simon Sand, sondern von Jannis Bergmann.«

Fritz' Gedanken überschlugen sich. »Was ... wieso ausgerechnet von ihm?«

»Weil Ihre früheren Kollegen ebenfalls erkannt haben, dass es einen Helfer geben muss. Ihn haben sie sowieso im Visier, genauso wie Pascal Hinz und seine Bande. Es lag ja nahe, dass ich den Verdacht auf diesen Personenkreis lenke. Ein plausibles Motiv liegt vor, genauso die Mittel zur Durchführung der

Morde. Bergmann passt da ins Bild – als Freund von Pascals Schwester, obwohl die sich wohl eigentlich lieber mit Frauen vergnügt. Tut nichts zur Sache, aber im Bett scheint er keine große Nummer zu sein. Sie sehen, ich informiere mich immer bis ins letzte Detail, wenn ich einen Auftrag annehme.«

Aus den Augenwinkeln erkannte Fritz, dass die Tür des Schrankes aufgestoßen wurde, und eine großgewachsene Gestalt heraussprang. Innerlich fluchte er. Der Zeitpunkt war zu früh und widersprach der Abmachung. Das mitlaufende Aufnahmegerät hatte noch jede Menge Speicherkapazität. Allerdings konnte er verstehen, dass Jannis Bergmann sich bei den letzten Worten nicht mehr hatte beherrschen können. Auch Mario Schäfer erfasste die veränderte Situation sofort.

Selten hatte Fritz einen Mann so schnelle und geschmeidige Bewegungen machen sehen. Geduckt sprang er nach vorn und stieß Fritz gegen den erregten Justizangestellten, sodass dessen Hand, die eine Waffe umklammerte, getroffen wurde. Dann wirbelte er herum und sprang Jannis Bergmann von der Seite an. Welchen Griff er dabei anwendete, konnte Fritz nicht erkennen. Dass er wirksam war, stand aber außer Frage. Ächzend fiel der rothaarige Riese auf die Knie, und seine Finger zuckten zum Hals, um den sich schon das Drahtseil spannte. Er bekam die Finger einer Hand zwischen Seil und Kehlkopf, aber es war klar, dass er nur wenig Zeit würde herausschinden können. Mario Schäfer hatte einen gestählten Körper, an dem kein Gramm Fett zu viel war – und Töten war sein Geschäft.

Verzweifelt sah sich Fritz nach einem Schlagwerkzeug um, doch er entdeckte nichts. Gebracht hätte es ihm vermutlich ohnehin wenig, schon zu gesunden Zeiten waren körperliche Auseinandersetzungen nicht seine Stärke gewesen. Da Jannis' Waffe neben Schäfer unerreichbar auf dem Boden lag, konzentrierte er sich auf das, was er am besten konnte: Psychospielchen.

»Hören Sie auf!«, forderte er so ruhig wie möglich. »Denken Sie, ich bin aus Zufall hier? Die Falle war exakt so geplant, und Sie sind reingetreten. Es gibt eine Webcam, und jeden Moment werden meine Kollegen hereinstürmen. Sie sollten Ihr Konto nicht mit einem weiteren Mord belasten.«

Er erkannte sofort, dass es hoffnungslos war. Weder reduzierte sich der Druck des Stahlseils, noch reagierte der Mann auf seine Worte. Das bedeutete, dass er sich seiner Sache absolut sicher sein musste – was wiederum auf einen Zugang zu exklusiven Informationen hindeutete. Fritz wusste, dass er das Unvermeidliche nur würde hinauszögern können, aber es war Ehrensache, dass er Jannis nicht seinem Schicksal überließ. Sein steifes Bein verfluchend, ließ er sich einfach nach vorn kippen und hoffte, dass er zumindest für einen Verlust des Gleichgewichts sorgen würde, wodurch sich der nach Luft japsende Jannis in eine bessere Position bringen konnte.

Die Hoffnung war vergebens, denn Mario Schäfer war auf den Aufprall vorbereitet. Für Fritz fühlte es sich an, als würde er auf einen Stein treffen, von dem er auf den Boden rutschte. Mit seinen Fingern versuchte er, sich den Augen des Mannes zu nähern, als die bekannte Stimme eines alten Widersachers erklang.

»Lassen Sie das Seil fallen und nehmen Sie die Hände hoch!«

Nicht nur Fritz blickte überrascht Federsen entgegen, der sich mit ausgestrecktem Arm näherte. Die Dienstwaffe lag ruhig in seinen Händen und zielte genau auf Schäfers Stirn. Fritz konnte erkennen, wie es dahinter im Gehirn des Mannes zu arbeiten begann.

»Denken Sie gar nicht erst daran.« Jetzt trat Hannes ins Sichtfeld, gefolgt von einem Justizangestellten, der als Einziger unbewaffnet war.

Innerhalb eines Sekundenbruchteils entschied sich Mario Schäfer, diesen Rat zu ignorieren. Mit einer kräftigen Bewegung riss er Jannis nach oben, während sich seine Hände von dem

Drahtseil lösten und nach der am Boden liegenden Waffe griffen. Ein Schuss ertönte, gefolgt von einem Schrei. Schäfers Hand war glatt durchgeschossen worden, und auf allen vieren kroch Fritz nach vorn. Seine Hände berührten Metall, und mit Schwung ließ er die Pistole über den Boden in Richtung der herannahenden Verstärkung schlittern. Erst jetzt gab der Mann auf. Mit schmerzverzerrtem Gesicht presste er die Hand an seinen Bauch und sank nach unten.

Dafür war Jannis wieder zu Atem und zugleich zu Kräften gekommen. Wütend stürzte er auf den am Boden sitzenden Mann zu, der ihn um ein Haar ins Jenseits befördert hätte. »Du …!«

Erschöpft sah Fritz zu, wie Hannes seinen Chef unterstützen musste, um Jannis unter Kontrolle zu bringen.

»Er hat meine Frau beleidigt und wollte mich umbringen«, schrie Jannis und wehrte sich gegen die Umklammerung. Erst als er in Hannes' Schwitzkasten steckte, beruhigte er sich.

Federsen hielt die Pistole wieder auf den Auftragskiller gerichtet und ließ ihn nicht aus den Augen. Er sah Fritz nicht an, doch der wusste trotzdem, dass die Worte an ihn gerichtet waren.

»Leichtsinniges Arschloch! Das war das letzte Mal, dass ich dir den Hintern rette!«

»Alles in Ordnung?« Hannes hatte Jannis an dessen Kollegen weitergereicht, und aus seiner Stimme klang die Besorgnis deutlich heraus.

Fritz ließ sich auf die Beine helfen. »Klar, ist ja alles gut ausgegangen. Zwar nicht ganz wie geplant, aber zum Glück hab ich mich doppelt abgesichert.«

»Ausgerechnet mit dem da?« Verächtlich machte Federsen eine Kopfbewegung in Jannis' Richtung.

»Natürlich. Ebenso wie Pascal ist er daran interessiert, den eigentlichen Täter zu enttarnen. Deshalb hab ich mich mit den beiden zusammengetan. Ich ahnte ja, dass es einen Helfer unter den Angestellten gibt, darum habe ich ein doppeltes Netz für sinnvoll gehalten. Und tatsächlich ist der Schutz, den mir Benjamin schicken wollte, hier nicht aufgetaucht. Entweder hat Schäfer ihn ausgeschaltet oder …«

Trotz seines Schmerzes fand der Erwähnte die Kraft, lauthals zu lachen. Irritiert sah Fritz ihn an.

»Sie verstehen es immer noch nicht, oder?« Schäfer wirkte trotz seiner misslichen Lage überheblich. »Es war nie vorgesehen, dass hier jemand auf Sie aufpasst. Dafür hat Herr Lenzen schon gesorgt. So wie er mir auch bei anderen Dingen behilflich war.«

»Benjamin hat …?« Fritz war sichtlich überrumpelt. »Aus welchem Grund hat er Sie beauftragt?«

»Das hat er nicht. Er war nur noch so eine Spielfigur meines Auftraggebers. Deshalb habe ich mich überhaupt darauf eingelassen, hier einzuziehen. Wenn nicht … verdammt, können Sie nicht endlich mal einen Arzt rufen? Ich verblute noch!«

»Schade wär's nicht«, entgegnete Federsen, gab dem Justizbeamten aber ein Zeichen, sich um medizinische Versorgung zu kümmern. »Ihr Auftraggeber … reden wir doch Klartext: Richard von Behrens hat sie engagiert. Warum?«

»Richard von Behrens? Der Richter?« Fritz musste sich an Hannes' Schulter abstützen. Die Überraschungen nahmen kein Ende.

»Du hältst jetzt mal die Klappe«, herrschte Federsen ihn an. »Hast schon genug Unruhe reingebracht. Also Herr Schäfer: Was war der Grund für die Morde?«

Der Angesprochene zuckte mit den Schultern, woraufhin er erneut vor Schmerzen aufstöhnte. »Der Grund interessiert mich nicht. Niemals. Ich halte immer Distanz.«

»Weshalb hat Lenzen mitgemacht?«

»Müssen Sie ihn selbst fragen. Ich war von Anfang an skeptisch. Amateure sollten keine tragende Rolle spielen. Und besonders geschickt hat er sich tatsächlich nicht angestellt.«

»Wie sind Sie bei den Morden vorgegangen?«

»Ich sage Ihnen jetzt gar nichts mehr, Wachtmeister. Zuerst will ich einen Arzt, danach einen Anwalt, und dann sehen wir weiter. In genau dieser Reihenfolge.«

»Schaut mal da hinten in die Kraftmaschine«, mischte sich Fritz wieder ein. »Da liegt die Verkleidung, mit der er euch auf Simons Spur geleitet hat.«

»Das soll die Spurensicherung übernehmen.« Federsen wandte sich Hannes zu. »Ich bleibe mit Herrn Bergmann hier, bis die Verstärkung eintrifft. Sie verhaften Lenzen. Und zwar pronto!«

Hannes drehte sich ohne Widerspruch ab und winkte dem Justizbeamten, ihm den Weg freizuräumen beziehungsweise aufzuschließen. Dass Benjamin Lenzen sie kurz zuvor noch hatte täuschen können, war mehr als ärgerlich. Nun stand zu befürchten, dass er sich aus dem Staub machte, denn ihm musste klar sein, dass seine Mittäterschaft gerade aufflog. Als er mit dem Aufseher durch die Gänge hastete, klingelte sein Smartphone. Clarissa.

»Wir haben keine Zeit verplempert, sondern von Behrens sofort mit den Videos und unserem Verdacht konfrontiert«, sprudelte sie los. »Er hat sich alles mit verschränkten Armen angehört.«

»Und dann abgestritten«, vermutete Hannes.

»Damit haben wir auch gerechnet, aber es war nicht so. Als Mario Schäfers Name fiel, hat er geseufzt. Da war ihm klar, dass alles zusammenbricht. Timo und David haben ihm nicht nur ein mildes Urteil abgetrotzt, sondern zusätzlich Geld erpresst. Wiederholt. Er vermutete, dass er die beiden nie mehr loswerden würde. Vermutlich nicht zu Unrecht.«

»Was sagt er zu Lenzen?«

»Der sei ihm einen Gefallen schuldig gewesen. Dann war aber Schluss mit seiner Offenheit, und er hat nach anwaltlicher Betreuung verlangt.«

»Verstehe. Clarissa, hier ist grad der Teufel los, ich melde mich später.«

Ohne eine Erwiderung abzuwarten, drückte er das Gespräch weg. Immer drängender wuchs in ihm das Gefühl, dass keine Zeit zu verlieren war, und er spornte den Justizbeamten zu einem flotteren Laufschritt an. Mit Richard von Behrens und Mario Schäfer waren zwar die wichtigsten Figuren vom Brett genommen worden, aber der Ermittler wollte verhindern, dass sich eine Randfigur unauffällig davonschleichen konnte. Anschließend würde sich aus den verschiedenen Puzzleteilen hoffentlich ein vollständiges Bild zusammensetzen lassen.

Hinter Benjamin Lenzens Stirn hatte sich das Chaos gelegt, besser ging es ihm dadurch aber nicht. Er wusste, dass es vorbei war. Bestenfalls war es eine Frage von Stunden, schlimmstenfalls von wenigen Minuten. Je nachdem, welche Situation die Ermittler im Fitnessbereich vorgefunden hatten und wie belastbar die Beweise gegen seinen Freund Richard waren. Entsprechend seiner Lebenserfahrung ging der Anstaltsleiter vom schlechtesten Fall aus. Dass er seinen Mitarbeiter Stefan Kleinfeld ins Spiel gebracht hatte, war die erstbeste Idee gewesen, die ihm gekommen war. Natürlich würde sie einer Überprüfung nicht standhalten, denn der Mann war ein Musterbeispiel an Korrektheit und hatte absolut nichts mit den Morden zu tun. Genauso wenig war er ein Verwandter des Richters.

Die Galgenfrist, die ihm sein Schauspiel beschert hatte, war von Lenzen nicht zur Flucht genutzt worden. Stattdessen hatte er seine Bürotür abgeschlossen und sich verzagt hinter seinen

Schreibtisch zurückgezogen. Wohin hätte er auch flüchten sollen? Er hatte keine Ahnung, wie man untertauchte, geschweige denn, wie er sich langfristig im Untergrund durchschlagen sollte.

Der Fünfzigjährige konnte auf eine ansehnliche Karriere im Vollzugsdienst zurückblicken. Im Gegensatz zu Richard von Behrens war er dabei zwar ebenfalls stets streng und korrekt vorgegangen, hatte aber zugleich Verständnis für die menschlichen Abgründe gezeigt. Dementsprechend galt er bei den Häftlingen als zugänglicher Typ, der sich nicht zu schade war, persönlich nach dem Rechten zu sehen oder sich um das Befinden der ihm anvertrauten Menschen zu kümmern. Er war stolz darauf, eine Mustereinrichtung geschaffen zu haben, auch wenn diese von einem optimalen Zustand weit entfernt war.

Nachdenklich paffte er an seiner Pfeife. Vielleicht war er manchmal zu nachsichtig gewesen, aber er verurteilte nun mal nicht alle Insassen als unverbesserliche Kriminelle. Richard dagegen hatte sich immer für etwas Besseres gehalten und auf den »Abschaum« herabgeblickt. Umso interessanter war der Grund, aus dem er Timo und David hatte beseitigen lassen. Lenzen gegenüber hatte er nie von der Fahrerflucht erzählt und sämtliche Nachfragen nach seinen Beweggründen rigoros abgeblockt. Er hatte seine weiße Weste behalten wollen, und das konnte sein Freund sogar nachvollziehen.

Letztlich waren sie sich also gar nicht so unähnlich – zumindest in einem speziellen Punkt. Nach außen repräsentierten sie die Gerechtigkeit und Härte des Gesetzes, doch in ihrem Privatleben verbargen beide einen schwarzen Fleck, von dem weder die Öffentlichkeit noch sonst irgendjemand etwas wissen durfte. Lenzen dachte an seine Frau und die sechzehnjährige Tochter. Sollten sie von seinem Geheimnis erfahren, würden sie gewiss jeden Kontakt zu ihm abbrechen. Im Fall seiner Frau störte ihn das nicht weiter, aber der Gedanke, dass seine Tochter ihn ablehnen oder sogar verachten würde, war nicht zu ertragen.

Dabei war es nur ein einziger schwacher Moment gewesen, der noch dazu dreißig Jahre zurücklag und übermäßigem Alkoholgenuss geschuldet gewesen war. Erschwerend war dazugekommen, dass er sich in einem emotionalen Ausnahmezustand befunden hatte, der ihn zum ersten und zum letzten Mal eine Grenze hatte überschreiten lassen. Es war im Urlaub am Mittelmeer passiert, in den er mit vier Freunden aufgebrochen war. Zunächst hatte Lenzen es noch als glückliche Fügung eingeschätzt, dass es Richard gewesen war, der ihn auf frischer Tat ertappt hatte. Wenn ihm das Schicksal schon einen Zeugen geschickt hatte, dann wenigstens den besten Freund. Doch manche Rechnungen wurden eben spät eingefordert, in Richards Fall erst nach dreißig Jahren.

Ob es überhaupt stimmte, dass er über Beweise verfügte, konnte Lenzen nicht beurteilen. Allein die Möglichkeit hatte ausgereicht, dass er sich in den Feldzug gegen Timo und David einspannen ließ. Zunächst klang es ja auch harmlos. Richard hatte es schon immer verstanden, Menschen geschickt für sich einzuspannen. Irgendwann gab es kein Zurück mehr, wenigstens konnte er mit dem Auslösen des Feueralarms Fritz Janssen vor einem vorzeitigen Tod in der Kühlkammer bewahren. Gerade noch rechtzeitig hatte er kalte Füße bekommen, obwohl er diese lebensgefährliche Situation erst ermöglicht hatte. Ein weiteres Mal hatte er Fritz aber nicht retten können – und wegen dessen Aussagen auch nicht mehr retten *wollen*. Immerhin schweren Herzens. Ob Schäfer sein Werk noch hatte beenden können? Selbst wenn – weder ihm noch Richard würde es noch helfen.

Sein Freund würde nicht zögern, ihn zu verraten, da gab sich Lenzen keinen Illusionen hin. In den letzten Tagen hatte er dessen skrupellose Seite kennengelernt. Vor dreißig Jahren zeigte sich Richard noch mitfühlend und kameradschaftlich. Obwohl er klargemacht hatte, dass er die Triebe seines Freundes krankhaft und abstoßend fand. Lenzen schnaubte. Was wusste der Kerl schon? Niemand suchte sich seine Neigungen aus. Natürlich war es ein Fehler gewesen, aber er war kein Kinderschänder! Im Gegenteil! So viele Jahre hatte er sich in diversen Projekten für die nachwachsende Generation eingesetzt! Natürlich hatte er den Umgang mit den Jungen und Mädchen auch genossen, aber es war doch immer harmlos gewesen! Nur einmal – damals am Mittelmeer – hatte er die Kontrolle verloren, sonst hatte er sich stets auf das Konsumieren von Fotos und Videos beschränkt. Und diese Bilder waren ohnehin schon in der Welt. Was hatte er damit zu tun?

Die Gesellschaft sah es eben anders. Und tief in sich wusste Lenzen, dass sie damit recht hatte. Immerhin hatte er ein paar Mal Richards Drängen beinahe nachgegeben und eine Therapie begonnen. Die Angst, dass dadurch alles ans Licht kommen könnte, hatte ihn aber immer wieder davon abgehalten. Letztlich war es irrelevant, ob Richard Beweise von jenem verhängnisvollen Tag hatte oder nicht. Sollte die Polizei Nachforschungen anstellen, würde sie auch fündig werden. Zwar hatte er alle Dateien auf seinem Computer gelöscht, aber im Internet hinterließ man bei jedem Ausflug Spuren. Er hatte immer befürchtet, dass es einmal so weit kommen könnte, aber niemals hätte er damit gerechnet, dass es Richard sein würde, der ihn der Moral zum Fraß vorwarf. Immerhin hatte Lenzen keinen Menschen ermordet oder ermorden lassen. Auch nicht das damals zehnjährige Mädchen. Was sie wohl heute machte? Ob sie darüber hinweggekommen war?

Sein Blick verschwamm, und eine Erkenntnis stieg in ihm auf. Er war Abschaum. Schlimmer als jeder Einzelne, der hier in seinem Gefängnis auf das Ende der Haftstrafe wartete. Eine abartige Laune der Natur. Irgendetwas war schiefgelaufen, als seine DNA zusammengesetzt wurde. Ob es daran lag, dass seine Eltern Säufer gewesen waren? Vermutlich nicht, sonst würde es auf der Welt vor Pädophilen wimmeln. Klar war nur, dass er es sich nicht ausgesucht hatte, aber dass er trotzdem dafür verantwortlich war. Und er hatte nicht mehr die Kraft, dagegen anzukämpfen oder sich weiter zu tarnen.

Er nahm einen Schluck Whiskey, als die Klinke seiner Tür heruntergedrückt wurde. Kurz darauf hämmerten Fäuste gegen das Holz, und er hörte die Stimme des Sportpolizisten. Das war Beweis genug. Sie waren ihm auf die Schliche gekommen. Ein letztes Mal nippte er an seinem Glas, dann zog er die Schublade auf. Wie ferngesteuert griffen seine Hände nach der Waffe und entsicherten sie. Er schob sich die Mündung in den Mund und drückte ab.

KAPITEL 18

Vier Tage später hatte Hannes zu einem entspannten Zustand zurückgefunden. Vom Mittwochnachmittag bis zum Samstagabend hatten die Ermittler mit Hochdruck daran gearbeitet, die noch offenen Fragen zu klären, um eine belastbare Anklage zusammenzustellen. Hilfreich hatte sich dabei erwiesen, dass Richard von Behrens offenbar wenig Vertrauen in die Loyalität des von ihm engagierten Auftragskillers hatte. Die Befürchtung, dass dieser alle Karten auf den Tisch legte, hatte dazu geführt, dass sich der Richter äußerst kooperativ zeigte.

Die Fahrerflucht zu leugnen, wäre ohnehin aussichtslos gewesen. Die kurzen Filmsequenzen belasteten ihn ohne jeden Zweifel. Wie Timo und David seinen Namen herausgefunden hatten, wusste er selbst nicht. Eines Tages hatten sie vor seiner Tür gestanden und gefordert, dass er den Prozess wegen der Körperverletzung an Rainer Breitner übernehmen sollte. Zwar hatten sie sich das einfacher vorgestellt, als es eigentlich war, aber tatsächlich war es von Behrens gelungen, den Fall zugeteilt zu bekommen. Zugleich hatte er den Erpressern klargemacht, dass ein mildes Urteil auffällig wäre, wodurch der Verrat an Pascal Hinz ins Spiel gekommen war. Diesen Hinweis hatten sich Timo und David aber zugleich vergolden lassen, und der

Richter hatte nicht gezögert, die geforderten zwanzigtausend Euro zu bezahlen.

Dass er damit erst recht die Gier geweckt hatte, war ihm schon eine Woche später bewusst geworden. Zähneknirschend hatte er weitere zehntausend Euro herausgerückt und darauf gesetzt, dass die Erpressungen mit dem Einzug der beiden ins Gefängnis aufhören würden. Das war nicht der Fall gewesen. Hafterleichterungen wurden gefordert und eine Starthilfe für die Zeit nach der Verbüßung der Strafe. Zudem hatte schon Timos erster Weg nach der Entlassung in das Villenviertel am Stadtrand geführt. Diesmal war er gieriger als je zuvor aufgetreten. Doch von Behrens hatte das bereits erwartet und war vorbereitet gewesen. Wie er an Mario Schäfer herangekommen war, wollten weder er noch der Auftragskiller verraten. Beide gestanden jedoch ein, dass die Zeugenbefragung inszeniert gewesen war. Schäfer hatte von dem Verkehrsdelikt in Wahrheit gar nichts mitbekommen.

Dass er den riskanten Auftrag überhaupt angenommen hatte, war zum einen der stattlichen Summe von zweihunderttausend Euro und zum anderen der Einbeziehung Benjamin Lenzens geschuldet gewesen. Bedauern über den Selbstmord seines Freundes zeigte der Richter nicht, und er hatte auch keine Skrupel, schmutzige Details auszubreiten – nachdem er sie jahrzehntelang gedeckt hatte. Für die Ermittler stellte es einen Schock dar, dass der scheinbar menschenfreundliche Anstaltsleiter nicht nur pädophile Neigungen besessen hatte, sondern mindestens einmal übergriffig geworden war. Ob es noch weiteren Kindesmissbrauch gegeben hatte, würde sich vermutlich nie aufklären lassen. Dass der Mann seine Triebe aber auf andere Weise befriedigt hatte, war zweifelsfrei bewiesen.

Hannes wurde noch immer übel, wenn er an die Szenen dachte, die Lenzen Befriedigung gebracht hatten. Es waren Bilder und Videos gewesen, die er nie mehr aus dem Kopf bekommen würde und die niemals hätten aufgenommen werden dürfen. Auch Federsen war angesichts dieses Abgrundes wie vor den Kopf gestoßen gewesen, was zu dem einzigen Moment zwischenmenschlicher Eintracht zwischen ihm und dem Sportpolizisten in den zurückliegenden Tagen geführt hatte.

»Wenigstens hat der Kerl den Anstand besessen, sich selbst eine Kugel in den Schädel zu jagen«, hatte er zwischen zusammengebissenen Zähnen hervorgepresst.

Ansonsten herrschte zwischen den beiden Kollegen Funkstille – soweit dies im Rahmen der abschließenden Aufarbeitung möglich war. Stündlich hatte Hannes damit gerechnet, zum Polizeipräsidenten zitiert und mit seinen Verfehlungen konfrontiert zu werden. Bislang war dies nicht passiert, stattdessen war Marcels anstehende Beförderung wie geplant bekanntgegeben worden – und im selben Atemzug auch, dass Hannes zu dessen Team dazustoßen würde. Wie lange Federsen noch dichthalten würde, war eine der spannendsten und nervenaufreibendsten Fragen. Hannes war verwundert, dass sein Chef nicht sofort eine Meldung gemacht hatte. Stattdessen hatte sich der Ermittlungsleiter spontan ab dem kommenden Montag Urlaub genommen, was angesichts der in der Luft liegenden Spannung sicher keine schlechte Idee war.

Hannes hatte seinerseits Wort gehalten und Clarissas Verhältnis mit Ferdinand Sichel gegenüber niemandem erwähnt. Die Romanze dürfte ohnehin auf eine harte Bewährungsprobe gestellt werden. Im Zuge der Erkenntnisse aus den Mordermittlungen wurden die beiden Raubüberfälle neu aufgerollt – und zumindest im ersten Fall sprach einiges dafür, dass jemand von den Rockern beteiligt gewesen war. Aufgrund der DNA-Spuren in Timos Wagen fiel dabei der Hauptverdacht auf Ferdinand. Eine Wohnungsdurchsuchung hatte nichts erbracht, allerdings musste er erklären, woher das Geld zur Eröffnung seines Fitnessstudios stammte.

Nach einem harten Verhör und der Kontrolle seiner Finanzen hatte der Fahrer des zweiten Transports schließlich gestanden, gemeinsame Sache mit Timo und David gemacht zu haben. Eine weitere Person sei nicht beteiligt gewesen, und wo sich das restliche Geld befinde, wisse er nicht. Er habe seinen Anteil in bar erhalten und im Garten seiner Eltern verbuddelt. Der Leuchtturm, von dem aus David den Unfall gefilmt hatte, war gründlich untersucht worden. Einiges sprach dafür, dass dort die Beute gelagert worden war, obwohl Vanessa Krüger dies abstritt. Spuren von Sören Wächter waren zwar nicht gefunden worden, die Zeugenaussagen des alten Paares mit dem Hund legten aber die Vermutung nahe, dass er das Geld an sich genommen hatte. Wenn diese Annahme stimmte, hatte er die Beute mittlerweile geschickt beiseite geschafft, denn sie war weder bei ihm noch bei Personen oder an Orten, die mit ihm in Verbindung standen, aufgetaucht.

Wo auch immer sich das Geld nun befand, Timo und David hatte es kein Glück gebracht, obwohl es nur indirekt der Grund ihres Todes gewesen war. Hätten Sie an jenem Tag den Überfall nicht durchgezogen, wären sie auch nicht Zeuge der Fahrerflucht geworden. Vermutlich hatten sie es zunächst für eine Verkettung glücklicher Umstände gehalten, und alle fragten sich, ob sie sich am Ende bewusst gewesen waren, aus welcher Richtung sich die tödliche Gefahr genähert hatte. Zumindest bei David lag die Vermutung nahe. Er hatte weniger Angst vor Pascal Hinz als vor der Haftentlassung geäußert – ein deutlicher Hinweis.

Beide Mordopfer waren am Vormittag unter die Erde gebracht worden. Für Timo mochte sich diesbezüglich schon ein Gewöhnungseffekt eingestellt haben, wie Clarissa spitz bemerkt hatte. Obwohl Hannes sich bei der Bestattung nur kurz hatte blicken lassen, war ihm ein Bild besonders in Erinnerung geblieben. Es war nicht zu erkennen gewesen, was in Sonjas Innerem vor sich gegangen war. Als das Grab wieder mit Erde bedeckt gewesen war, hatte sie aber das Modell eines Doppeldeckers zwischen die Blumen gelegt. Beide Flügel waren abgebrochen gewesen. Es hatte wie das Sinnbild eines verunglückten Lebens gewirkt, das am Schicksal zerschellt war. »Und an eigener Dummheit«, hatte Fritz ergänzt, als Hannes ihm vor wenigen Minuten diese Assoziation mitgeteilt hatte.

Der alte Fritz saß auf den Planken der *Lena* und ließ sich die Sonne ins Gesicht scheinen. Noch immer konnte Hannes kaum glauben, dass Fritz als Dank für seine Mithilfe dieser Herzenswunsch erfüllt worden war. Entgegen seiner ursprünglichen Forderungen war er weder an Hafterleichterungen noch an einer Haftverkürzung interessiert gewesen. Lediglich einen Tag Freigang hatte er sich erbeten, um ein letztes Mal mit dem Schiff hinausfahren zu können, das er selbst in mühsamer Kleinarbeit von einem Krabbenkutter zu einem Freizeitboot umgebaut und nach seiner Verhaftung Hannes geschenkt hatte. Das tiefe Glück über die Erfüllung dieser Bitte war ihm schon den gesamten Tag über anzusehen gewesen. Auch Hannes freute sich, ihn in diesem Zustand zu erleben, obwohl Fritz der körperliche Verfall anzumerken war.

Hannes sah auf die Uhr, und sein Magen verkrampfte sich. In zwei Stunden würde Fritz wieder am Anleger abgeholt werden – der Augenblick unbeschwerter Freiheit näherte sich unweigerlich seinem Ende. Dass er nicht an die Wiederholung eines derartigen Ausflugs glaubte, hatte Fritz schon beim Besteigen der *Lena* mitgeteilt. Hannes wusste, dass das kein Pessimismus war. Am Freitagvormittag hatten die Ärzte bei einer Untersuchung ein resigniertes Fazit ziehen müssen. Die neue Therapie schlug nicht an und wurde aufgrund der Nebenwirkungen umgehend eingestellt. Somit blieb nichts anderes übrig, als auf das Ende zu warten. Wann das kommen würde, wussten auch die Ärzte nicht. Die Prognosen erstreckten sich von wenigen Wochen bis zu einem halben Jahr.

»Ärzte sind keine Götter«, erklärte Hannes nun zum bestimmt fünften Mal. »Es gibt immer wieder Beispiele ...«

»Du meinst, Totgesagte leben länger?« Fritz legte ihm eine Hand auf die Schulter, als wäre er es, der Trost spenden müsste. »Hätte nichts dagegen, dazuzugehören. Aber ich war schon immer Realist. Ich werde mich nicht an die Nullkommairgendwas-Chance klammern und mit meinem Schicksal hadern. In Würde zu gehen, das war immer mein Plan. Ohne Groll und Verbitterung. Da, sieh mal!«

Er deutete auf ein großes Schiff, das majestätisch an ihnen vorbeiglitt. Hannes hatte die *Lena* vor den Hafen einer Nachbarstadt gesteuert, wo an diesem Sonntag eine Windjammerparade stattfand. Fritz hatte keine Einwände gehabt, Anna, Elke und Ben mit an Bord zu nehmen. In der Gesellschaft junger Menschen hatte er sich nie fehl am Platz gefühlt. Mit beiden Händen kraulte er Sockes Kopf. Der Hund versuchte ihm daraufhin begeistert über das Gesicht zu lecken. Als Fritz lachte, klang es wie das fröhliche Jauchzen eines Kindes, nur heiserer. Hannes schluckte und wendete den Blick wieder zu dem Großsegler zurück, der Kurs auf den Hafen nahm.

»Übrigens ist mir Federsen auf die Schliche gekommen«, berichtete er. »Zum Glück fährt er erst mal in Urlaub, denn die letzten Wochen mit ihm dürften so werden wie die ersten.«

»Wobei ist er dir auf die Schliche gekommen?«

»Bei allem. Einen Teil davon hat Lenzen verpetzt. War wahrscheinlich ein Versuch, Unruhe zu stiften. Meine Besuche bei dir – und damit meine Indiskretion, deine ... Verbindungen zu Pascal. Tja, und dann natürlich, dass ich mich für Marcel entschieden habe.«

»Das dürfte eine der schwersten Enttäuschungen seines Lebens sein.« Fritz grinste ihn an. »Ist sein Problem, nicht deins.«

»Kann aber zu meinem Problem werden, wenn er ...«

»Er wird dich nicht melden.« Überzeugung lag in Fritz' Stimme.

»Wieso glaubst du das? Ich dachte, du hast keine gute Meinung von ihm.«

»Hab ich in der Tat nicht, aber ich weiß, wie er tickt. Dass er nicht sofort auf den ersten Impuls hin losgerannt ist, dürfte ein gutes Zeichen sein. Inzwischen wird er nämlich kapiert haben, dass er selbst in einem schlechten Licht dastehen würde – und noch dazu als schlechter Verlierer. Nein, er wird die Zähne zusammenbeißen und weitermachen. In bewährter Manier.«

»Hoffentlich. Du wirst merken, ob das der Fall ist.«

»Weshalb?«

»Wenn dein Hasch-Nachschub versiegt, hat er gepetzt.« Hannes boxte seinem früheren Chef sanft in die Seite. »Du schaffst es immer noch, mich zu überraschen. Kriegst du bei Pascal jetzt eigentlich einen Sonderpreis?«

Fritz schmunzelte. »Bei Geld hört seine Dankbarkeit auf. Wobei ... er scheint ein weicheres Herz zu haben, als ich dachte.« Er verstummte.

»Was willst du damit andeuten?« Hannes wurde hellhörig.

»Ach, gar nichts. Manche Dinge sollte man einfach ruhen lassen, findest du nicht?«

Hannes verzog das Gesicht, vertiefte das Thema aber nicht weiter. Er ahnte, worauf Fritz anspielte, immerhin fehlte von der Beute des Raubüberfalls jede Spur. Sollte Pascal etwa auf die Bezahlung von Davids Schulden verzichtet haben? Zumindest teilweise? Denkbar war es, denn seine Schwester hatte keine Anzeige gegen Vanessa Krüger erstattet, obwohl diese eine

Waffe auf sie gerichtet hatte. Sie schien Mitleid zu haben – und verfügte über großen Einfluss auf ihren Bruder, wie Hannes von Fritz wusste. Dessen ungeachtet würde die Staatsanwaltschaft zwar ein Verfahren wegen Mordversuchs in die Wege leiten, doch Elena hatte kein Interesse signalisiert, dabei unterstützend tätig zu werden. Ob sie Jannis ihr Verhältnis mit Hanna Ferber gebeichtet hatte? Nach Schäfers Hinweis dürfte er sie bei nächster Gelegenheit zur Rede gestellt haben.

Auch die berufliche Welt hielt für Jannis Bergmann weiter Licht und Schatten bereit. Bei manchen Vorfällen hatte er doch eine aktive Rolle gespielt, als zunächst angenommen. Selbst für Mario Schäfer dürfte dies eine Überraschung bedeutet haben, er war nämlich davon ausgegangen, dass ihm neben Lenzen niemand im Gefängnis unterstützend zur Seite gestanden hatte. Zerknirscht hatte Jannis von sich aus mitgeteilt, vom Anstaltsleiter als Marionette eingesetzt worden zu sein. Von den wahren Hintergründen habe er nichts gewusst und erst nach einem Gespräch mit Pascal eins und eins zusammengezählt. Lenzen hatte ihn mithilfe der bedenklichen Personalakte unter Druck gesetzt und so dazu gebracht, Mario Schäfer einen größeren Bewegungsfreiraum zu verschaffen. Die entsprechenden Konsequenzen hatte Fritz im Kühlraum zu spüren bekommen. Außerdem hatte Jannis aber auch ein Gerücht in Umlauf gebracht, infolgedessen eine Schlägerei ausgebrochen war, wodurch Mario Schäfer die unauffällige Beseitigung Davids möglich geworden war.

Die Aussagen des Angestellten hatten plausibel geklungen, würden einer genauen Überprüfung aber standhalten müssen. Lenzen habe ihm geschickt harmlose Hintergründe vorgegaukelt und von einem Freundschaftsdienst gesprochen. Erst nach Davids Ermordung seien die Zweifel mit jedem Tag größer geworden, bis Jannis sich schließlich Pascal anvertraut hatte, der seinerseits Fritz informiert hatte. Dummerweise war dies erst kurz vor dessen Betreten des Fitnessbereichs möglich gewesen. Da Jannis sich sofort als Absicherung zur Verfügung gestellt hatte, war ihm zumindest eine Schadensbegrenzung gelungen. Ohne seinen Einsatz wäre es unweigerlich zu einem dritten Mord gekommen. Dies bedeutete zumindest die Chance, dass Lenzens Nachfolger über die zahlreichen Grenzüberschreitungen in seiner Personalakte hinwegsehen würde. Ob er auch ohne strafrechtliche Konsequenzen davonkäme, war dagegen noch nicht abschließend zu beurteilen.

Zumindest verstanden die Ermittler nun, weshalb sich Lenzen stets schützend vor Jannis gestellt hatte. Ein Kreuzverhör des Mannes hatte absolut nicht in seinem Interesse gelegen. Der Gefahr, dass dadurch seine eigenen Aktivitäten bekannt wurden, war er sich natürlich bewusst gewesen. Ob der unfreiwillige Helfer anschließend ebenfalls hätte beseitigt werden sollen? Mario Schäfer bestritt diese Spekulation. Weder habe er von Jannis' Hilfe gewusst noch sei er mit ihm direkt in Berührung gekommen. Die Vorgehensweise habe er ausschließlich mit Benjamin Lenzen abgestimmt. Ihm hätte er sowohl Davids Klamotten als auch seine eigene Verkleidung übergeben, und er zeigte sich über die stümperhafte Entsorgung erzürnt. Zudem habe Lenzen dafür gesorgt, dass auf den umfangreichen Videoaufnahmen nicht das komplette Bild zu sehen gewesen war. Dafür hatte der Anstaltsleiter lediglich die Aufnahmen zweier Kameras beseitigen müssen. Zum Erstaunen der Ermittler – und vermutlich auch von Richard von Behrens – hatte Schäfer über seinen eigentlichen Auftraggeber weiterhin kein Wort verloren. Offenbar verfügte er über eine Art Berufsehre.

»Wie sich der Richter wohl im Gefängnis macht?«, überlegte Hannes laut. »Immerhin hielt er sich immer für was Besseres.«

»In der Tat ein tiefer Absturz«, erwiderte Fritz. »Das wirst du in deiner Karriere aber noch öfter erleben. Hinter den schönsten Masken verbergen sich oft die hässlichsten Fratzen.«

Hannes drehte sich ihm zu. »Welcher deiner Fälle ist dir eigentlich am stärksten in Erinnerung geblieben?«

»Ach …« Fritz' Hände spielten mit Sockes Fell. »Es gibt nicht *den* einen Fall. Aber wenn mir einer davon bis heute schlaflose Nächte bereitet, dann ist es eine Ermittlung, die ich nie abschließen konnte.«

»Weshalb?«

»Weil ich den Täter nicht zu fassen bekam. Der Fall ist bis heute ungelöst, obwohl er Jahrzehnte zurückliegt.«

»Wird doch nicht der einzige Fall gewesen sein, den du nicht lösen konntest?«

»Zweifelst du an meinen Fähigkeiten?« Fritz zog die buschigen Augenbrauen zusammen. »Ich will nicht überheblich klingen, aber es ist nicht gelogen: Es gibt sonst keinen Mörder, den ich nicht geschnappt hätte.«

»Dann verstehe ich, dass es dich nicht loslässt.«

»Aber da ist noch ein weiterer Grund. Ich war persönlich betroffen.«

Seine Hand unterbrach die Streichelbewegungen, und sein Blick schien in die Vergangenheit zurückzusehen. Er war fest auf den Horizont gerichtet, als Fritz eine Geschichte erzählte, die ihm bis heute keine Ruhe ließ. Hannes fesselte die Erzählung sofort, sodass er kaum noch einen Blick für die Umgebung hatte. Erst das laute Tuten eines Schiffshorns ließ ihn zusammenzucken, und er bemerkte, dass ein Schatten auf ihn fiel. Als er den Blick zur Seite wandte, tauchten zwei nackte Beine auf. Anna hatte die Arme verschränkt und musterte die früheren Kollegen.

»Habt ihr an diesem schönen Tag nichts Besseres zu tun, als über Tote zu reden?«

»Wir können eben nicht aus unserer Haut.« Fritz rekelte sich und griff nach einer Bierflasche. »Aber du hast vollkommen recht. Wir sollten uns den positiven Dingen zuwenden. Zum Beispiel euch!«

»Wie meinst du das?«

»Eine Hochzeit wäre ein Grund, noch mal Freigang zu bekommen. Ihr solltet euch also beeilen, wenn ihr mich dabeihaben wollt.«

»Das ist natürlich ein schwerwiegendes Argument.« Hannes blinzelte zu Anna hoch. »Was meinst du? Diesen Wunsch können wir eigentlich nicht ignorieren!«

Sie kickte leicht mit dem Fuß in seine Rippen. »Vergiss es! Da musst du dich schon mehr anstrengen. Ein gekonnter – vor allem aber romantischer – Antrag sieht anders aus.«

»Wer hat hier wem einen Antrag gemacht?« Ben sprang über ein Tau und lehnte sich lässig gegen die Reling. »Etwa dieser Feigling hier? Liegt mir schon seit Wochen in den Ohren, wie er es am besten anstellen soll.«

»Ist das wahr?« Annas Gesicht rötete sich.

Hannes warf seinem Kumpel einen finsteren Blick zu. Ben war einfach unmöglich, und dazu war seine Behauptung frei erfunden. Angesichts Annas Reaktion fragte er sich aber, ob er sich mit diesem Thema nicht doch bei Gelegenheit näher beschäftigen sollte. Wie würde eine Ehe mit ihr wohl aussehen? Er kam nicht dazu, diese Überlegungen sofort zu vertiefen.

»Lässt Ben sein Feingefühl spielen?« Auch Elke hatte sich von ihrem Platz am Bug gelöst und war zu der Gruppe getreten. Sie hatte an diesem Wochenende eigentlich zu ihrer Urlaubsbekanntschaft fahren wollen, aber die hatte unter einem – nach Elkes Meinung – fadenscheinigen Grund abgesagt. »Werft ihn einfach über Bord, wenn er es übertreibt.«

»Ach was, Hannes braucht manchmal einfach einen Tritt in den Hintern«, verteidigte sich Ben, als wäre er selbst ein Ausbund an Zielstrebigkeit. »Außerdem sieht jeder, dass er und

Anna das perfekte … schon gut, ich hör ja auf.« Ergeben hob er die Hände, als Elke ihm eine Kopfnuss verpasste.

Hannes sah auf die Uhr und nutzte die Chance für einen Themenwechsel. »Nicht mehr lange, und die *Thor Heyerdahl* wird auftauchen. Wollen wir ihr ein Stück entgegenfahren?«

Auf den Toppsegelschoner, der 1930 vom Stapel gelassen worden war, freute er sich schon seit dem Auslaufen. Fritz erging es nicht anders, er wollte diesen Tag bis zur letzten Sekunde auskosten. Versonnen blickte er einem Möwenpaar hinterher, das seit ein paar Minuten das Boot umkreist hatte und jetzt in Richtung Land davonflog.

»Hätte nicht zu hoffen gewagt, dass ich noch mal mit meiner *Lena* auf der Ostsee dümpeln würde. Ich … danke euch, dass ihr mir diesen Traum erfüllt habt! Bestimmt werde ich ständig an diesen Moment hier zurückdenken. Wenn ich könnte, würde ich jetzt die Zeit anhalten.« Verstohlen wischte er sich über die Augen.

»Was hältst du davon, wenn du noch mal hinters Steuer gehst?«, schlug Hannes rasch vor. »Oder hast du Angst, dass du mit dem neuen Steuerrad nicht klarkommst?«

»Blödsinn!« Fritz' zerknittertes Gesicht erstrahlte. »Von mir kannst du noch was lernen, Landratte!«

Mit Mühe hievte er sich vom Boden hoch und stakste in Richtung Steuerhaus. Als eine Welle den Rumpf traf, geriet er ins Straucheln und konnte sich gerade noch an der Reling abfangen. Hannes war mit schnellen Schritten neben ihm und griff ihm unter den rechten Arm.

»Wer ist hier die Landratte? Keinen Wellengang mehr gewohnt?«

»Kam nur unerwartet.« Fritz schüttelte die stützende Hand ab und richtete sich zu seiner vollen Größe auf, wodurch er Hannes immerhin bis zum Kinn reichte. Mit durchgedrücktem Rücken setzte er seinen Weg fort, aber Hannes konnte nicht übersehen, dass der taumelnde Gang nicht nur den Schiffsbewegungen geschuldet war. Es war wirklich unwahrscheinlich, dass Fritz bei einer weiteren Ausfahrt würde dabei sein können – selbst wenn er die Genehmigung dafür erhalten sollte.

Umso bemühter waren alle, diesen Tag unvergesslich werden zu lassen. Als Ben den Anker hochgezogen und Fritz den Gashebel umgelegt hatte, betrat Anna das Steuerhaus. Auf einem Tablett balancierte sie fünf Gläser, die mit Champagner gefüllt waren. Bevor erneut Wasser in die Augen des ehemaligen Schiffsbesitzers steigen konnte, schnappte sich Hannes den ersten Kelch.

»Auf das Meer und die *Lena*!«

Fritz nahm eine Hand von dem hölzernen Steuerrad, das Hannes zu seinem dreiunddreißigsten Geburtstag von seinen Freunden geschenkt bekommen hatte, und griff sich ebenfalls ein Glas. »Eet wat goar is, sech wat woar is un drink wat kloar is! Dürfte auch für Champagner gelten.«

Alle feixten, als er das Glas in einem Zug leertrank. Anschließend überboten sie sich im Erfinden neuer Trinksprüche, und Hannes nutzte den Moment, als sich alle nach einem Kalauer aus Fritz' Mund vor Lachen krümmten, um unauffällig zurück an Deck zu gehen. Er lehnte sich an die Reling und ließ die restlichen Tropfen aus seinem Glas ins Kielwasser tropfen. Es konnte nicht schaden, Neptun gnädig zu stimmen. Er schmunzelte über sich selbst, und das Grinsen wurde breiter, als eine weitere Lachsalve zu ihm herausdrang.

An diesem Tag war Fritz nicht wiederzuerkennen, denn als besonders geselligen Typen konnte man ihn nicht bezeichnen. Hannes nahm sich vor, so schnell wie möglich die Genehmigung für einen weiteren Freigang zu erreichen. Vielleicht wurden bei einem krebskranken Häftling auf den letzten Metern seines Lebens ein weiteres Mal beide Augen zugedrückt. Und wenn es nur dazu diente, Fritz' Lebensdrang aufrechtzuerhalten. Mit welchen Gefühlen er wohl in den stillen Momenten auf der Zellenpritsche auf sein wechselhaftes Leben zurückblickte? Hannes wusste, dass es darin Licht und Schatten – und in ganz ferner Vergangenheit traumatische Erlebnisse – gegeben hatte. Erlebnisse, die sich auf den ersten Fall, dem er als Mordermittler an der Seite von Fritz ausgesetzt gewesen war, ausgewirkt hatten.

Bei der Erinnerung an diese bewegten Tage kam ihm wieder Fritz' Bericht in den Sinn. *Einen* Fall hatte der abgeklärte Haudegen also nicht lösen können, und es war nachvollziehbar, dass ihn das noch immer wurmte. Die Schilderungen hatten Hannes so sehr in den Bann gezogen, dass sich seine Gedanken verselbstständigten. Vielleicht könnte er Federsens urlaubsbedingte Abwesenheit ja nutzen, um mal einen Blick in die Akte zu werfen. Sofern sie überhaupt noch aufzufinden war. Und sofern es nichts Wichtigeres zu tun gab, könnte er sogar den Fall aus heutiger Sicht und mit modernen Mitteln … Hannes schüttelte entschieden den Kopf. Bevor er sich Hals über Kopf in die nächste Ermittlung stürzte, galt es diesen besonderen Tag für Fritz stilvoll zu Ende zu bringen. Langsam glitt die *Thor Heyerdahl* in geringer Entfernung vorbei, und in diesem Moment fiel ihm der beste aller Trinksprüche ein. Entschlossen ging er ins Steuerhaus zurück und schenkte die Gläser ein weiteres Mal voll.

»Auf die Freundschaft«, sagte er und sah Fritz fest in die Augen. »Auf die Freundschaft und die Menschlichkeit, an der ich in den letzten Monaten immer wieder gezweifelt habe. Zum Glück gibt es Menschen wie euch, die mich weiter daran glauben lassen.«

Fritz erwiderte den Blick und nickte langsam. Dann stahl sich das berüchtigte fuchsähnliche Grinsen auf sein Gesicht. »Deinen Worten entnehme ich, dass du deinen Job erst mal nicht an den Nagel hängst. Dazu fällt mir noch ein passender

Spruch ein, aber dann ist Schluss mit diesen Wortklaubereien. Mir steigt das Zeug schon in den Kopf, bin ja nichts mehr gewohnt.«

»Auf deine Weisheit bin ich wie immer gespannt«, foppte ihn Hannes.

»Du hast es so gewollt: Das Leben ist an manchen Tagen halt nur im Vollrausch zu ertragen.« Als wolle er diesen Worten Taten folgen lassen, kippte er auch den Inhalt dieses Glases in einem Zug hinunter. Und da sich niemand zutraute, diese Erkenntnis zu toppen, behielt der alte Fritz damit tatsächlich das letzte Wort.

FSC
www.fsc.org

MIX

Papier | Fördert
gute Waldnutzung

FSC® C083411

Zeitfracht Medien GmbH
Ferdinand-Jühlke-Straße 7
99095 Erfurt, Deutschland
produktsicherheit@kolibri360.de

Druck:
CPI Druckdienstleistungen GmbH
im Auftrag der
Zeitfracht Medien GmbH
Ein Unternehmen der Zeitfracht - Gruppe
Ferdinand-Jühlke-Str. 7
99095 Erfurt